U0076116

小書痴的下剋上

為了成為圖書管理員不擇手段！

第五部　女神的化身 I

香月美夜——著
椎名優 繪　許金玉 譯

本好きの下剋上
司書になるためには
手段を選んでいられません
第五部 女神の化身 I

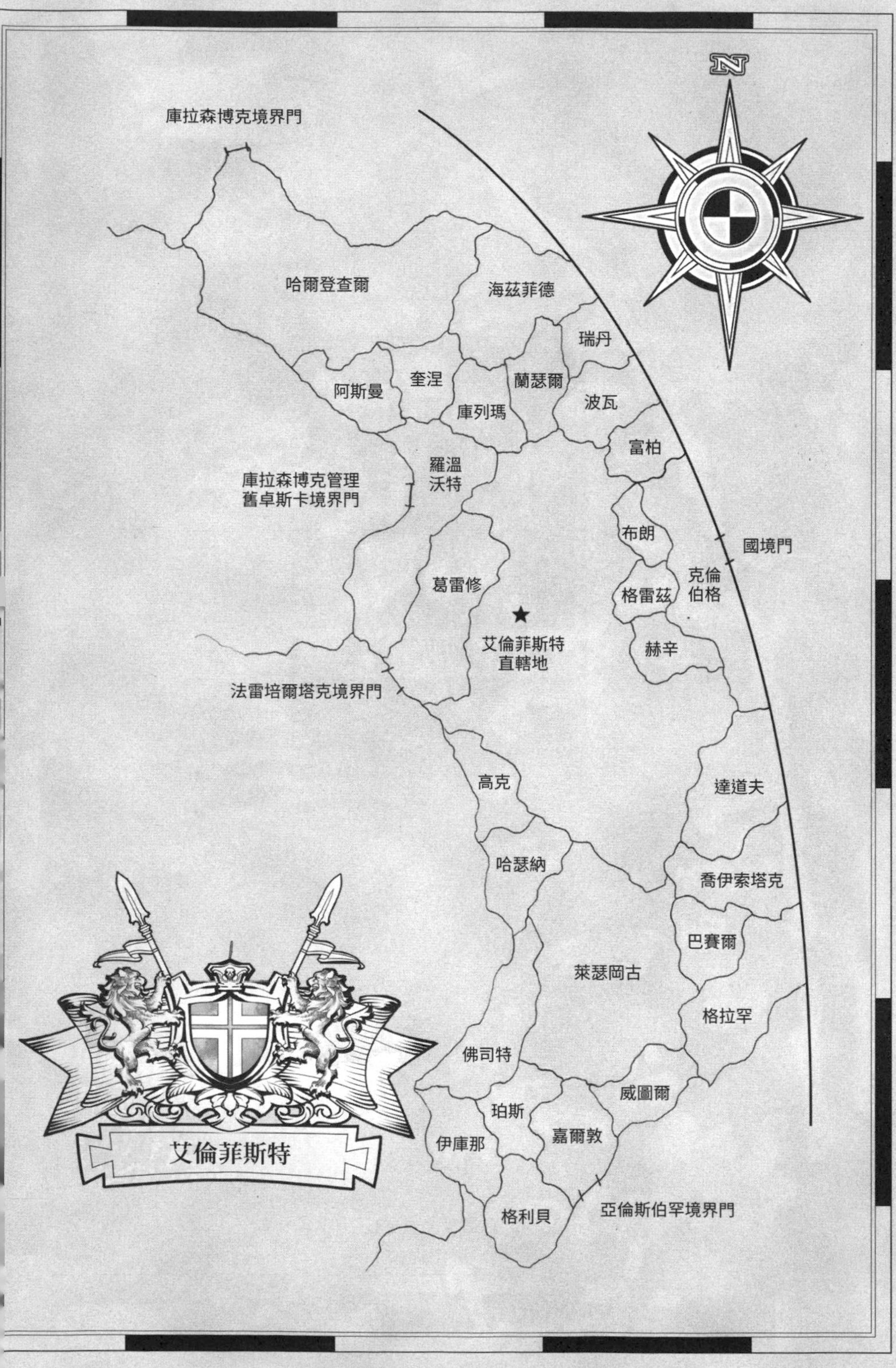
N
庫拉森博克境界門
哈爾登查爾
海茲菲德
瑞丹
阿斯曼
奎涅
蘭瑟爾
庫列瑪
波瓦
富柏
羅溫
沃特
庫拉森博克管理
舊卓斯卡境界門
布朗
國境門
克倫
伯格
格雷茲
葛雷修
艾倫菲斯特
直轄地
赫辛
法雷培爾塔克境界門
高克
達道夫
哈瑟納
喬伊索塔克
巴賽爾
萊瑟岡古
格拉罕
佛司特
威圖爾
珀斯
嘉爾敦
伊庫那
艾倫菲斯特
格利貝
亞倫斯伯罕境界門

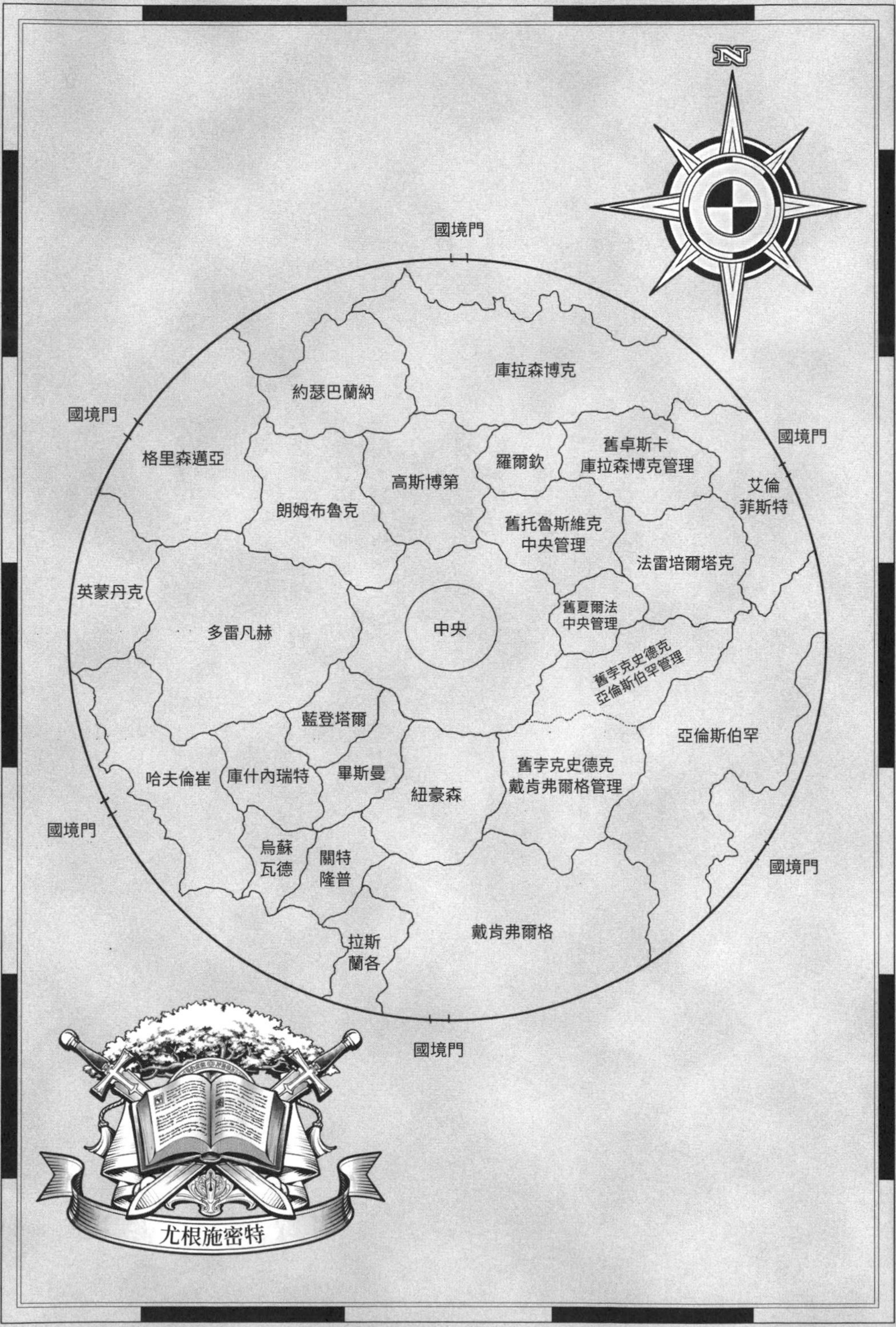

國境門
庫拉森博克
約瑟巴蘭納
國境門
格里森邁亞
國境門
舊卓斯卡
庫拉森博克管理
羅爾欽
高斯博第
艾倫
菲斯特
朗姆布魯克
舊托魯斯維克
中央管理
法雷培爾塔克
英蒙丹克
多雷凡赫
中央
舊夏爾法
中央管理
舊孛克史德克
亞倫斯伯罕管理
藍登塔爾
亞倫斯伯罕
哈夫倫崔
庫什內瑞特
畢斯曼
紐豪森
舊孛克史德克
戴肯弗爾格管理
國境門
烏蘇
瓦德
關特
隆普
國境門
戴肯弗爾格
拉斯
蘭各
國境門
尤根施密特

✦ CONTENTS ✦

第五部　女神的化身Ⅰ

登場人物

韋菲利特
齊爾維斯特的長男，羅潔梅茵的哥哥。貴族院三年級生。

羅潔梅茵
本書主角。稍微長高後，外表看來約九歲左右，但內在還是沒什麼變。到了貴族院，依然是為了看書不擇手段。現為貴族院三年級生。

艾倫菲斯特的領主一族

齊爾維斯特
收養羅潔梅茵的艾倫菲斯特領主，羅潔梅茵的養父。

芙蘿洛翠亞
齊爾維斯特的妻子，三個孩子的母親。羅潔梅茵的養母。

夏綠蒂
齊爾維斯特的長女，羅潔梅茵的妹妹。貴族院二年級生。

麥西歐爾
齊爾維斯特的次男，羅潔梅茵的弟弟。

波尼法狄斯
齊爾維斯特的伯父，卡斯泰德的父親，羅潔梅茵的祖父。

斐迪南
艾倫菲斯特的領主一族。奉國王之命前往亞倫斯伯罕。

第四部 劇情摘要

進入貴族院就讀後，羅潔梅茵既是問題兒童，也是連續兩年的最優秀者。在學期間，她因為釋出祝福成了魔導具的主人，還與大領地比了迪塔、為王族提供戀愛方面的建議，更打倒了黑色魔物、治癒採集場所……與此同時，因知曉斐迪南出生秘密的中央騎士團長所提出的建言，國王下令要斐迪南入贅至亞倫斯伯罕。斐迪南於是奉命前往了亞倫斯伯罕……

黎希達

首席侍從。熟知三名監護人孩提時期的上級貴族。

莉瑟蕾塔

貴族院六年級生，中級見習侍從。安潔莉卡的妹妹。

布倫希爾德

貴族院五年級生，上級見習侍從。

羅德里希

貴族院三年級生，中級見習文官。已獻名。

菲里妮

貴族院三年級生，下級見習文官。

萊歐諾蕾

貴族院六年級生，上級見習護衛騎士。

優蒂特

貴族院四年級生，中級見習護衛騎士。

泰奧多

貴族院一年級生，中級見習護衛騎士。優蒂特的弟弟。

羅潔梅茵的近侍

哈特姆特　上級文官，也是新任神官長。奧黛麗的么子。
柯尼留斯　上級護衛騎士。卡斯泰德的三男。
安潔莉卡　中級護衛騎士。莉瑟蕾塔的姊姊。
達穆爾　下級護衛騎士。
奧黛麗　上級侍從。哈特姆特的母親。

艾倫菲斯特舍

赫思爾　艾倫菲斯特的舍監。文官課程的教師。
伊格納茲　貴族院四年級生，韋菲利特的上級見習文官。
亞歷克斯　貴族院六年級生，韋菲利特的上級見習護衛騎士。
瑪麗安妮　貴族院四年級生，夏綠蒂的上級見習文官。
魯道夫　貴族院六年級生，夏綠蒂的中級見習護衛騎士。
娜塔莉　貴族院五年級生，夏綠蒂的上級見習護衛騎士。
馬提亞斯　貴族院五年級生，中級見習騎士。隸屬舊薇羅妮卡派。
勞倫斯　貴族院四年級生，中級見習騎士。隸屬舊薇羅妮卡派。
繆芮拉　貴族院五年級生，中級見習文官。隸屬舊薇羅妮卡派。
谷麗媞亞　貴族院四年級生，中級見習侍從。隸屬舊薇羅妮卡派。
巴托特　貴族院五年級生，中級見習文官。隸屬舊薇羅妮卡派。
卡珊朵拉　貴族院四年級生，中級見習侍從。隸屬舊薇羅妮卡派。

他領學生

藍斯特勞德 戴肯弗爾格的領主候補生，貴族院六年級生。
漢娜蘿蕾 戴肯弗爾格的領主候補生，貴族院三年級生。
肯特普斯 藍斯特勞德的見習文官，貴族院四年級生。
拉薩塔克 藍斯特勞德的見習護衛騎士，貴族院三年級生。
克拉麗莎 戴肯弗爾格的上級見習文官，貴族院六年級生。
奧爾特溫 多雷凡赫的領主候補生，貴族院三年級生。
蒂緹琳朵 亞倫斯伯罕的領主候補生，貴族院六年級生。喬琪娜的女兒。
雷蒙特 亞倫斯伯罕的中級見習文官，貴族院四年級生。赫思爾的弟子。
蕊兒拉娣 約瑟巴蘭納的上級見習文官，貴族院三年級生。

貴族院其他相關人士

艾格蘭緹娜 領主候補生課程的教師。第二王子的第一夫人。
洛飛 戴肯弗爾格的舍監。騎士課程的教師。
賈鐸夫 多雷凡赫的舍監。文官課程的教師。
傅萊芮默 亞倫斯伯罕的舍監。文官課程的教師。
歐丹西雅 圖書館的上級館員。
索蘭芝 圖書館的中級館員。
休華茲 圖書館的魔導具。
懷斯 圖書館的魔導具。

他領貴族

席格斯瓦德 中央的第一王子。
亞納索塔瓊斯 中央的第二王子。
錫爾布蘭德 中央的第三王子。
勞布隆托 中央騎士團長。
歐斯溫 亞納索塔瓊斯的首席侍從。
阿度爾 錫爾布蘭德的首席侍從。
柯朵拉 漢娜蘿蕾的首席侍從。
阿道芬妮 多雷凡赫的領主一族。
喬琪娜 亞倫斯伯罕的第一夫人。齊爾維斯特的姊姊。
萊蒂希雅 亞倫斯伯罕的領主候補生。

艾倫菲斯特的貴族

卡斯泰德 騎士團長，羅潔梅茵的貴族父親。
艾薇拉 卡斯泰德的第一夫人，羅潔梅茵的貴族母親。
艾克哈特 斐迪南的護衛騎士。卡斯泰德的長男。
尤修塔斯 斐迪南的侍從兼文官。黎希達的兒子。
薇羅妮卡 齊爾維斯特的母親。現正受到幽禁。
嘉柏耶麗 薇羅妮卡的母親。原是亞倫斯伯罕的領主一族。

其他

多莉 梅茵的姊姊。髮飾工藝師。
芙麗妲 商業公會長的孫女。
葳瑪 畫師。負責管理神殿孤兒院。

羅潔梅茵的專屬

雨果 專屬廚師。
艾拉 專屬廚師。
羅吉娜 專屬樂師。

第五部

女神的化身 I

序章

受洗完後，錫爾布蘭德的首次亮相在春季尾聲的領主會議時舉行。一般貴族都是在冬季的社交界上亮相，但王族的首次亮相是在貴族院的大禮堂內舉行，所有領地的領主夫婦及其近侍們都會出席。站在眾人面前，說完努力背下的長長致詞以後，就要向諸神獻上音樂。

「錫爾布蘭德，向神奉獻音樂吧。」

「是，父王。」

等到飛蘇平琴的演奏也順利結束，錫爾布蘭德這才輕輕呼了口氣，不再那麼緊張。雖然早就聽說這是貴族孩子都要經歷的事情，但要在這麼多人帶有打量意味的目光注視下演奏，緊張程度還是超出他的預期。

「接下來，要向各位宣布一項重要消息。」

錫爾布蘭德剛放鬆下來，身為他父親的國王便宣布了他的婚約。對象是從來不曾見過，也不曾聽說過的亞倫斯伯罕領主候補生萊蒂希雅。儘管母親已經預先向他告知過這件事，但他還是得拚命抹除自己真正的情緒，才能從頭到尾面帶笑容，對著驚訝得張大雙眼的領主們點頭。

……因為一旦成為奧伯的配偶，代表我將不再是王族。

錫爾布蘭德很早就知道，自己長大後只能為人臣子。可是，他一直以為自己會留在中央以王族的身分迎娶妻子，像異母王兄亞納索塔瓊斯那樣貢獻一己之力。怎麼也沒想到自己將來竟然要入贅至陌生的土地，成為奧伯的夫婿。

成年以後，自己將不再是王族，還要待在全然陌生的環境展開新生活，那幅畫面他實在難以想像。也因為無法想像，更覺得恐怖且毛骨悚然。

「恭喜您訂下婚約，這下子亞倫斯伯罕往後也就平穩安泰了吧。」

「竟然在首次亮相的同時訂下婚約，真是教人吃驚。恭喜您。」

許多人異口同聲向他道賀，錫爾布蘭德卻一點也不明白這有哪裡值得恭喜。但身邊的人都囑咐過他，今天這個場合絕對要自始至終保持笑容，所以他把不滿壓回心底，只是帶著笑容接受大家的祝福。

……我也想自己挑選將來的結婚對象。

近來，隨著獻給光之女神的歌曲，亞納索塔瓊斯當初熱烈追求艾格蘭緹娜的故事也在中央廣為流傳。每當看到兩人和睦情深的模樣，每當聽到王族的專屬樂師們吟唱兩人的愛情故事，錫爾布蘭德就十分嚮往能與喜歡的人結為連理。

聽著以兩人故事為靈感所創作的各種新曲，錫爾布蘭德的母親也會告訴他，她當年是如何採取行動才與意中人結婚，說得既生動又有趣。聽著聽著，錫爾布蘭德總是不由自主心想，真希望自己共度一生的對象不是由父王單方面決定，如果他多少也有選擇的餘地就好了。

……如果我能選擇的話……

想到這裡，錫爾布蘭德腦海中浮現了飄逸的夜空色髮絲、為了追逐文字而低垂的長睫毛，以及緩緩翻動書頁的白皙指尖。他想到的人，正是圖書館魔導具休華茲與懷斯的主人羅潔梅茵。她極其愛書，同時也是艾倫菲斯特的領主候補生。但是，她已經有韋菲利特這名未婚夫了。

……由雙親指定未婚夫的羅潔梅茵，肯定和我是一樣的心情吧。

但錫爾布蘭德也知道，自己不能違抗國王訂下的婚約。至今接受的教育也都告訴他不可違抗。即便如此，他的心情還是無法克制地越來越沉重。

他帶著笑臉回到自己的房間，脫下出席社交場合用的豪華正裝，換上平日的便服後，整個人自然而然放鬆下來。同時笑容也跟著消失，換成不滿顯現在臉上。

「錫爾布蘭德王子，您看來十分消沉呢。但是，這畢竟是國王的命令。」

這種事他再清楚不過了，但此刻一點也不想聽。錫爾布蘭德的雙眼流露出強烈不滿，瞪向自己的首席侍從阿度爾。阿度爾一直提醒自己要表現得像個王族，但他都已經面帶笑容回應大家的祝福了，現在讓他鬆懈一下又有什麼關係。

「阿度爾，我要在秘密房間裡待一陣子。」

「遵命。用晚膳時我再通知您。」

之後過了數天，錫爾布蘭德收到中央騎士團長勞布隆托的會面邀請函。邀請函上寫著他要替國王傳話，因此不太想見任何人的錫爾布蘭德也無法拒絕。

「錫爾布蘭德王子，恭喜您訂下婚約。」

「勞布隆托，謝謝你。」

「……看您的表情，似乎並不怎麼感到高興哪。」

勞布隆托露出苦笑後，微微扯動了頰上的傷疤。由於從小就認識勞布隆托，再加上待在自己房裡的關係，讓他忍不住把情緒顯露在臉上了吧。錫爾布蘭德挺直背部，板起臉孔。看著努力表現出王族風範的他，勞布隆托面帶微笑，遞來一個小盒子。

「那麼，還請心情不佳的王子殿下笑納。相信能稍微消除您的煩悶吧。」

勞布隆托帶來的玩具大多非常有趣，有的是一打開就會有東西飛出來，有的是要按照正確順序才能打開。錫爾布蘭德立即綻開笑容，回頭看向在身後待命的阿度爾。身為侍從的他接過勞布隆托遞來的盒子，確認沒有危險後，再交給錫爾布蘭德。

「多謝騎士團長。」

「哪裡，我捨不得看到王子殿下悶悶不樂的樣子。」

勞布隆托看著錫爾布蘭德笑道，阿度爾也點點頭表示同意。

「那麼，王子殿下。我可以進入正題了嗎？」

勞布隆托筆直站好，開始傳達國王的口信。內容是要錫爾布蘭德向羅潔梅茵問出有關古得里斯海得的消息。由於艾倫菲斯特的斐迪南曾出現在貴族院的圖書館，他與羅潔梅茵又在尋找從前圖書館員的資料，國王似乎是根據這些事情，認為圖書館裡必然藏有什麼秘密。

「羅潔梅茵大人是侵占了王族魔導具的領主候補生，而她背後的主使者正是斐迪南大人。」

「勞布隆托，羅潔梅茵只是偶然成為魔導具的管理人，她是基於好心在提供魔力給休華茲他們喔。」

羅潔梅茵很喜歡書，覺得能夠待在圖書館是最幸福的事情，休華茲與懷斯也非常喜歡她。她還說了，圖書館裡的這兩個魔導具若是無法動彈，會讓圖書館員索蘭芝十分困擾，大家在使用上也會產生不便，所以她才幫忙供給魔力。

「……沒有人會僅是基於好心便提供魔力。縱然羅潔梅茵大人是出於善意，但她身後的人卻未必，這種事早就不足為怪。總之有必要提防斐迪南大人。」

錫爾布蘭德可以理解地點點頭。因為他雖然能夠主張羅潔梅茵是出於好意，卻不曉得她身後的人是什麼想法。小孩子的思慮都還不夠周全，所以容易被人利用。正因如此，王族與領主候補生才總有近侍隨侍在側。

「這次也因為有亞倫斯伯罕的要求，成功地讓斐迪南大人離開了艾倫菲斯特。羅潔梅茵大人是否真的心存好意，再過不久便能見分曉吧。」

「這樣啊，那就好。」

錫爾布蘭德完全不懷疑羅潔梅茵的善意。因為他知道，她眼裡就只看得到書本而已。在圖書館的時候，那雙金色眼眸總是只看著書，一直在追逐文字。她連頭也不會抬一下，甚至沒注意到身為王族的他也在現場。一旦有可能在幕後操控著她的人離開了，羅潔梅茵就不會再受到懷疑了吧。

「今年預計指派一名上級貴族前往圖書館擔任館員。倘若羅潔梅茵大人願意爽快地將管理者的權利讓給那名館員，便能洗清她的嫌疑吧。畢竟她若真是好心的協助者，應該不會執著於管理者這個位置。」

「希望被派去的是女性上級貴族呢……」

錫爾布蘭德當初之所以成為協助者，有部分就是因為他不想被稱為「公主殿下」。要是有男性奉國王之命前往後，不得不接受「公主殿下」這個稱呼，實在令人有些同情。聽見他的低語，勞布隆托詫異地眨眨眼睛。

「在亞納索塔瓊斯王子的強烈要求下，已預計指派女性前往，但錫爾布蘭德王子也希望新館員是名女性嗎？」

「如果是男性的話，我只是很同情他到時會被休華茲他們稱作『公主殿下』……」

錫爾布蘭德歪了歪頭，倒是不明白為什麼亞納索塔瓊斯會希望新的圖書館員是名女性。勞布隆托壓低音量，好似在說悄悄話般。

「他只是希望艾格蘭緹娜大人身邊盡量都是女性。不瞞您說，艾格蘭緹娜大人將以領主候補生課程講師的身分被派往貴族院，一同向羅潔梅茵大人蒐集情報。錫爾布蘭德王子，您與羅潔梅茵大人也有深交吧？請您向她打探消息，了解王族與圖書館的關係，以及打不開的書庫。」

「但羅潔梅茵之前就是不知道更多消息，才會向我提問喔？而且學生們一旦開始社交活動，我就沒辦法在貴族院內走動了，應該沒有多少時間能與她接觸。」

羅潔梅茵今年就升上三年級了，也要開始上專業課程。不久前阿度爾才提醒他，去年的情況不可能到了今年仍然一樣，他還為此垂頭喪氣。

「有些事情也許她去年還不曉得，今年卻曉得了。況且，錫爾布蘭德王子如今已經

訂下婚約，能在外活動的時間與範圍也較以往增加。」

他說因為將來已經確定了，如今錫爾布蘭德要在貴族院內多加走動也沒關係。聽到是這樣的原因，就算能夠自由活動的時間與範圍都較以往增加，他也高興不起來。

……都變成這樣了才說我有更多的時間能與羅潔梅茵相處，根本沒有意義嘛。

錫爾布蘭德失望得直想嘆氣，但他強忍下來。勞布隆托定睛注視這樣的他，再次遞來一個魔導具。

「錫爾布蘭德王子，這個魔導具請您在進入秘密房間後獨自傾聽。聽說內容事關王族的機密，而且僅會播放一次，一旦蓋上蓋子就無法再聽了。還請您仔細聆聽，以免錯過重要消息。」

「這也是父王給我的嗎？」

勞布隆托微微一笑，放下魔導具後便告退離開。錫爾布蘭德看了看勞布隆托留下的魔導具，再看向玩具。感覺魔導具裡頭就只有說教與自己完全不想聽的命令，讓他很想晚一點再聽。內心閃過這種念頭時，他的手也不自覺地先伸向玩具。

「錫爾布蘭德王子，請您先確認魔導具裡有何重要消息。」

阿度爾開口提醒後，錫爾布蘭德強壓下想拿玩具的渴望，先拿起了魔導具。

「那我進去聽王族的機密了。」

「遵命。請您仔細聆聽，切勿錯過重要消息。」

進入秘密房間，往長椅坐下後，錫爾布蘭德打開魔導具的蓋子，抬手觸碰裡頭的黃色魔石。魔力被往外吸出後，魔導具隨即傳出話聲。

「既然王子殿下對於這樁婚事如此意志消沉，這是我給您的建言。」

然而，從魔導具裡傳出的聲音卻不屬於父王，而是勞布隆托。錫爾布蘭德嚇了一跳，下意識把手縮回來。話聲瞬間停下。

錫爾布蘭德猶豫了一會兒，思考著該不該繼續聽下去，最後再次觸摸魔石。

「若您決定設法讓自己不必前往亞倫斯伯罕，請繼續聽我說。但若決定平靜地接受國王的命令，還請蓋上蓋子。」

錫爾布蘭德不由得再次鬆手，想要找人商量。但當然，在只有他一個人的秘密房間裡，根本找不到其他人。更何況事情關係到他是否要違抗王命，他也無法找任何人商量。

他的心臟開始撲通狂跳。儘管內心深處有道聲音在說，最好關上蓋子別再聽了，他卻忍不住再一次詢問自己。

……你想接受王命，前往亞倫斯伯罕嗎……

「我……我不想去。」

錫爾布蘭德發出聲音說，像是要說服自己，然後再度觸摸魔石。

「想必您也知道，能夠解除國王命令的只有國王，而一旦成為國王，便無法成為奧伯。因此，錫爾布蘭德王子若不想前往亞倫斯伯罕，便只有自己成為國王一途。」

「我成為國王……？」

錫爾布蘭德呆若木雞，但勞布隆托的低沉嗓音仍在輕聲勸說著。

「您要找到現任國王並未持有的、能夠證明王位正當性的古得里斯海得。擁有古得里斯海得的人將成為真正的國王，無人能夠質疑。如此一來，您也能幫助到一直以來都苦於沒有古得里斯海得的國王。」

當年父王的異母王兄，也就是被指定為下任國王的第二王子死得非常蹊蹺。聽說後來第一王子與第三王子相爭的時候，古得里斯海得就已經遺失了。父王曾說，如果當時古得里斯海得還在，便不會發生那樣的鬥爭。錫爾布蘭德還曾見到父王一臉疲憊，說他如果擁有古得里斯海得的話，就能接受成王的教育，也能好好盡到國王該盡的職責，而不會是現在這副樣子。

「……只要拿到古得里斯海得，成為真正的國王，不僅可以幫到父王，我也不用去亞倫斯伯罕了嗎？」

「錫爾布蘭德王子若成為新國王，便能解除前任國王下達的命令，也能與自己心儀的女性成婚吧。」

如此甜美的誘惑聽來著實吸引人。既能幫助父王，也能撤回父王下達過的命令，而且不光自己，還能讓羅潔梅茵擺脫她不想要的婚姻。

這樣的結果可以說是皆大歡喜吧？錫爾布蘭德如此心想的同時，也有道聲音在心裡制止自己。長大後本該成為臣子的自己竟想取得王位，未免太不知天高地厚了。兩道聲音在錫爾布蘭德心裡交戰，一道在力勸自己不能有這種想法，一道則是慫恿著說難得有這樣的好機會，難道你要放棄嗎？

「……像我這樣的第三王子，真的可以奢望取得王位嗎？」

對於這個問題，已經圓滿達成任務的魔導具沒有任何回答。

「錫爾布蘭德，你的臉色有些蒼白呢。心裡有什麼煩惱嗎？」
「母親大人。」
自從舉行洗禮儀式後獲賜離宮，錫爾布蘭德便很少與母親見到面。相隔許久，好不容易一同共進晚膳，但他好像不小心把低落的情緒都表現在臉上了。
……母親大人會訓斥我，說我沒有王族的樣子嗎？
錫爾布爾德有些繃緊身子。然而，往常總是十分嚴厲，會說「受洗完後就不能再撒嬌了喔」的母親，此刻卻稍稍放柔表情，特意讓目光與他平行，然後緩緩地輕撫他的頭和臉頰。
「如果你有什麼煩惱，就和母親商量吧。雖然我們現在分開居住，見到面的時間也不多，但母親最擔心的人就是你了。」
只是聽到母親這麼說，錫爾布蘭德覺得自己好像仍和以前一樣備受疼愛。他抬頭看向母親。與自己頭髮同色的劉海微微晃動著，底下的紅色眼瞳則靜靜等著他開口。
……就算不能全部說出來，稍微商量一下應該沒關係吧。
他感覺母親正在鼓勵自己。畢竟她當初為了嫁給王族，可是用盡各種方法推掉了家人想撮合的婚事，最終成功與自己喜歡的人成婚。
……這種想要自己決定結婚對象的心情，母親大人應該能明白吧。
錫爾布蘭德繼續仰頭直視母親，開口說了。
「……母親大人，我現在有一樣想要的東西。但我既不確定自己能否得到，也很清楚這只是自己的任性而已。身邊的人肯定都會告訴我，不要有這種奢望吧。即便如此，我還是可以追求自己想要的東西嗎？」

聞言，母親睜大了紅色雙眼，接著開心地輕笑起來。

「哎呀，錫爾布蘭德，我一直以為你更像那個人，想不到你也繼承了戴肯弗爾格的精神呢。」

母親讓他坐在自己的大腿上，緩慢輕柔地梳著他的頭髮，說：

「為了自己想要的東西持續付出努力，養精蓄銳、再三挑戰，這正是戴肯弗爾格的精神所在唷。」

「錫爾布蘭德王子是王族，並非戴肯弗爾格的人。」

站在身後的阿度爾夾帶著嘆息反駁後，母親僅以一個笑容打發，再以唱搖籃曲般的溫柔嗓音對兒子訴說。

「錫爾布蘭德，想要實現自己的任性願望並非易事喔。」

「是。」

「首先，你必須給身邊的人提供莫大的好處。倘若你想追求的東西，也能為身邊人們帶來好處的話，眾人必然會樂於伸出援手，協助你達成願望吧。」

母親說，如果不想遭到眾人反對，就要製造一個對自己與周遭人們都有利的情況，並且為此竭盡所能。

「究竟該怎麼做才能把旁人拉攏到自己這一邊來，你要好好思考、好好學習。然後，要累積力量讓自己能成功如願。你要鍥而不捨，用盡各種辦法，持續挑戰。倘若你也是戴肯弗爾格的男子，一定辦得到吧。」

母親輕拍他的臉頰，像在為他加油打氣。看著面帶無畏笑容、給予自己鼓勵的母親，錫爾布蘭德用力點頭。

「我會全力以赴。」

……我會拿到古得里斯海得，解除兩樁婚約，然後向羅潔梅茵求婚。

懷抱著重大決心，錫爾布蘭德來到了貴族院。交流會上，他時隔一年再次見到羅潔梅茵。稍微長高一些的她站在韋菲利特與夏綠蒂之間，來到小會廳盡頭的座位前，向錫爾布蘭德問好。

……那個閃閃發亮的東西是什麼？

在和記憶中一樣美麗的夜空色頭髮上，多了一樣他未曾見過的東西。每當羅潔梅茵邁步移動，那樣東西便會反射光線、搖晃著強調其存在——是多達五顆的虹色魔石。除了在艾倫菲斯特開始流行的花朵髮飾外，她今年還戴了會搖曳擺動的虹色魔石。去年羅潔梅茵並未佩戴，所以應該不是監護人送給她的東西。

……難道是韋菲利特送給她的？

一想到這裡，錫爾布蘭德胸口有種火燒的感覺，內心很不愉快。那他如果想向羅潔梅茵求婚，必須贈送比那更好的魔石才行。

道完問候，韋菲利特一派理所當然地牽著羅潔梅茵的手離開。總有一天，是自己會站在她身邊。

……古得里斯海得，還有虹色魔石……

訂下極難達到的目標後，錫爾布蘭德在桌面下緊緊握拳。

舊薇羅妮卡派的孩子們

斐迪南啟程離開後，不到五天的時間冬季社交界就開始了。在出發去貴族院之前，我把這五天的時間都耗在兒童室裡，完全沒有多餘心思沉浸在感傷中。正確地說，是為了壓下失落感與想哭的心情，我盡可能讓自己保持忙碌。冬季的肅清行動即將開始，領內高層全都一臉肅穆，仍然有人認為應該遵循從前的慣例，讓所有人一概連坐受罰。提出請求、希望能拯救無辜孩子們的人是我。為免齊爾維斯特遭到眾人責怪，我努力奔波周旋，一定要成功讓孩子們免於連坐。

「韋菲利特大人、羅潔梅茵大人，我一直等著這樣的機會，能夠不必顧忌父母與派系地和兩位談話。」

抵達貴族院的我一踏入多功能交誼廳，舊薇羅妮卡派的中級見習騎士馬提亞斯便踏步上前。他在腦後將深紫色的鬈髮紮成一束馬尾，俐落的身姿很有見習騎士的樣子，然後在我們面前跪下來。他的臉色蒼白，彷彿陷入了絕境的藍色雙眼筆直地注視著我與韋菲利特。

「關於為艾倫菲斯特帶來不睦的混沌女神，我有重要的消息稟告兩位。」

身為艾倫菲斯特的貴族，馬提亞斯似乎有話想直接對領主一族說。我們向他保證領主的方針依然不變，「只要獻名就能脫離父母的影響，也不會遭到連坐」後，他像要讓舊薇羅妮卡派的孩子們也聽見般，當場開始訴說。

「喬琪娜大人在返回亞倫斯伯罕的半路上，曾在我家停留。」

他向我們告發，包括他父親基貝．格拉罕在內的幾名貴族，曾私下與喬琪娜會面，另外也提供了他聽到的部分計畫。

馬提亞斯提供的證言非常重要，讓我們有十成十的把握能將基貝．格拉罕定罪。我與韋菲利特問完詳細情況後，馬上寫了信向齊爾維斯特報告。隔天，比我們晚一天來貴族院的夏綠蒂帶了回信前來。

「父親大人把這封信交給我，還要我與哥哥大人和姊姊大人一起看。」

用完餐後，我們領主候補生與近侍們聚集來到同一個房間裡，大家一起看信。領內高層似乎因為接到了舊薇羅妮卡派孩子們的密告，決定重新檢視肅清計畫，並且即刻採取行動。

「信上寫說……領內的事情就交給他們。我們領主候補生就別管領內的肅清行動，要負責監視以及說服宿舍裡的舊薇羅妮卡派孩子們。」

「既然如此，應該把馬提亞斯與勞倫斯叫來，大家一起商量比較好吧。」

韋菲利特開口提議後，夏綠蒂面露怒色。

「哥哥大人，這樣太危險了……」

「不，夏綠蒂。馬提亞斯兩人說了，他們一直在等我們來貴族院，而且不惜捨棄家人也想為艾倫菲斯特效力。如果想拉攏舊薇羅妮卡派的孩子們，拯救更多的人，我認為我們需要他們的協助。」

「我也贊成韋菲利特哥哥大人的看法。其實他們大可保持沉默，卻提供了那麼重要的消息。我想應該不會傷害我們。」

我們向夏綠蒂保證，在場護衛騎士的人數十分足夠，也不會讓兩人過於靠近後，請人去叫來了馬提亞斯與勞倫斯。為了讓貴族院宿舍能盡量保持著友好氣氛，要與他們討論該如何處置舊薇羅妮卡派的孩子們。

「我們會先召集其他人，了解哪些人犯下了多麼嚴重的罪行、覺得自己會受到何種程度的牽連、受到牽連時能否藉由獻名免罰？還是要與家人一起受罰？關於這些事情都會好好討論。」

馬提亞斯表示，根據罪行與處罰的輕重，有的人也許不需要獻名，但為免肅清行動結束後，接到報告時情況太過混亂，他想先讓大家心裡有個決定。

「待我們討論過後，決定要與家人一起受罰的人就抓起來，送回艾倫菲斯特。因為若讓他們留在貴族院，會威脅到大家的安全。」

兩人似乎已經自己討論過了，勞倫斯往馬提亞斯瞥了一眼後補充說道。聽完兩人的說明，我點點頭後，馬提亞斯的表情稍微放柔，像是想讓我們放心。

「我想應該沒有學生知道家父與喬琪娜大人的計畫。因為家父戒心極強，對於沒有獻名的人，即便是自己的兒子，也不會透露半點詳情。」

「但是，不知道詳細的計畫內容，與會不會想不開是兩回事。萬一有人襲擊領主一族，其他人也將失去免於連坐的機會。唯獨這件事我們一定會想辦法避免。」

因此兩人說了，他們身為舊薇羅妮卡派的中心人物，會負責說服其他學生。

「可是，我們領主候補生也奉奧伯之命，負責說服眾人……」

不知道是仍在提防兩人，還是感到不被信任，夏綠蒂的小臉微微一沉。

「夏綠蒂大小姐，請交給馬提亞斯與勞倫斯吧。」

截至目前都安靜在我身後待命的黎希達，開口這麼勸導夏綠蒂。

「有時即便您沒有那個意思，但雙方的情緒一旦激動起來，誰也不曉得會發生什麼事。在稍微冷靜下來前先與他們保持距離，不光能保護大小姐們，也能保護他們吧。」

畢竟是父母與親族將遭到肅清，也許有學生會一時想不開做傻事，或是突然受到什麼刺激而抓狂。我們正打算破例，讓他們能以獻名這種方式免於連坐受罰。要是仍有人對此心懷不滿，恐怕輿論會偏向還是該將所有人連坐處分掉。

「有許多貴族並不贊同此次打破慣例的做法，所以一定要做到不留話柄。」

黎希達說完，馬提亞斯與勞倫斯用力點頭，所有護衛騎士也重新站好，讓自己打起精神。

「在他們決定好要怎麼做之前，最好也把用餐時間區隔開來。並不只有說服是拯救他們的方法喔。」

於是我們採納了黎希達的建議，接下來這段時間，領主候補生也與其他學生錯開時間用餐。

隔天，等一年級生全部移動完畢，我們對著宿舍裡的所有學生，再次說明舊薇羅妮卡派的貴族做了哪些事情，以及今年的冬季期間將進行肅清。

「奧伯希望能活下來的人越多越好，我們也是同樣的想法。」

「你們都已經聽說，這次打破至今的慣例，想要免於連坐就必須獻名，而我們當然也會提供給獻名者應有的待遇。你們要好好思考自己今後打算怎麼辦。」

夏綠蒂與韋菲利特一前一後說著，舊薇羅妮卡派的孩子們只是靜靜傾聽。馬提亞斯與勞倫斯站在他們前方，保持警戒，以防有人聽完說明後抓狂發怒或情緒失控。

「……舊薇羅妮卡派的學生想必也有很多話想說，得知家人與親族即將遭到處分，也會想向我們發洩怒火吧。但是這樣的行為，說不定會讓本來可以活下來的無辜生命受到牽連喔。」

「羅潔梅茵大人，您是什麼意思？」

舊薇羅妮卡派的學生們不約而同朝我看來。

「肅清行動開始後，目前人在兒童室、已經受洗完的孩子們會被安置在城堡裡的某個地方；尚未受洗的年幼孩童則會被送到孤兒院，由我的近侍負責保護。」

幾名學生抬起頭來看著我，一臉不敢置信。想必是有弟弟妹妹還未受洗吧。

「甚至包括受洗前的孩童嗎……？」

「羅潔梅茵大人，那被送去孤兒院的舍弟，往後能以貴族身分受洗嗎？」

勞倫斯驚訝地提高音量問道。看來他有個還未受洗的弟弟。我看著勞倫斯，先是垂下目光。

「他們會先在孤兒院接受教育，倘若成績確實優秀，也沒有想要復仇這類的危險想法，而且願意向奧伯效忠的話，我們預計會由神殿長或奧伯擔任監護人，讓孩子以貴族身分受洗，並住進城堡裡的宿舍。只不過，這種做法又完全無視了至今的慣例，所以大多數人仍不贊同讓罪犯的孩子以貴族身分活下去。」

尤其是長年來備受薇羅妮卡與她所屬派系打壓的貴族們，似乎都憤慨激昂，認為應該趁這機會將舊薇羅妮卡派斬草除根。

「按照以往的慣例，受洗前的孩子們本來是不可能得救。儘管如此，我們還是想盡可能保下孩子。所以你們的選擇，也將決定他們未來的道路。我希望你們身為兄姊，能讓他們有活下去的機會。」

雖然告訴了大家即將進行肅清一事，但舊薇羅妮卡派的孩子們當然不被允許寫信給家人。如今被隔離在貴族院內，他們心裡肯定滿是恐懼、不安與絕望吧。為了更詳盡地進行說明，馬提亞斯與勞倫斯帶著他們前往會議室。我一邊在旁看著，一邊喚來自己的近侍羅德里希，吩咐道：

「羅德里希，你曾隸屬舊薇羅妮卡派，在獻名以後成了領主一族的近侍，所以你的經歷也許有助於說服眾人。請你協助馬提亞斯與勞倫斯說服大家，再把他們做出的決定告訴我吧。」

由於在他們決定好要怎麼做之前，我們領主候補生不能與舊薇羅妮卡派的學生接觸，所以只好讓羅德里希一起去說服眾人，否則根本無法取得任何消息。

「可以的話，也請幫忙詢問家庭成員。如果可以預先掌握到受洗前的孩子們有多少人，要救出他們也會比較容易。」

「遵命。」

目送羅德里希離開多功能交誼廳後，我再看向優蒂特與在她身後待命的泰奧多。

「泰奧多，不好意思讓你在這種情況下擔任我的護衛騎士。明明才剛入學，應該都還沒有適應，但就麻煩你了。」

優蒂特的弟弟泰奧多，是只在貴族院服侍我的護衛騎士。他說了，畢業以後想為基貝・克倫伯格效勞。才剛到貴族院就聽說領內將有肅清行動，那張與優蒂特十分相似的稚嫩臉龐有些僵硬。

「泰奧多，你放心吧。你的工作就是盡快修完課，陪著羅潔梅茵大人去圖書館或研究室。因為年級越高，越要花更多時間才能修完課，所以我很期待一年級的你能一起輪流執勤。今年有斐迪南大人幫忙預習，羅潔梅茵大人很可能又是所有科目都一舉通過考試。」

萊歐諾蕾向泰奧多表達歡迎與安慰之意，同時馬上指派工作給他。今年只有萊歐諾蕾、優蒂特與泰奧多三人擔任我的護衛，所以時間的分配似乎讓她傷透腦筋。突然就被指派工作的泰奧多面露難色，堇紫色雙眼看向優蒂特。

「姊姊大人還跟我說，護衛騎士該做的工作並不多，反倒是魔鬼般的訓練多得不得了，想不到我一來就肩負重任。」

「泰奧多，你啊……」優蒂特低聲喊道，臉頰微微抽搐。萊歐諾蕾則是仰起頭，似乎在回想什麼事情。

「……我想這是因為優蒂特修完課的時候，羅潔梅茵大人通常已經返回領地了吧？

所以她能執行護衛任務的時間也就不多。」

「噢，原來如此。意思是只有姊姊大人一個人很慢才修完課嗎？」

「萊歐諾蕾！泰奧多！你們別再說了！今年我也會好好加油，讓自己能有護衛騎士該有的樣子！」

看著淚眼汪汪的優蒂特，萊歐諾蕾輕笑起來。

「其實優蒂特並不是動作慢喔。她不過是為了留下優秀的成績，很努力在學習而已。況且論起遠距離攻擊，宿舍裡頭可沒有人比得上優蒂特。就連放眼整個貴族院，她也能排上前幾名吧。波尼法狄斯大人也為此誇獎過她呢。」

「咦?!姊姊大人嗎？」

泰奧多住在老家，而優蒂特住在騎士宿舍，所以他並不清楚姊姊的能力，以及她曾如何大展身手吧。聽完萊歐諾蕾說的，他瞪大眼睛。

「之前只是因為在羅潔梅茵大人的護衛騎士中，大多是像安潔莉卡與柯尼留斯那樣術科比較擅長的人，才會注意不到優蒂特有多麼優秀。但是，去年她也很快就修完了學科喔。優蒂特，為了向泰奧多展現優秀的一面，今年妳也要加油。」

身為姊姊我絕對不能輸──優蒂特明顯燃起了熊熊鬥志。為了當夏綠蒂與麥西歐爾的好姊姊、十分努力的我，完全可以明白她的心情。

……嗯、嗯，哪能輕易輸給弟弟呢，對吧？姊姊加油！

「對了，泰奧多。執行任務時你要直呼優蒂特的名字，不能稱呼她為姊姊大人。否則在下指令與喊人的時候，會搞不清楚到底在叫誰，給大家造成困擾。同樣是近侍，彼此要直呼對方的名字，你也直接叫我萊歐諾蕾就可以了。」

「是，萊歐諾蕾。」

泰奧多一臉無法適應的樣子，小聲唸了好幾次「優蒂特」。優蒂特也嘀咕道：「聽到泰奧多直接叫我的名字，感覺好奇怪喔。」接著，長得十分相似的兩人一起歪過腦袋瓜。這幅畫面太過可愛，讓我有些笑了出來。

「羅潔梅茵大人，您是什麼時候，要改變對誰的稱呼呢？」

「我在頭銜與地位改變了的時候，也花了好久才習慣呢。」

優蒂特一骨碌轉過來，充滿好奇的堇紫色雙眼閃閃發亮地看著我。

「我成為領主的養女以後，很多事情都變得和以前不一樣喔。比如在城堡要直呼哥哥大人他們的名字，齊爾維斯特大人也要改稱為養父大人，那時候我常常反應不過來呢。優蒂特與泰奧多大概也要適應一段時間，但只要想成這是工作時的稱呼，很快就會習慣了。」

我對優蒂特這麼說道，同時在心裡補充說：

……雖然現在看來已經是很久以前的事情了，但我還是青衣見習巫女的時候，還曾稱呼達穆爾為「達穆爾大人」呢。

回想起說了多半也不會有人信的往事後，我微微垂下目光。

「羅潔梅茵大人，他們都大概做好決定了。」

舊薇羅妮卡派的孩子們似乎已經大概決定好，在確定會遭到連坐處分之際，屆時要向誰獻名。羅德里希前來報告結果。我們於是借了一間會議室，聽取他的報告。十六名學生當中，聽說有三人預計向我獻名。

「馬提亞斯、勞倫斯與繆芮拉因為父母已向喬琪娜大人獻名，所以獻名已經是無可避免。馬提亞斯與勞倫斯說了，他們會盡快做好獻名石，讓舊薇羅妮卡派的孩子們能鼓起勇氣追隨他們的腳步。」

我看著羅德里希記錄下來的、孩子們想要獻名的對象後，發現統計結果有著明顯的落差。

「男性見習騎士及見習侍從大多想向韋菲利特哥哥大人獻名，女性見習騎士及見習侍從則大多想向夏綠蒂獻名。見習文官則是想向奧伯獻名呢。想向我獻名的，只有馬提亞斯、勞倫斯與繆芮拉三個人嗎？」

只有繆芮拉是女性見習文官，馬提亞斯與勞倫斯都是見習騎士。

「我本來還希望能補充到女性的見習侍從呢……」

莉瑟蕾塔是今年，布倫希爾德則是明年就要畢業了。即便貝兒朵黛會入學，我還是需要再招攬一、兩名見習侍從。然而現在看來，我好像不怎麼受歡迎。

「因為一旦失去父母，女性很難在艾倫菲斯特找到結婚對象，所以才會幾乎都想向極有可能嫁往他領的夏綠蒂大人獻名吧。」

因為若向夏綠蒂獻名，在她出嫁時很可能可以一同前往他領。倒不如說，是不可能把已經獻名的近侍留在艾倫菲斯特內。屆時一同前往他領以後，夏綠蒂就會成為她們的後盾，比起以罪犯親人的身分留在領內，更有可能尋找到好對象。聽說就是因為這樣，女性見習侍從及見習騎士才會大多想向夏綠蒂獻名。

「但如果是因為這樣的話，那擔心情報外流、很少獲准同行的見習文官們，應該會想向我獻名才對啊。可是，為什麼大多是想向韋菲利特哥哥大人獻名呢？」

我感到十分奇怪，但原來同樣有著他們避之唯恐不及的理由。

「因為一旦成為羅潔梅茵大人的近侍，便要前往神殿。而現在仍有不少貴族對神殿感到排斥，哈特姆特又出了名的嚴厲……」

「哈特姆特很嚴厲嗎？跟斐迪南大人比起來，他已經很溫柔了呢。指導的時候總是非常細心。」

菲里妮歪過腦袋這麼說，羅德里希露出苦笑。

「跟斐迪南大人比起來，他也許算溫柔吧。但是，一旦判定能力不佳就會將其疏遠這點，兩位倒是很像喔。萬一在失去家人、獻了名也無處可逃的情況下，被文官中身分最高的哈特姆特盯上，光想像就覺得很恐怖。」

不過，他們若不願意進入神殿的確很讓人傷腦筋，再加上印刷方面的業務我也交給了哈特姆特。如果會和哈特姆特處不來，確實不適合成為我的文官吧。

「所以就是這樣，儘管有不少人心裡都想向羅潔梅茵大人獻名，但考慮到現實層面，有好幾樣因素令他們裹足不前。此外也因為您身體虛弱。」

羅德里希有些為難地笑了笑。看來也是因為我身體虛弱到不知何時會喪命，他們都不敢向我獻名、把性命交到我手中。畢竟主人要是沒有歸還名字就死去，他們也會跟著喪命。

「還有，羅潔梅茵大人因為要舉行奉獻儀式，並不出席社交活動，又常因身體不適而中途離席，所以對見習侍從來說……」

「瓦須恩。」

一團水球冷不防把羅德里希包起來，只見不知為何莉瑟蕾塔正握著思達普。大家都眨著眼睛，不曉得這是怎麼回事時，她微微一笑。

「因為我看羅德里希的嘴角好像沾到了點汙漬，便為他施展了洗淨魔法。」

「嗯，是呀。不過，我總覺得還沒有洗乾淨呢。羅德里希，最好去把臉洗乾淨再回來吧。請恕我們暫時失陪。」

布倫希爾德笑著對莉瑟蕾塔點點頭，然後瞇起蜜糖色雙眼，帶著羅德里希離開。她的動作快得我根本來不及阻止，本來還在報告的羅德里希就這麼被迫離場。我完全搞不清楚狀況，仰頭看向莉瑟蕾塔。

「呃、那個，莉瑟蕾塔……」

「羅潔梅茵大人，我為您重新泡壺茶。請您稍待片刻。」

莉瑟蕾塔面帶笑容，極其迅速地退出房間。我環顧四周，看見菲里妮與優蒂特正不約而同嘆氣。

「那個，發生什麼事情了？菲里妮、優蒂特，妳們知道嗎？」

兩人正互相對看時，萊歐諾蕾往前一站。

「什麼事也沒有。誠如莉瑟蕾塔與布倫希爾德所說，就只是羅德里希的嘴角有些髒了而已。」

……雖然我並沒有看到髒污，但看來最好不要追問了吧。

我決定放棄追問。很快地，被洗淨魔法沖洗過後看來也沒什麼變化的羅德里希，便有些消沉地與布倫希爾德一同回來。

「現在已經沒問題了。那麼，請繼續向羅潔梅茵大人報告吧。」

布倫希爾德往羅德里希的背部輕輕推了一下。站到我面前的他先是挺直腰桿，讓自己打起精神，然後露出笑容說：

「實在非常抱歉，那我繼續報告了。由於羅潔梅茵大人對我這個近侍，始終是平等相待，與其他人沒有分別，因此馬提亞斯與勞倫斯打算率先獻名。兩人認為，如果能讓大家看到他們也得到了相同的待遇，舊薇羅妮卡派的孩子們想必也能鼓起勇氣獻名，其他領主一族也不會明顯地改變應對態度吧。」

羅德里希說，他們想讓我所提供的待遇成為基準，才能確保大家即使獻名，也不會遭受到差勁的對待。

「而繆芮拉非常尊敬艾薇拉大人。她說至今因為派系與家人的關係，這種話她根本說不出口，但只要向羅潔梅茵大人獻名，就算在公開場合這麼說也不會被罵，還能最先看到艾薇拉大人做的書，所以很高興能夠獻名。」

聽完羅德里希的說明，我馬上知道了繆芮拉是誰。是那個有著桃色頭髮的女孩子，每次都是她最期待有新書上架。我把新書放到宿舍圖書區的書架上時，總有一個女孩子會坐立難安地等在一旁，綠色雙眼燦然發亮，然後第一個衝去拿艾薇拉印好的新書。那個女孩肯定就是繆芮拉。記得她曾說過，因為自己隸屬舊薇羅妮卡派，父母不願意購買萊瑟岡古貴族寫的書給她。

「繆芮拉還說如果可能的話，她很想向艾薇拉大人獻名，但由於規定僅限領主一族，她打算向與艾薇拉大人關係最親近的羅潔梅茵大人獻名。」

「……那我再問問看，母親大人能不能也成為接受獻名的對象吧。」

畢竟得獻出性命，我想盡可能實現對方的心願。我寫了信詢問齊爾維斯特後，他回信說在繆芮拉就讀貴族院的時候，我還是要先把她納為近侍，等她畢業以後再歸還名字，到時她可以再向艾薇拉獻名。他會這麼回答，似乎也是因為領內十分需要能處理印刷業務的文官，所以想讓繆芮拉先成為我的近侍，學習印刷業的相關知識，往後再讓她成為艾薇拉的下屬。

「另外，谷麗媞亞有事想與羅潔梅茵大人商量。」

「她怎麼了嗎？」

「谷麗媞亞是四年級的見習侍從，考慮到在貴族院的生活與為了尋求庇護，她似乎想向羅潔梅茵大人獻名，但又非常煩惱。」

聽說谷麗媞亞膽小又畏縮怕生，男孩子們經常開她玩笑。她似乎迫切地想要尋求庇護，看到羅德里希受到的對待，覺得可以向我獻名。

「她是個觀察入微的人，非常擅長打理主人的房間與生活，但因為個性的關係，似乎不太擅長與人熱絡往來，偏偏羅潔梅茵大人會與上位領地以及王族打交道，所以她說自己沒有信心能當您的侍從。」

「……這點確實很讓人傷腦筋吧？」

我看向莉瑟蕾塔與布倫希爾德。布倫希爾德手托著腮，思考了一會兒。

「但谷麗媞亞身為見習侍從，成績十分優秀。如今莉瑟蕾塔即將畢業，貝兒朵黛則會在明年入學就讀，所以一個內向一個外向，正好可以形成互補，我倒覺得不成問題。」

布倫希爾德與她的妹妹貝兒朵黛都是上級貴族，會負責與上位領地往來，以及與中央打交道。聽說現在，艾薇拉也正在指導貝兒朵黛如何與上位領地交流，所以需要有個和莉瑟蕾塔一樣、擅長幕後支援工作的侍從。

「我也是中級貴族，所以需要與上位領地及中央交涉的時候，都是交給布倫希爾德。雖然谷麗媞亞說她沒有信心能夠勝任，但看她至今的表現，並不是連中級與下級貴族也無法應對，所以我想應該沒問題。」

「是呀。莉瑟蕾塔說得沒錯，我觀察過她在茶會上與領地對抗戰時的表現，應對談吐全都十分得體。今年與明年都還有我在，您可以放心地把谷麗媞亞納為近侍。請儘管交給我吧。」

布倫希爾德的蜜糖色雙眼筆直注視我，眼神堅定有力。

總之我確實需要侍從。決定好納為侍從以後，會讓谷麗媞亞主要負責幕後的支援工作，我再請羅德里希向她這麼轉告。

我們並不知道艾倫菲斯特內的肅清行動究竟什麼時候開始，什麼時候結束。就在這種情況下，明天就是升級儀式與交流會了。絕不能讓他領發現，如今艾倫菲斯特舍內部根本是一團亂。我請近侍們和去年一樣分配絲髮精與髮飾，迎接明天的到來。

交流會（三年級）

「諸位領主候補生，明天就是升級儀式與交流會了，結果我還是和去年一樣，完全沒收到艾倫菲斯特的學生們已經移動完畢的通知喔！」

餐廳內只有領主候補生與其近侍們在用晚餐時，赫思爾氣沖沖地衝了進來。看見赫思爾，韋菲利特與伊格納茲互相對望，臉上明顯寫著「糟了！」兩個字。其實我也是，因為忙著思考該如何處置舊薇羅妮卡派的孩子們，徹底忘了要聯絡舍監。

「我很抱歉。不過，也是因為我們在忙一些事情……」

韋菲利特起身道歉，不便提起肅清，因此解釋得支支吾吾。發現赫思爾的眉毛猛然一動，我也站起來。

「很抱歉未能及時通知老師。既然來了，正好可以聽聽今年貴族院有什麼通知，我們也有話想跟赫思爾老師說。要不要一起用餐呢？」

我邀請赫思爾一起用餐。她的目光飛快地掃過桌面上的食物後，臉上浮現微笑。看這樣子，暫時是成功用美食阻止她發火了。

「黎希達，請幫赫思爾老師準備一個位置。」

「遵命，大小姐。」

在幫赫思爾準備餐具的時候，她告訴了我們今年艾倫菲斯特的排名，以及與升級儀式和交流會有關的注意事項。韋菲利特的一名近侍去了多功能交誼廳，向學生們傳達同樣的內容。

「赫思爾老師，雷蒙特或斐迪南大人與您聯絡了嗎？」

「……我只有秋季尾聲收到過一次斐迪南大人的來信。他在信上說了，自己不久後就會前往亞倫斯伯罕，並拜託我好好照顧羅潔梅茵大人。至於雷蒙特還沒來研究室露面，所以我沒有他那邊的消息。」

貴族院的教師們似乎也曉得了領主會議的結果，所以赫思爾知道斐迪南成了蒂緹琳朵的未婚夫，但沒想到居然沒有多少準備時間就要動身出發。赫思爾說她接到通知時嚇了一跳。

「薇羅妮卡大人一直致力於與亞倫斯伯罕保有往來，想不到現在卻是她最不待見的斐迪南大人要去亞倫斯伯罕，還真是諷刺呢。」

聽見赫思爾夾帶著嘆息這麼說，我的嘴角不禁微微上揚。在艾倫菲斯特，除了與斐迪南關係親近的人以外，大家都認為這是一樁喜事，不少貴族還很高興能與亞倫斯伯罕建立起更加緊密的連結。斐迪南還得面帶假笑回應那些貴族，所以看到赫思爾也知道他其實根本不想去亞倫斯伯罕，這讓我很高興。

「赫思爾老師，斐迪南大人把宅邸轉讓給了我，還允許我改造成圖書館。所以今年我想去您的研究室，與雷蒙特一起製作要放在我圖書館裡的魔導具。」

「對喔，斐迪南大人也是羅潔梅茵大人的監護人吧……那他也把資料都轉送給妳了嗎？還是斐迪南大人全帶走了？」

赫思爾最關心的，似乎是研究資料的下落。我想了想斐迪南在準備前往亞倫斯伯罕時，打包了哪些東西。由於事出突然，基本上只帶了生活必需品而已。記得他也說過，重要物品會之後再送過去，而且他在那裡也不會有時間研究。

「我想大部分應該還留在艾倫菲斯特。因為在舉行星結儀式之前，斐迪南大人得先住在客房吧？所以等到正式結為夫妻，斐迪南大人在亞倫斯伯罕得到了屬於自己的房間後，才會把留在領內的物品送過去。」

「那麼，妳沒把斐迪南大人的資料帶來貴族院吧？」

「……我完全忘了這件事。」

聞言，我才驚覺自己沒有準備到可以用來向赫思爾提出要求的資料集。因為去年只要把有人準備好的資料帶來就好，但今年監護人離開後，我應該要自己準備。

……我深深體會到斐迪南大人有多麼細心周到了。

到了宿舍甚至忘記要通知舍監的我，根本沒有多餘的心力想到這些事。萬一今年在貴族院有事想拜託赫思爾，到時該怎麼辦呢？

「話說回來，你們領主候補生為何與其他學生錯開時間用餐？」

赫思爾往餐廳環顧了一圈後問道。韋菲利特與夏綠蒂都面露難色，不知道該怎麼回答。因為現在我們並不曉得領內的情況，不能洩露有關肅清的任何消息。萬一不曉得從哪裡傳了出去，讓本該抓到的人溜走就麻煩了。

「因為我們判斷，暫時最好先與其他學生保持距離。等過一段時間，應該又能一起用餐了吧。」

「……艾倫菲斯特領內發生了什麼事情吧？」

「等到一切結束，我再向您說明。」

我面帶微笑，定定注視赫思爾那雙紫色眼睛。她似乎明白了我的意思，也就是不管再怎麼問，我們也不會回答。

「這樣啊。那麼等一切結束後，我很期待羅潔梅茵大人來研究室拜訪喔。在那之前想必會很辛苦，還請羅潔梅茵大人要多保重身體。」

「咦？」

再次在尤列汾藥水裡浸泡過後，連我自己也覺得身體好像變得比較強壯了。這陣子來，我的身體狀況也沒有差到大家會叫我休息。我納悶地眨著眼睛時，赫思爾一臉哭笑不得。

「現在宿舍裡的氣氛就和以前一樣緊繃壓抑，完全感覺不到這幾年來隱隱形成的凝聚力，和所有人一起奮發向上的活力吧。這難道不是因為艾倫菲斯特的聖女老像這樣板著臉孔嗎？」

被赫思爾這麼一說，我捂住自己的臉頰。我哪有板著臉孔，明明正笑著才對啊。我偏頭不解時，赫思爾忽然伸手貼在我的臉頰上。直接從肌膚傳來的暖意，好似慢慢地往內心滲透進來。

「努力強打精神固然很好，但也別忘了保持妳原有的樣子喔。」

赫思爾話聲平靜地說完，便回自己的研究室去了。我腦海裡滿是問號，不明白她到底在說什麼。

……我原有的樣子是什麼呢？

隔天就是升級儀式與交流會。由於要在第三鐘前進入大禮堂，我整理好儀容，戴上披風與胸針。頭上除了髮飾，也插上虹色魔石的簪子後，終於可以準備出發。

我操縱著騎獸來到二樓，與男性近侍的羅德里希和泰奧多會合。所有近侍都到齊後，布倫希爾德環顧眾人。

「羅潔梅茵大人，預計與您一同出席交流會的護衛騎士有萊歐諾蕾、優蒂特、泰奧多，侍從則有我，文官則是羅德里希。請問沒問題嗎？」

「嗯，布倫希爾德，沒有問題喔。」

從身分來看也只能這麼安排，我深切感受到自己近侍中的上級貴族太少了。

我們往一樓走去時，正好聽見夏綠蒂在對一年級生們說：

「要是沒有披風與胸針，也會無法回到宿舍，所以請一定要小心。大家都準備好了嗎？哎呀，舊薇羅妮卡派的學生還沒好嗎？瑪麗安妮、魯道夫，麻煩你們前去察看一下。」

夏綠蒂的近侍瑪麗安妮與魯道夫奉命上樓，我與他們擦身而過，來到一樓。

在玄關大廳集結的眾人，都穿著以黑色為主的服裝，披著披風、戴有胸針，女孩子更是全員佩戴髮飾。今年我也送了髮飾給一年級生，但有不少高年級生都是佩戴自己購買的髮飾，因此款式不像去年那麼統一。

其實我自己也沒有佩戴去年的髮飾。因為總不能戴上多達三個的髮飾，而斐迪南送的護身符又不能摘下，所以我便戴了多莉做的豪華髮飾，再加上有虹色魔石的簪子。

由於只有在宿舍內才能使用騎獸，我先收起騎獸，然後尋找韋菲利特的蹤影。

「羅潔梅茵，怎麼了嗎？」

我對著韋菲利特微微轉過頭，伸手觸摸左右搖晃的虹色魔石。

「關於斐迪南大人贈送的這個護身符，我想對外最好宣稱是韋菲利特哥哥大人送的。請和我統一口徑吧。」

「為什麼？」

「因為布倫希爾德跟我說，我收到的魔石，品質比斐迪南大人送給蒂緹琳朵大人的魔石還要好。」

雖然在我看來都是虹色魔石，斐迪南又要求我隨身佩戴，所以我並不覺得有什麼問題，但看在旁人眼裡似乎沒我想的這麼簡單。聽完布倫希爾德與黎希達的輪番說明，我想這就像是某個人先送給未婚妻訂婚鑽戒後，卻又送給另一名女性鑲有五顆鑽石的守護項鍊，項鍊上的鑽石還比訂婚戒指上的鑽石等級要高。雖說用途與訂婚用的魔石不一樣，並不是不能送，但要是讓未婚妻知道了似乎不太好。

「未婚妻蒂緹琳朵大人要是知道了，想必會感到十分不快吧？」

「我並不是女性，所以不太清楚，但大概吧。」

「請您要明白其中的嚴重性！」

韋菲利特的侍從們抱頭哀嚎。不過，我與韋菲利特都搞不懂這件事有哪裡不妥，真不知道這到底是好事還是壞事呢。

「其實只要不佩戴這個髮飾，就不會刺激到蒂緹琳朵大人，但考慮到目前宿舍內部的情況，而且也要小心他領的人，還是不能摘下斐迪南大人的護身符呢。」

「是啊。畢竟叔父大人就是判定妳會有危險，才給了妳護身符，況且妳也確實被英蒙丹克的上級貴族攻擊過。」

雖然對方原本的目標是哈特姆特，但我遭到偷襲仍是不爭的事實。再者後來還發生了襲擊事件，誰也不曉得還會發生什麼事。護身符還是戴越多越好。

「所以我想要統一口徑，說我頭上的虹色魔石是由領主夫婦、父親大人、監護人與未婚夫各準備了一顆，而款式是由斐迪南大人所設計。」

布倫希爾德說了：「只要對外這麼宣稱，若有人因為蒂緹琳朵大人的髮飾而質疑斐迪南大人的品味，到時也有依據可以反駁吧？」

「我只要能確保斐迪南大人的品味不會遭到質疑就好，也不想因為這個簪子而刺激到蒂緹琳朵大人。萬一蒂緹琳朵大人覺得自己明明是未婚妻，卻比故鄉的人們還不受重視，可能會大幅影響到斐迪南大人在亞倫斯伯罕的生活。」

「因為叔父大人老是擔心身邊的人，卻不太擔心自己嘛。」

韋菲利特輕嘆口氣，稍微捲起自己的袖子，只見他的手臂上戴有兩個護身符。一個是用來抵禦物理攻擊，一個是用來抵禦魔力攻擊。他說斐迪南也送了護身符給夏綠蒂、齊爾維斯特以及芙蘿洛翠亞。

「我知道了。髮飾上的魔石就當作是大家一起準備的，而款式是請叔父大人設計的吧。」

韋菲利特點頭這麼說時，樓上忽然傳來某種東西倒地的聲響。緊接著，像是有什麼東西在瘋狂掙扎。

「萊歐諾蕾！」

「娜塔莉！」

「亞歷克斯！」

被叫到的護衛騎士們一個箭步衝上樓，其他見習騎士則是不約而同擺出戒備姿態。劈哩啪啦的碰撞聲響很快停了下來。接著沒過多久，勞倫斯帶著一名一年級的男生下樓來，還以思達普變出的光帶捆起對方。

「勞倫斯，發生什麼事了？」

「不出我們所料，果然有人想利用交流會，透過他領的人向家人傳遞消息。」

勞倫斯拿出一張紙來。紙上寫著：「我聽說向喬琪娜大人獻名以及做了壞事的人都會被逮捕，然後遭到處分。父親大人、母親大人，兩位並沒有做壞事吧？我還可以見到大家嗎？」我彷彿看見一個孩子正悲痛地提出質問。

思念家人的心情經由文字傳來，我難過得感到想哭。雖然我很想馬上讓這名學生回家、見家人一面，但站在肅清者的立場，我什麼話也不能說，只能用力咬牙。

「勞倫斯，你打算怎麼處置這名學生呢？」

我詢問後，勞倫斯露出微笑。

「羅潔梅茵大人，舊薇羅妮卡派的所有學生將不出席今日的升級儀式與交流會。馬提亞斯要我跟您說，請您告訴赫思爾老師，由於艾倫菲斯特領內爆發某種流行疾病，有許多學生都需要靜養好幾天。」

「勞倫斯，這……」

這不算是回答——但我話還沒說完，就被韋菲利特拉扯手臂制止。

「羅潔梅茵，之前已經說好說服這項工作，就交給馬提亞斯兩人。明明我們給了他們可以免於連坐的機會，卻還是有人想向他領與可能有罪的家人通風報信，這件事絕不能讓父親大人他們知道。妳在意這些學生的話，就更是不能說。」

「韋菲利特哥哥大人……」

「之前不是早就預料到了，有幾個人會是這種反應嗎？妳也知道這種時候應該怎麼做吧？」

韋菲利特的深綠色雙眼看著我，再看向那名被綁起來的學生。我們說好了，如果有學生為了救家人而想要做傻事，那只能無一例外地依照慣例，讓所有人都連坐受罰，不然就是假裝沒看見。

「……當初因為羅潔梅茵的寬容，我為了家人所犯下的過失才沒有被追究。所以如果有人同樣是為了家人而犯錯，我也願意再給他一次機會。倘若再有下次，就要秉公處理了。」

「我也希望可以拯救更多的人，所以這次就當作沒看見吧。勞倫斯，舊薇羅妮卡派的學生就交給你們了。」

「那走吧。大家要留意自己的表情和動作，別讓他領的人看出異樣。」

韋菲利特一聲令下，大門打開，大家魚貫走出宿舍。由於少了舊薇羅妮卡派的孩子們，今年艾倫菲斯特的學生人數看來很少。明明第三鐘都還沒響，我在踏出宿舍之前就已經感到疲憊無力。

「姊姊大人，您沒事吧？」

「因為我非常能明白思念家人的心情，看到現在的他們讓我好難受。」

「接受現實並不容易，我只希望他們不要放棄活下去的機會呢。」

夏綠蒂說完伸出手來。我握住她的手，一起離開宿舍。被她緊緊握著的手感覺十分溫暖。

出來一看，門上的號碼變成了八，我們與大禮堂的距離比去年更近了。到了大禮堂後，列隊的位置也不一樣，變得相當靠前。我們成群結隊移動時，雖然四周一直傳來說話聲，但我幾乎沒有去聽。因為我滿腦子都在想著出發前發生的種種，以及待在貴族院時萬一說服不了舊薇羅妮卡派的孩子們，到時該怎麼辦。我掛上貴族該有的禮貌笑容，聽著位高權重的人說些與去年差不多的致辭，靜待時間流逝。

在我出神發呆的時候，升級儀式便結束了。緊接著，學生們分成下級貴族、中級貴族、上級貴族，以及領主候補生與其同行的近侍，前往出席交流會。離開大禮堂後，我們領主候補生與近侍一起走向小會廳。

「第八名艾倫菲斯特，韋菲利特大人、羅潔梅茵大人與夏綠蒂大人入場。」

走進小會廳後，錫爾布蘭德就坐在正前方。看來他今年也要以王族的身分待在貴族院。我投以微笑後，他也對我微微一笑。雖然大家都要我少與王族往來，但只是這麼微小的互動應該沒關係吧。

不久全員到齊，依照往年的慣例，必須與各領的人寒暄致意。首先要向坐在正前方的錫爾布蘭德問好，再依序向排名比自己高的領地致意，最後是等排名比自己低的領地前來問候。這些都和去年一樣。庫拉森博克的學生最先起身，接著是戴肯弗爾格、多雷凡赫，然後一直到排名第七的領地，再來就輪到我們了。

「幸得時之女神德蕾梵庫亞的命運絲線交織，今年才能再次與您會面。」

韋菲利特做為代表開口寒暄，我則站在他與夏綠蒂之間。可能是因為被囑咐過，要盡量別與王族扯上關係，兩人臉上都有著明顯的緊張。

對照下錫爾布蘭德一臉笑咪咪的，明亮的紫色雙眼開心瞇起。望著他看來十分幸福的笑臉，我沒來由地非常羨慕，忍不住心想：「看起來好幸福喔，真好。」可是，明明我去年不曾看著某個人的笑臉感到羨慕，所以也不明白自己為什麼會有這種心情。我在心裡納悶偏頭，表面上則對錫爾布蘭德陪以笑臉。

「羅潔梅茵，今年我也很期待在圖書館裡遇見妳喔。」

「承蒙您不嫌棄。」

這種時候，當然不能老實地回答說：「我被大家罵過太多遍，所以打算與您保持距離。」「不好意思，我預計待在研究室。」因此我只是面帶微笑，給予不過不失的答覆，然後牽著韋菲利特與夏綠蒂的手退開。接著要向庫拉森博克的人問好。

今年庫拉森博克似乎沒有領主候補生。韋菲利特與一名沒見過的上級貴族代表互道寒暄。對方還針對商人擅作主張一事向我們道歉，並希望今後仍能保有友好往來。

……但就算你這麼說，提供給你們的名額也無法再增加了呢。現在平民區早已經忙到超出負荷了。他們甚至還料想，說不定亞倫斯伯罕會藉著斐迪南要結婚這個機會，也提出想要貿易往來的要求。

……可是，這次的肅清行動結束後，領內的魔力勢必減少，無法用因特維庫侖將葛雷修改造成貿易都市吧。這該怎麼辦才好呢？

「藍斯特勞德大人、漢娜蘿蕾大人，幸得時之女神德蕾梵庫亞的命運絲線交織，今年才能與兩位再次會面。」

戴肯弗爾格的座位區坐著藍斯特勞德與漢娜蘿蕾。看見漢娜蘿蕾的微笑，我覺得自己的心情變好了些。

「漢娜蘿蕾大人，真高興看到您這麼有精神。」

「羅潔梅茵大人看起來氣色也不錯，那我就放心了。因為我剛才聽洛飛老師說，艾倫菲斯特領內最近有流行疾病，很多人因此今天缺席呢。」

她似乎以為體弱多病的我，肯定也正臥病在床。夏綠蒂往前站了一步，微笑說道：

「姊姊大人之前已經躺在床上休養好一陣子了，暫時應該是不用擔心。對了，請問髮飾要何時提交呢？今年姊姊大人不用返回領地舉行奉獻儀式，也可以等到社交週的時候再提交唷。」

夏綠蒂帶著微笑轉移話題，直接跳過流行疾病這件事。高超的說話技巧讓我在心裡拍手叫好，同時我把目光投向訂購者藍斯特勞德。

「髮飾的造型是參考了戴肯弗爾格領內特有的植物吧？看見圖案的搭配那麼美麗和

諧，髮飾工藝師都十分吃驚呢。成品也完成得非常出色。」
「哼，對吧？看來在艾倫菲斯特那種偏僻地方，還是有人很有眼光嘛。」
藍斯特勞德勾起嘴角回道，簡直就像自己被稱讚一樣。我心想著「不會吧」，試著詢問設計者是誰。
「是哥哥大人設計的唷。哥哥大人很有繪畫天分，從以前就擅長這些事情。」
「真意外呢。」
想當初他還帶著他領的人跑來，要我讓出休華茲與懷斯的管理權，真是難以想像。
「妳那個連有虹色魔石的髮飾也不錯。從哪來的？」
「這些魔石是由我的監護人們所準備，款式則由斐迪南大人設計，最後再由韋菲利特哥哥大人贈送給我。斐迪南大人的設計也很出色吧？」
「妳稍微向後轉，我要看仔細一點。」
我正想轉身的時候，只見漢娜蘿蕾急忙扯了下兄長的披風。
「哥哥大人！髮飾再怎麼漂亮，您那麼定睛打量也太失禮了。」
聽話地正要向後轉的我也立即停住不動。好險、好險，好像差點就要做出淑女不該有的舉動了。
「羅潔梅茵大人，真是非常抱歉。那麼等到了社交週，我們再收取髮飾、互換書籍吧。今年也有新書吧？我很期待艾倫菲斯特的新書喔。」
「嗯。我聽說戴肯弗爾格的史書會製成書籍，已經完成了嗎？」
喜歡看書的漢娜蘿蕾也就算了，想不到連藍斯特勞德也這麼期待。那雙紅色眼睛看著我，閃耀著充滿興致的光彩。看到有人這麼期待新書，我高興得點點頭。

「由於戴肯弗爾格的歷史非常悠久，很難把所有內容收錄成一冊，所以預計出成好幾集。今年在貴族院，會先把第一集的樣書交給兩位。倘若看過樣書後覺得沒有問題，會在下次的領主會議過後開始販售吧。」

「是嘛，那我會期待茶會的到來。」

……咦？藍斯特勞德大人也要出席茶會嗎？

明明看他之前的態度，都是不想與艾倫菲斯特的人同桌而坐，心境到底起了什麼變化呢？感覺對方好像隱藏起了真面目，我邁步往多雷凡赫的座位移動。

與多雷凡赫問好時，我們完全交給與奧爾特溫是好朋友的韋菲利特。

「很遺憾，今年因為有些學生生了病，暫時還無法上課，恐怕無法第一堂課就全員通過考試了。」

「這樣啊，那真是遺憾。不過，這不影響我們之間的勝負吧？」

「嗯，那當然。」

兩人友好地說好要一較高下。奧爾特溫也問起虹色魔石的髮飾，我們於是重複了一遍剛才對戴肯弗爾格說過的回答。

也向格里森邁亞與哈夫倫崔問好後，接著是亞倫斯伯罕。

「蒂緹琳朵大人，幸得時之女神德蕾梵庫亞的命運絲線交織，今年才能再次與您會面。」

蒂緹琳朵看來心情極佳，告訴我們斐迪南的近況。

「為了要來貴族院就讀的我，斐迪南大人總是面帶溫柔的笑容，非常認真在處理公務唷。」

……那是假的，是假笑。

我一邊在心裡吐槽，一邊感到非常擔心。總覺得斐迪南現在肯定減少了自己睡眠與吃飯的時間，每天都過著要喝藥水的生活。開始上課以後，再透過雷蒙特寫封信去問問看吧。

「在宣告冬季社交界正式開始的宴會上，斐迪南大人還彈奏了飛蘇平琴。他說那是新曲，為我創作了充滿熾熱情意的情歌呢。下次我打算在茶會上請樂師演奏。」

……看來關於如何拉攏同伴，斐迪南大人稍微參考了我的建議，那真是太好了。但是情歌？那位斐迪南大人唱情歌……？

老實說，我真沒想到斐迪南居然懂得如何討女孩子歡心。結果我根本沒必要教他該怎麼拉攏同伴嘛。

蒂緹琳朵滔滔不絕，訴說著斐迪南有多麼溫柔體貼。韋菲利特一臉茫然地看著她，偷偷戳了戳我的肩膀。

「……羅潔梅茵，她講的那個人是叔父大人沒錯吧？」

「雖然聽起來像是另一個人，但我想應該沒錯喔。斐迪南大人很拚命在偽裝呢。」

蒂緹琳朵接著表示，她將遵循每年的慣例舉辦堂表親茶會，今年甚至首次邀請我參加。屆時將提交髮飾，聆聽斐迪南創作的新曲。最後究竟改編成了怎樣的曲子，真是教人期待。

後來再向排名第七的領地問好，我們便回到自己的位置上。英蒙丹克的領主候補生來問候時，針對自領上級貴族在去年領地對抗戰上的可怕之舉，也向我們道了歉。去年遭到偷襲後，這件事不僅被我們用來拒絕中央的要求，也被當作是我不得不佩戴虹色魔石護身符的理由，英蒙丹克肯定如坐針氈吧。該不會這就是他們今年排名下降的原因？不想再招來更多怨恨的我，笑著接受對方的道歉。

首場考試合格

交流會一結束，我們便往宿舍移動。離開小會廳後，一路上我都在想著舊薇羅妮卡派的孩子們。雖然很想讓他們見家人一面，但這是不可能的事情，而這次的肅清行動也是勢在必行。既然不能阻止，又該怎麼辦才好？有什麼我能做的事情嗎？

「羅潔梅茵大人！」

「哎呀，雷蒙特。」

雷蒙特從赫思爾研究室所在的文官樓走來，淡紫色披風在他身後飛揚飄動。看到來人是亞倫斯伯罕的貴族，周遭的見習騎士們全部採取警戒，唰的一聲站到可以保護領主候補生的位置上。

雷蒙特驚訝地瞠大雙眼後，稍微保持一段距離，向我喊道：

「羅潔梅茵大人，斐迪南大人有留言給您。您要聽嗎？」

「發生什麼事了嗎?!」

「不是的。是我向斐迪南大人展示魔導具的時候，他順便錄了留言……」

雷蒙特邊說邊拿出魔導具。他似乎是製作了比較小型的錄音魔導具。聽說斐迪南回道：「應該還能做得更小。」便把魔導具退還給他，同時錄了要給我們的留言。

「我要聽，我想聽。」

我往前傾身後，雷蒙特點點頭，觸碰魔導具上的魔石。

「羅潔梅茵，是我。」

從魔導具中傳出的，無庸置疑是斐迪南的聲音。明明他去了亞倫斯伯罕才沒多久，我就感到非常懷念。然而，既懷念又感動的感覺才剛升起，馬上被下一句話破壞殆盡。

「妳該不會我一離開，課業就懈怠了吧？」

……糟糕！我最近根本忘了要讀書學習！

「除了答應我要取得最優秀表彰的妳，艾倫菲斯特的整體成績也不能變得比去年還差，否則我可饒不了妳。」

我「嗚噫！」地按住臉頰，但緊接著，從魔導具傳來的話聲變得柔和一些。

「不過，我也不是要妳再提升成績，而是繼續保持，和去年一樣就好了。這一點也不難吧？」

「和去年一樣嗎……是啊。如果只是這樣的話，那我應該辦得到。」

我正用力握拳時，身後的夏綠蒂小聲嘀咕。

「但姊姊大人已經是最優秀者了，成績也沒辦法再提升了吧……」

「噓！夏綠蒂，好不容易本人都湧起幹勁了，妳不要多嘴！」

……啊！成績確實是沒辦法再提升了！我被騙了嗎?!

我沒好氣地瞪向魔導具，但魔導具只是以斐迪南的聲音繼續說話。

「韋菲利特、夏綠蒂，你們也一樣。我都提供了護身用的魔導具，你們的表現可不能讓我失望。參加領地對抗戰時，我要聽到艾倫菲斯特的所有學生都在第一堂課就通過考

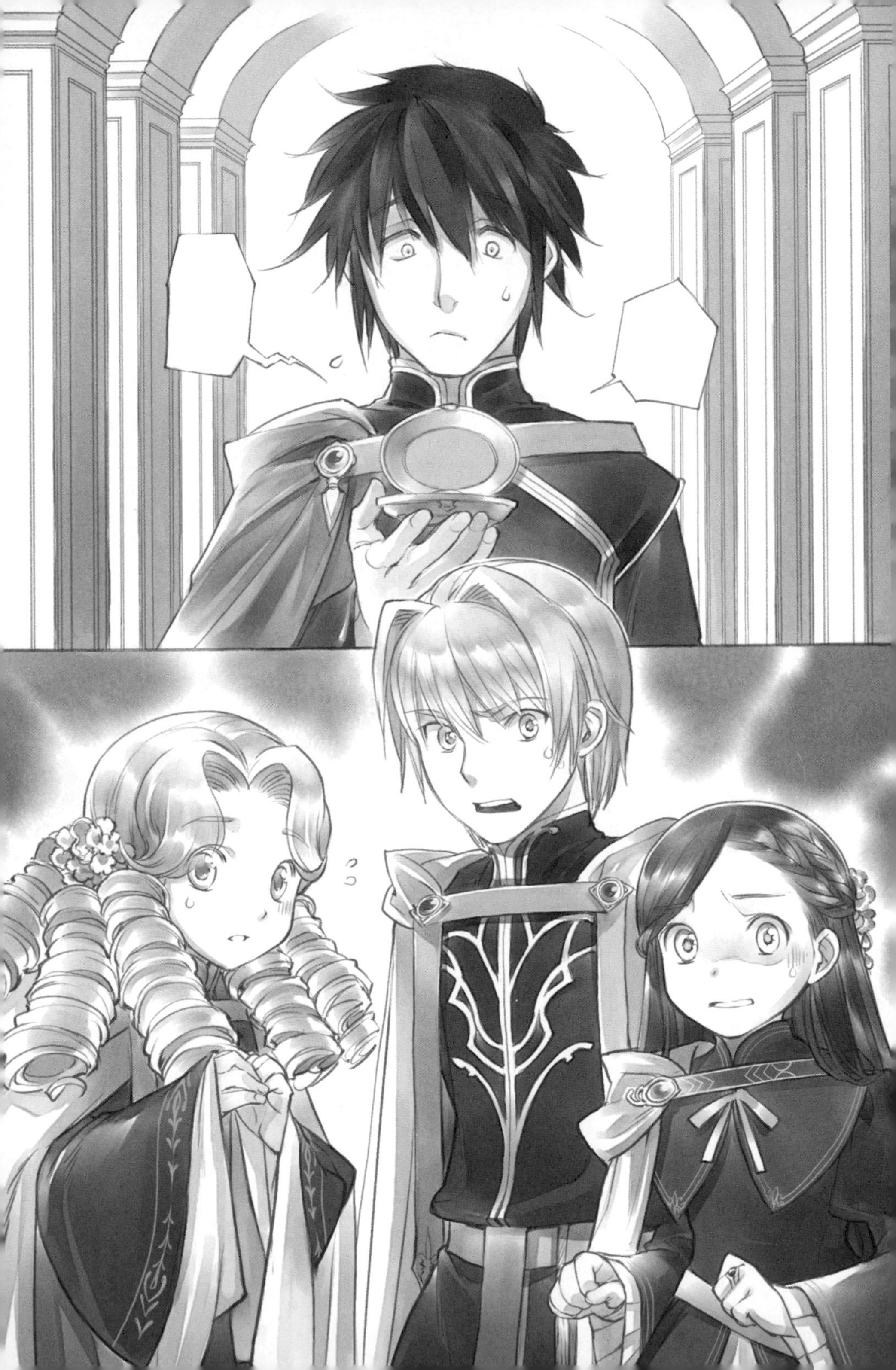

試的好消息。」

「唔！」

「怎麼這樣……」

去年夏綠蒂並未帶著一年級生在第一堂課就通過考試，因此對她來說，難度一下子提高不少。頓覺壓力山大的她開始發起抖來。我剛伸手想要安慰夏綠蒂時，斐迪南忽然又叫到了我：「啊，對了。羅潔梅茵。」

……聲音突然又變溫柔了？還給人不祥的預感？

通常斐迪南在提出無理要求之前，嗓音都會突然變得這麼溫柔。我從夏綠蒂身上別開目光，看向雷蒙特手中的魔導具。

「倘若妳成績下滑，我會找奧伯．艾倫菲斯特商量，把送給妳的圖書館收回來。畢竟自我管控不佳的人，也無法管理好圖書館吧。」

「不——！斐迪南大人，只有這件事情千萬不要！」

我忍不住朝著魔導具苦苦哀求，但只是錄了音的魔導具當然不會為我妥協。會出作業給我的人離開後，現在又發生了肅清這種教人心情沉悶的事情，意志消沉的我別說是學習了，連休閒讀物也沒看。成立自己的圖書館可說是我唯一的心靈支柱，要是被收回去，不誇張地說我一定會死掉。

「啊～斐迪南大人的留言就是這些了……師父也出了作業給我，說我應該還能再進行改良，他出的作業都不簡單呢。羅潔梅茵大人也請加油吧。」

雷蒙特臉上帶著難以形容的表情，來回看著我和手上的魔導具這麼說完後，逃也似的匆匆離開。

「羅、羅羅羅、羅潔梅茵，怎麼辦？仔細回想起來，我來到貴族院以後根本沒念書。」

「姊姊大人，我也是。」

我們三個人都把注意力放到了肅清上，甚至徹底忘了還有成績向上委員會這回事。明明齊爾維斯特說了，肅清一事就交給他們，結果我們在貴族院內卻完全沒做好自己的分內工作。這下糟了。領地對抗戰時一見到斐迪南，肯定得面對他前所未有的滔天怒火。

……不僅如此，斐迪南大人還會當場找養父大人商量，把我的圖書館收回去！

「現在沒有時間煩惱了。為了守住我的圖書館，必須全力以赴！」

我握緊拳頭下定決心時，韋菲利特忽然面無血色地看著我。

「……慢、慢著，羅潔梅茵，我怎麼突然有種非常不祥的預感。」

「放心吧，韋菲利特哥哥大人，那不祥的預感由我來幫您一掃而空！」

「不對！我不是這個意思！惡夢根本要再次上演了嘛！」

韋菲利特抱頭哀嚎。我往他的肩膀一拍，露出安撫的微笑。

「這次跟上次不一樣，大家都花了一年的時間認真讀書，只要複習就好了。」

「……唔，說得也是。雖然同樣牽扯到了圖書館，但情況確實和那時候不一樣。」

韋菲利特接著拍了下手，像在說服自己般地連連點頭說：「而且叔父大人很懂得猛藥的使用方式，這又是他的指示。」猛藥是什麼意思呢？但下次再問吧。

「首先，所有人一定要第一堂課就通過考試才行。只是合格的話應該不難。」

「是呀，這一年來大家都很認真讀書。接下來只要一起努力，想必不用擔心吧。」

莉瑟蕾塔笑吟吟地說道，為我加油打氣。布倫希爾德接著說明，斐迪南為什麼會提出如此強人所難的要求。

「艾倫菲斯特的排名要是下降，他領一定會嘲笑我們，說我們的排名上升果然只是一時的。而斐迪南大人本就是從中領地入贅至大領地，萬一故鄉領地的排名在星結儀式舉行之前就下降了，負責指導萊蒂希雅大人的他只怕會舉步維艱吧。」

聽了這些話，我更是打定主意，今年絕對不能讓成績下滑。

「看來無論如何，維持成績是首要之務呢。大家一起努力吧，現在還來得及。」

「好，那我們趕緊回去，大家一起讀書吧！」

我們領主候補生與近侍們加快腳步，經由中央樓的走廊來到八號門前，用力一推。韋菲利特馬上衝進多功能交誼廳，向屋裡的眾人喊道：「明天的考試所有人都要合格。大家各自回房拿書，再來這裡集合！」見狀，我則是坐進騎獸。

「萊歐諾蕾、羅德里希，麻煩你們也去通知舊薇羅妮卡派的學生，要他們帶著書本與文具來多功能交誼廳集合。」

「……遵命。」

萊歐諾蕾神色僵硬地點點頭後，我操縱著小熊貓巴士衝上樓。優蒂特與菲里妮一幫忙開門，我馬上衝進自己的房間。

「黎希達，請幫我準備紙筆文具。接下來我要在交誼廳讀書。」

「是，立即幫您準備……不過大小姐，怎麼這麼突然呢？」

「因為斐迪南大人威脅我，艾倫菲斯特的整體成績要是下降，就要收回送給我的圖書館。」

在黎希達準備的時候，我告訴她雷蒙特帶了錄音魔導具來找過我。

「居然想把送人的東西再收回去，妳也覺得很過分對吧？」

「我倒覺得斐迪南大人都離開了，還特意出作業給大小姐，這種舉動真是他特有的貼心呢。」

「我才不需要這種貼心！」

我表達了自己的憤怒後，黎希達卻咯咯笑道：「您嘴上說生氣，臉上卻帶著笑容呢。」然後把文具交給我。

「照斐迪南大人的性子，既然他已想好了成績下滑時要如何懲罰您，那麼在您達到要求時，想必也會有獎勵。大小姐，請好好用功讀書吧。」

「那我一定要取得讓斐迪南大人大吃一驚的成績，再請他為我的圖書館製作魔導具。」

……我一定要守住圖書館，獲得獎勵！

我抱著紙筆文具，再度坐進小熊貓巴士。到了多功能交誼廳後，我立刻收起騎獸，請近侍們整理座位，準備預習領主候補生的課程。夏綠蒂待在二年級生那一組，所以今年這邊只有我和韋菲利特兩個人。

「韋菲利特哥哥大人，請來這邊讀書吧。因為修習領主候補生課程的只有我們兩人而已。」

「……嗯。羅潔梅茵，我得看看這個，妳先開始看書吧。」

韋菲利特一副提不起興致的樣子，低頭看向自己懷裡的木板。我不解地歪過頭，但還是對聚集來到交誼廳的眾人說道：

「請大家參考去年的分組入座吧。一年級生請到那邊的桌子。」

大家逐漸到齊，舊薇羅妮卡派的學生也抱著文具，一臉困惑地走進來。但他們隨即停在門口動也不動，往交誼廳內部左右張望。

「你們動作太慢了喔！請快點坐下吧。」

「今年絕對不能讓艾倫菲斯特的成績下滑，明天的考試一定要所有人都合格。」

我與韋菲利特相繼開口催促後，一名學生眼神銳利地瞪向我們。

「在家人有可能被殺死的時候，我們怎麼可能讀得下書。」

此話一出，屋內的氣氛瞬間降至冰點。正心想著「要打起精神來！」的我與韋菲利特，都不由自主垂下目光。然而下一秒，萊歐諾蕾忽然往前一站，以思達普變出光帶將那個孩子綑了起來。被層層綑起的男孩子「咚」地當場倒下。

「什麼?!」

「萊歐諾蕾，妳在做什麼?!」

「因為他們根本不明白自己的處境嘛。馬提亞斯、勞倫斯，你們到底是怎麼說服他們的？」

萊歐諾蕾的藍色雙眼變成了我至今從未見過的複雜色彩。對此馬提亞斯顯得十分吃驚，朝我投來求助的目光，希望身為主人的我能阻止她。

「羅潔梅茵大人分明說過，她會拯救無辜的人……」

但我還沒來得及阻止，萊歐諾蕾先開口說了。

「嗯，是呀，馬提亞斯。是羅潔梅茵大人向奧伯提出請求，希望可以留無辜的孩子們一命。不僅如此，聽到受洗前的孩子們並不會得到保護後，她還整理了孤兒院，準備收容那些孩子。」

萊歐諾蕾雖然面帶微笑，但心裡似乎存有著足以讓眼睛變色的強烈情感，眼神變得更是凌厲。

「然而，舊薇羅妮卡派的貴族不僅曾試圖綁架尚未受洗的羅潔梅茵大人，還下了毒讓她沉睡長達兩年的時間，甚至再度試圖暗殺……對領主一族再三痛下毒手。就算一族的人都受到連坐處分也是應該的吧？明明只要依照慣例處分掉所有人就好，於心不忍的羅潔梅茵大人卻拚了命想拯救沒有犯錯的人，為孩子們四處奔走、絞盡腦汁。」

……平常萊歐諾蕾總是文靜乖巧，不太發表自己的意見，所以我都忘了，她可是徹徹底底的萊瑟岡古貴族！

在場有舊薇羅妮卡派的孩子們，自然也有萊瑟岡古貴族的孩子們。萊瑟岡古那邊的孩子多是上級貴族，基本上又都是領主一族的近侍，所以得遵從我們的指令，一起拯救無辜的性命。但看來在他們心裡，對於這次的破例多少也有不滿。

我只顧著考慮舊薇羅妮卡派孩子們的心情，卻從未想過近侍們是抱著怎樣的想法跟在自己身邊。意識到這件事情後，我不禁臉色發白。

……啊啊啊啊，我真是失職的主人！

「如果有人明明能夠免於連坐，卻還對此心懷不滿的話，我會將他送回艾倫菲斯特。因為這才是本來該有的處置。」

萊歐諾蕾拿出寫著「說服失敗」的紙條，輕輕往那孩子身上一放。向來冷靜又理智的萊歐諾蕾竟然如此大發雷霆，眾人全倒吸口氣。就在這時，布倫希爾德踩著流水般的優雅步伐走上前，說道：「萊歐諾蕾，妳這樣不行喔。」

「布倫希爾德，請別阻止我。為了這些本該遭到處分的人，領主一族無不費盡心思，還因為打破慣例，立場各有不同的貴族們早就多有怨言。現在看到就連要被拯救的人也在大發牢騷，我實在無法再忍受了！」

「我不是要阻止妳。既然等一下要用轉移陣進行傳送，以魔力束縛他沒什麼用處吧？得改用這種捕人用的繩子才行。」

布倫希爾德輕輕抬手，莉瑟蕾塔立即拿出一條略粗的繩子，抓起繩子用力繃緊後，臉上帶著一如既往的認真表情，低頭看向被綁的男孩子。

「好不容易羅潔梅茵大人比較有精神了，正努力要讓宿舍裡的人團結起來，會礙事的人就不必留著了吧。為了主人的心理健康著想，我身為近侍要將你排除。」

……我的侍從不需要這方面的優秀！而且我很健康！身心都很健康！

「是呀，莉瑟蕾塔說得沒錯，快點將他排除吧。領主一族慈悲為懷，光是經營領地就得面對各種難關，如今雖說對象還是孩子，但他們畢竟想讓幾十個與罪犯有血緣關係的人活下來。倘若是願意為領地鞠躬盡瘁的貴族也就罷了，但既然對領主一族毫無感謝之心，萊瑟岡古可沒有多餘的糧食能供養犯罪者的親人。」

……啊啊啊，對喔。布倫希爾德也是萊瑟岡古的貴族！糟了！我的近侍們全面失控！誰快來阻止她們啊！

我六神無主地環顧四周，偏偏這種時候應該能安撫她們的哈特姆特與柯尼留斯卻不在了。我必須拿出主人的樣子，阻止她們才行——我這麼心想著正要站起來時，韋菲利特與夏綠蒂的近侍剛好往前一站。

我懷抱著期待仰頭看去，卻發現他們手上也握著思達普。

「當初韋菲利特大人就是因為舊薇羅妮卡派孩子們的慫恿，才會擅闖白塔，留下難以抹滅的汙點。一直以來他都努力不懈，想要洗刷自己的汙名。」

韋菲利特的見習騎士亞歷克斯說著，環顧舊薇羅妮卡派的學生。當時大概參與了這件事情的幾名孩子垂下目光。

「夏綠蒂大人更在受洗當天被舊薇羅妮卡派的貴族擄走，羅潔梅茵大人為了救她，還身中劇毒沉睡了兩年時間。對此，夏綠蒂大人一直感到心痛自責。自那之後，她不斷付出超過自己所能負荷的努力，只為了填補羅潔梅茵大人的空缺。」

娜塔莉說完，大家像是猛然驚覺，目光全集中到夏綠蒂身上。在場的三名領主候補生都曾是舊薇羅妮卡派的受害者。

「想想你們舊薇羅妮卡派對領主一族做過什麼，要是還對領主一族的處置有所不滿、也不願付出努力通過首場考試的話，就算要依照慣例讓你們連坐受罰，我們也是毫無所謂。你們知道自己有多幸運嗎？想救你們的只有領主一族而已，認為不該打破慣例的貴族還是壓倒性占多數喔。」

伊格納茲惡狠狠地瞪向舊薇羅妮卡派的學生。他們都無力地低下頭去。

「……不是的。那是，唔，我們當然很感謝領主一族的慈悲為懷。可是，如果真為我們著想的話，也請給我們的父親大人與母親大人一條生路吧。」

跟家人分開太痛苦了——聽到被萊歐諾蕾綑起的一年級生這麼吶喊，我不禁按住胸口，想要實現他的所有心願。與此同時，夏綠蒂站起來，藍色雙眼環顧眾人，鏗鏘有力地斷然說道：

「你們的要求也太不合理了。犯了罪的明明是你們的家人。既然確實犯下罪行，就應該接受制裁。只要沒有參與其中，就不會遭到處分。我們會對無辜的人伸出援手，但並不包括犯了罪的人。我們是不忍心讓沒有犯錯的孩子連坐受罰，才給了你們活下去的機會。接下來該作出選擇的人不是我們，而是你們。」

……嗚嗚，夏綠蒂好帥喔。感覺根本是她在保護我嘛。

明明我是姊姊，不應該是夏綠蒂來保護我，而是我該站到前面保護夏綠蒂他們才對，結果現在卻反過來了。

……再這樣下去不行。

我站起身，萊歐諾蕾隨即擔心地往我伸出手來。我按下她的手後，笑著對她說「沒關係的」，再轉向眾人。

「我能夠拯救的，不是你們的家人，而是你們的未來。倘若你們因為這次的肅清行動而失去家人，今後就只能靠自己的力量活下去。屆時如果想要尋找新的庇護者，成績將是你們強大的武器。我打從在神殿生活就一直聆聽這樣的教誨，接受斐迪南大人的指導至今。」

斐迪南一直跟我說，為了得到更好的環境，我要提升教養、用功讀書。也多虧了他的嚴格教育，我才沒有以平民身分被賓德瓦德伯爵殺死，現在還成了領主的養女。

「況且，如果最終你們的家人是無辜的，或是只受到了輕微的處分，請試想到時候的情況吧。倘若因為你們成績不佳，使得領地的整體成績大幅下滑，你們還有臉面對家人嗎？難道他們不會問你們，你們並不相信家人是無辜的嗎？而且就算只受到輕微的處分，身為犯罪者的親人，往後還是得面對旁人冰冷的目光吧。但若想要工作養活家人，就需要有優秀的成績。」

舊薇羅妮卡派的孩子們全不知所措地面面相覷，馬提亞斯則是表情變得肅穆。

「羅潔梅茵大人，請慎防走漏風聲。雖說是為了艾倫菲斯特的成績，但我不贊成讓他們離開宿舍。督促他們讀書固然重要……」

「馬提亞斯，放心吧。剛才領地送來最新消息，說是肅清行動大致已經結束了。雖然之後還要再討論懲處的具體細節，但他們就算想趁著明天考試的時候送出消息，也已經沒有意義了。」

韋菲利特輕揮了揮手中的木板。所有人一臉驚愕地扭頭看去。想不到竟然這麼快。齊爾維斯特他們是想速戰速決吧。

「看來肅清行動已經結束了。好了，請大家作出選擇吧。要現在開始讀書，通過明天的考試，還是就這麼被綁著送回領地。我會尊重你們的選擇。」

把這些話說完，我便別開目光回到位置上，不再看舊薇羅妮卡派的孩子們。因為如果想取得斐迪南要求的成績，現在是分秒必爭。

「布倫希爾德、莉瑟蕾塔，妳們也回去繼續看書吧。妳們不是今年一定要獲選為優秀者嗎？」

「是呀，今年可是絕佳的好機會。」

領主一族的近侍們一個個轉身回座，開始看書。馬提亞斯與勞倫斯隨即跟進。其他學生也默不作聲地開始讀書。舊薇羅妮卡派的孩子們互相偷看彼此的表情，一個接著一個地加入讀書行列。

「請解開我的束縛！我也要看書！」

最後只剩下一個人還留在門前，就是被萊歐諾蕾以光帶綁起的那名少年。大家都開始看書後，他就像在砧板上彈跳的魚兒般不停掙扎。

「你不是想回到在艾倫菲斯特的家人身邊嗎？」

「我的家人才沒有犯下罪行！我相信他們！」

萊歐諾蕾解開束縛後，他馬上抱著文具跑向一年級生所在的桌子。

新的圖書館員

隔天是第一次上課，艾倫菲斯特全員出席。

「一年級生全部合格了！」

首場考試合格後，泰奧多興奮得向我報告這項好消息。為此感到高興的同時，我們也在宿舍裡與大家一起吃了午餐。布倫希爾德隨後表示，五年級生也遊刃有餘地在學科課取得了合格成績。我們三年級生當然也是全員合格。

「泰奧多，但我們三年級生不只全員合格，還全都考了滿分喔。唔呵呵。」

三年級生有共同科目與專業科目要修習。今天的考試是共同科目部分的學科，得寫出所有神祇的名字。這麼多年來我們都會玩歌牌、閱讀聖典繪本，所以考試內容對我們來說非常簡單，甚至到了覺得無趣的地步。

「如果是這種考試的話，現在的我也能考滿分喔。真想快點升上三年級。」

聽見泰奧多這麼嘟囔，我轉頭看向優蒂特。

「優蒂特，四年級生的學科課是在下午吧？」

「是的。我們學習了一整年的時間，今天的共同學科一定會全員合格。」

看著優蒂特自信滿滿的笑容，泰奧多故意調侃說：「小心別犯平常不會犯的錯誤喔。」就在這時，一隻奧多南茲飛了進來。

「羅潔梅茵大人，我是索蘭芝。中央派遣了新的圖書館員前來。想請您讓她對休華茲與懷斯進行登記，不知是否方便呢？」

索蘭芝溫柔的話聲中充滿喜悅，重複說了三次內容。索蘭芝一直很希望中央能指派新的圖書館員過來。這下子她再也不用孤單地在圖書館裡從春天待到秋天，也不用一個人負責所有工作了。

我仰頭看向服侍用餐的黎希達，她笑著點點頭。

「只是進行登記的話，用完餐後可以去一趟。畢竟若不對休華茲與懷斯進行登記，圖書館員工作起來多有不便吧。不過，可沒有時間讓大小姐看書喔。沒問題嗎？」

「……只、只看一下下也不行嗎？」

回想錫爾布蘭德與漢娜蘿蕾進行登記時的情況，其實很快就結束了，應該還有一點時間能讓我看書。我不死心地繼續懇求後，黎希達嘆了口氣。

「只要到了該離開的時間，我可會不由分說地合上書本。」

……耶～圖書館、圖書館！

我馬上用奧多南茲回覆索蘭芝說：「用完餐後我會去一趟圖書館。」也吩咐近侍們進行準備。一年級的泰奧多高興得綻開笑容。

「我第一次去貴族院的圖書館，好期待喔。」

「那個……泰奧多，你因為還未在圖書館辦理登記，今天不能同行喔。」

雖然我非常能明白第一次要去圖書館會有多麼期待，但很遺憾泰奧多不能同行，必須等到辦理過登記。聽完我的說明，泰奧多失望得垮下肩膀。

「也就是說近侍當中，只有我得留在宿舍嗎……」
「等一下我去圖書館，會預約時間讓新生辦理登記。在那之前請你先忍耐吧。」
我努力保持主人及高年級生該有的樣子安慰泰奧多，但其實正在拚命忍笑。
……因為泰奧多那有些鬧彆扭的表情，就和嘆氣說著「明明我也是護衛騎士……」時的優蒂特一模一樣！真的一眼就能看出兩人是姊弟！
相像的兩人實在太可愛了，但若戳破這一點，感覺只會讓泰奧多更加消沉。然而我正為了泰奧多在拚命忍笑的時候，優蒂特卻趁機落井下石。
「泰奧多，怎麼可以在主人面前露出這種沒出息的表情呢！」
明明平常都是優蒂特在鬧彆扭，現在她卻擺出姊姊的姿態，豎起食指喝斥弟弟，我再也忍不住地噗哧一笑。被我影響後，其他近侍也笑了起來。
「大、大家這是怎麼了？」
姊弟兩人驚訝地看著眾人，表情與動作再次同步，讓我遲遲無法止住笑意。我捂著嘴角，極力邊笑邊保持優雅的時候，萊歐諾蕾也輕笑著說出原因。
「因為泰奧多有些鬧彆扭的表情，就和優蒂特感嘆說著『明明我也是護衛騎士』時的表情一模一樣呀。」
「萊歐諾蕾，我們才不像呢！」
兩人的話聲又一次完美重疊，大家笑得更是停不下來了。
留下氣鼓鼓的泰奧多，我們往圖書館出發。帶著一大群近侍移動時，莉瑟蕾塔小心翼翼地開口問我。

「那個，羅潔梅茵大人。既然中央派了新的圖書館員過來，代表您將不再是休華茲與懷斯的主人嗎？」

「我想應該是吧。畢竟休華茲與懷斯是圖書館的魔導具，以前的主人也都是上級圖書館員，中央既然派了上級館員前來，當然要與對方交接吧？」

至今為了能在圖書館內過得舒適愉快，也為了讓圖書館可以更完善地維持運作，我才會提供魔力，並不是想當休華茲與懷斯的主人。對於得一個人孤單地管理圖書館的索蘭芝來說，中央願意正式派來上級館員也是最理想的安排。

「儘管知道這才是本來該有的結果，但我還是覺得好可惜呢。」

莉瑟蕾塔以手托腮，非常遺憾地輕嘆口氣。我感到十分難得，因為莉瑟蕾塔平常很少表露自己的情緒。

「因為主人一旦更換，新主人就要為他們準備新衣吧？我好不容易做好了新衣服，看來是沒有機會幫他們換上了。」

先前艾倫菲斯特在製作服裝時，是把護身用的魔法陣繡在背心與圍裙上，所以除此之外的服裝皆可替換。莉瑟蕾塔似乎為休華茲與懷斯做了新的連身裙和褲子。

「莉瑟蕾塔，妳真的很喜歡蘇彌魯呢。」

優蒂特與菲里妮都語帶感嘆地這麼說，莉瑟蕾塔害羞得紅了臉頰：「我確實很喜歡蘇彌魯，但也是為了推廣艾倫菲斯特新的染色技巧。」

「我想妳也不用太失望，因為即便管理者換人了，要做好新衣也得花費很長一段時間。我們之前就算請了斐迪南大人幫忙，還是花了一年的時間呢。只要向索蘭芝老師與新來的圖書館員說一聲，今年應該可以在貴族院幫他們換上新衣吧。」

既然是中央派來的人，對方準備新衣的時間也許會比艾倫菲斯特要短，但應該不至於在莉瑟蕾塔今年畢業之前就完成。

……因為不只工作上要每天提供魔力給休華茲與懷斯，還得把刺繡用的絲線與布料染上自己的魔力，魔力的消耗量會非常巨大。

「羅潔梅茵大人，今天才剛開始上課，感謝您百忙之中還抽空前來圖書館。」

索蘭芝、休華茲與懷斯都來到閱覽室外迎接我們。到了圖書館後，我才有種自己來到了貴族院的真實感。我們互相道完貴族特有的冗長寒暄後，往辦公室移動。

「中央願意派來新的上級圖書館員，實是值得慶祝的好消息，但她若觸碰不了休華茲與懷斯，便無法開始工作。再者如今既有上級圖書館員，我想還是盡快讓她登記成為休華茲與懷斯的新主人比較好。」

明明學生上課也需要魔力，休華茲兩人的魔力卻完全依賴學生幫忙提供，索蘭芝似乎一直對此感到良心不安。之前甚至因為兩人的管理權，我還被迫與戴肯弗爾格比了一場迪塔，好像也讓她愧疚不已。

「而且，羅潔梅茵大人從今年開始就要修習領主候補生及文官課程吧？若想同時修習兩個課程，勢必會消耗不少魔力。中央能剛好在今年派來新的圖書館員，實在是太好了。」

索蘭芝高興得瞇起藍色眼睛，看得出來真的很擔心我。我不禁心頭一暖。

「索蘭芝老師一直以來都一個人在圖書館，現在能有人陪著您一起工作，我也覺得很高興呢。」

「是呀，光是有人可以說說話，工作時的心情都不一樣了。新的上級圖書館員是名女性，十分喜愛看書，羅潔梅茵大人一定也能與她相處愉快吧。」

「好期待見到她呢。既然是女性，那休華茲他們稱呼她為公主殿下也沒問題吧。」

喜歡看書的新上級圖書館員，究竟會是怎樣的人呢？我滿心雀躍地踏進索蘭芝的辦公室，屋裡的人卻多得讓我大吃一驚。

「……索蘭芝老師，新來的圖書館員不是只有一位嗎？」

「新來的上級館員只有一位沒錯，但因為王族的魔導具要變更管理者，王族也將在場見證。羅潔梅茵大人當初只靠祝福，連碰也沒碰就登記為主人，其實是特例呢。」

索蘭芝臉上帶著懷念，一邊輕笑一邊說明，我默默別開視線。當初因為來圖書館辦理登記，我一時高興下就向神獻上祈禱、釋放祝福，結果竟成了魔導具的主人，想來確實離奇。重新回想自己惹出的麻煩後，連我也忍不住偏頭納悶。

……話說回來，居然連變更管理者的時候都得在場，王族還真辛苦呢。還是說，之所以得有王族待在貴族院，就是為了這種時候嗎？

「羅潔梅茵大人，好久不見了。」

「羅潔梅茵。」

房門開啟後，大概是察覺我們的到來，王族的近侍們退到牆邊讓出通道。這時，我才發現在場的王族並不只有錫爾布蘭德而已，竟然還有艾格蘭緹娜。在圖書館員的辦公室裡看見始料未及的人物，我吃驚得瞪大眼睛。

「艾格蘭緹娜大人，您怎麼會在貴族院呢？」

「呵呵，嚇了妳一跳吧？其實我受託前來擔任領主候補生課程的講師唷。今後在課堂上會有不少見面機會吧。」

聽說之前領主候補生課程的授課老師是王族的旁系，年紀已經相當大了，所以向國王提出想要退休的請求。後來，便選定艾格蘭緹娜擔任新的講師。

……與王子結婚的公主居然成了學校的老師，現實中戀愛故事的後續還真是教人意想不到。

我萬萬想不到艾格蘭緹娜會變成老師，在貴族院裡再次見到她。雖然驚訝，但新來的老師如果又像傳萊芮默那樣，也確實教人有些吃不消，所以新老師是熟悉的人讓我由衷感到高興。

「羅潔梅茵大人，我來為妳做介紹吧。這位是被派來貴族院擔任上級圖書館員的歐丹西雅。」

艾格蘭緹娜向我介紹站在她身旁的四十來歲女性。那名女性有著醒目的淡水藍色頭髮，溫婉的氣質與艾格蘭緹娜十分相似。從年紀來看，應該是育兒重任告一段落後，又重新回來做文官的工作吧。感覺會與索蘭芝合得來，我鬆了口氣。

「羅潔梅茵，其實本來只要有我在場見證就足夠了，是艾格蘭緹娜大人希望可以讓她同行。」

錫爾布蘭德強調，他就算一個人也能完成職責。其實我並不覺得他能力不足，但齊爾維斯特之前確實也說過：「他似乎沒有什麼身為王族的自覺。」說不定艾格蘭緹娜除了擔任講師外，也負責監督錫爾布蘭德。

「歐丹西雅原是庫拉森博克的人，後來轉籍至中央。我因為多少與她有點交情，便要求今日讓我同行，並由我來做介紹。再者我也想見見羅潔梅茵大人……」

艾格蘭緹娜露出帶著點俏皮的微笑，歐丹西雅則是面帶沉穩的淺笑。兩人雖然長相不同，散發出來的氣質卻很相似。回想起來，舍監普琳蓓兒也是類似的氣質。難道庫拉森博克的女性大多是溫柔婉約型的嗎？

……話又說回來，艾格蘭緹娜大人結婚後看起來很幸福，變得更是美麗動人呢。

「羅潔梅茵大人，歷經生命之神埃維里貝的重重嚴格遴選，得以有幸與您會面，願能為您獻上祝福。」

我看著艾格蘭緹娜出了神，不知何時歐丹西雅已經跪在我面前，向我道初次見面的問候。我趕緊回過神，挺直背脊回道：

「准許您。」

「我名喚歐丹西雅，往後還請不吝賜教。」

祝福的光芒輕柔飛來。道完寒暄，歐丹西雅立即起身，轉頭看向索蘭芝。

「那我們快點開始吧，不然羅潔梅茵大人有可能趕不上下午的課。索蘭芝，管理者該如何進行變更呢？」

「前任管理者要先指定新的主人，再下達可以觸摸休華茲與懷斯的許可，接著妳只要觸摸他們額上的魔石登記魔力，便能成為新主人。」

流程就和錫爾布蘭德與漢娜蘿蕾登記成為協助者時一樣。

「羅潔梅茵大人，能請您進行變更嗎？」

歐丹西雅面帶溫婉的微笑問道，現場氣氛瞬間變得緊繃，大家的目光也集中落到我身上。除了在場見證的兩位王族，還有他們各自的近侍，加起來人還不少。我都不知道原來王族的魔導具要變更管理者是件大事，會有這麼多人看著。

……這麼說來，好像有人曾說過，能成為王族魔導具的主人是很光榮的事情？

在這麼多人的注視之下，我感到渾身不自在，叫來休華茲與懷斯。當然，也不忘提醒他人不要觸碰到他們。

「休華茲、懷斯，我准許歐丹西雅老師觸摸你們，並由她登記成為新主人。」

「歐丹西雅，得到許可了。」

「登記為新主人。」

歐丹西雅再伸手觸摸休華茲與懷斯的魔石。這樣一來，管理者就完成變更了。在旁看著的錫爾布蘭德側過頭，一臉納悶。

「索蘭芝，這些步驟就和我登記為協助者時一樣，這樣真的就完成變更了嗎？」

「不是的。由於之前是羅潔梅茵大人在提供魔力給休華茲與懷斯，要等到歐丹西雅投入的魔力量超過她以後，管理者才會正式完成變更。前些天我剛用魔石補充過魔力，所以可能還要一段時間吧。」

索蘭芝一邊回道，一邊拿出我讓她用來在春天到秋天這段時間進行供給的大魔石，還給我說：「非常感謝您的幫忙。」我接過後遞給黎希達，請她收好。

「那顆魔石是怎麼回事？」

「是羅潔梅茵大人借給我的。因為她擔心休華茲與懷斯有可能在春天到秋天這段時間停止運作，便提供魔石讓我補充魔力。」

索蘭芝說完，周遭眾人都驚愕地瞠大雙眼。

「妳借了那麼大的魔石給索蘭芝，為兩人提供魔力嗎？但他們就算從春天到秋天這段時間不能動彈，應該也沒什麼影響吧……」

聽到錫爾布蘭德這麼說，我微微偏過臉龐。雖然圖書館最忙的時期是學生來到貴族院的冬天，但春天到秋天這段時間仍有工作要做，而且也需要休華茲與懷斯來排解索蘭芝的寂寞。

「但休華茲與懷斯如果無法動彈，圖書館會很難維持正常運作喔。而且我喜歡看書，為了舒適宜人的圖書館，使用魔力也是理所當然的事情吧？」

「理所當然嗎？」

「對呀。不過是為自己重視的事物使用魔力，不至於讓大家這麼驚訝吧……」

「因為羅潔梅茵大人特別喜愛書籍嘛。」

索蘭芝最了解我在圖書館內是什麼樣子，笑著說道：

「多虧了您，我工作起來才能輕鬆許多。對了對了，羅潔梅茵大人。在管理者正式完成變更之前，還請您多加小心，別為休華茲與懷斯提供魔力。因為您一旦再次供給，恐怕不管再過多久管理者都無法完成變更。」

索蘭芝說了，她希望圖書委員的活動能暫停。也是，管理者若無法完成變更會很麻煩吧。我點了點頭表示理解。

「咦？」

「只要過來，我多半會習慣性地想摸摸他們，那我暫時先別靠近圖書館吧。」

包括我的近侍們在內，周遭眾人都猛眨眼睛，只有索蘭芝笑咪咪地點頭。

「說得也是呢。羅潔梅茵大人要同時修習兩個課程，當然得有學生的樣子，還請專心投入課業吧。」

「哎呀，我早就預習好了喔。」

我挺起胸膛回答後，索蘭芝接著稱讚我說：「不愧是羅潔梅茵大人，真教人放心呢。」錫爾布蘭德則是一臉愣怔地低語：「羅潔梅茵能夠忍受不看書嗎？」

「我無法忍受，也不打算忍受喔。不過，我總算得到了自己心心念念的圖書館。」

「咦咦?!」

「因此我打算參考貴族院的圖書館，今年先專心研究自己圖書館要用的魔導具。到時候得翻閱很多資料，所以依然會過著每天都在看書的生活。為了充實自己的圖書館，我會全力以赴。」

我「唔呵呵」地挺胸笑道，索蘭芝看來也由衷為我感到開心。

「聽起來真不錯呢。您從去年就在思考如何能用少一點的魔力發動魔導具，想必是指這方面的研究吧。倘若成功了，也請讓我看一看吧。說不定貴族院的圖書館也能採用。」

現在明明多了上級館員歐丹西雅，索蘭芝似乎仍然想要可以節省魔力的魔導具。我歪了歪頭，不明白她為什麼這麼說，索蘭芝於是為我說明從前圖書館的情況。

「以前圖書館有三名上級館員，和兩名中級館員，有的時候甚至有更多人。現在單憑我們兩人，能夠發動的魔導具並不多。所以，我還是希望協助者們能在不感到負擔的前提下，今後繼續幫忙提供魔力。只不過，羅潔梅茵大人得先等管理者完成變更就是了……」

原來我們這些圖書委員並不會就此解散，我有些鬆了口氣。

「我願意繼續幫忙，等管理者正式完成變更以後，請再找我過來吧。啊，還有，我想預約新生的登記時間。」

想起自己一個人留在宿舍裡的泰奧多，我話鋒一轉改變話題。索蘭芝拿出木板，在上頭寫字。

「今年又是羅潔梅茵大人第一個預約時間呢。我知道了。那麼一旦決定好時間，我再寫信通知您……對了，今年也會舉辦愛書同好的茶會嗎？」

「愛書同好的茶會嗎？」

歐丹西雅率先對索蘭芝說的話有所反應。

「是呀。參加茶會的人都要帶書過來，進行交換。由於我長時間都一個人待在圖書館，這場茶會可是我的樂趣之一呢。不過，羅潔梅茵大人既要修習兩個課程，還得等到管理者完成變更，今年說不定沒有機會舉辦了。」

當初其實是我硬要舉辦茶會，但現在似乎已經成了索蘭芝的樂趣之一。聽到她這麼說，那我說什麼也得舉辦不可。

「今年我也帶了新書過來喔。雖然舉辦的時間可能得比去年晚一點，但只要我能趕在出入學生變多之前修完課，我還是很想舉辦呢。」

「羅潔梅茵大人，屆時請務必讓我出席。我也有想要推薦的書籍唷。」

歐丹西雅說完，我的雙眼猛然發亮。歐丹西雅可是庫拉森博克出身的中央貴族，她推薦的書很有可能我都還沒看過。

「我一定竭盡全力，盡快修完課。」

「羅潔梅茵，我也想參加茶會。」

錫爾布蘭德笑著說他也想參加。畢竟他去年參加過了，我可以明白他今年也想參加的心情，但這真是教人左右為難。

……糟糕，大家都要我盡量別與王族以及中央有往來，這下該怎麼辦？

只見錫爾布蘭德身後的阿度爾垮下臉來，艾格蘭緹娜則是露出傷腦筋的苦笑，對錫爾布蘭德訓誡道：

「王族直接開口提出這種要求，並不是得體的行為喔。而且去年羅潔梅茵大人因為要主辦茶會，中途還暈倒了吧？竟然在款待王族的時候失去意識，奧伯．艾倫菲斯特想必因此訓斥過她。」

「羅潔梅茵，是這樣子嗎？」

錫爾布蘭德驚慌失措地看著我。要安慰他說「沒關係的」固然簡單，但大家都已經囑咐過我了，再加上我也沒有完全了解哪些行為並不恰當，最好還是避免與他有更多接觸。

但這時候要是點頭，就等於我承認「因為錫爾布蘭德王子也出席，害我被罵了」。到底該怎麼回答才好呢？

「因此，若不想讓羅潔梅茵大人遭到奧伯斥責，應該由我們款待她才對。羅潔梅茵大人，等妳身體狀況不錯的時候，我們再一起舉辦茶會吧？」

「好的，艾格蘭緹娜大人。」

艾格蘭緹娜畢業之前曾在茶會上袒護過我，看來她庇護者的姿態依舊不變，我於是安下心來，用力握住她伸出的援手。

……真不愧是艾格蘭緹娜大人！

結果後來，我根本沒有時間去閱覽室看書，直接出發去上下午的課。大概是想要送行，休華茲與懷斯小步小步地跟了上來。我走向大門要離開圖書館時，兩人指著通往閱覽室的門扉。

「公主殿下，祈禱。」

「爺爺大人，在等。」

我這才想起去年他們也說過一樣的話，之後我便向二樓的梅斯緹歐若拉神像獻上祈禱。向「爺爺大人」供給魔力只要一年一次就可以了嗎？因為自那之後他們再也沒要求過，所以我完全忘了有這回事。

……可是，我才剛被禁止提供魔力。

等到管理者完成變更，會由新的公主殿下歐丹西雅負責提供吧。

「休華茲、懷斯，現在魔力供給已經變成歐丹西雅老師的工作了，所以你們還是去拜託她吧。等到管理者完成變更，我再來提供協助。」

我忍不住習慣性地伸出手，輕撫休華茲與懷斯的額頭，又提供了一些魔力。

……啊，糟糕。再這樣下去，管理者永遠也無法完成變更吧。看來今年最好老實一點，乖乖待在赫思爾老師的研究室裡吧。

術科　諸神的加護

下午的術科課要取得神的加護。除了一出生就擁有的適性外，如果能再獲得諸神的加護，會有利於施展對應屬性的魔法。因此在要分開上專業課程的三年級，這是非常重要的第一堂術科課。

上課地點在貴族院的大禮堂，每個人要輪流走進後頭的房間，在諸神的祭壇前取得加護。因此已經通過神學課考試、記下所有神祇名字的學生，不分階級都要來到大禮堂集合。艾倫菲斯特因為全員合格，今天所有三年級生都會去大禮堂。

「這還是我第一次跟羅潔梅茵大人一起上術科課呢。」

從圖書館走向大禮堂的半路上，菲里妮露出開心的笑容說。以往術科課都是照著階級分開上課，我們從沒有在同一間教室裡一起上過課。居然為了這種事情開心，真可愛呢。我怡然自得地這麼心想時，菲里妮忽然窸窸窣窣地掏出寫字板。

「哈特姆特吩咐過我，要記錄羅潔梅茵大人得到了哪些神祇的加護。」

「我還和菲里妮討論好了負責範圍，就算您得到了大量眷屬神的加護也不會手忙腳亂。」

羅德里希也一臉得意地拿出寫字板。

……哈特姆特這個笨蛋大笨蛋！怎麼拜託兩人這種事情?!

「你們不必做紀錄。是哈特姆特拜託了你們不該做的事情，我會好好訓斥他。」雖然不知道哈特姆特在期待什麼，但取得了哪些神祇的加護，基本上只要自己知道就好了，不需要近侍文官合力記錄下來。

要上這堂術科課的學生都聚集來到了大禮堂。放眼看去，在場披風的顏色幾乎全是多雷凡赫的翡翠綠色與艾倫菲斯特的明亮土黃色，其他顏色的披風即便相加起來，也是五根手指頭就數得完。現場總共將近二十個人吧。看來要背下所有神祇的名字確實沒那麼容易。

我走向聚在一起的艾倫菲斯特學生，看見韋菲利特與奧爾特溫正在交談。奧爾特溫說：「你之前還說因為領內有流行疾病，今年不太可能所有人都第一堂課就通過考試，那現在是怎麼回事？」

「抱歉，結果變成了我故意騙你吧。不過，我們也是有不得已的苦衷，所以艾倫菲斯特接下來也會全力以赴。」

韋菲利特十分擅長一邊辯解，一邊還挑起對方的好勝心。我在心裡為他加油，但並不想介入男人之間的友情，因此停下正要靠近的腳步，環顧大禮堂，旋即發現披著藍色披風的漢娜蘿蕾正獨自站著。看來戴肯弗爾格的三年級生中，只有她一個人通過了第一天的考試。

……不愧是漢娜蘿蕾大人！果然是愛書同好呢。

「漢娜蘿蕾大人，午安。」

我帶著笑容上前打招呼，漢娜蘿蕾於是轉過身來，向我回以微笑。

「羅潔梅茵大人，午安。艾倫菲斯特的所有三年級生都來了吧，好厲害喔，我花了好久時間才背下所有神祇的名字呢。」

「我也花了很久時間喔。」

「哎呀，羅潔梅茵大人也是嗎？」

漢娜蘿蕾似乎十分意外，看著我不停眨眼睛。

「因為我幾乎是在受洗的同時就任為神殿長，而不論舉行哪項儀式，都需要唸到神的名字，聖典裡頭也滿滿都是神的名字，所以花了很多時間才記住呢。但也因為這樣，在貴族院上課時倒是輕鬆許多……」

「您居然受洗過後就擔任神殿長嗎……」

漢娜蘿蕾小臉一沉。大概是因為在戴肯弗爾格，神殿的地位也很低吧。她臉上寫滿難過，彷彿在說「羅潔梅茵大人竟然被送去那種地方」。

……啊，這時候若不更正，養父大人又會被人說是過分的奧伯吧？

看來最好從身邊的人慢慢解開誤會。我急忙補充說：

「我不曉得他領的神殿是什麼樣子，但艾倫菲斯特的神殿待起來很舒服自在喔。就連奧伯也會出入神殿，韋菲利特哥哥大人與夏綠蒂雖然沒在神殿任職，但也會來幫忙舉行儀式。不僅如此，連入贅至大領地的斐迪南大人也捨不得離開神殿呢。」

「不只奧伯會出入神殿，斐迪南大人也捨不得離開？……這是真的嗎？」

漢娜蘿蕾一臉不敢置信地看我。畢竟領主還會喬裝成青衣神官，跟著跑來參加祈福儀式；斐迪南到了神殿後，也非常喜歡窩在工坊裡做研究，所以我絕對沒有撒謊騙人。漢娜蘿蕾接著一臉驚訝地看向菲里妮與羅德里希，菲里妮笑著點點頭。

「我與羅德里希在成為羅潔梅茵大人的近侍後，現在也會出入神殿。神殿不只到處都打掃得一塵不染，餐點也很美味。此外神殿裡的侍從，也都接受過與貴族同等程度的嚴格教育喔。」

「如今斐迪南大人已經前往了亞倫斯伯罕，新任神官長由哈特姆特擔任，他也每天都興高采烈地前往神殿。」

羅德里希提起哈特姆特後，我才想起他有一封信託我轉交給克拉麗莎。身為上司的我必須與她約個時間，負責說明哈特姆特為何進入神殿。這陣子因為肅清的關係，真的很多該做的事情都被我拋到了腦後。

「戴肯弗爾格的克拉麗莎是哈特姆特的未婚妻。由於我們這裡的神殿似乎與他領認知中的神殿大不相同，詳細情況我再向克拉麗莎說明吧。」

「好、好的。我會轉告克拉麗莎。」

漢娜蘿蕾始終面帶微笑，但眨眼的次數相當頻繁。我好像讓她的腦袋陷入混亂，因此簡單打完招呼後，便不再打擾她。

……希望這樣一來，至少戴肯弗爾格那裡對養父大人的惡評能減少一些。

從漢娜蘿蕾身邊走開後，我提醒菲里妮與羅德里希再看一遍諸神的名字。

「這堂取得加護的術科課，得先通過神學課的考試才能參加，所以重點在於一定要牢牢記住所有神祇的名字。菲里妮、羅德里希，你們別管哈特姆特的吩咐了，先集中精神在自己的課業上吧。」

貴族的魔力適性是從一出生就決定好的。基本上每個人都擁有出生季節的適性，其餘據說受到父母親的適性影響，因此兄弟姊妹之間通常會擁有類似的屬性。

魔力量則根據儲存魔力的器官大小而有不同。懷孕期間，母親對胎兒投注的魔力量會影響到器官的大小，因此即便是同母手足，魔力量有高低差異也是很正常的事情。器官又會隨著身體成長而變大，再根據成長期能夠壓縮多少魔力，魔力量的差異便會更顯著。

「加護的取得與否，會大幅影響到魔法可以施展的範圍與能使用的魔力量，如果你們都在感嘆自己適性不多的話，那就趕快虔心祈禱，請神保佑自己能取得加護吧。從現在開始也來得及喔，知道嗎？」

我這麼鼓勵兩人後，與奧爾特溫聊完的韋菲利特走過來，歪過頭說：

「我曾聽說有人能因品行而取得神的加護、增加屬性，但從沒聽說有人可以在課堂上取得適性以外的加護喔。」

我不太了解在貴族院內流通的資訊，所以倒是沒聽說過這件事。

「可是，既然參考書上有著可以增加屬性的記載，我想應該確實可以吧……不過，也有人儘管擁有適性，卻無法取得神的加護呢。」

「啊?!明明擁有適性卻無法取得加護嗎?!這我還是頭一次聽說。」

韋菲利特一臉驚愕。因為沒有必要特別宣傳，我也從未提起過，但原來擁有適性卻無法取得加護的安潔莉卡堪稱特例啊。還是前所未聞的那種。

「……其實我說的人就是安潔莉卡喔。她雖然有風適性，卻沒能取得神的加護。如果是無法取得睿智女神梅斯緹歐若拉與藝術女神袞朵季爾的加護，這我還能理解，但飛信女神沃朵施奈莉與疾風女神休泰菲黎茲的加護，她應該可以取得才對啊？我也覺得非常奇怪。」

風之女神舒翠莉婭是速度的象徵，司掌守護與傳達，眷屬中當然有專門掌管速度的女神。安潔莉卡身手敏捷，平常又特別針對速度進行鍛鍊，很難相信所有風屬性的神祇她都沒有得到加護，然而事實就是如此。大概是因為身邊就有人曾經無法取得加護，菲里妮的小臉越來越蒼白。

「要是我明明也擁有適性，卻得不到該屬性神祇的加護怎麼辦？」

「這妳不用擔心。」

而且我還只有一個適性──菲里妮正無比擔心時，準備要上課的赫思爾走進大禮堂來，對此一笑置之。

「赫思爾老師，為什麼您能說得這麼肯定呢？」

「因為我知道安潔莉卡為什麼沒能取得風的加護。當初那孩子要補課時，正是我這個舍監不得不陪著她。」

她說如果有學生無法在冬季期間通過貴族院的考試，春天得留下來補課時，都是舍監要負責照顧。赫思爾搖頭嘆氣說：「那時真是累死我了。」

「赫思爾老師，請您告訴我們，安潔莉卡為何沒能取得加護呢？」

「因為她記不得諸神的名字，詠唱不出來。」

「咦？」

……這是什麼意思？不是都要先背下所有神祇的名字，通過神學課的考試後，才會上這堂術科課嗎？赫思爾老師到底在說什麼？

「和大家一樣，安潔莉卡也是在通過補課的考試後，立刻來上這堂取得加護的術科課。但不知道她是從一開始就只記個大概，還是覺得考試已經結束就馬上忘了，或者是把心力都放在背誦禱詞上，當時安潔莉卡就只是站在魔法陣上歪著頭，詠唱不出諸神的名字。」

……嗚哇～完全可以想像到安潔莉卡站在魔法陣上，擺出「真傷腦筋」動作的畫面。與此同時，也想像得到赫思爾站在魔法陣旁邊，無力扶額的畫面。光是組成「安潔莉卡成績提升小隊」，由好幾個人一起指導安潔莉卡就很不容易了，赫思爾居然得一個人面對，肯定心力交瘁吧。

「所以老師從這個失敗例子得出的結論，就是如果無法正確詠唱神的名字，便無法取得加護嗎？」

「我想這代表著如果連名字也不肯好好記，諸神也不願意給他加護吧。主人羅潔梅茵大人也來貴族院就讀後，安潔莉卡總算順利畢業，我真是鬆了好大一口氣。」

赫思爾邊說邊往前走去，準備做課程說明。今天的老師似乎是赫思爾與賈鐸夫。是因為艾倫菲斯特與多雷凡赫通過考試的學生比較多嗎？

「啊～今天因為人數不多，請大家集中往前坐。」

既是赫思爾的研究夥伴，也是競爭對手的老爺爺賈鐸夫下指示道，大家於是集中往前坐。但大概是已經養成習慣了，大家很自然地照著領地的排名就座。坐好後一看，全員皆已通過考試的艾倫菲斯特確實異常醒目。

「請把東西搬過來。」

衣著看似是僕從的人將赫思爾的魔導具搬進來。是去年在課堂上也用過的投影用魔導具。設置好魔導具後，赫思爾一骨碌轉身。

「接下來，為各位說明如何在儀式上取得諸神的加護。」

簡單歸納赫思爾的說明，就是首先得背禱詞。先背好的人，可以先舉行儀式。為了讓學生舉行儀式時能集中精神，一次只能一個人進入祭壇所在的最奧之間；大家在等的時候可以準備明天的學科考試，舉行過儀式就能離開。

「這是要背的禱詞。」

赫思爾用投影魔導具映出禱詞。我本來還嚴陣以待，擔心不知道要背怎樣的禱詞，結果看到白布上的文字後便鬆開緊繃的肩膀。

……跟平常的禱詞差不多嘛。

「創世諸神，吾等在此敬獻祈禱與感謝。司掌浩浩青空的最高神祇，暗與光的夫婦神；分掌瀚瀚大地的五柱大神，水之女神芙琉朵蕾妮、火神萊登薛夫特、風之女神舒翠莉婭、土之女神蓋朵莉希、生命之神埃維里貝。感謝諸神賜予萬千生命的恩惠，聖恩崇潔，謹此獻上敬意，虔心予以回報。」

舉行奉獻儀式與向基礎提供魔力時，由於唸的禱詞都省略了眷屬神，所以祈求加護時只要補上所有眷屬神的名字，最後再加上一句「吾之祈求若合其所意，懇請惠賜祢的加護」就好了。

「想不到挺簡單的嘛。」

「因為和供給魔力時唸的禱詞很像嘛。可是，簡單還不至於吧？這些禱詞可是一個字都不能唸錯。」

韋菲利特說得沒錯，我往左右看去，發現大家都嘀嘀咕咕地開始背起禱詞。讓我意外的是，身為大領地的領主一族，應該也會向基礎供給魔力的漢娜蘿蕾與奧爾特溫，居然也都一臉肅穆地瞪著魔導具映出的文字。

「赫思爾老師，我背好了。」

我一起身，所有人全朝我看過來。赫思爾無奈地嘆了口氣。

「羅潔梅茵大人，妳這未免也太快了。」

「因為我是神殿長啊。只是多了幾行字而已，這就跟我平常在神殿裡詠唱的禱詞差不多喔。」

「是嗎？」

為了稍微改善神殿在大家心裡的印象，我綻開笑容，對眨著眼睛的眾人點點頭。

「而且，這也跟為基礎魔法奉獻魔力時要唸的禱詞很像，領主候補生能很快背好也是當然的吧？」

「奉獻魔力時要唸的禱詞嗎？我不記得要唸這種禱詞啊。從來沒聽說過。」

奧爾特溫說完，漢娜蘿蕾也點頭表示同意。我與韋菲利特不禁面面相覷。

「在艾倫菲斯特，不只奧伯，我與妹妹都會邊詠唱禱詞邊提供魔力。戴肯弗爾格與多雷凡赫不是這樣嗎？」

「因為我們這裡已成年的領主一族很多，我沒有什麼機會需要供給魔力，都只是把手放在供給魔法陣上，讓魔力自己流出，從未詠唱過禱詞。」

「到此為止。」

赫思爾拍了拍手，打斷奧爾特溫與韋菲利特就要展開的熱烈討論。

「可能是時間一久，有些做法自然就被廢除了吧。等到這堂術科課結束後，再來討論這件事有沒有研究價值吧。請趕快先背禱詞。」

……根本沒人在討論這有沒有研究價值吧？

我納悶地偏過頭，只見赫思爾與賈鐸夫咧嘴一笑。正隱隱有種不祥的預感時，赫思爾朝我招手。

「好了，羅潔梅茵大人裡面請吧。」

由賈鐸夫留下來負責監督後，赫思爾走向通往大禮堂後方的門扉。我跟著赫思爾，走進設有祭壇的最奧之間。

裡頭的祭壇雖然比神殿禮拜堂的祭壇要大，陳設的物品倒是一模一樣。除了神像，還鋪有奉獻儀式時同樣會用到的紅色地毯。另外也有香與鮮花等要獻給神的供品，除了並未擺有小聖杯外，看起來就和奉獻儀式時的擺設相差無幾。

唯一最大的不同，就是祭壇前放有一塊偌大的毯子，上頭繡有全屬性的魔法陣。我猜要在那裡獻上祈禱，再讓魔力經由紅色地毯流向祭壇吧。

「只要跪在魔法陣中央，獻上祈禱就好了吧？」

「沒錯。真好，省了我說明的時間。」

我與舉行奉獻儀式時一樣，走到魔法陣中央面向祭壇，先是仰頭看向巨大的祭壇，然後跪下來觸碰魔法陣，慢慢注入魔力。

「創世諸神，吾等在此敬獻祈禱與感謝。」

接著，我誠心誠意地詠唱最高神祇與五柱大神之名，魔法陣隨即發亮。光柱從繡有屬性符號的地方依序亮起，每道光柱都是一種貴色。

「所有屬性都發光了……難道……」

房內非常安靜，可以清楚聽見赫思爾充滿驚訝的低語。我邊往魔法陣注入魔力，邊集中精神恭敬地一一詠唱眷屬神之名，約有一半的眷屬神都給予了回應。每當得到回應，魔法陣便會浮現微光，對應屬性的光柱隨之往上增高。

詠唱完所有神祇的名字後，我說出最後一句禱詞。

「吾之祈求若合其所意，懇請惠賜祢的加護。」

七色光柱倏地往上竄升，相互交纏形成光之漩渦。緊接著光芒悉數往我身上灑落，再化作一道光流沿著紅布流向祭壇，最後依貴色分開來被神像所吸收。

眼前的光景太過夢幻，美麗得超出預期，我正看得入迷時，神像忽然發出「轟隆轟隆」的聲響動起來。彷彿在跳奉獻舞般，祭壇上的神像一邊緩慢旋轉一邊往左右移動。

「咦？……哇哇?!赫思爾老師，這是怎麼回事？」

我轉頭看向負責監督的赫思爾，只見她仰望著祭壇，臉上的表情很難分辨她是否感到驚訝。

「跟斐迪南大人那時候一模一樣呢。我本來還在想會不會也變成這樣，結果竟然成真……」

「斐迪南大人那時候也是這樣嗎？」

「是啊。當時我還看得興致勃勃，心想著這說不定就是在貴族院流傳的奇聞之一。自那之後，斐迪南大人便開始研究不可思議的傳聞。」

……斐迪南大人與赫思爾老師也太鎮定了吧！

看到這麼不尋常的景象，居然還有心情想著研究，我真是太羨慕了。

「快要結束了喔。」

赫思爾指著祭壇說。神像們看起來就像是特意讓路，讓我能從正中央走上階梯。最上面的最高神祇夫婦神也往左右兩邊移動後，有著花窗玻璃圖案的牆面上於是出現一道入口。

「羅潔梅茵大人，去吧。」

「去哪裡？」

「當然是最高神祇邀請妳前往的遙遠高處啊。」

這種說法根本是指死後的世界。講話請別這麼不吉利！

「妳快點進去吧。否則那道入口若不關上，會給之後的學生造成困擾。妳可以使用騎獸沒關係，請趕快進去吧。」

我在赫思爾的催促下變出騎獸，往最高神祇所在的階梯頂端移動。畢竟我可沒有體力能靠自己的雙腳走完這麼多階梯。
來到最高神祇所在的最上層以後，我從騎獸裡下來。平常擺在祭壇上的時候，最高神祇看起來就只是感情很好地手牽著手，如今分開來站在兩邊相對後，兩人的手卻好似在指引著我往前進。
四方形的洞口看起來與供給室的出入口很像。洞口罩著一層微微晃蕩的薄膜，無法看清裡頭是什麼模樣。我和首次踏進供給室時一樣緊張，抬腳走了進去。
「……打、打擾了。」
穿過罩著薄膜的入口後，周遭的景色瞬間切換。我發現自己正站在雪白的圓形石板地上，正中央有棵看來材質相同的白色巨木，宛如一件雕刻作品。巨木朝著天花板聳立，枝葉高大繁茂，有陽光從樹葉縫隙間透下來。看著看著我感到眼熟。
「這裡是……」
這裡就是我採到「神的意志」的那處白色廣場。由於我已經取得了思達普，現在這裡看來並沒有任何不尋常的東西，只有白色巨木仍在這裡舒展枝椏。
「……按以往的課程，都是畢業前夕才會取得思達普與加護，難不成那時候是在取得加護的同時，順便來這裡採集思達普？」
其實原本應該在成年之前，趁著身體還在發育時認真學習與祈禱，用誠心打動諸神，再取得加護與思達普吧？
「但反正我已經有思達普了，想這些也沒用。所以，斐迪南大人是三年級的時候在這裡取得思達普囉？」

我站在白色廣場上觀察了半晌，但什麼也沒發生。最終我轉身離開，從罩著薄膜的出入口回到祭壇。與此同時，我不禁在心裡大感不滿。因為如果我採到「神的意志」後也能像這樣直接回到祭壇，那我就不會暈倒了。

……那時候我真的走了好長一段路呢。

站在祭壇上往下俯瞰後，我看見了魔法陣與仰望著這邊的赫思爾。

……如果能把魔法陣畫下來，回領後能不能讓安潔莉卡再舉行一次儀式呢？只要安潔莉卡願意努力一下，像是至少背下司掌速度的女神之名，或是至少能詠唱出自己想取得加護的神祇之名，她或許也能得到風屬性的加護。這麼心想的我拿出寫字板來，畫下魔法陣後騎著騎獸往下飛去。

我一走出魔法陣，洞口便重新關上，神像也慢慢回到原來的位置上。

「真是不可思議的光景呢。並不是所有人舉行了儀式後，都會發生這種情況吧？」

「就我所知，只有斐迪南大人與羅潔梅茵大人而已。兩位真是非比尋常呢。」

然而赫思爾說話時一副完全不驚訝的樣子，實在一點可信度也沒有。

「好了，羅潔梅茵大人。雖然當時斐迪南大人不肯告訴我，但請妳告訴我進去以後發生了什麼事吧。」

好像只有獻上祈禱的人才能走上祭壇，因此赫思爾在斐迪南那時候自然也上不去，為此扼腕不已。而且她說斐迪南還三緘其口，半點也不肯透露。看著她那雙充滿好奇光彩的紫色眼睛，我沒好氣地瞪回去。

「連斐迪南大人都覺得最好別告訴您的事情，您想我會傻傻說出來嗎？等我問過斐迪南大人以後再說吧。」

……隱形墨水該出場了呢。但才第一天上課，會不會太快就出場了？

看到我已經打定主意要寫信問斐迪南，赫思爾一臉遺憾地咕噥：「斐迪南大人在奇怪的事情上可是特別死腦筋呢。」

大家的儀式與音樂課

「羅潔梅茵大人，您取得了哪些神祇的加護呢？」

我一回到大禮堂，羅德里希馬上興沖沖地拿出寫字板。但是，我不曉得他那張寫字板是否寫得下，況且我也不想引來矚目。正全神貫注背著禱詞的菲里妮也猛然抬頭，拿出寫字板來。見狀，我搖了搖頭。

「羅德里希、菲里妮，如果你們禱詞都背好了，就去舉行儀式吧。」

「我、我還沒背好。」

「那請先專心完成自己的事情，我要預習明天之後的學科課了。」

由於得等黎希達與護衛騎士們來迎接才能回去，所以我決定一邊看書，一邊等其他人舉行完儀式。坦白說，我聽說取得加護以後，施展魔法時所消耗的魔力量會變得與以往不同，很想現在就施展看看。但大家正努力在背禱詞，在旁邊施展魔法只會造成妨礙吧。

「我背好了，那換我進去吧。」

「韋菲利特哥哥大人，您回復藥水帶了嗎？」

「帶了。」

韋菲利特「喀答」一聲起身，繼我之後進去舉行儀式。果然因為我們在提供魔力時會唸禱詞的關係，背好的速度都很快。韋菲利特一臉緊張，與赫思爾一同進入最奧之間。

艾倫菲斯特有第二個人進去後，感覺他領學生都背得更認真了。

「羅潔梅茵，太好了！」

不一會兒，韋菲利特笑容滿面地從最奧之間裡出來。看得出來他很克制不要用跑的，但步伐還是相當快。

「我總共得到了十二位神祇的加護，就連赫思爾老師也大吃一驚喔。」

「十二位神祇嗎？」

「韋菲利特，你得到了很多眷屬神的加護嘛。」

大家頓時鬧哄哄地交談起來。韋菲利特的魔力有六屬性，他又與安潔莉卡不同，不可能唸錯諸神的名字，所以我早就預想他應該能得到不少加護，但十二這個數字似乎多到令眾人大感吃驚。

「羅潔梅茵，那妳呢？妳應該也得到了不少眷屬神的加護吧？」

……我總共得到了大約四十位神祇的加護喔──但這種話怎麼說得出口嘛。請不要問我。

這時候既沒必要打擊心情正好的韋菲利特，況且大家聽到十二位神祇就已經這麼驚訝了，沒必要再投下震撼彈。我模仿安潔莉卡，笑著偏過臉龐，試圖蒙混過關。

「我確實也得到了複數眷屬神的加護，但這很稀奇嗎？教科書與參考書上都寫著，儀式時會依據個人至今的行為取得加護。既然我與哥哥大人都得到了複數眷屬神的加護，代表這不是值得驚訝的事情吧？」

開始舉行加護儀式後，既然出來的兩個人都是這樣，這應該一點也不稀奇才對。聞言，漢娜蘿蕾露出苦笑。

「羅潔梅茵大人，一般都只會獲得與適性數相當的加護喔。雖然見習騎士與戴肯弗爾格的學生經常從火的眷屬神那裡取得複數加護，但像韋菲利特大人這樣並不特別習武的領主候補生，能夠取得複數眷屬神的加護可以說是十分難得，我也覺得非常了不起呢。」

……戴肯弗爾格有很多學生都能取得戰鬥系眷屬神的加護啊，總覺得可以理解。

我也聽說文官克拉麗莎有著優秀的戰鬥能力，真不愧是戴肯弗爾格。說不定漢娜蘿蕾也能取得戰鬥系眷屬神的加護。

「有沒有人要接著進去挑戰？」

「……我要進去。」

「赫思爾，換我了。既然接下來是奧爾特溫，由我進去吧。」

這次由奧爾特溫與賈鐸夫一起進入最奧之間。聽到我與韋菲利特都得到了複數眷屬神的加護，奧爾特溫眼中閃著期待的光彩。然而，他似乎只得到了與自己適性數相當的加護，回來時臉上的表情有些失望。

「我沒能得到複數眷屬神的加護。」

不只奧爾特溫，其他進去舉行儀式的人，也都沒能取得超過適性數的加護。眾人一再證明，能夠取得複數眷屬神的加護有多麼難得時，只有漢娜蘿蕾帶著五味雜陳的表情走出來。

「漢娜蘿蕾大人，您也未能取得眷屬神的加護嗎？」

「不是的，我取得了時之女神德蕾梵庫亞與英勇之神安格利夫的加護喔。」

「那很好啊，您為什麼是這副表情呢？」

她看起來並不高興，反而非常困惑。被我這麼一問，漢娜蘿蕾慌慌張張地環顧左右，綁成兩條馬尾、既像淡粉也像紫色的髮絲在她耳邊搖晃。

「我、我當然很高興。雖然高興，卻不明白自己為何能得到這兩位神祇的加護……因為，我明明沒有什麼長處能得到德蕾梵庫亞與安格利夫的青睞呀。」

真是奇怪呢——說完，漢娜蘿蕾離開了大禮堂。

「韋菲利特大人、羅潔梅茵大人，那我先失陪了。」

披著水藍色的披風，法雷培爾塔克的上級貴族向我們致意後便離開了。這時還留在大禮堂內的，只剩下艾倫菲斯特的學生。中級貴族與下級貴族因為階級的關係總會一再禮讓，所以往往會留到最後。剩下的學生照著階級順序前去舉行儀式後，結果也和其他人一樣，都只取得了與適性數相當的加護。

「現在就只剩下羅德里希與菲里妮了。羅德里希，換你進去吧。」

「我想知道菲里妮的結果，所以我最後再進去吧。」

「那我先進去了。」

聽到羅德里希這麼說，菲里妮便站起來，緊握著腰間上的回復藥水。她的小臉滿是緊張。

「菲里妮，只要誠心祈禱，一定沒問題的。」

菲里妮點了點頭，我們看著她走進最奧之間。

一會兒過後，菲里妮舉行完儀式出來了。她臉上有著壓抑不了的喜悅，腳步輕快地往我們跑來。只見她臉頰紅通通的，嫩草色的眼眸熠熠發亮，語帶興奮地說：

「羅潔梅茵大人，我居然增加了風屬性！我得到了睿智女神梅斯緹歐若拉的加護喔！祈禱獻予諸神！」

菲里妮以非常流暢的動作，高興得向神獻上祈禱，看得出來之前幾乎每天都去神殿的她已經被潛移默化。和不自覺笑出來的我不同，大家都驚愕得雙眼圓睜。

「咦?!妳增加了適性以外的屬性嗎?!」

「菲里妮，妳怎麼辦到的？」

聽到菲里妮說她屬性增加，羅德里希猛然站起來，傾身向她追問。

「我也不知道自己為什麼能取得加護。我只是照著羅潔梅茵大人的吩咐，就算使用回復藥水也要讓魔力盈滿整個魔法陣，然後獻上祈禱。」

這種情況實在太過罕見，不只艾倫菲斯特的人非常興奮，在旁監督的賈鐸夫也雙眼發亮地湊過來。

「妳再說清楚一點。妳的名字是菲里妮吧？下級貴族嗎？那原本的適性只有一個？到底是什麼屬性？」

賈鐸夫連珠炮般的發問讓菲里妮不知所措，羅德里希則是一臉為難。接下來就要舉行儀式的他似乎有話想問，以便當作參考。很顯然賈鐸夫即使注意到了周遭人們的反應，但面對自己感興趣的事物時就會假裝沒發現。他指向最奧之間說：

「啊，對了。那邊那位男學生，你趕快進去吧。」

在賈鐸夫的催促下，羅德里希只好走向最奧之間。但他途中頻頻回過頭來，一副有話想問的樣子。我們看著羅德里希走進最奧之間時，賈鐸夫則是露出和藹老爺爺的笑容，馬上接著追問。

「那麼，妳原先的適性是什麼？」

「是、是土。」

「所以除了土屬性外，現在又得到了風屬性嗎？嗯、嗯。既然妳能得到睿智女神梅斯緹歐若拉的加護，代表妳與知識有關的某些事情得到了她的青睞。能告訴我，妳從事過哪些與知識有關的活動嗎？」

他說多雷凡赫雖是以智慧見長的領地，卻很少有人能得到睿智女神梅斯緹歐若拉的加護。因此，他很希望能像容易取得火之眷屬神加護的戴肯弗爾格那樣，讓多雷凡赫的學生也容易取得風之眷屬神的加護。

「賈鐸夫老師，我明白您的心情，但您的提問只能持續到羅德里希舉行完儀式為止喔。等羅德里希回來，我們就要返回宿舍。」

我這麼提醒賈鐸夫，以免他沒有止盡地問下去。成為他提問目標的菲里妮一聽，有些如釋重負地鬆口氣。

「我從事過的與知識有關的活動，我想就是為羅潔梅茵大人蒐集故事了吧？還是因為我曾抄寫書籍呢？也有可能是我曾認真學習如何能翻譯古文，也說不定是因為我曾在神殿幫斐迪南大人處理公務。」

菲里妮把她想到的可能性都說了出來，賈鐸夫邊聽邊連連點頭。聽完這些，可以知道菲里妮平時有多麼認真。

「但是，多雷凡赫的學生也會蒐集與書寫故事，再賣給羅潔梅茵大人，也有的人甚至比妳更熱中研究……」

賈鐸夫似乎很想知道哪些行為有助於取得加護，但菲里妮列舉的這些事情，多雷凡赫的學生平常早就在做了。他說菲里妮的行動並沒有什麼特別之處。賈鐸夫正想繼續追問時，羅德里希回來了。

「羅潔梅茵大人，我舉行完儀式了。」

羅德里希說話時雖然面帶笑容，眼神卻左右游移，看起來有些不太對勁。明明出發前他還很好奇菲里妮的屬性為何增加，這時卻不加入對話，反而想與我們保持距離。

「羅德里希，舉行儀式時發生了什麼事情嗎？難道是失敗了？」

看到羅德里希像是坐困愁城的模樣，我忍不住假定了最糟的結果這麼問他。瞬間，所有人都轉頭看向羅德里希。「不是的！儀式很成功！」羅德里希急忙搖頭，然後一臉困惑地環顧還在現場的所有人。

「我成功了喔。而且是非常成功……不知道為什麼，我所有屬性都得到了加護。」

「所有屬性嗎？那很厲害嘛。羅德里希，真是太好了。」

我聽了當然驚訝，但熟知貴族常識的賈鐸夫更是一臉震驚。

「你在得到眷屬神的加護後變成了全屬性嗎?!這怎麼可能……」

「……賈鐸夫老師，這很罕見吧？」

「我從未聽說有人在取得加護後成了全屬性。」

聽到菲里妮的屬性增加了，我還以為那就算羅德里希增加了也不奇怪，賈鐸夫卻說變成全屬性根本是前所未聞。

「為何？到底是為什麼會發生這種事……？」

賈鐸夫的目光牢牢攫住羅德里希。羅德里希難以招架地拚命說明：

「我自己也不清楚這是怎麼一回事。那個，我讓魔力流向魔法陣以後，所有屬性的符號都亮起了光芒，彷彿我從一開始就是全屬性一樣……」

他說跟受洗時測到的風與土適性相比，其他屬性的光柱高度都不到它們的一半，但確實所有屬性都發光了。看來雖說是全屬性，但魔力的品質並不算好。

「你受洗時並非全屬性嗎？」

「對，測出來是說我具有風與土的適性。」

「從你受洗至今，曾遭遇什麼巨大變化嗎？」

「……我不知道。」

「一定發生過什麼事情，否則原先只有兩種適性的人不可能變成全屬性。」

「像我這種人能夠得到全屬性的加護，確實是很奇怪。可是，我真的不曉得自己為什麼能取得加護。」

賈鐸夫追問的語氣越來越嚴厲，羅德里希百般為難地低下了頭。

「羅德里希，你講話不該這麼貶低自己，對賜予你加護的神祇太失禮了唷。」

身為主人的我必須保護羅德里希，因此轉身面向賈鐸夫。

「賈鐸夫老師，得到全屬性的加護是件值得恭喜的事情，並不是壞事吧。比起質問，不是應該先說聲恭喜嗎？發生了這麼罕見的情況，我知道您十分激動，但您這樣一再追問，只會對學生造成打擊。今天請到此為止吧。」

「……羅潔梅茵大人說得沒錯哪。」

賈鐸夫緩緩吐口氣，讓自己放鬆下來，接著為屬性增加一事向羅德里希與菲里妮說了聲恭喜。

「這種情況或許少見，但也只是操控起魔力會輕鬆一些，日常生活並不會有什麼改變吧？萬一自大起來變得怠惰了，取得的加護說不定會被取消喔。羅德里希、菲里妮，你們都要調整一下心情，當作這是自己至今的努力得到了認可，回到宿舍以後仍要預習明天的學科。知道了嗎？」

「是，羅潔梅茵大人。」

羅德里希點點頭，表情變得明亮多了。眼看事情圓滿落幕，我正鬆了口氣時，大概是收拾好了最奧之間裡的東西，赫思爾來到大禮堂，雙眼發亮地瞪著我瞧。

「羅潔梅茵大人，發生了這麼罕見的情況，妳可不能三言兩語帶過。」

「哎呀，赫思爾老師。」

「這件事確實值得恭喜，但也非同小可。原本只有兩個適性的人竟然藉由加護變成了全屬性，只會掀起軒然大波。你們絕不能向任何人提起這件事。」

想想剛才的學生們都沒能得到超過適性數的加護，賈鐸夫也這麼激動，羅德里希變成全屬性一事若傳開，確實會引發騷動吧。目前還在大禮堂裡的，只剩下艾倫菲斯特的學生。我們都發誓絕不會告訴其他人。

「我也會調查屬性為何能夠增加。明天晚上請讓我一同用餐，我想詳細討論這件事情。」

「是。」

……居然不能單純為屬性增加感到高興，真是麻煩呢。唉。

回到宿舍以後，羅德里希的屬性增加一事仍要保密。但由於韋菲利特得到了複數眷屬神的加護，菲里妮也增加了屬性，用晚餐時餐廳裡的氣氛非常熱鬧。對於自己無法加入對話，羅德里希吃飯時顯得十分焦慮。其實他一定很想炫耀一番吧。

隔天的共同學科也是全員一舉合格，下午是音樂課。感覺今年老師也會想聽新曲，因此我與羅吉娜做了準備。倘若老師什麼也沒說，那我就打算先不表演。

「那麼，這是今年的指定曲。」

今年也要彈指定曲與自選曲，老師接著發表指定曲目。看到曲目後，我輕嘆口氣。

……是將近兩年前練習過的曲子，好懷念啊……不過，斐迪南大人到底把難度調高了多少啊？羅吉娜也只是讓我不停練習，從來不會說「我想到這個程度就足夠了」。莫非我的兩位音樂老師皆是魔鬼？

我正在複習指定曲時，亞倫斯伯罕的上級貴族彈起了聽來十分耳熟的曲子。雖然經過編曲，有些難以分辨，但應該是我送給斐迪南的曲子。

……記得是〈獻給蓋朵莉希的情歌〉？

想必是斐迪南在冬季的社交界表演了這首歌後，便在亞倫斯伯罕領內流行起來吧。肯定有很多人邀請了他，請他彈奏新曲。而且與在艾倫菲斯特時不一樣，他在亞倫斯伯罕那裡不可能隨口拒絕，鐵定不知道彈了多少次。

由於想知道斐迪南進行了怎樣的改編，我豎起耳朵聆聽後，亞倫斯伯罕的上級貴族露出有些得意的微笑。

「這是亞倫斯伯罕的新曲，作曲者是斐迪南大人唷。既不是艾倫菲斯特的新曲，也不是羅潔梅茵大人創作的曲子。」

……呃，其實把主旋律送給他的人是我喔。嗯，但算啦。

斐迪南想必始終面帶假笑，隱藏起極不耐煩的臉孔，努力在拉攏其他人站到他那一邊吧。我絕對不會擾亂他的計畫。

「我非常喜歡斐迪南大人創作的曲子呢。倘若是新曲，希望能有機會聆聽。因為現在只有亞倫斯伯罕的人才彈得出來吧？」

「我也還在練習，假如您不嫌棄的話……」

我沒有反駁，肯定那是亞倫斯伯罕的曲子後，那名女性貴族安心地吁了口氣。緊接著她拿好飛蘇平琴，一邊彈奏一邊還唱出歌詞。

……這不是情歌，是思念故鄉的歌。

這首歌在訴說著冬天這段蜜月期過去後，讓人很想念如今已在遠方的蓋朵莉希。若在亞倫斯伯罕唱了這首歌，一般人會以為是在思念前往了貴族院的未婚妻吧。但只要知道斐迪南在離開艾倫菲斯特前說過的話，也知道他許下的約定，就會了解到這首歌其實是在思念故鄉。不過，一般就算誤會成情歌也不奇怪。

嗯……所以要讓大家繼續誤會嗎？

腦海裡突然蹦出一個畫面。一邊是蒂緹琳朵在大喊著：「原來你騙了我！」一邊是斐迪南一派若無其事地回道：「是妳自己要誤會的。」萬一讓蒂緹琳朵知道真相，斐迪南受到的待遇肯定會變差。還是讓蒂緹琳朵保持著好心情，讓她對斐迪南好一點吧。

……至少在舉行完星結儀式、正式成為配偶前，都不能讓她知道！

畢竟斐迪南是從排名靠後的中領地入贅至大領地。成婚前他都會被當成外人，能有怎樣的待遇完全是由蒂緹琳朵與喬琪娜決定。我想竭盡所能幫助到他，讓他在那裡能待得愉快一些。

我剛這麼下定決心，就看見韋菲利特一臉納悶地歪過頭。似乎是副歌的部分讓他覺得很耳熟。

「雖然這好像是叔父大人創作的歌曲，但應該是羅……」

在韋菲利特即將說出不該說的話之前，我拍了拍他的肩膀制止，並對他投以微笑。多半感受到了我在心裡呼籲的「請不要多嘴」，韋菲利特連連點頭。

那名上級貴族演奏完後，我向她道謝。

「謝謝妳特意為我演奏。請轉告創作這首曲子的斐迪南大人，這首曲子真是太動聽了。還有，倘若斐迪南大人以後又創作了其他歌曲，希望還有機會聆聽呢。」

為了讓大家留下作曲者是斐迪南的印象，我刻意不斷提到他的名字。心情就像選舉宣傳車上的拉票員。

……斐迪南大人！斐迪南大人就拜託各位了。請讓斐迪南大人過上平靜安穩的生活！我希望他擁有更好的待遇！

其實我恨不得去找亞倫斯伯罕的每一位貴族，開口這樣拜託他們。雖然斐迪南大概會用非常厭惡的眼神看我。

我正想著這些事情時，演奏完的那名上級貴族看著我，嘴角揚起有些不懷好意的笑意。

「羅潔梅茵大人，您今年不表演新曲嗎？總不會負責指導的斐迪南大人一不在，您便無法創作新曲了吧？我一直很期待聽到您的新曲呢。」

人家都這麼挑釁了，那我也只能接下挑戰。畢竟斐迪南吩咐過我，就算他不在了，也要讓大家看到艾倫菲斯特的表現一樣優秀。

……就連第一堂課的考試也一定要通過才行。斐迪南大人果真是魔王！

「能讓妳這麼期待，真是太光榮了。既然妳剛好提起，那我便去演奏今年的自選曲吧。」

我回以甜笑後，拿起自己的飛蘇平琴，走向老師麻煩她評分。隨後我坐下來，拿好飛蘇平琴。

緩緩吸一口氣後，撥弄琴弦。今年的指定曲算是情歌。據老師所說，我們已經到了該尋找男女伴的年紀，所以必須學會這首曲子。雖然這對已經有未婚夫的我來說完全無關緊要。由於將近兩年前練習過了，因此我沒什麼問題地順利彈完。

至於自選曲，是獻給風之女神舒翠莉婭的曲子。曲子當中，蘊含著希望風之女神能守護重要之人的心願。這首曲子不只是為了前往亞倫斯伯罕的斐迪南所創作，也是為了因肅清而失去家人的孩子們。

我一邊彈琴一邊唱起歌詞，感覺得到魔力開始被吸往戒指，並且化作祝福四散溢出。光芒是黃色的，為舒翠莉婭的貴色。眼看發生了與首次亮相時相同的情況，我嚇了好一大跳，急忙想讓流動的魔力停下來。

……咦？停不下來？

然而，明明往常我都壓得下來，這時卻完全抑止不了魔力往外湧出。怎麼辦?!我在心裡放聲吶喊，但又必須第一堂課就合格不可，只好繼續演奏。

結果直到演奏結束為止，我的戒指都不斷釋出祝福。

但與以往不同的是，這次我完全無法停下魔力，也幾乎感覺不到魔力有任何消耗。

……難道是因為昨天舉行了加護儀式的關係?!

可以看出在場眾人全目瞪口呆，我只想逃離現場。音樂老師看著我眨眨眼睛。

「羅潔梅茵大人，這是……」

「……那個，這是風之女神的祝福。好像因為昨天舉行過儀式的關係，變得比平常容易釋出祝福呢。呵呵呵。」

雖然不知道能否就這樣蒙混過關，總之我先試著擠出笑容。再這樣下去不妙。再不重新練習如何操控魔力，我可能不管到了哪裡都會釋出祝福。魔力消耗率竟然大幅降低，讓我無法靠自己的意志停下魔力，祝福還擅自釋出，這種情況實在教人始料未及。如今監護人已不在身邊的我，忍不住在心裡發出慘叫。

……斐迪南大人，這種時候我該怎麼辦?!

音樂課也取得合格成績後，我送出奧多南茲喚來黎希達，逃也似的回到宿舍。

「黎希達，怎麼辦?!我想和以前一樣停止魔力卻停不下來。我猜是因為舉行過加護儀式的關係……」

我描述剛才的情況，並說出自己的推測後，黎希達一臉為難。

「大小姐，很抱歉，我也不曉得有什麼方法能改善這種狀態。因為在我們那時候，都是加護儀式過後才取得思達普……」

看來過往的課程規劃，會安排畢業前夕才取得思達普果然有其用意。想不出有什麼方法能抑止祝福、有效控制魔力流動的我，不由得抱住了頭。

「而且斐迪南大人那時候雖然改為三年級，但也是等到加護儀式過後才取得思達普。因此這種取得思達普後才獲得神的加護、魔力消耗率大幅改變的情況，恐怕他也不曾經歷過吧。」

黎希達還暗示就算找斐迪南商量，他可能也提供不了建言，我更是眼眶泛淚。

……啊啊啊！到底是哪個人該出來負責?!竟然擅自更改課程規劃！

「今晚赫思爾老師會過來，不如您與她商量看看吧？」

「……就這麼辦。」

赫思爾與加護

到了晚餐時間，赫思爾走進宿舍。她一副非常頭痛的樣子，出來迎接的我頭也很痛。

「老師，因為昨天舉行儀式的關係，我現在變得很難操控身上的魔力，也幾乎感覺不出魔力有任何消耗，上音樂課時還抑止不了祝福。我該怎麼辦才好呢？」

「這我怎麼知道呢。倘若祝福釋出後不會給人造成困擾，那任其自由釋出就好了吧。詳細情況請妳問斐迪南大人。」

她表示自己解決不了這種因魔力太多而造成的煩惱，直接撇到一邊。

「韋菲利特大人，用完餐後方便談話嗎？」

「嗯。為免引起混亂，我已經請侍從準備好了房間，只讓當事人們進行談話。用完餐後再過去吧。」

舍監在宿舍裡用餐，在他領的宿舍裡頭是再尋常不過的光景，但在艾倫菲斯特卻非常罕見。開始用餐後，大家都不停往赫思爾偷瞄，很好奇發生了什麼事。

赫思爾完全沒有提及加護儀式上，艾倫菲斯特的三年級生們有哪些驚人之舉，先是開口表揚連續兩天都在第一堂課就通過考試的學生們。

「艾倫菲斯特的學科成績非常優秀呢。現在大家依然是第一堂課就通過考試吧？每年成績都能有所提升，老師們對此可是讚不絕口。」

她說不只學科，由於學生們在習得羅潔梅茵式魔力壓縮法後，魔力量增加的人也確實變多了，因此整體看來，術科的成績也每年都在提升。

「安潔莉卡、柯尼留斯與哈特姆特畢業後，本來我還擔心尤其是術科方面的成績會驟然下滑，但萊歐諾蕾、馬提亞斯與勞倫斯等後輩的成績也有提升，三位領主候補生的表現又十分優異。今年一樣讓人拭目以待呢。」

近來，他領的人大概是已經習慣艾倫菲斯特的學生總是第一堂課就通過考試，很少再為此感到驚訝。即便我們首場考試就全員合格，旁人也只有「我就知道」的反應。所以能聽到第三者的客觀評價，像是老師對我們讚不絕口、每年的整體成績都有提升等等，讓我由衷感到高興。

「這都是因為斐迪南大人對我們施壓喔。為了第一堂課就取得合格成績，我每場考試都全力以赴呢。」

而且，今年若不訂個目標讓大家全神貫注，有太多孩子的精神狀況會不太穩定。目前我們尚未收到肅清行動的後續消息，也還不打算把這件事告訴赫思爾。

對於艾倫菲斯特舍裡特有的美味餐點，學生們已經日漸習慣，赫思爾倒是品嘗得一臉陶醉。儘管我們已在領主會議上開始慢慢販售食譜，但是光看食譜，果然還是很難重現吧。她說現在他領還只能勉強重現餐點原有的味道，不到可以自己發明新口味的地步。

「但我想只是時間早晚的問題呢。畢竟我的廚師也花了好幾年的時間，才不再只是一味照著食譜做菜，而是自己研發新餐點。」

首先，重點在於看到各種與過往常識不同的烹煮方式以及事前準備，能否如實照做。之後就能活用各領的特產，配合當地人的口味，開始大幅度的改良。最後的成品肯定會讓人想歪過頭問：「到底是怎麼變成這樣的？」

……與此同時，我們也要努力開發新餐點就是了。

「羅潔梅茵大人，這道甜點是什麼？」

「這在艾倫菲斯特是種名叫『慕斯』的點心喔。」

今天的點心比較費工，在海綿蛋糕之間夾了蜂蜜優格慕斯。順便說明一下，今年獲勝小組的獎勵就是慕斯的做法。由於渥多摩爾商會開始製作吉利丁了，現在已經可以公開慕斯的做法。

……為了協助在義大利餐廳認真工作的芙麗妲，我要讓吉利丁普及開來。

絕不是因為芙麗妲拜託我說：「希望您能讓使用吉利丁的餐點在貴族間流行起來。」給了我很多吉利丁以後，才拿人手短地幫她。我只是想要推廣美味的食物。

根據過往的經驗，布丁與果凍這類口感軟嫩綿滑的甜食並不怎麼受歡迎，因此我在公布獎勵的時候是以科黛慕斯塔作為示範，與去年的獎勵做結合。

今天的蛋糕是我特別請廚師準備，想要知道中央的貴族會有什麼反應。海綿蛋糕因為還很容易烤失敗，無法在大型的茶會上大量供應，所以我打算趁著與王族舉辦小規模的茶會時再帶去。

「口感應該會與平常吃慣的甜點不太一樣，因此我選擇了常見的蜂蜜與優格做成慕斯內餡。老師覺得如何呢？」

蜂蜜慕斯正好中和了優格的酸味。再把慕斯抹在切成薄片的海綿蛋糕之間，我想應該就不會太在意吃起來的口感。

「這種口感我確實第一次吃到。感覺好像在嘴裡融化一樣，真美味呢。」

「……請問適合端給王族品嘗嗎？」

「外觀最好能再精緻一點，味道部分倒是沒什麼問題。」

通過了赫思爾這一關後，看來外觀還得再下點工夫。如果加上科黛與樂得樂沛做成的紅色果醬，形成紅白配色，應該會很有冬天的氣息吧。

品嘗完以後預計端出的甜點，也請赫思爾發表感想後，我們移動到另一個房間。將參與談話的，只有屬性增加的當事人們與有義務要向領主報告的領主候補生。也就是菲里妮與羅德里希，以及身為領主候補生的我、韋菲利特與夏綠蒂，最後是舍監赫思爾。房內準備好了六張椅子，侍從們備妥茶水後，赫思爾便指示侍從與護衛騎士稍微退到後方。

「我不會要求其他人出去，但必須使用防止竊聽的魔導具。羅潔梅茵大人，請發動這個魔導具吧。」

「咦？……由我來發動嗎？」

赫思爾遞來了可指定範圍的防止竊聽魔導具，我不由得抬頭注視她。一般這種魔導具，都是由帶來的人負責發動。

「妳現在魔力非常充足，在音樂課上彈奏曲子時，還能整整一曲的時間都釋出祝福吧？魔力要是少到會有生命危險的話，祝福根本不可能自行飛出。妳是魔力過多才會這樣。」

聽赫思爾這麼說，我便往可指定範圍的防止竊聽魔導具注入魔力，然後放在她指定的位置上。消耗的魔力果然變得很少，也幾乎沒有用到魔力的感覺。

……簡直就和浸過尤列汾藥水後，無法精準地掌控魔力時一樣。我今年反而應該回去舉行奉獻儀式、幫忙打倒冬之主，釋放掉一些魔力吧？

我嘆著氣放好魔導具後，回到位置上坐好。赫思爾環顧在場眾人。

「那先說明一下這次的情況吧。畢竟在場還有並未舉行加護儀式的夏綠蒂大人。況且我事後雖然聽過賈鐸夫的說明，但因為舉行儀式時要在旁邊監督，並不曉得你們在大禮堂內有過怎樣的對話。」

赫思爾先向夏綠蒂說明了昨天的儀式。但是，她從頭到尾都沒有提到我的儀式。倘若另外三人的儀式結果都不尋常，那我舉行儀式時發生的那些事情應該更是超出常人想像。我往赫思爾瞄了一眼，但她的態度就彷彿那些事情從沒發生過。

「後來菲里妮發現自己屬性增加，回到大禮堂後，她與賈鐸夫說了什麼嗎？」

我們一邊回想，一邊轉述當時在大禮堂內的對話，若有遺漏便互相補充。大致聽完說明後，夏綠蒂納悶不解地偏過頭。

「明明是祈求神祇加護的儀式，既然真的得到了眷屬神的加護，有需要這麼驚訝嗎……」

夏綠蒂的看法和我們一樣。除非像羅德里希那樣突然變成全屬性，否則並不值得大驚小怪吧。聽完我們的想法，赫思爾嘆氣說道：

「先不說能獲得戰鬥系眷屬神加護的見習騎士與戴肯弗爾格，我為你們說明一下多數貴族都是獲得怎樣的加護吧。一般而言，貴族只會從適性對應的大神那裡取得加護。此外，除非有舍監刻意隱瞞，不然這十幾年來，應該從沒有人得到過非戰鬥系眷屬神的加護。」

之前一直聽大家說能得到眷屬神的加護很難得，卻沒想到難得到了這種地步。我們不由得眨眨眼睛，互相對望。赫思爾接著說了。

「從前也多是王族與領主候補生能夠取得複數眷屬神的加護，但中級與下級貴族取得眷屬神加護的例子非常稀少，甚至近百年來都沒有發生過。」

「那菲里妮與羅德里希真的很厲害呢。」

「……我更希望妳能明白，艾倫菲斯特這次的情況有多麼異常。」

被赫思爾一瞪，我點了點頭。沒問題的。雖然不曉得原因何在，但我也理解到了這次的情況不太尋常。還有，眼前就有一位「刻意隱瞞事實的舍監」。

「雖然偶有戴肯弗爾格的學生或見習騎士取得戰鬥系眷屬神的加護，但我們始終不明白這是為什麼，而且除此之外的人也極少取得眷屬神的加護。只不過，既然不是完全沒有前例，那韋菲利特大人就算取得了不少眷屬神的加護，眾人最多也就是驚訝與讚嘆，不會再有更劇烈的反應吧。」

況且戴肯弗爾格的漢娜蘿蕾大人也得到了複數眷屬神的加護——赫思爾說。

「但是，菲里妮的情況就不同了。畢竟她是下級貴族，既沒有風適性也並未取得舒翠莉婭的加護，卻僅憑眷屬睿智女神梅斯緹歐若拉的加護就增加了屬性。這種例子極其希罕，恐怕短期之內不會再出現第二個吧。獲得全屬性加護的羅德里希就更不用說了。」

菲里妮與羅德里希的表情都沉了下來。他們本來還很高興屬性增加了，怎麼也想不到事態會這麼嚴重吧。

「赫思爾老師，那我呢？」

我不僅取得了大量眷屬神的加護，還讓祭壇上的神像動起來，這種情況又有多麼罕見？然而，赫思爾只是輕輕擺手。

「我早就知道羅潔梅茵大人異於常人，就算有異常情況也不是第一次了，所以妳這根本不重要。」

「慢著，哪裡不重要了?!她有可能演變成最大的問題，怎麼可以放任不管！」

韋菲利特立刻嚴正反駁。因為我如果在貴族院裡惹出麻煩，往往是他被連累得最慘，因此他拚了命想防患未然。但赫思爾沒有理他，還一副打定主意撒手不管的樣子，微微一笑說：

「我想最好的處理方式，還是詢問斐迪南大人，讓同樣異於常人的兩個人自己商量解決吧。既然有人經歷過類似的情況了，羅潔梅茵大人這件事就與我無關。」

「老師明明是艾倫菲斯特的舍監，說與您無關也太不負責任了！」

請好好提供協助——我如此抗議後，赫思爾臉上的笑意加深。

「我拒絕。因為早在斐迪南大人那時候我就有過經驗，越認真去處理事情，只會讓自己越吃虧。既然斐迪南大人拜託過我，一些棘手的事情我會幫忙隱瞞，課堂上也會盡量給予通融，但後續事宜請你們自行處理。」

……因為斐迪南大人的關係，我就這麼被赫思爾老師拋棄了！好過分！

儘管我咳聲嘆氣，赫思爾卻不以為意，接著又說：

「在我看來，問題並不在於從一開始我就知道異於常人的羅潔梅茵大人，而在於身邊的人正逐漸受到她影響。」

說話時，赫思爾來回看向菲里妮與羅德里希。

「昨日，共有八名艾倫菲斯特的學生舉行了加護儀式。其中一半的人就和其他人一樣，只取得了與適性數相當的加護，儀式過程也沒有任何異常。出現異常情況的，只有羅潔梅茵大人、韋菲利特大人、菲里妮與羅德里希。你們發現共通點了嗎？」

聞言，我努力思考共通點是什麼。我們四個人剛好兩男兩女，身分也不一樣。還有其他的線索嗎？

「……我完全想不出來。除了都是艾倫菲斯特的學生，還有什麼共通點嗎？」

「除了羅潔梅茵大人本人，其餘三人分別是她的未婚夫與兩名近侍。也就是說，全是與羅潔梅茵大人有關係的人。」

「有道理，的確是這樣！」

韋菲利特一臉恍然大悟地拍向掌心，但我急著想反駁。

「請別一下子都怪到我頭上！」

然而，卻沒有任何人跟我站在同一陣線。不知為何，就連夏綠蒂與菲里妮也非常贊同赫思爾這可怕的假設。

「每當艾倫菲斯特發生出人意表的變化時，中心人物常常是羅潔梅茵大人。所以，我相信這一定是因為羅潔梅茵大人。」

「唔唔……」

無法反駁的我完全說不出話來。這時，赫思爾忽然神色認真地注視我。

「在取得神祇的加護這件事上，我想你們應該做了一些其他貴族沒有在做的事情。不知道妳有沒有什麼頭緒？」

「頭緒的話我有喔。」

我回答後，大家一致瞪大雙眼，往我這邊傾身。

「妳有頭緒嗎?!」

「咦？咦？除了夏綠蒂以外，應該大家都猜到了吧？在大禮堂的時候不是還討論過嗎？我反倒不懂赫思爾老師與賈鐸夫老師為什麼會想不到呢。一般參考書上也都有寫啊。」

「羅潔梅茵大人，為了取得諸神的加護，妳到底做了什麼？」

赫思爾幾乎整個人就要撲上來，我不禁微微往後縮。

「就是祈禱呀。我因為是神殿長，平時都會向神獻上祈禱、奉獻魔力。」

說完，我接著環顧在場眾人。

「而菲里妮與羅德里希身為我的近侍，平常都得出入神殿，也會向神獻上祈禱。後來我把變出神具的方法教給哈特姆特以後，其他近侍也跟著開始觸摸神具，並在不知不覺間奉獻了魔力。」

儘管哈特姆特與柯尼留斯都說，埃維里貝之劍太耗魔力，不適合在戰鬥時使用，但現在兩人都有辦法變出來了。達穆爾則因為魔力不足，幾乎無法維持劍的外形，對此相當受到打擊。

「……艾倫菲斯特的神殿變了很多嘛，跟我記憶中的神殿大不相同。」

「因為我各方面都很努力在改善啊。」

我「呵呵」地挺起胸膛後，看向韋菲利特與夏綠蒂。

「韋菲利特哥哥大人與夏綠蒂平常也會協助我，前往各個直轄地舉行祈福儀式與收穫祭、向神祈禱。不僅如此，艾倫菲斯特在為基礎提供魔力時，領主一族也都會向神獻上祈禱。但在他領並不是這樣吧？」

「這麼說來，那時妳確實提到過這件事。」

赫思爾眨著眼睛點點頭。

「不管是參考書還是聖典上都寫著，只要向神獻上祈禱，便能取得加護。如果他領貴族都對神殿避而遠之，並非真心獻上祈禱，那得不到加護也是理所當然的結果吧。」

就和記不住諸神名字、無法取得加護的安潔莉卡一樣，若不真心獻上祈禱，便只能取得最基本的加護吧。

「一直以來是我們理解錯誤了吧。參考書上說的『向神獻上祈禱吧』，原來並不是取得加護的一種方法，而是平常就該養成的習慣嗎？」

赫思爾疲備地長嘆口氣。

「是啊。昨天賜予我加護的眷屬神們，幾乎全是我曾獻上祈禱的神祇，從不曾獻予祈禱的神祇則都沒有回應我喔。」

我一邊說，一邊輕輕以手托腮。

「老師可以問問漢娜蘿蕾大人，她是否平常都會向德蕾梵庫亞與安格利夫祈禱；還有見習騎士與戴肯弗爾格的學生們，是否常在戰鬥之前獻上祈禱，應該就能稍微確立兩者間的關係了。」

戴肯弗爾格取得複數眷屬神加護的人最多，那我再去問問他們吧──赫思爾說完，稍微正色。

「關於韋菲利特大人與菲里妮的儀式結果，現在都有合理的解釋了。菲里妮是因為常在用途就是向神獻上祈禱的神殿裡活動，也一直在向梅斯緹歐若拉祈求加護吧。但是光憑這些，仍然無法說明羅德里希為何變成了全屬性。對此各位有什麼頭緒嗎？」

赫思爾這麼詢問後，羅德里希低下頭用力握拳。

「我確實有些頭緒。但是，我沒有能力判斷這件事能不能告訴其他人。請容我先向奧伯稟報，討論出結果後再回答您。」

「……居然沒有昨天就回報這件事情，奧伯最近很忙碌嗎？」

赫思爾依序看向我們三名領主候補生問道。沒錯，齊爾維斯特正對領內的舊薇羅妮卡派進行肅清，還要決定如何處置他們，此刻肯定忙得要命。更別說原是主要戰力的斐迪南還離開了。

「這陣子正值冬季的社交界，無論哪個領地的奧伯都很忙碌吧。」

「等他稍微有空，我想與他談談。」

一直以來我都覺得赫思爾似乎不想與奧伯碰到面，因此聽到她說「想與奧伯談談」，不禁意外地眨眨眼睛。

「咦？老師想與養父大人談些什麼呢？」

赫思爾沒有回答我，只是把目光投向韋菲利特。

「若能取得神祇的加護會有什麼結果？韋菲利特大人，請回答。」

「可以減少魔力消耗量，施展起對應屬性的魔法也會比較容易。」

「答對了。菲里妮，那可施展的魔力若增加了會有什麼結果？」

「可以施展大型魔法，或是施展魔法的時間能夠拉長。」

「答對了。」赫思爾說完，定睛往我看來。「羅潔梅茵大人說過，妳想出了一種魔力壓縮法。而今艾倫菲斯特有半數的學生，都比他領學生更有效率地在增加魔力。不僅如此，今年還發現了能夠獲取更多加護的方法。倘若羅潔梅茵大人的假定全部屬實，那麼今後將演變成只有艾倫菲斯特的學生能取得複數眷屬神的加護吧。」

不僅靠著魔力壓縮法在增加魔力，還因為得到了更多加護而能更有效率地使用魔力。若再妥善練習，就能施展出比以往多好幾倍的魔法。

「若有方法可以獲取更多眷屬神的加護，這對尤根施密特來說是非常重大的發現。我認為羅潔梅茵大人應該把能取得更多加護的方法，當作是妳今年的研究成果，在領地對抗戰上發表。」

「……但能夠增加魔力與加護的方法，一般不是該保密嗎？」

「原本是這樣沒錯。」赫思爾先予以肯定後，紫色雙眼倏地綻放凌厲光芒，說道：「……各位曉得如今他領對艾倫菲斯特的看法嗎？」

我們轉述了領主會議後在報告會上聽到的消息。「看來奧伯並不會隱瞞對自己不利的事實嘛。」赫思爾小聲這麼嘀咕完，接著開口：

「不瞞你們說，現在他領都對艾倫菲斯特沒有好印象。由於艾倫菲斯特在政變時保持中立，幾乎沒有受到任何波及，如今自領的成績卻在不斷提升，還接二連三地推出新流行，領地排名也是一年比一年高。除此之外，我還聽到許多與奧伯‧艾倫菲斯特有關的負面傳聞。隨著領地的整體成績往上提升，近年來不好的傳聞特別多。」

根據赫思爾的描述，他領對我們抱有的看法，比在報告會上聽到的還要糟糕。

「倘若不只魔力，就連取得更多加護的方法也要獨占的話，只怕魔力不足的中央也會心懷不滿。這點想必你們也明白吧？正因如此，我認為最好藉由發表取得加護的方法，來緩和旁人對我們的敵意，同時也能對中央有所貢獻。」

「這件事我無法僅憑自己決定，必須先與奧伯商量。」

「嗯。你們好好商量，作出決定吧。」

赫思爾稍稍放鬆下來，吁了口氣後，再度呼喚我的名字。

「羅潔梅茵大人，妳因為是斐迪南大人的愛徒，非常受到矚目。」

她說在中央，有人認為大半的聖女傳說都是斐迪南在背後操控。如今即便他已離開艾倫菲斯特，他們仍懷疑我是否從斐迪南那裡得到了什麼重要消息。

「很多人都想打聽與妳有關的消息，但由於妳幾乎不出席社交場合，能蒐集到的情報似乎少之又少。我也好幾次被叫出去，接到了許多提問。主要都是關於妳與斐迪南大人……」

在場所有人都倒吸口氣。

「今年艾格蘭緹娜大人是領主候補生課程的新講師，她之所以被選上，正是因為王族中就屬她與妳的交情最好。」

「艾格蘭緹娜大人嗎？」

「如今她已不再是庫拉森博克的領主一族，而是與亞納索塔瓊斯王子結為夫婦的中央王族。為了尤根施密特，國王若有任何命令，我也無法違抗。請妳千萬小心。我雖會幫忙隱瞞，但可不負責收拾善後喔。」

明明知道這麼多內情，赫思爾的應對姿態還是完全不變，我終於明白為何個性那麼多疑的斐迪南會如此信任她。

「……還有，圖書館也最好少去。新來的上級館員歐丹西雅，正是中央騎士團長的第一夫人。她似乎也對羅潔梅茵大人與斐迪南大人十分好奇。」

之前說斐迪南是「阿妲姬莎之實」的人，就是中央騎士團長勞布隆托。在歐丹西雅溫婉的微笑背後，我彷彿看見了目光犀利的勞布隆托正瞪著自己，不由得緊握雙手。

領主候補生課程的第一堂課

與赫思爾的談話結束後，我請其他人離開，並留下羅德里希，要與他談論有關全屬性一事。接過黎希達遞來的防止竊聽魔導具，我再遞給羅德里希。確認他緊握在手中後，我開口說了：

「羅德里希，你對於自己為何成為全屬性，心裡已經有頭緒了吧？」

「聽到赫思爾老師說我們全與羅潔梅茵大人有關的時候，我就明白了。是因為獻名的關係。」

羅德里希按著胸口，目光飄向遠方，似乎在回想獻名時的情景。

「獻名時，羅潔梅茵大人的魔力束縛住了我。我可以實際地感受到，這股魔力能讓我活著，也能讓我喪命。所以在取得加護的時候，我應該是受到了羅潔梅茵大人魔力的影響……羅潔梅茵大人是全屬性吧？」

看著羅德里希已經帶有確信的雙眼，我也知道無法再隱瞞，點一點頭。

「看來完全是受到我的影響呢……那向斐迪南大人與喬琪娜大人獻名的人們，也一樣會受到主人的影響而增加屬性嗎？」

「……現在回想起來，我在調合時感覺有比以前輕鬆一些。但真的只有一點而已，頂多覺得今天調合的狀態很不錯。不過，如果是像艾克哈特大人那樣會上場戰鬥的騎士，也許能比我更敏銳地察覺到主人魔力的效果吧。」

羅德里希還說，由於加護儀式上他也從新增屬性的大神那裡取得了加護，現在使用魔力時消耗量也有明顯減少。

「尤修塔斯大人他們是在加護儀式過後才取得思達普，更在那之後才獻名，所以不會像我一樣受到這麼強烈的影響吧。此外，這是我個人的看法，我認為能因獻名而增加屬性數一事，最好不要對外公開。」

羅德里希說完，垂下眼眸。

「請說明你為何有這種看法。」

「獻名本就不是可以公開的事情。獻名是為了向主人展示自己的忠心，將自己的一切乃至性命奉獻給主人，不應該是為了增加屬性數。」

當初羅德里希不惜與家人斷絕關係也要服侍我，所以他小聲喃喃說，萬一大家為了增加屬性數而一窩蜂地想向我獻名，感覺自己的忠心會變得一文不值，這讓他無法接受。

我緩緩點頭。

「如果有人是為了增加屬性而向我獻名，我也無法對他們的人生負責。」

「但是，現在的艾倫菲斯特為了讓舊薇羅妮卡派的孩子能活下去，正要求他們必須獻名。這種情況並不尋常。」

「……是啊。」

「倘若為了活下去非得獻名不可，一旦知道可以增加屬性，選擇羅潔梅茵大人的學生會變多吧。但是，這不是您想看到的結果吧？」

目前共有四個孩子考慮再三之後，選擇了我做為獻名的對象，我也做好覺悟要接受他們的獻名。但若有人為了增加屬性而中途改為選擇我，我只會感到困擾。

「倘若公布了獻名可以增加屬性數的話，我最擔心的，是其他貴族會比以往更反感舊薇羅妮卡派的孩子們，進而有越來越多人主張，果然還是該讓他們連坐受罰。因為要是獻名後不僅能活下來，還能與領主一族擁有同等屬性數的話，原本要讓他們免於連坐而想出的這個處罰就沒有多大意義了。」

舊薇羅妮卡派的成員多是中級與下級貴族。雖然也有中級貴族因為與亞倫斯伯罕貴族有血緣關係，魔力量幾乎逼近上級貴族，但適性數還是都落在一到三個之間。然而獻名以後，就能和領主一族擁有一樣的屬性數，而且還能習得魔力壓縮法。其他貴族一定會很不是滋味吧。

「但我們已經要求這麼多孩子獻名，這件事不可能永遠瞞得住，得和養父大人好好商量才行呢。羅德里希，雖然老師們已經知道你得到了全屬性的加護，但你自己還是要小心，別向任何人透露喔。」

後來直到週末，不管是共同學科還是術科課，我都在第一堂課就合格。每當我走進大禮堂或小會廳，總會有人指著我交頭接耳：「聽說她一邊彈著飛蘇平琴，一邊釋出了大量的祝福。」「聽說祝福的規模大到前所未見呢。」由於當時的目擊證人太多，我也無法否認，只好在大家停止議論前都不予理會。

與此同時，我也寫了信給戴肯弗爾格的克拉麗莎預約會面時間，還寫了報告書送回艾倫菲斯特，請奧伯安排時間與赫思爾談話。另外我也寫了信要給斐迪南，只是雷蒙特一直待在宿舍裡頭，找不到機會請他轉交。

來到貴族院後的第一個土之日，一年級生們都在取得思達普後待在房間裡，其他年級的學生則為了調合前往採集區域，為各自課堂所需的原料進行採集。往年大家都是到了宿舍以後就馬上採集，但今年因為肅清行動的關係，二、三年級生都沒能離開宿舍，所以我們今天一口氣採了不少藥草。眼看藥草數量明顯減少許多，也為了防止自己一不小心又溢出祝福，我在採集區域釋放了一波過多的魔力。

……這樣就沒問題了。

這段時間沒有什麼事情發生，很快便到了新的一週。接下來是第一次要上專業課程，我前往餐廳準備吃早餐。在二樓等著的只有羅德里希一人，不見泰奧多。

「看來他還沒徹底吸收吧。」

「相信到了下午就能看見他了。」

一年級生在吸收「神的意志」時，每個人耗費的時間都不一樣。我往男生房間所在的二樓走廊瞥了一眼，想起泰奧多曾鬥志高昂地說：「真想快點得到思達普，變成武器！」於是小小聲說：「加油。」

用完早餐，大家都聚集在多功能交誼廳裡看書。這幕光景將一直持續到大家都通過學科考試為止。一、二年級生因為科目不多，早在上週末都考完了，所以今年最快通過考試的隊伍，已經確定是一、二年級組。今年夏綠蒂帶領著二年級生成功雪恥，所有學科都在第一堂課就通過考試，看來顯得如釋重負。三年級以上的專業課程小組也都在努力奮鬥，想要取得最高分。今年尤其是侍從組的氣勢格外驚人。

……我也要加油！

「話說回來，領主候補生並沒有專業樓呢。」

文官、侍從與騎士都有專業樓，領主候補生卻沒有，這讓我覺得有些哀傷。我這麼嘟嘴咕噥後，黎希達咯咯笑了起來。

「中央樓就是王族與領主候補生的專業樓喔。有特別劃出一塊區域，讓地位崇高的人不用移動太長的距離。」

現在的我如果要去很遠的地方上課，移動起來確實很不方便。我來到了升級儀式時說明過的房間。

「那請認真上課吧。」

「我已經和斐迪南大人預習過了，所以不用擔心喔。」

「……我倒是有點不安。因為我根本跟不上妳和叔父大人的預習進度。」

韋菲利特語帶埋怨地說。但他之前畢竟無法每天都跑來神殿，魔力量與我也有差異，得耗不少時間才能將魔石染色，這也無可奈何吧。

「但哥哥大人多少預習過了，又得到了不少眷屬神的加護，我想上起課來會變得很輕鬆喔。」

「希望是這樣就好了……」

我與韋菲利特一起走進屋內，發現這裡和大禮堂以及小會廳等教室不同，桌面的高度相當低。今天這堂課若與斐迪南預習時教過的一樣，那應該是要利用箱子進行模擬練習，桌面高度才這麼低，方便大家低頭察看。

……但對我來說還是有些太高了呢。

桌上要是放了箱子，我恐怕看不到裡面，需要有腳凳才行吧。我往屋內看了一圈，發現最靠近講臺的地方有張桌子備有腳凳，很明顯是為我準備的。

……不愧是艾格蘭緹娜大人，太細心了！這樣一來我就可以順利上課。但開心歸開心，看到只有自己一人需要腳凳，心情又有些複雜。

我輕輕嘆氣，再度環顧教室。理所當然地這裡只有領主候補生，人數相當稀少。至今就算會按身分隔開，但幾乎所有的課都是和上級貴族一起上，因此教室裡頭總是很熱鬧。想到今後都會這麼冷清，我心裡十分落寞。

「漢娜蘿蕾大人，早安。」

「羅潔梅茵大人、韋菲利特大人，早安。」

我接著朝漢娜蘿蕾走去。赫思爾應該趁著週末，跑去問他們有關眷屬神加護的事情了。我想了解一下他們討論了哪些事情。

「我聽說赫思爾老師跑去戴肯弗爾格問了些問題，漢娜蘿蕾大人沒事吧？呃，因為那位老師一聊起研究就會忘了分寸，讓我有些擔心呢。」

「赫思爾老師跟我們說，她想確認羅潔梅茵大人的假設是否正確。我之前還一直很疑惑，自己為何能得到複數眷屬神的加護，但聽到您的假設以後就可以理解了。」

漢娜蘿蕾還說：「我整個人都豁然開朗了呢。」顯得非常高興的樣子。

「所以漢娜蘿蕾大人平時也會向神祈禱囉？」

「……那個，因為我一直很想得到德蕾梵庫亞的加護，所以總是隨身帶著柯朵拉為我做的護身符，經常向祂獻上祈禱。」

漢娜蘿蕾稍微挽起袖子，手腕上和我一樣戴著手環造型的護身符。略大的魔石上刻有時之女神德蕾梵庫亞的符號。

「那麼，您平常也會向英勇之神安格利夫獻上祈禱囉？」

「關於這個……呃，其實我並不覺得自己經常獻上祈禱……但戴肯弗爾格因為尚武的關係，迪塔比賽開始前都會一邊跳舞一邊唱古老的戰歌，獲勝後還會舉行儀式，向戰鬥系的神祇奉獻魔力。領地對抗戰上獲勝時，我與哥哥大人也奉獻過魔力。由於哥哥大人也得到了安格利夫的加護，想必確實是受到儀式影響吧。」

……會在比賽前唱歌跳舞，就像橄欖球的哈卡戰舞那樣嗎？但好像可以理解。

為何只有戴肯弗爾格容易得到戰鬥系眷屬神的加護，原因已經顯而易見。畢竟他們那麼熱愛迪塔，如果會在比賽前後進行祈禱，肯定祈禱得很認真，所以才能取得加護吧。

「赫思爾老師還推測，洛飛老師應該是把這些習慣也融進了見習騎士的課程裡，所以認真祈禱的見習騎士，才會得到戰鬥系眷屬神的加護吧。」

如果只是口頭上唸唸禱詞，配合洛飛的指示唱戰歌，似乎沒能獲得加護。

「韋菲利特大人能夠得到這麼多眷屬神的加護，代表您平常十分誠心地向神獻上祈禱吧。」

「因為我們領內魔力不足，受洗完的領主候補生都要前往各地舉行儀式，結果好像因此歪打正著。」

韋菲利特說完，漢娜蘿蕾笑著點點頭後，忽然像是意識到了什麼，轉頭往我看來。接著她一臉小心翼翼，支支吾吾地開口：

「……那麼，平常就以神殿長身分向神祈禱的羅潔梅茵大人，總共得到了多少位神祇的加護呢？記得音樂課的時候您說過，因為舉行儀式的關係，使得您比以往更容易釋出祝福吧？」

「這、這個，我……」

其他領主候補生也都投來目光，似乎正豎起耳朵聆聽。就連我也看得出來，這時候絕對不能老實地回答確切數字。

「確切數量我不能說……呃，而且也不是值得聲張的事情。」

「所以是數量多到無法告訴別人吧。」漢娜蘿蕾環顧在場眾人，一派心領神會似的點了點頭。這時，成為新講師的艾格蘭緹娜帶著幾名助手走了進來。助手都抱著偌大的箱子。

看見走進來的老師是艾格蘭緹娜，大家都發出驚呼，連忙回座。我則走向最前排放有腳凳的座位。雖然與韋菲利特有段距離，但身旁正好就是漢娜蘿蕾。這讓我有些高興。

「羅潔梅茵大人，您的位置在我旁邊呢。」

「是呀，請多多指教。」

艾格蘭緹娜走上前方的講臺。此時的她雖是教師，服裝卻強調出了她現在的身分，編髮也精緻繁複，黑色披風更彰顯著她王族的身分。

……艾格蘭緹娜大人會成為老師，是為了向我打探消息嗎？

赫思爾說過的話閃過腦海，我的心情有些沉重起來。想到對方正懷疑自己、設法要從我這裡套出消息，這固然是讓人心情沉重的原因之一，但最主要的原因，就是王族的懷疑其實沒有錯。我擁有著對王族來說非常重要的情報，也就是聖典上浮現的成王步驟。但這件事會給自己、也給身邊的人帶來危險，所以我打死也不會說。

「好久不見了。雖然是以這種形式，但很高興能再見到各位。」

儘管我的心情有些沉重，但今天的艾格蘭緹娜依舊美麗動人。她以跳舞般的優雅步伐走到大家面前，臉上帶著和藹笑容。道完貴族特有的冗長寒暄後，她接著說明自己為何會來接任講師。她說前任老師是位旁系王族，已經是上了年紀的老奶奶，而自己因為還是領主候補生的時候曾獲得最優秀表彰，國王認為她是最適合的人選，便指派她來指導尚在成長的學生們。

「既已受命，今後我會用心帶領各位，希望大家都能成為優秀的領主候補生。」

說完，艾格蘭緹娜轉頭看向助手們。助手們開始把箱子分給每一個人。分配完後，他們馬上退出房間。是因為不能聽到上課內容吧。我想起斐迪南之前上課時也曾吩咐，除了領主候補生外誰也不能在場。

「請大家把這當作是簡易版的基礎魔法。」

艾格蘭緹娜這麼表示後，大家一致看向自己眼前的箱子。由上往下看去，箱子是個邊長約六十公分的正方形，裡頭宛如沙漠般鋪滿乾燥的沙子。中心有個直徑約十公分寬的魔導具，上頭鑲有大小與彈珠差不多的各色魔石。

……道具還滿大的嘛。

跟斐迪南預習時用過的教材比起來，幾乎有兩倍大。我正來回仔細打量，好奇著有什麼不同時，艾格蘭緹娜開始說明課程內容。

「三年級的領主候補生課程，要練習如何操控基礎魔法。」

她說我們要利用簡易版的基礎魔法，練習在這個箱子裡建造自己的領地，試著對其進行操控。和斐迪南一起預習時，我也做過一模一樣的事情。

……但內容要是不一樣當然就傷腦筋啦。

「這個箱子就是賜予你們的領地，中心的魔導具則模擬了基礎魔法。」

乾燥的沙子似乎就是魔力枯竭的狀態，只要盈滿魔力，就會變成可以長出青草的土壤。

「首先請變出思達普，讓箱子裡的領地染上自己的魔力吧。」

艾格蘭緹娜微笑說完，我們便依著指示變出思達普。想要調節魔力的時候，沒有比思達普更好用的魔導具了。我們以思達普的尖端輕觸魔石，注入魔力。魔導具上雖有複數的魔石，但彼此相通。只要往其中一顆注入魔力，要一鼓作氣全染上自己的魔力也不成問題。

……嘿咻，嗚咦?!

我和往常為魔石染上魔力時一樣，沒有多想便注入魔力，結果發現不僅魔導具，就連箱子內部的模樣也開始出現變化，急忙停止釋出。然而魔力開始釋出後，我無法馬上就停下來。就好像故障的水龍頭不停在滴水那般，魔力仍在緩緩流出。

……怎麼辦？思達普一點作用也沒有。我根本無法調節魔力。

「哎呀，雖然早就聽說過了，但羅潔梅茵大人真的很優秀呢。」

「艾格蘭緹娜大人……」

「羅潔梅茵大人，妳該改口叫我艾格蘭緹娜老師唷。呵呵……話說回來，妳竟然短時間內便不只魔導具，連整個箱子也染上自己的魔力呢……」

原本箱子內部還宛如沙漠般全是細沙，如今卻在轉眼間就變成一片黑土，甚至開始冒出嫩芽。而且因為我還無法徹底停下魔力，箱子裡的綠意仍在緩慢增加中。「親眼看到以後，真是驚人呢。」艾格蘭緹娜溫柔地微笑道，橙色雙眼閃耀著愉快的光彩，但我只覺得想哭。

……請不要看得一臉佩服！我只是個無法調節魔力的沒用學生！

注視著箱內領地染上魔力的進度，艾格蘭緹娜側過臉龐。

「可是，這下該怎麼辦呢？今天這堂課我本來只預計請你們將基礎染上魔力，再讓領地盈滿魔力即可，但羅潔梅茵大人已經快要完成了吧。妳要接著進行之後的作業嗎？還是配合其他人的進度，下一堂課再過來？」

「……我想快點結束。反正下課之後，我得練習如何操控魔力。而且這堂課結束前沒有人會來接我，我也無法離開教室。」

艾格蘭緹娜於是把之後的作業出給我。接下來我得繪製建造結界與境界門所需的設計圖，還要準備因特維庫侖所需的金粉。

「下一堂課我會教給妳黑暗之神與光之女神的名字，再試著進行各種操作吧。」

「是。」

斐迪南幫我預習時始終不肯透露名字，因此咒語中的神名部分都只寫著「黑暗之神」與「光之女神」，即便我施展了因特維庫命建出模型，也只維持約莫五分鐘的時間就崩塌。枉費我還趁機建造出了自己理想中的圖書館，卻不到五分鐘後就崩毀消失，有人能明白我的崩潰嗎？

而且在我咳聲嘆氣的時候，斐迪南居然還在旁邊斥責我說：「別浪費時間。」然後禁止我再建造圖書館，並要求我創造自己的房間。結果我在房裡設置了一堆書櫃後，他又怒斥我說：「這和圖書館有何兩樣！」

一邊回想這些事情，我一邊完成作業。

……往魔石注入魔力使其變成金粉，這簡直輕輕鬆鬆嘛。

我用力握緊艾格蘭緹娜提供的碎魔石，使其變作金粉。這時，漢娜蘿蕾在一旁以思達普觸碰著箱子中央的魔導具，一臉愣愣地盯著我瞧。

「羅潔梅茵大人，您好輕易就把碎魔石變成了金粉呢。」

「現在可以毫無顧忌地灌注魔力，對我來說還比較輕鬆。我只跟妳說喔，其實我的魔力正處於飽和狀態，沒辦法一下子就止住，一個不小心還會變成祝福往外溢出呢。」

我壓低音量悄聲說完，漢娜蘿蕾便睜大雙眼，然後開心地咯咯輕笑。

「哎呀。那如果羅潔梅茵大人和音樂課時一樣灑出祝福，說不定所有人的箱子都會染上您的魔力呢。」

「……我正在小心別讓事情變成那樣。其實我當初就是因為灑出祝福，才變成了休華茲與懷斯的主人喔。」

萬一這時候在教室裡灑出祝福，大家的箱子很可能都變成我的了。絕不能讓這麼危險的事情發生。聽完我的回答，漢娜蘿蕾那雙紅色眼珠子先是無措地轉了一會兒，接著她露出為難的表情笑了笑。

「其實我是開玩笑的，原來羅潔梅茵大人真的辦得到呢。」

……完蛋啦──！

「呵、呵呵呵、呵呵。我也是開玩笑的唷。」

我一邊繼續把魔石變成金粉，一邊極力擠出笑容。這樣能不能成功蒙混過關呢？

……好、好像不行。漢娜蘿蕾大人完全被我嚇到了。

這下該怎麼辦？我慌得六神無主、很想找人求助時，韋菲利特爽朗的話聲正好從後方傳來。

「艾格蘭緹娜老師，我成功染好魔導具了。果然因為加護的關係，魔力的消耗量減少了很多，操控起魔力好像也更容易了。」

我欲哭無淚地轉過頭，看見韋菲利特正一臉得意地展示自己的箱子，得到艾格蘭緹娜的稱讚。那副模樣，儼然就是做任何事都不費吹灰之力的優等生。

……明明得到了許多加護，卻只有韋菲利特哥哥大人操控起魔力變得很輕鬆，這太不公平了！

我在心裡頭胡亂遷怒後，由衷地向賜予自己加護的諸神獻上祈求。

……神啊，希望漢娜蘿蕾大人不要說出她再也不跟我當朋友了！

奉獻舞課（三年級）

由於近侍們希望我在午餐準備好之前先待在多功能交誼廳等候，我便離開自己的房間。嚇到了自己重視的愛書好友後，深受打擊的我垂頭喪氣，坐著小熊貓巴士慢吞吞地下樓。到了交誼廳一看，韋菲利特與夏綠蒂已經在邊等邊看書。

「姊姊大人，下午有奉獻舞課，我們可以一起上課了呢。」

發現我的到來，夏綠蒂抬起頭來這麼說。我笑著點點頭後，忽然驚覺一項事實，整個人開始僵硬。目前的我還無法好好操控魔力，要是在課堂上跳起奉獻舞，可以想見一定會很難抑止溢出的祝福。上午那堂課就已經嚇到漢娜蘿蕾了，萬一下午又不小心釋出祝福，以後她說不定真的會與我保持距離。

……我不要！現在不能只是向神祈禱，也得想想辦法才行！

「韋菲利特哥哥大人、夏綠蒂，我現在因為無法控制魔力，很可能在練習的時候溢出祝福，有沒有什麼辦法可以抑止呢？」

聞言，不光韋菲利特與夏綠蒂，交誼廳裡的所有人都認真地思考起來。據說是因為我在音樂課上灑出祝福後，收到祝福的孩子們都被旁人用奇異的眼光看待，害得他們如坐針氈。如今這對宿舍裡的學生們來說，也是與自己有關的大事。

「……赫思爾老師不是說過，妳只要多使用魔力就好了嗎？」

聽了韋菲利特的提議，我搖搖頭。我當然不是沒有採取過對策。

「昨天土之日去採集場所的時候，我已經消耗過一波魔力了，但沒有什麼用。」

「原來如此。妳突然給予祝福時我還嚇了一跳，原來是為了減少魔力。」

韋菲利特輕嘆口氣，夏綠蒂則是眨了眨藍色眼睛看我。

「姊姊大人，您給了那麼多的祝福還是沒什麼用嗎?!」

「嗯，完全沒用。甚至今天上午的課，就只有羅潔梅茵一個人快把今年的課程內容都完成了。而且坐在她旁邊的漢娜蘿蕾大人好像因此十分震驚，顯得大受打擊。羅潔梅茵還對我亂發脾氣，說明明同樣得到了許多加護，就只有我一個人這麼輕鬆，太不公平了。」

夏綠蒂朝我投來同情的眼光，思索了一會兒。

「所以姊姊大人必須消耗更多的魔力才行吧？不如現在立刻寫信回領地，表示您想在下午上課之前，為空魔石與魔導具提供多餘的魔力，我想應該能在用完餐時收到空魔石吧？……因為最近就要討伐冬之主了，騎士團的人想必會非常感激。」

有那麼一瞬間，夏綠蒂的目光瞥向舊薇羅妮卡派的孩子們。我聽懂了她沒說出口的後半句，也就是最近還進行了肅清，領內的魔力可能十分不足。

「如果要協助騎士團討伐冬之主，要不要也送些藥草回去？現在採集場所的魔力因為是由羅潔梅茵提供，藥草的魔力含量與屬性數都比以往要多吧？可以送些藥草讓他們製作回復藥水，然後妳再對採集場所施以治癒，就能消耗大量魔力了吧？」

「午休時間做不了這麼多事情。雖然今天無法採用，但我覺得這是好主意喔。不僅對艾倫菲斯特，對我也很有幫助。」

我當場指示菲里妮寫下緊急信函，說我因為得到太多加護，目前無法妥善控制魔力，很可能在下午的奉獻舞課上釋出大量祝福，請他們火速送來空魔石與魔導具。不管是奉獻儀式要用的還是討伐冬之主要用的，通通儘管送過來。

「羅德里希，告訴騎士這封信非常緊急，要即刻送回艾倫菲斯特。」

「遵命。」

我看著羅德里希快步走出交誼廳，這時優蒂特小聲問我：

「那個，羅潔梅茵大人，倘若您真的魔力過多，可以把魔力也分給我的魔石嗎？」

「優蒂特，沒問題喔……不光是妳，需要魔力的人請儘管提出吧！在上奉獻舞課之前，我願意無償提供魔力。因為現在情況真的非常緊急！」

多功能交誼廳內一陣譁然。但看現場的氣氛，大家好像都覺得怎麼能從領主候補生那裡分得魔力。就在這種情形下，萊歐諾蕾噹啷作響地從腰間的皮袋裡拿出魔石與魔導具。

「那麼我也拜託羅潔梅茵大人了。剛好訓練時消耗完了魔力，我正心想著要趕緊補充才行呢。」

「謝謝妳。」

我道謝後，開始灌注魔力。韋菲利特的護衛騎士亞歷克斯也誠惶誠恐地開口問道：

「請問我的魔石也可以嗎？」

「當然。不管是亞歷克斯、娜塔莉，還是馬提亞斯和勞倫斯都可以喔。」

我看著交誼廳裡的眾人點頭說完，見習騎士們於是只留下基本的護衛人數，其他人全衝回房間去拿魔石與魔導具。見習文官與見習侍從們也在慢了一拍後往外衝。

「大小姐，您竟然無償提供自己的魔力，恕我實在不能苟同。」

「我知道。可是，我現在非常迫切。」

我噘起嘴唇回道，為自己護衛騎士的魔石注滿魔力。我也不是自願要像這樣魔力大放送，是為了阻止不知何時會發生的祝福恐怖攻擊。

「麻煩您了！」

很快地我眼前擺滿魔石。有的魔石偏大，也有的偏小。我指著其中的幾顆魔石說：

「像這種小魔石有可能會化成金粉，最好要想清楚喔。」

我一說完，想當魔石使用的人急忙把小魔石收了回去。但也有的見習文官一聽到會化作金粉，反而雙眼發亮，拿出小顆的魔石來。最終，桌面上擺滿了大大小小的魔石。我伸出手，逐一注入魔力。

「謝謝羅潔梅茵大人。」

「感激不盡。」大家都露出開心的笑容看著自己的魔石、收好金粉。這時鈴聲傳來，通知大家午餐已經準備完畢。

「那剩下的魔石我用完餐後再灌注魔力吧。」

用完餐後，我繼續往魔石注入魔力。大概是因為得到了大量加護的關係，感覺魔力真的沒有消耗掉多少。

「到底要消耗到什麼程度才能抑止祝福呢？」

「這種問題其他人可無法回答喔。」

午餐過後，艾倫菲斯特也送來了第一波空魔石，第二波聽說會在晚上送來。我馬上讓魔石盈滿魔力，然後請人送回去。齊爾維斯特送來的魔石都相當大顆，幫忙吸取了不少魔力。

「……不知道這樣可以了嗎？」

「要是這樣還不行，一旦妳在課堂上覺得祝福快要抑止不住了，就等拿到合格成績後假裝和以前一樣暈倒，藉此逃離現場。怎麼樣？」

韋菲利特這麼提議後，夏綠蒂點點頭。

「到時我再接著說：『姊姊大人似乎太想給予大家祝福，魔力都消耗到讓自己暈倒了。』應該就能稍微抹除大家以為您正苦於魔力過多的印象吧？」

「夏綠蒂大人，倘若聲稱羅潔梅茵大人是為了給予祝福才暈倒，這樣或許能掩蓋她真正的魔力量，但聖女傳說也會傳得更是沸沸揚揚喔。」

聽到布倫希爾德說聖女傳說會傳得更加誇張，我馬上回道：「那可不行。」但夏綠蒂手托著腮，偏過臉龐說：

「可是，我們已經無法否認姊姊大人的聖女傳說了吧？您不僅獲得的加護大量到不敢說出正確數字，魔力還多到一不小心就會形成祝福，正為此傷透腦筋。」

「唔嗚……」

「重點在於能掩蓋到什麼程度，以及要給旁人留下怎樣的印象。如今大家都已經知道，姊姊大人魔力量多，也經常向神祈禱與給予祝福，這些事根本無法否認。」

雖然我並不是聖女，但關於自己的言行，實在無法否認夏綠蒂說的話。

「要怎麼改變羅潔梅茵在別人心裡的印象，這件事之後再說吧。現在先想想下午的奉獻舞課。已經沒剩多少時間了。為了抑止祝福，我覺得妳最好把叔父大人提供的護身符都戴在身上，盡可能別讓魔力滿出來。」

「就這麼辦。」

我重新回到房間，把斐迪南給的護身符全部戴在身上，連成串的魔石項鍊也不放過。雖然外表看來護身符的數量並不多，但其實袖子和衣服底下全是魔石。

「準備得這麼萬全，應該沒問題了吧。韋菲利特哥哥大人、夏綠蒂，只要情況有任何不對勁，請帶著我離開小會廳吧。」

只有領主候補生要上奉獻舞課，因此這時候我只能仰仗韋菲利特與夏綠蒂。兩人用力點頭後，黎希達也主動表示：「大小姐，今天我也會留在門外待命。」

我們三人提振起精神後，一起走進小會廳。這還是我第一次上奉獻舞課這麼緊張。韋菲利特馬上走向奧爾特溫，夏綠蒂則與自己的好友露辛達寒暄。我向露辛達問好後，左右環顧一圈。

……啊，找到漢娜蘿蕾大人了。

但因為早上才嚇到人家，我很煩惱該不該上前打招呼。萬一漢娜蘿蕾對我視而不見，我恐怕會消沉到好一陣子都只想躲在秘密房間裡不出來。我暗暗感到苦惱時，目光正

HAPPY READING 讀樂 2022.12
皇冠文化集團
www.crown.com.tw
欲知更多新書訊息
請上皇冠讀樂網

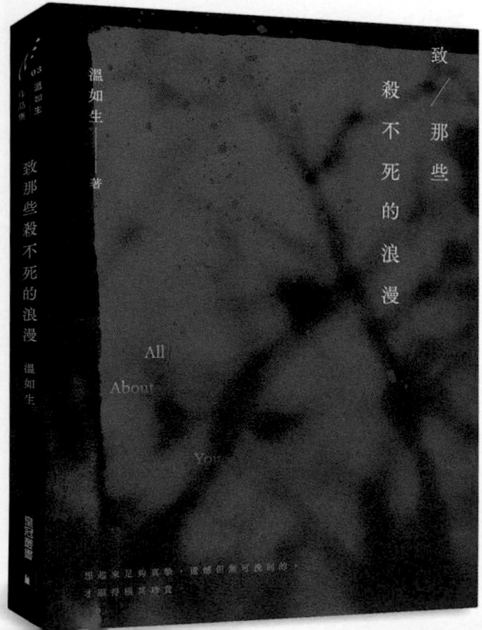

該從哪裡講起你　如果你比浪漫還未知
我必須為此不斷　發想適合你的詩句，或歌曲

致那些殺不死的浪漫

溫如生——著

詩、小說、極短篇、散文，
以上皆是——溫如生。

想起來足夠真摯，遺憾但無可挽回的，才顯得極其珍貴。大多時候我們是這樣活下來的，我們試圖從中撿起一片片的殘骸，拼湊成如今的模樣……致路程、致曖昧、致平凡、致歸零、致習慣，溫如生用4種文體，寫就45篇詩文。獻給日常中的孤獨與自渡，絕望後的看破與復甦。致那封丟不掉的信，致那首忘不了的慢歌；致那句來不及的話，致那趟說不盡的旅程；致那個追不上的人，致那段回不去的時刻。致那些殺不死的浪漫，殺不死

如果人心能夠被看透，
這個世界的人們會更靠近，還是更孤獨？

操縱彩虹的少年

【炫目迷離版】

東野圭吾——著

東野圭吾比現在更接近未來的完美傑作！
日本暢銷突破30萬冊！
「讀書Meter」網站超過2,500則好評熱烈回響！

白河光瑠從小就和別人不一樣。他對色彩異常敏銳，他的智力明顯領先眾人，不斷吸收著大人難以理解的知識。上了高中後，光瑠更進一步發展出與「光」有關的才能——像是使用樂器一般，將光「演奏」出來。每個夜晚，光瑠會在屋頂上演奏光，發現「光樂」的人紛紛聚集，他們彷彿受到洗滌，心靈頓時變得清澈，並對一切懷抱希望。光瑠吸引越來越多人前來，其中也包含覬覦著光樂的神秘勢力。然而，對光瑠來說卻好像只是預料之中，「這樣的發展，才符合常理——」

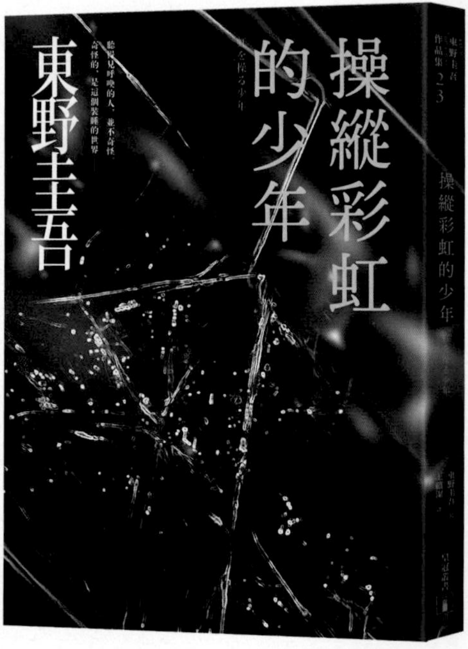

好與漢娜蘿蕾對上。她立刻甜甜微笑，對我輕輕揮手。

……她沒有對我視而不見！太好了！神啊，謝謝祢！

機不可失！我正想走過去與漢娜蘿蕾打聲招呼時，卻被夏綠蒂拉住手臂制止。

「姊姊大人，您的情緒看來有些激動，沒事嗎？」

「我、我沒事。」

……對喔。不可以太興奮。要冷靜、冷靜。

我按著胸口讓自己深呼吸後，露辛達面露擔心地低頭往我看來。

「羅潔梅茵大人今天身體不舒服嗎？」

「並不是不舒服，而是跳奉獻舞對姊姊大人來說，負擔有些太大了。雖然運動也會造成不小的負擔，但因為奉獻舞是要向神明獻舞，姊姊大人說她身為神殿長，總會不由自主跳得太過賣力。」

夏綠蒂一臉擔憂地說完，輕聲嘆氣。這樣一來就算有祝福飛出，也能幫我找點藉口，裝暈更是不成問題吧。真是完美的鋪陳。

……不愧是我的妹妹夏綠蒂！

我在心裡頭大力稱讚夏綠蒂時，漢娜蘿蕾主動往我這邊走來。不過，她一臉擔心地頻頻偷瞄的人，是與她一同走過來的藍斯特勞德。

「午安，羅潔梅茵大人。」

漢娜蘿蕾開口問好後，察覺到她有話想跟我說的夏綠蒂與露辛達，很快地往旁走開。我看著兩人微微一笑。

「午安，漢娜蘿蕾大人、藍斯特勞德大人。找我有什麼事嗎？」

「艾倫菲斯特與戴肯弗爾格的茶會妳預計何時舉辦？我得檢查完成的髮飾，說不定得另做準備，所以希望能盡早舉辦。」

藍斯特勞德的意思是如果他不滿意多莉做的髮飾，就得再準備其他東西。聞言，我瞬間有些憤怒，漢娜蘿蕾卻手托著腮搖搖頭。

「哥哥大人，您為何不誠實一點，直說自己非常期待看到艾倫菲斯特的髮飾成品呢？」

「我只是好奇艾倫菲斯特這種偏僻地方能做出怎樣的髮飾，並沒有抱任何期待。」

「明明是因為羅潔梅茵大人所有的課都在第一堂就合格，您想趁著能見到面的時候先約好時間，才要我跟著您一起過來吧？」

藍斯特勞德只是哼了一聲，高傲地撇過頭去，漢娜蘿蕾始終在一旁緩頰。至於到底該相信誰的話，當然不用想也知道。我可是漢娜蘿蕾的朋友。

「藍斯特勞德大人，能讓您這麼期待是我們的榮幸。不過，由於我今年還預計要修習文官課程，恐怕還要一段時間才能參加社交活動……我想想，那十天之後先確認一下彼此的行程如何呢？我想到時候會比較清楚之後的行程。」

「十、十天後嗎？那好吧。」

藍斯特勞德點了點頭。眼看討論有了結果，漢娜蘿蕾也顯得如釋重負，露出可愛笑容。就在這時，一道聲音突然插了進來。

「哎呀，藍斯特勞德大人也向艾倫菲斯特訂做了髮飾嗎？我因為未婚夫來自艾倫菲斯特，也訂做了髮飾呢。」
蒂緹琳朵「呵呵呵」地笑著現身後，藍斯特勞德不快地撇下嘴角。
「我只是想知道艾倫菲斯特這種偏僻地方能做出怎樣的東西。」
「哎呀，儘管如此，藍斯特勞德大人仍打算送給自己的女伴吧？就和我收到男伴的禮物一樣。」
……啊，對喔。這時候必須強調蒂緹琳朵大人的髮飾並不是斐迪南大人設計的！想起自己身負的使命，我堆起笑容。
「先前蒂緹琳朵大人為了與未婚夫多有交流，還專程來艾倫菲斯特拜訪呢。當時她因為想依自己的喜好，自己挑選了髮飾。」
「……髮飾不是該由未婚夫準備嗎？」
藍斯特勞德一臉意外地說，只見蒂緹琳朵臉上的笑意加深。
「髮飾當然是未婚夫送給我的唷。」
「嗯……在我看來妳未婚夫的品味並不差啊……」
藍斯特勞德說著，分別看向我頭上的髮飾與蒂緹琳朵。
「妳的未婚夫究竟訂做了怎樣的髮飾？」
「我因為尚未收到，並不曉得實際成品是什麼模樣。」
蒂緹琳朵瞥了我一眼，極力主張髮飾並不是自己訂做的，而是未婚夫所贈送。發現她的意思是要我說明，我開始形容她所訂做的髮飾。

「蒂緹琳朵大人訂做了五個懸汀思花髮飾喔。只不過大小比一般的要小一些。各位可以想像一下阿道芬妮大人的髮飾，應該會比較容易理解吧？五個髮飾最大的特徵，都是從紅色逐漸轉為白色。」

我說明完後，漢娜蘿蕾驚訝地眨眨眼睛，藍斯特勞德則是一臉不敢置信。

「……妳為畢業儀式訂做了五個髮飾？」

「看來我的未婚夫準備了無與倫比的美麗髮飾要送給我呢。不知道成品會是什麼模樣，真教人期待。」

蒂緹琳朵勾起紅唇微笑道。教人傷腦筋的是，還是沒能讓蒂緹琳朵親口說出髮飾是她自己設計的。無可奈何下，我決定稍微改變戰術。其實花朵的設計本身就和送給阿道芬妮的髮飾差不多，品味還是很出眾。也就是說，只要在蒂緹琳朵沒能做好搭配的時候，可以聲稱「是她自己品味不好」就好了。

「聽到五個髮飾，兩位似乎十分吃驚，但這麼做是有意義的喔。由於每個髮飾的顏色都不太一樣，端看如何搭配，既能顯得清新，也能顯得豔麗；甚至藉由調整數量，不管是平常還是出席正式場合時都能使用。」

「原來如此。可以根據出席場合改變搭配方式，這點還真有意思。」

藍斯特勞德喃喃說著陷入沉思。見狀，蒂緹琳朵挺胸揚起微笑。

「是我建議她們，可以製作各種場合都能使用的髮飾唷。」

「我想髮飾定能達到蒂緹琳朵大人的要求，因為髮飾的設計真的很漂亮呢。」

我接著吹捧後，蒂緹琳朵露出心滿意足的笑容，連連點頭。

「對吧？怎麼能完全交給艾倫菲斯特的工藝師嘛。因為只有自己最了解怎樣的設計適合自己呀。」

……其實提出建議的是布倫希爾德她們喔。嗯，但算啦。總之，我好像成功讓她親口承認「髮飾是她自己設計的」了。

「不曉得妳設計的髮飾是什麼模樣，我很期待今年的畢業儀式。」

「是呀。藍斯特勞德大人看了我的髮飾以後，肯定會大吃一驚唷。呵呵呵……」

在我們聊著天時，老師們進來了。一行人中還有艾格蘭緹娜的身影。

「今天艾格蘭緹娜大人說她願意為大家跳一次舞作示範。不只最高年級生，請低年級生們也要仔細觀摩。」

奉獻舞課的老師說完，艾格蘭緹娜便盈盈一笑，卸下黑色披風，交給似乎是她帶來的女性侍從。然後她走到屋內中央，滑行般的步伐優雅到了讓人以為她已經開始跳舞，緊接著在原地跪下。

艾格蘭緹娜靜靜地低下頭後，接著猛然抬起，身軀款款擺動，朝著浩浩青空伸去柔美纖長的手臂。

……好漂亮喔！

我只能發出讚嘆，入迷地緊盯著跳起奉獻舞的艾格蘭緹娜，任何細節也不放過。無論是手指的翻轉、長袖的飄動，還是目光的流轉，全部都堪稱完美。光是站在旁邊欣賞，就讓人感到非常幸福。

我出神地望著艾格蘭緹娜的奉獻舞時，今年在畢業儀式上負責跳光之女神的蒂緹琳朵不知何時來到我身旁，刻意大嘆口氣。

「雖然艾格蘭緹娜大人應該沒有惡意，但她還真是充滿自信呢。已經畢業的人居然在這裡跳舞，妳不覺得這簡直像是在煽動冬天之神的混沌女神嗎？」

……難得艾格蘭緹娜大人為我們作示範，竟然說她這是「多管閒事」、「愛出風頭」。有時間抱怨的話，不如好好觀摩，更努力練習才對啊。跟藍斯特勞德大人的黑暗之神比起來，蒂緹琳朵大人跳的光之女神明顯遜色很多喔。

我緊盯著還在跳舞的艾格蘭緹娜，只在心裡這麼反駁。也在我旁邊看著示範舞蹈的夏綠蒂，對蒂緹琳朵投以微笑。

「我因為入學的時候，艾格蘭緹娜老師已經畢業了，所以很高興能看見這麼美麗的舞姿呢。」

艾格蘭緹娜示範完畢後，輪到我們自己練習。低年級生負責觀摩，除此之外的學生則要依年級分開來練舞。

我走向三年級生們要練習的位置後，艾格蘭緹娜嫣然一笑。

「羅潔梅茵大人，妳一年級的時候就跳得很好了，不知道現在又進步了多少呢。真是教人期待。」

「艾格蘭緹娜老師，您的期待我不敢當。」

艾格蘭緹娜是真的很期待吧。因為她非常喜歡跳舞。只不過，她想從我這裡盡可能打探到消息也是真的吧。否則的話，我不認為她會特地到練習場來。

……絕對不能釋出祝福。

我與待在牆邊觀摩的夏綠蒂對看一眼。她正交握手指盯著我瞧，看起來也十分緊張。我們對彼此點一點頭。

……好緊張喔。

直到跳完為止，絕對不能溢出祝福。我緩緩吸一口氣後，當場跪下來。

「創世諸神，吾等在此敬獻祈禱與感謝。」

漢娜蘿蕾的所屬領地排名最高，因此由她最先唸禱詞，我們接著複述。但不能釋出祝福的我只是動動嘴唇，沒有實際發出聲音。

……接下來要擺出祈禱的姿勢。

對我來說，跳奉獻舞有極高的危險性會釋出祝福。我連指尖的動作也萬般小心翼翼，絕不讓半點魔力洩漏出去。全神貫注到了我都能抬頭挺胸說：「這是我有史以來跳得最認真的一次。」

舞速還不快的時候我的身體就已經開始發熱，冒出汗水來。我感到有些難以呼吸。要是能一鼓作氣釋出祝福，不知道會有多輕鬆，但我不想在貴族院受到更多矚目了。我伸長手臂轉了一圈，髮絲跟著長長的袖子一起飛舞。

……快跳完了。

隨著跳舞的速度加快，呼吸也變得急促。我努力集中精神跳舞、平復急促的呼吸，把化作熾烈熱意想要往外衝出的魔力徹底封在體內。

指尖劃過空氣，臉頰感受到撲來的冷意時，最後再度跪下來。至此總算跳完了。雖然有汗水從額頭滑落，但直到結束我都沒有釋出祝福。

……成功了！我真是太努力了。誰快來稱讚我吧！

我輕輕吁出一口氣時，赫然驚覺一件事情。

……這是怎麼回事?!我怎麼整個人在閃閃發光！

身上的魔石彷彿盈滿魔力，不僅項鍊與手環，全身上下所有的護身符都像在強調自己的存在般燦然發光。

我不由得無力地跌坐在地，用手按住魔導具，卻還是蓋不住光芒。

……這樣到底是安全過關？還是我完蛋了？

我無法馬上釐清自己現在是什麼狀態，將目光投向夏綠蒂。夏綠蒂像是恍然回神，臉色大變地朝我衝過來。

「姊姊大人，您為了給予祝福到底灌注了多少魔力?!再這樣下去又會暈倒喔。」

「結、結果我還是沒能給予祝福嗎？」

我沒有釋出祝福吧？我暗暗確認這一點後，夏綠蒂點了點頭。

「雖然沒能給予祝福，但姊姊大人向神祈禱的心意已經確實傳達到了。您很努力了喔。哥哥大人，請快點帶姊姊大人回宿舍。」

「不行，夏綠蒂。我還不知道自己是否合格……」

我都跳得這麼賣力了，絕不能沒拿到合格成績就回去。我仰頭看向老師後，老師也彷彿忽然回到現實，開口說道：

「看得出來羅潔梅茵大人跳舞時奉獻了全心全意呢。您當然合格了，請快點回去歇息，好好休養身體。」

「謝謝老師。」

直到這時，我才發現在場所有人都一臉茫然地看著自己。渾身散發這麼強烈的光芒，不引人矚目才奇怪吧。我好想哭。

「抱歉驚擾各位了。」

……枉費我準備得這麼周到，結果還是失敗了！

全身發燙的我感到想哭，在夏綠蒂與韋菲利特的攙扶下搖搖晃晃地離開小會廳。

「羅潔梅茵大小姐……韋菲利特小少爺、夏綠蒂大小姐，由我帶大小姐回去，請兩位回去繼續練習吧。」

看到魔石的狀態，黎希達似乎已經明白一切，對兩人說完後帶我回宿舍。

第二波空魔石與魔導具已經送到宿舍，因此我在灌注了一大波魔力後，身體終於不再發熱，感覺也暢快了些。

「……黎希達，這是什麼？」

「是奧伯・艾倫菲斯特送來的信。」

齊爾維斯特不只寄來了魔石，來信上還指定了與赫思爾的會面日期。

奧伯與赫思爾的會面

儘管奉獻舞課上我勉強沒讓祝福釋出，也順利取得了合格成績，但那之後大家會有什麼反應卻讓我害怕得不得了。韋菲利特與夏綠蒂練完舞回來後，我立刻把他們帶到會議室，戰戰兢兢地詢問兩人。兩人都神色複雜地嘆了口氣。

「……姊姊大人雖然成功抑止了祝福，但全身的魔石都在發光。看到那幕光景，完全可以理解您為何被稱作聖女呢。對不對，哥哥大人？」

「嗯，連在旁邊跳舞的我也注意到了，真的很醒目。」

什麼！原來連韋菲利特也被發光的魔石吸走了注意力，中途便停止跳舞。我知道大家在看到發光的魔石後都一臉愕然，卻沒發現身邊的人早就停止了跳舞在看自己。

……因為我滿腦子都想著絕不能讓祝福釋出啊！

「其、其他人有什麼反應呢？」

「大家在小會廳裡一句話也沒說，所以我看不出來他們有什麼反應。畢竟妳離開之後，大家就重新打起精神繼續練舞。」

「況且在場全是領主候補生，每個人都很擅長強裝鎮定、隱藏真心話。可能要再過一段時間，才會知道他們是怎麼向旁人與自領奧伯描述這件事情。」

韋菲利特搖搖頭說完，夏綠蒂則是嘆氣回道。奉獻舞課只有領主候補生要上，因此與上級貴族也會在場的音樂課不同，看到的人並不多。但是，由於小會廳裡的學生全是各領領內地位最高的人，現階段還無法預料這件事會帶來什麼影響。

「這樣啊……還有，艾倫菲斯特送來了這封信。信上寫著，養父大人會在兩天後的晚餐時間過來，與赫思爾老師會面。我已經用奧多南茲通知赫思爾老師了。」

我邊說邊遞出木板，韋菲利特與夏綠蒂一臉不安地互相對望。

「……是嘛，父親大人會過來嗎？」

「如果要在領地對抗戰上發表取得加護的方法，確實得先好好商量呢。」

兩人的臉色都有些凝重，想必是因為這次也將知道肅清的確切結果吧。

在齊爾維斯特來訪前，包括舊薇羅妮卡派的學生在內，我們一起前往採集區域採了很多藥草與原料，結束時我再給予祝福施以治癒。藉由送回這些原料，希望能為冬之主的討伐盡一分力，也順便彰顯宿舍這邊一切都很順利。

「兩位大小姐，轉移廳的騎士捎來消息，接下來將開始移動。」

黎希達前來通報。早早就上完下午術科課的我，與已經上完學科課的夏綠蒂都抬起頭來。現在離晚餐時間還很早。

「大概是需要先討論一下吧。黎希達，請準備會議室……」

「已經準備妥當。」

黎希達說低年級的見習侍從已經修完學科，都待在宿舍裡頭，所以她早就指導他們備好了會議室。我因為一直在多功能交誼廳裡看書，完全沒發現。

到了轉移廳後，轉移陣裡先是走出三名護衛騎士，他們接著等候主人出來。

「母親大人，您也一起過來了嗎?!」

夏綠蒂大聲訝叫。因為利用轉移陣來到宿舍的，並不只有齊爾維斯特一人。沒想到芙蘿洛翠亞會一起過來，我也十分吃驚。芙蘿洛翠亞用那雙與夏綠蒂十分相似的藍色眼睛往我們看來，以手托住臉頰。

「與赫思爾老師的談話事關領地大事，我當然也必須出席呀。」

「我因為要忙其他事情，今年負責看報告書的都是芙蘿洛翠亞。」

齊爾維斯特聳肩說道。看來因為馬提亞斯提供的消息，使得他們提早進行肅清、忙成一團，這段時間便由芙蘿洛翠亞閱讀貴族院寄回領地的報告。

接著我們前往黎希達備好的會議室，在與赫思爾會面前要先討論溝通。侍從們準備好茶水後，我們剛歇完一口氣，上完術科課的韋菲利特進來會合。

「讓大家久等了。」

「韋菲利特，我們正要開始呢。今年看你非常努力，母親很欣慰喔。」

「沒想到母親大人也過來了。」韋菲利特說。

「怎麼每個孩子都說一樣的話呢。」芙蘿洛翠亞輕笑起來。「你們剛到貴族院的第一天，不是就把非常重要的消息送回領地嗎？因此不只齊爾維斯特大人，騎士團也忙得不可開交，今年便由我閱讀你們寄回來的報告書。但看著接二連三送回來的消息，我腦袋真是一團混亂……」

開始上課的第一天，三年級生當中與我有關的人都取得了大量神祇的加護。我自己也因為取得大量加護的關係，無法順利操控魔力，隔天在音樂課上彈琴時，居然灑出了大量祝福。而貴族院明明才剛開學，赫思爾竟然在這時候就提出了要與奧伯會面的請求。往年舍監寄回的報告書總是只寫著「並無任何異常」，今年居然提出會面請求，甚至想要商量能否公開取得加護的方法。

就在這個當下，芙蘿洛翠亞便判定這件事自己已經應付不來，於是找了齊爾維斯特和騎士團長卡斯泰德，也找了艾薇拉商量。

土之日接到我設法在採集場所給予祝福、消耗魔力的報告後，她還鬆了口氣。豈知新的一週才剛開始，頭一天中午我就寄回緊急信函，表示「再這樣下去很可能在奉獻舞課上也灑出祝福」，請領地提供大量空魔石。芙蘿洛翠亞似乎因此忙得暈頭轉向。

「而且妳讓魔石盈滿魔力後，馬上便送回領地吧？當天下午我便聯絡騎士團，請他們蒐集空魔石；還讓侍從排開行程，訂下與赫思爾老師的會面時間，並且吩咐文官寫信。」

芙蘿洛翠亞一邊忙著作各種安排，一邊也擔心著奉獻舞課的結果，最後收到的報告卻說我雖然成功阻止了祝福釋出，身上的大量魔石卻發出光芒，引來全場矚目。

……站在客觀的角度聽這些事情，真的會覺得莫名其妙呢。

「那麼，關於取得更多加護的方法是否應該公開，羅潔梅茵有什麼看法呢？」

「我認為可以公開一部分。畢竟赫思爾老師一向不過問領內的事情，這次卻特別提出建議，代表艾倫菲斯特現在的處境確實令人擔憂吧。我聽說近幾年因為領地排名急速上升，艾倫菲斯特突然多了不少負面傳聞。」

會出席領主會議的領主夫婦，以及負責蒐集情報的文官與侍從聽了，表情都變得有些僵硬。

「上位領地必須多關照下位領地吧？現在不論哪個領地都很缺乏魔力。藉由取得加護，就能更有效率地消耗魔力，如果還能讓領地整體魔力增加的話，與周遭領地的關係也會有些不同吧？」

當然，若想為了領地使用魔力，重要在於要改善與神殿的關係。為了舉行儀式，倘若貴族們再不情願也只能出入神殿的話，神殿的處境或許會有所改變。

「我聽說法雷培爾塔克開始會效法艾倫菲斯特，讓領主候補生前往各個直轄地，收成也因此增加了。但看現在的風氣，還是沒有人敢大大方方地表明自己在出入神殿，所以這件事並沒有傳開來吧？」

我曾在交流會上得知，法雷培爾塔克的領主候補生盧第格會參加神殿儀式、讓土地盈滿魔力；但在茶會等其他場合上，卻從未有人公開討論過這件事。至少在我參加過的茶會上，從沒聽人聊起過。

「是啊。就連只有男性出席的社交活動，記憶中盧第格大人也從沒說過他會出入神殿、舉行儀式，更沒說過他很感謝艾倫菲斯特。」

「我也曾與下位領地以及中領地舉辦茶會，但法雷培爾塔克的貴族們，從沒提起過領主候補生會前往各地舉行儀式。頂多在蒂緹琳朵大人主辦的堂表親茶會上，會稍微聊到這件事情而已。」

韋菲利特與夏綠蒂說完，齊爾維斯特與芙蘿洛翠亞對看了一眼。

「這點在領主會議期間也一樣。康絲丹翠姊姊大人雖曾在私下舉辦餐會時向我道過謝，但在所有領主齊聚一堂的時候，卻從未提起他們會出入神殿。」

「法雷培爾塔克的排名在中領地當中幾乎是敬陪末座，所以大概不想再招來更多懷疑的眼光吧。可是，如果兩位的兄長他們之前能幫忙發聲的話，應該很有助於破除艾倫菲斯特的負面傳聞呢。」

艾倫菲斯特的領主與法雷培爾塔克的第一夫人是姊弟，法雷培爾塔克的領主與艾倫菲斯特的第一夫人則是兄妹。正因關係匪淺，遇到事情不論好壞，都會對彼此造成很大的影響。身為下位領地，當然會想優先保全自領，不被負面傳聞牽連，就好比艾倫菲斯特一直以來秉持的態度。

「所以，如果想要有依據來破除養父大人的負面傳聞，我認為可以發表取得加護的方法。但當然不是老老實實全部公開，挑出公開也沒關係的部分就夠了。」

「有道理。那就用妳覺得可以公開的部分，寫成研究成果吧。」

「奧伯．艾倫菲斯特，赫思爾老師到了。」

我們大概討論出結果時，赫思爾到了。她與齊爾維斯特面對面時，感覺兩人都顯得十分僵硬。

「許久不見了，奧伯．艾倫菲斯特。」

「因為就連領地對抗戰時我也很少碰到妳嘛。」

為了讓兩人僵硬的表情能稍微緩和，芙蘿洛翠亞微笑著插嘴道：

「赫思爾老師，妳能提出會面請求真是幫了我們大忙。因為根據貴族院的規定，我們不能干涉這裡的事情。」

「是啊，謝謝妳。還有，我一直在想見到了面，一定要鄭重向妳道歉。我母親對妳做了許多過分的事情。若不是斐迪南告訴我，我永遠也不會知道，實在慚愧。」

赫思爾搖了搖頭，輕嘆口氣。

「您之前已經寫信道過歉了。齊爾維斯特大人，現場還有其他人在，奧伯不該如此輕易向人低頭。」

「因為原本資助妳的斐迪南離開了，我表示要提供援助以後，妳卻回覆說不需要艾倫菲斯特的資助……這不就代表妳無意原諒我嗎？」

齊爾維斯特的表情幾乎有些可憐兮兮，但赫思爾帶著微笑搖搖頭。

「我可以接受您的道歉，但不能接受援助。因為我雖能幫忙隱瞞，但不負責後續處理，所以今後也不需要領地提供金錢支援。況且我感覺麻煩只會越來越多，只拿那麼點錢根本划不來。而且以往明明從未提供過任何援助，我可不希望你們以為只要在我需要的時候伸出援手，我就會按你們的指令行事。」

赫思爾說話的同時，雙眼注視著我。眼神明顯在說，我就是那個會不斷惹出麻煩的孩子。齊爾維斯特循著她的目光往我看來後，「嗯……」地皺起臉龐。

「如果等羅潔梅茵畢業以後再提供援助呢？」

「是嘛，那這件事就到時候再說吧。」

……居然想也不想就改變心意?!

「赫思爾老師，這種時候不是應該帥氣地說『我的原則絕不更改』嗎?!」

「哎呀，羅潔梅茵大人，我的原則就是『凡事研究至上』唷。」

赫思爾回道，紫色雙眼亮起精光。對於她居然一點也沒變，我不禁垮下肩膀。齊爾維斯特輕笑著拍拍我的肩膀。

「羅潔梅茵，妳每年惹出的麻煩越來越大，應該也能明白赫思爾老師為何這麼說吧？」

「咦？我每年惹出的麻煩有越來越大嗎？」

每年我都會完完整整地報告發生了哪些事情，並不覺得有越來越嚴重的趨勢啊。聽到我這麼說，大家都一臉愕然，韋菲利特更是用力抓住我的肩膀。

「羅潔梅茵，妳是認真的嗎？妳一年級時就算惹了不少麻煩，也不至於把監護人叫到貴族院來；但二年級時是中途就把監護人找來；現在三年級了，舍監可是在第一週就向奧伯提出會面請求喔。妳完全沒發現自己惹出的麻煩越來越嚴重嗎？」

聽完韋菲利特的歸納，我有點被說服，覺得好像真的是這樣。但是，我還是想反駁幾句。

「但我又不是故意想惹麻煩，今年的情況更不是我能控制的啊。能在儀式上取得大量加護，都是因為我擔任神殿長的關係；至於在音樂課上釋出祝福，也是因為我沒辦法再用思達普控制魔力；奉獻舞課上會引來那麼多人側目，更是因為我很努力在壓抑祝福……真要怪的話，應該要怪擅自更改課程規劃的人才對吧！」

我握起拳頭極力這麼主張後，赫思爾就像斐迪南經常做的那樣按住太陽穴。

「幸好這裡只有自己人，妳平常可不能像這樣堂而皇之地批評國王。」
「咦？所以我現在會這麼苦惱，全是國王害的嗎?!」
我扭頭看向赫思爾時，齊爾維斯特輕輕擺手。
「羅潔梅茵，她都要妳閉上嘴巴了。」
「啊，是。對不起。」
……對國王只能在心裡罵罵而已。國王這個笨蛋大笨蛋！

對赫思爾的致歉告一段落後，我們移動去用晚餐，決定用完餐後再仔細討論。由於今天有領主夫婦在，領主一族與其他學生便錯開時間吃飯。
「赫思爾老師，我並不是有意批評國王，這不過是我個人殷切的期望……」
我先這麼鄭重聲明後，看向赫思爾。
「如果有人也和我一樣，在得到思達普以後，魔力的流動與魔力消耗量突然變得跟以往大不相同，就會很難操控魔力喔。我認為取得思達普與諸神加護的術科課，應該像以前一樣改回到畢業前夕比較好。」
「羅潔梅茵大人，會有這種情況的人妳還是頭一個，所以恐怕不可能馬上就更改課程規劃吧。」
赫思爾說完，接著列出了能早早取得思達普的好處。她說如果沒有思達普，上課就得準備一堆魔導具，魔力的消耗量也相當大。
有了思達普後，不僅能更有效率地消耗魔力，也能施展更多魔法，因此即便是尚未成年的孩子也能對領地有所貢獻。在貴族人數驟減時，提前取得思達普有其難以忽略的好處。尤其原是青衣神官及巫女的學生們破例從各地進入貴族院就讀時，這些好處更顯得非常重要。

「可是，以後就不一樣了吧。像艾倫菲斯特正在採用不同以往的魔力壓縮法，學生們也因為平常的言行與祈禱，將能取得更多神祇的加護。如果在停止成長前就取得思達普，為此感到困擾的學生只會越來越多。」

最危險的就是羅德里希了。他因為向我獻名的關係變成了全屬性，現在又正值發育期。魔力若成長過多，有可能無法再靠現在的思達普操控魔力。

「如果能在停止發育前增加魔力、取得更多眷屬神的加護，也許就能獲得品質更好的思達普。最主要是每個人一生就只有一次的機會能取得思達普，要是後來卻變得不適合自己使用，一輩子都會非常苦惱吧。」

現在的話，關於以往的上課內容還留有資料，記載了大家是如何在沒有思達普的情況下上課，也應該還有老師懂得怎麼授課。然而，一旦老一輩的人真的都不在了，這些資訊將徹底遺失，到時候就算想要回復以往的做法也沒辦法。

「我因為在取得思達普之前，斐迪南大人曾教我怎麼調合，所以就算沒有思達普也能進行調合。但是，現在別說韋菲利特哥哥大人與夏綠蒂了，就連身為文官的哈特姆特他們也不曉得該怎麼在沒有思達普的情形下進行調合。當然了，調合所需魔導具的做法也會漸漸被人們遺忘。我認為這是很嚴重的問題。」

「……我會轉告王族，說是有人提出了這樣的意見。」

吃完晚餐，也結束了名義上是請求的批判後，我們回到會議室繼續商討。會議內容主要是確認艾倫菲斯特現在的處境，以及討論是否該公開取得加護的方法。赫思爾向我們轉述了中央與貴族院對艾倫菲斯特的評價，聽起來相當不容樂觀。

「畢竟當年的鬥爭非常激烈，而且持續了很長一段時間，不管是獲勝領地還是戰敗領地，都蒙受了極大的損失。然而，艾倫菲斯特幾乎沒有受到波及，因此旁人的眼光自然不會太友善。」

若從艾倫菲斯特的立場來看，明明我們已經盡量完成中央的吩咐了，但其實也在咬牙苦撐啊。但是，聽說周遭的領地更是苦不堪言。

「儘管我想請各位優先改善與周遭領地的關係，但還有一件事讓我相當憂心。」

「何事？」

「就是中央的騎士團長似乎相當敵視斐迪南大人。」

赫思爾面帶愁容地嘆了口氣。聽到中央騎士團長敵視的對象不是艾倫菲斯特，而是斐迪南個人，大家都一臉納悶。

「斐迪南與中央的騎士團長有什麼交集嗎？」

齊爾維斯特問道，我則是閉口不語。因為齊爾維斯特並不曉得，中央騎士團長知道斐迪南是阿妲姬莎之實。恐怕就連赫思爾也不知道吧。她緩緩搖頭。

「我也不知道這是為何。其他人來向我打聽艾倫菲斯特的消息時，問的都是關於新流行、貿易名額的擴張、成績提升的秘密與各種傳聞的真偽等，就只有騎士團長是指名斐迪南大人與羅潔梅茵大人，專問與兩位有關的問題。我認為最好多加小心。」

腦海中浮現了之前曾在圖書館見過面的騎士團長。就是他說斐迪南是阿妲姬莎之實，還提出許多質疑，建議國王應該讓斐迪南離開艾倫菲斯特吧。如今他還將自己的第一夫人送進貴族院的圖書館當上級館員，意圖從我這裡打探消息。

「正因為周遭敵人環伺，還請公開取得神祇加護的方法，盡可能在社交場合上突顯自己的地位。這也是亞納索塔瓊斯王子的指示。」

她說艾倫菲斯特現在的社交方式，與還是下位領地時沒有兩樣，並未隨著排名一起提升。但是，其實他人都希望我們的表現能更有上位領地的樣子。

「在神殿舉行儀式與為領地基礎提供魔力時，似乎只有艾倫菲斯特會唸禱詞。而羅潔梅茵大人又是神殿長，取得加護的方法正好適合做為研究內容，倘若發表時一切順利，將能大幅提升艾倫菲斯特的評價。」

聽完赫思爾的建言，我們都鬆了口氣。對此，她的表情卻變得嚴厲。

「只不過，現在的艾倫菲斯特就算發表這種研究成果，旁人也有可能不相信。先前我已經確認過了，戴肯弗爾格之所以有許多學生都能取得安格利夫的加護，確實是因為經常祈禱。因此我已問過舍監洛飛，此事就與戴肯弗爾格共同研究如何？」

她說部分內容若能與戴肯弗爾格一起研究，可以提升研究成果的可信度。

「赫思爾老師，感謝妳的諸多建言。」

「……但是一不小心，研究內容也有可能被戴肯弗爾格占為己有。請多少要抱有疑心。您已經不是學生，而是奧伯了，不該輕易相信我這個中央貴族說的話。」

赫思爾吐出了很有老師風範的話語後，齊爾維斯特露出苦笑。

「一直以來妳都在保護斐迪南，現在也在保護羅潔梅茵，我身為他們的家人，怎麼能不相信妳說的話？」

聞言，赫思爾顯得相當錯愕，但緊接著整個人放鬆下來，輕笑出聲。

「您就是這一點太過天真。但看到您的本性從畢業至今始終沒變，我也就放心了。芙蘿洛翠亞大人，齊爾維斯特大人就麻煩您了。畢竟這位大人打從以前開始，做事便喜歡不按常理。」

赫思爾開始分享齊爾維斯特在學時期的種種事蹟，他大驚失色地連忙制止：「快住口！」看到兩人彷彿變回了老師與學生的身分，韋菲利特與夏綠蒂都捂嘴忍笑。

「赫思爾老師，齊爾維斯特大人正忙著為做事比他更不按常理的孩子們收拾善後呢。相信他多少也能體會老師們的辛勞了吧。」

「芙蘿洛翠亞……」

「您還是老樣子，拿芙蘿洛翠亞大人沒轍呢。」赫思爾發出愉快的笑聲後，倏地正色又道：

「如今羅潔梅茵大人的價值在他領的領主候補生眼中已是顯而易見，比如她不僅在儀式上取得了諸多神祇的加護，魔力量還多到能輕易釋出祝福。韋菲利特大人遭人暗算的可能性也將因此提升。因為只要沒有了對象，婚約便會自動解除。」

話題突然跳到了我們意想不到的事情上，大家都倒抽口氣，看向韋菲利特。但韋菲

利特在眾人的注視下，只是笑著回道：

「不用擔心我。叔父大人早就提醒過我有可能發生這種事，也給了我護身符，所以我至少能保護自己。羅潔梅茵也有叔父大人給的大量護身符，應該不用擔心吧。」

看著面帶笑容斷然這麼說的韋菲利特，赫思爾與芙蘿洛翠亞一致扶額。

「韋菲利特，等你能夠靠自己的力量保護未婚妻羅潔梅茵，到時才真正算是獨當一面唷。」

是啊——赫思爾點點頭後，轉向齊爾維斯特。

「守護自領寶物是領主的職責。我很期待您的表現喔，齊爾維斯特大人。」

儀式的研究與肅清報告

赫思爾離開後，齊爾維斯特緩緩環顧房內眾人，吐了口氣。

「既然王族似乎也提供了建言，最好是與戴肯弗爾格一起進行研究吧。不過，實際進行研究的畢竟是在貴族院就讀的你們。尤其帶頭主導的，會是既是文官也是領主候補生，同時還是神殿長的羅潔梅茵吧。羅潔梅茵，妳對共同研究有何看法？」

「我想想喔……為了提升艾倫菲斯特的信用、博得眾人的好感，如果一定要與某個領地合作的話，我認為戴肯弗爾格是最好的選擇。」

齊爾維斯特那雙深綠色眼睛定定注視著我。

「妳選擇戴肯弗爾格的理由是什麼？既是研究，與多雷凡赫合作不是更能增加研究成果的可信度嗎？」

「因為我與領主候補生漢娜蘿蕾大人是朋友，比起沒有熟識對象的其他領地，溝通起來會更容易。但最主要的理由，是因為戴肯弗爾格的領主候補生與見習騎士會舉行古老儀式，因而取得了複數眷屬神的加護，所以很適合當研究對象。」

如果要研究魔導具或魔法陣，與多雷凡赫合作確實更能讓旁人信服吧。但是，這次的研究內容是關於諸神的加護，多雷凡赫無法提供實例。

「再加上，戴肯弗爾格那裡還有哈特姆特的未婚妻，也就是想當我近侍的克拉麗莎。正好她是見習文官，有助於一起進行研究，而且研究成果若能獲得好評，我們也比較好開口把她招攬來艾倫菲斯特。」

如今哈特姆特進入了神殿當神官長，克拉麗莎的親族應該很想解除婚約。但若能藉由共同研究，讓戴肯弗爾格的人多少改變對神殿的看法，或者至少可以理解到艾倫菲斯特的神殿與其他領地的神殿並不一樣，也許婚約就不會解除。

「因為克拉麗莎是戴肯弗爾格的上級貴族。如果她與哈特姆特結婚，來到艾倫菲斯特，我們就能向她學習上位領地是如何社交。對於必須表現得像是上位領地的艾倫菲斯特來說，她是我們需要的人才吧？」

「有道理，她確實是我們迫切需要的人才，最好能避免婚約被解除。」

連王族都開口提醒了，艾倫菲斯特必須盡快學會上位領地該有的表現。而知道該怎麼做的，也就只有上位領地的人。

對於要與戴肯弗爾格合作，齊爾維斯特領首表示贊同後，芙蘿洛翠亞便吩咐自己的文官準備紙張和墨水，看向我說：

「羅潔梅茵，既然妳說研究成果只要發表可以公開的部分就好，那請告訴我們妳認為可以公開的內容，以及不適合公開的內容吧。」

「好的。關於可以公開的內容，首先是祈禱能否提高取得加護的機率；再來，是否必須誠心祈禱才能取得加護；最後則是有無向神奉獻魔力的必要。與戴肯弗爾格一起進行研究的時候，我想證明這些假設。」

戴肯弗爾格的見習騎士有的取得了加護，有的並未取得，若能比較出兩者間的差異，應該可以得到一定程度的證實。

「但是，就和赫思爾老師擔心的一樣，為免研究成果最終被戴肯弗爾格占為己有，我們也必須準備艾倫菲斯特獨有的內容。因此我會另外補充說，舉行加護儀式的時候，魔力量少的中級與下級貴族就算要使用回復藥水，也應該讓魔力盈滿整個魔法陣。」

「使用回復藥水嗎？」

芙蘿洛翠亞詫異地眨眨眼睛。她是領主一族，魔力量不可能少到無法布滿整個魔法陣吧。

「加護儀式用的魔法陣非常龐大又複雜吧？賈鐸夫老師曾說，中級以下的貴族很難讓魔力布滿整個魔法陣，所以一向會優先注滿自己有適性的部分。這樣一來只要不唸錯禱詞，一定能取得大神的加護。因此我認為，若不一邊使用回復藥水一邊讓魔力遍布整個魔法陣，也無法取得適性以外的加護。」

「這我還是頭一次聽說呢。」

芙蘿洛翠亞瞠大雙眼說。貴族院本來就會根據魔力量，讓學生們分開來上課。舉行儀式時下級貴族似乎也因為魔力較少的關係，並不受到重視。

「還有，為基礎魔法提供魔力時，艾倫菲斯特會唸禱詞吧？聽說他領並不會。我認為這也是韋菲利特哥哥大人取得大量加護的原因。在法雷培爾塔克會唸禱詞嗎？」

「在法雷培爾塔克並不會喔。所以在艾倫菲斯特第一次要供給魔力的時候，我還有些驚訝呢。」

得知在艾倫菲斯特都是這麼做，自那之後，芙蘿洛翠亞便會一邊照著指示詠唱禱詞，一邊供給魔力。

「果然只有艾倫菲斯特會在供給魔力時詠唱禱詞呢。」

「其實艾倫菲斯特也不是從以前開始，就會在供給魔力的時候詠唱禱詞。」

齊爾維斯特盤起手臂，微微蹙眉說道。

「咦?!並不是從以前開始就這樣嗎?!那是從什麼時候開始的？」

「我記得是康絲丹翠姊姊大人出嫁後，父親大人才開始詠唱禱詞。沒記錯的話……應該是我就讀貴族院二、三年級的時候。」

想不到這竟然是近年才養成的新習慣，我大吃一驚。

「那養父大人邊祈禱邊供給魔力後，也得到了大神以外的眷屬神的加護嗎？」

「……雖不曉得這是否原因所在，但我確實得到了沒錯。」

「父親大人得到了哪些眷屬神的加護呢？」

齊爾維斯特突然間語塞，別開目光。芙蘿洛翠亞看著這樣的他，促狹地輕笑起來。

「齊爾維斯特大人，孩子在問你唷。何不告訴他們呢？」

「……是黎蓓思可赫菲與歌魯克里提。」

黎蓓思可赫菲是喜歡惡作劇的結緣女神，會從德蕾梵庫亞那裡偷取絲線，令男女締結姻緣；歌魯克里提是考驗之神，只要通過考驗便能得到祂賜予的好運。

……如果是貴族院時期得到的加護，養父大人還真是一心只想著愛情呢。他認真祈禱的程度，肯定就和菲里妮向梅斯緹歐若拉祈禱一樣吧。

「對了，羅潔梅茵，妳說不適合公開的研究內容是什麼呢？」

「我想知道若現在開始祈禱與奉獻魔力的話，是否成年之後仍能得到加護。因為我的近侍們現在會頻繁出入神殿，我想知道這會不會增加他們能取得的加護。」

我很想幫幫當初沒能在貴族院取得加護的安潔莉卡，也非常好奇達穆爾能取得的加護是否增加了。既然菲里妮增加了，平常會出入神殿的其他人說不定也是。

「另外我也想實驗看看，除了貴族院外，在領內的神殿裡是否也能取得加護。如果這些事情都能得到證實，那我們就連加護也能比周邊領地更有優勢吧。」

倘若在領地裡頭，即便成年了仍能取得加護，應該非常有助於緩解魔力不足的現況。我表示自己無意公開所有內容後，齊爾維斯特一臉無法理解地摸著下巴。

「但就算要在艾倫菲斯特進行實驗，我們又沒有魔法陣……該不會妳有吧？」

「現在還沒有，但儀式時我畫在寫字板上了，正打算之後要做出來。」

我已經把畫在寫字板上的魔法陣描到紙上了。只要依樣描繪，應該可以做出魔法陣。而且因為是在領內悄悄製作，不必添加混淆用的圖案，相信不會花太久時間。

「但我們站在魔法陣中央時，到處都是混淆用的圖案，怎麼可能看清魔法陣的整體模樣？以妳的身高更不可能。妳到底是怎麼畫的？」

當時我是站在祭壇上面，魔法陣似乎又因為我的魔力而發光浮起來，所以很輕易就畫下來了。看來一般情況下，不可能有辦法當場畫下魔法陣吧。從赫思爾當時的語氣，可以知道加護儀式上神像們會讓出一條路來是非常罕見的事情。這件事最好與斐迪南商量過後再告訴其他人。

「羅潔梅茵，妳究竟是怎麼畫的？」

齊爾維斯特微微往前傾身。我讓腦袋全速運轉。因為我不能完全撒謊，得考慮到之後斐迪南也許會說可以公開，所以得混雜一點真話敷衍過去。

「……是、是諸神的指引！」

「啊？妳說諸神的指引嗎？」

「沒錯。是神小聲耳語，要我畫下來的。」

我彎起嘴角微笑道。這我可沒有撒謊。因為是諸神讓出了一條路來，要我往上走喔。結果不只齊爾維斯特，房內包括近侍在內的所有人都用非常可疑的眼光看我。我急忙改變話題。

「對了，肅清行動現在怎麼樣了？」

我這麼一問後，大家猛然把目光投向領主夫婦。這對貴族院的學生們來說，也是非常重要的一件事，希望他們能說明清楚。齊爾維斯特正色道：

「正如先前通知過的，肅清行動已經大致告一段落。效忠他領第一夫人並為其獻名的人，與做出不法行為、讓艾倫菲斯特蒙受損失的人，都已排除完畢。並未獻名的人則是遭到逮捕，現正接受調查。」

現場響起了吞嚥口水的聲音。齊爾維斯特說他們正忙著處理後續事宜，比如審問犯人、決定處分結果等，因此騎士團長卡斯泰德無法抽空離開領地。

「因獻名而遭到處刑的人，有基貝．格拉罕與其家人，以及……」

齊爾維斯特接著公布，總共有哪些人因為向喬琪娜獻名而遭到處刑。他說出的名字幾乎是馬提亞斯與勞倫斯之前就提到過的，總計不到十人。即便配偶或孩子等連坐對象也包含在內，實際遭到處刑的人並沒有預期中多，這讓我大大鬆了口氣。這樣一來，必須獻名才能活下去的孩子應該不多。

「因此，仍在貴族院就讀、必須獻名才不會連坐喪命的學生共有五人，分別是馬提亞斯、勞倫斯、繆芮拉、巴托特與卡珊朵拉。除此之外的學生雖然無法馬上見到面，但最終都能回到家人身邊吧。」

五人中巴托特預計向韋菲利特獻名，卡珊朵拉則預計向夏綠蒂獻名。我發現父母確定遭到處刑後，必須向我獻名的孩子出乎預料地多。

「遺憾的是，基貝．格拉罕已先自爆身亡。當時波尼法狄斯打頭陣衝了進去，本想用思達普束縛住他，只可惜他自爆的速度更快，聽說現場只留下了手臂能當證據。根據戒指、家徽與殘存的魔力，已判斷是他本人的東西。」

雖然知道基貝．格拉罕是馬提亞斯的家人，但他畢竟是喬琪娜的忠實心腹，又一直想暗殺我，所以聽到他已經不在了，我不禁安心地吐了口氣。這下子我與身邊的人遇到危險的機率會大幅降低吧。

「趁你們在貴族院就讀時，我們會調查逮捕到的人，決定要如何處分。只要繳納罰金即可的人，應該冬季尾聲就能返家。至於處分較重、必須服一陣子勞役的人，我們會安排他們的孩子住進城堡宿舍，直到家人服完勞役。若有孩子被送去了孤兒院，一樣會收留到他們服完勞役為止。」

雖說因為馬提亞斯的密報，使得肅清行動提早進行，但一切似乎都按原訂計畫順利進行。而整日惶惶不安、擔心無法再見到父母的孩子們，就算有大半還得等上一段時間，但最終也都能回到父母身邊。

「養父大人，被送到孤兒院的孩子共有多少人呢？糧食與棉被都幫忙送過去了嗎？」

「嗯。大概是知道妳會擔心孤兒院的情況，哈特姆特送來了報告給我，裡面有關於孤兒院孩子們的消息。」

齊爾維斯特轉動目光，一名文官便遞來一疊資料。我很快看了一遍。資料裡頭寫著，被送到孤兒院的孩子總共有十七人，並逐一列出了他們的名字、年紀與父母姓名，另外還有葳瑪的評語。果然，有不少孩子情緒都不太穩定。但資料上也說了，可能是因為從小接受貴族教育的關係，孩子們明明才五、六歲而已，都已懂得咬牙隱藏情緒，或是拚命忍住眼淚。

腦中浮現了孩子們想家哭泣的模樣，我的胸口不禁一緊。我非常清楚不得不與家人分開會有多麼難過，想起自己在與家人分開時也曾流淚哭泣，不自覺咬緊牙關。這時，夏綠蒂向芙蘿洛翠亞問起兒童室的情況。

「母親大人，兒童室的孩子們還好嗎？」

「由於發生了這麼大的事情，一開始我們先讓兒童室裡的所有孩子都集中待在同個地方，等到肅清結束後，再請他們的家人來兒童室接孩子回去。這次因為肅清行動的規模相當大，部分文官與侍從也參與其中，所以讓孩子們待在一起，保護起來也比較方便。」

後來，有些孩子因為該來迎接的家人被捕，仍然留在兒童室裡，便把這次的肅清行動與今後能做的選擇告訴了他們。她說兒童室裡必須獻名才能活下去的孩子真的不多，他們也討論了好幾次今後該怎麼做。

「……養母大人，那尼可拉斯呢？」

尼可拉斯是卡斯泰德的第二夫人朵黛麗緹的兒子，儘管極少碰到面，但他仍是我的異母弟弟。而且他之前經常欲言又止地看著我，讓我十分在意。

「他人正在兒童室裡。由於朵黛麗緹的處分已經確定了，卡斯泰德說過，會與他好好討論下一步要怎麼做。只不過，卡斯泰德因為是肅清行動的負責人，接下來又要準備討伐冬之主，恐怕還要一段時間才有空去找尼可拉斯吧。」

……他一定很不安寂寞吧。

獨自一人強忍不安的尼可拉斯浮現眼前。韋菲利特接著抬起頭來問：

「看來關於孩子們，一切都是按照原訂計畫……父親大人，那麼那些向喬琪娜大人獻名的人，是否觀看到了他們的記憶呢？」

「……幾個人有，但都沒看到什麼有用資訊。」

他說騎士團去逮人的時候，有好幾個人一察覺騎士團的到來便自爆。討伐時直接殺了敵人固然簡單，但若想得到與喬琪娜有關的線索及證據就得活捉，只可惜這部分並不順利。

「向母親大人獻名的人，與僅是參與了不法行為的舊薇羅妮卡派貴族，雖然多少有些抵抗，但都順利逮捕了他們。然而，向姊姊大人獻名的貴族們，有人是一看到騎士團便自爆，有人是波尼法狄斯下手有些不知輕重，因此沒有完整逮到半個人。留有頭部能窺看到記憶的人並不多。」

他說人一死，想要觀看記憶就會有許多限制。在我還是青衣見習巫女的時候，斐迪南曾察看我的記憶。當時他只要下達指示，就能看見想看的東西，但人死了就沒辦法下達指示，而且記憶也會隨著時間流逝而迅速消散。

「再加上，他們留下來的記憶裡也沒有什麼有力證據。聽說雖已證實姊姊大人去過格拉罕，也知道他們在聽了姊姊大人說的話後異常興奮，卻聽不清楚姊姊大人到底說了什麼。麻煩的是，他們的記憶彷彿遭到扭曲，所有人的視野與聲音都模糊不清。」

「什麼意思？這種事情可以刻意辦到嗎？還是只要獻了名，就會變得無法窺看他們的記憶？」

畢竟我也接受了他人的獻名，無法充耳不聞。對於我的追問，齊爾維斯特臉色一沉。

「妳還記得馬提亞斯在報告時說過，那場聚會明明是在夏季尾聲舉辦，暖爐卻點著火，屋內還彌漫著一股甜香嗎？」

「是的。這怎麼了嗎？」

「一名熟知藥草的文官說了，那也許是圖魯克。圖魯克是種棘手的植物，具有能夠混淆他人記憶、讓人看見幻覺的作用。雖然在艾倫菲斯特領內找不到，但貴族院的老師似乎都會告訴學生這是種危險植物。文官在猜也許是使用了這種植物。」

說完，齊爾維斯特疲憊地嘆了口氣。

「姊姊大人非常小心謹慎。為了讓人查不到她那裡去，她似乎設下了許多防範措施。能有這麼強大的執念與達到目標的豐富知識，實在讓人不寒而慄。」

她很清楚向自己獻名的下屬一旦被捕會發生什麼事，所以預先採取了對策，不留任何證據與記憶。心思居然可以這麼縝密，我不禁嘖嘖稱奇。常被人說做事總是不用大腦的我，根本想不到也做不了這種需要布下層層防護網的事情。我忍不住覺得，有這麼聰明的腦袋，幹嘛要用在奪取他領這種沒意義的事情上，應該用在更有建設性的事情上才對啊。這世上明明還有很多更美好的事物。

……沒錯，譬如建造圖書館、蒐集全世界的故事、製作書籍……

我為喬琪娜無謂的執著深深感到遺憾，和齊爾維斯特一樣大嘆口氣。夏綠蒂則露出甜美的笑容，安慰起在領內認真奮鬥的父親。

「父親大人，觀看記憶以後，也許還是沒能找到與喬琪娜大人有關的線索和確切證據吧。但經過這次的肅清，我們成功排除了向他領第一夫人獻名的貴族，這已經是很出色的成果了。如果沒有馬提亞斯提供的消息，也許肅清早就失敗了唷。」

「夏綠蒂……」

齊爾維斯特驚訝地注視自己的女兒。面帶笑容回望的夏綠蒂，看起來像極了她的母親芙蘿洛翠亞。

「喬琪娜大人以後不能在艾倫菲斯特為所欲為了吧？基貝．格拉罕一死，即便她想搶奪基礎魔法，也沒有人能再居中提供協助。所以請您不要沮喪，不如改變目標，想辦法讓艾倫菲斯特領內的貴族團結起來吧？」

「……夏綠蒂說得沒錯。如今已成功排除了對姊姊大人效忠的人，她再也不能為所欲為。今後在艾倫菲斯特，羅潔梅茵也就安全了。」

「是呀，我們成功排除了多次想謀害姊姊大人的人，光這樣我就很滿足了。」

夏綠蒂說完，不只齊爾維斯特，以護衛身分陪同領主夫婦前來的騎士們也都稍微放鬆了臉部表情。

「這次由於有三名基貝遭到處刑，接下來好一段時間，領內各地可能都會有魔力不足的情況，但幸好我們擁有一個魔力過多的人。看來得向考驗之神歌魯克里提獻上祈禱與感謝才行哪。」

齊爾維斯特看著我咧嘴笑道，揚手一揮，一名騎士便誠惶誠恐地拿出裝有大量魔石的袋子來。

「有了這些，妳暫時應該沒問題吧。記得把儲存至今的魔力釋放出來，然後盡量降低壓縮率。如此一來體內的魔力量就會減少，妳也能比較順利地操控魔力吧。」

沒想到齊爾維斯特竟然還能提供建言，我眨了眨眼睛。他彷彿想起了往事般一臉懷念。

「斐迪南貴族院一年級的時候，因為第一次學會怎麼壓縮魔力，曾傻傻地不斷拚命壓縮。結果他也因為魔力增加太多，導致無法順利操控。當時他於是一次性地釋放大量魔力，再藉由降低壓縮率，調節體內的魔力量……如果我沒記錯的話。」

雖然最後一句讓人非常不安，但聽到這麼寶貴的建言，我還是笑著抱緊了裝有大量魔石的袋子。

「養父大人，非常感謝您的建言。我之後會試試看。」

領主候補生課程結束

這時在場有這麼多人，實在很難請大家離開，只與齊爾維斯特單獨談話。關於羅德里希的獻名與屬性增加一事，可能只好日後再找機會詳談了。反正這次必須獻名才能活下去的學生都已經舉行過加護儀式，並不急著商量吧。就算等上完課，回領後再說也沒關係。

「我要說的就是以上這些，你們都回房吧。」

於是我返回房間，開始不停往魔石灌注魔力，並且降低體內的壓縮率。至今我都會不自覺地壓縮魔力，但今後似乎必須小心，要盡量別去壓縮。

……我已經很習慣壓縮魔力後再往儲存空間裡塞，想要攤展開來的話還得刻意去想，不然很難呢。

平民時期，我必須盡量壓縮，讓儲存魔力的器官留有空隙才能活下去。現在卻不一樣，我只要把魔力舒展開來、減少器官裡的魔力，就能控制體內的魔力。

「……啊？」

我不間斷地往魔石釋放魔力時，中途忽然身體一輕，有種整個人都穩定下來的感覺。我本能地察覺到這就是思達普的極限，於是再往魔石灌注了一些魔力。

「嗯，這樣就沒問題了吧。」

……希望沒問題就好了。

隔天用完早餐，我們讓所有學生到多功能交誼廳集合，準備告訴他們肅清行動的詳細結果。在交誼廳裡集合的學生們，都知道領主夫婦來過宿舍，因此表情都很緊張。尤其舊薇羅妮卡派的孩子們神情十分僵硬，甚至還有人面無血色。

「如各位所知，昨晚奧伯曾來拜訪。理由雖然是要與赫思爾老師會面，但同時他也告訴了我們肅清的結果。對此，我想先向大家說明。」

韋菲利特環顧眾人，態度坦蕩地開始說明。他告訴大家，如同當初的預定，向他領第一夫人喬琪娜獻名的人都遭到了處刑；除此之外的人則是正在接受調查，冬季期間會決定好要如何處分。

「必須獻名才能活下去的學生共有五人，分別是馬提亞斯、勞倫斯、繆芮拉、巴托特與卡珊朵拉。除此之外的學生雖說不是馬上，但最終都能回到家人身邊。」

「……所以就算要等一段時間，還是能再見到家人吧。」

太好了──曾被萊歐諾蕾綑起來的那名一年級生，安心地吐出大氣。他這麼開口後，交誼廳內的氣氛頓時緩和許多。看得出來大家聽到多數人都不用獻名後，心情皆放鬆下來，我也很高興那個男孩子的家人並沒有向喬琪娜獻名。

但是，失去家人、將要獻名的巴托特與卡珊朵拉都臉色慘白。兩人臉上皆帶著可以看出是強裝的笑容。不過，我馬上發現是因為自己表現出了擔心，他們才不得不強顏歡笑，便默默別開視線。

「包括孤兒院的孩子們在內，關於你們今後該怎麼做，就和之前說過的一樣。只要繳納罰金即可的人，應該在貴族院結束時就能返家；至於處分較重、必須服一陣子勞役的人，我們會安排他們的孩子住在城堡宿舍，直到家人服完勞役。但目前所有人都還沒查清楚曾犯下哪些罪行，這點還請大家別忘了。」

韋菲利特說明完後，原本一直緊張不安、擔心無法再見到家人的孩子們全都如釋重負，自然而然地展露笑顏。眼看氣氛緩和下來，我鬆了口氣的同時，也看向自己的近侍們。他們看來並沒有非常不滿的樣子。

「羅潔梅茵大人。」

這時，馬提亞斯與勞倫斯這麼喚著朝我走來，萊歐諾蕾他們立刻神情嚴厲地往前一站。布倫希爾德與莉瑟蕾塔也一臉警戒，瞬間交誼廳內的氣氛又變得緊張萬分。馬提亞斯兩人被護衛騎士們攔下後，當場跪下來。

「我們已經備好了獻名石。等您準備好要接受獻名，請隨時呼喚我們。」

「那就快點收下吧。這樣一來，萊歐諾蕾他們也不用這麼警戒了。莉瑟蕾塔，請去準備一間房間。兩位，由我的近侍當見證人可以嗎？」

「是！」

由於之前已經接受過羅德里希的獻名，這次我幾乎不用花時間作心理準備。我請護衛騎士們當見證人並負責監督，然後輪流叫馬提亞斯與勞倫斯進來，依序接受了他們的獻名。被我以魔力束縛住的那一瞬間，兩人看來都相當痛苦。

「如此一來，馬提亞斯與勞倫斯就是我的近侍了。今後麻煩兩位擔任我的護衛騎士。」

「請羅潔梅茵大人不吝賜教。」

接受完獻名，回到多功能交誼廳後，繆芮拉與我保持著距離，一臉羨慕地看著馬提亞斯與勞倫斯，遺憾地大嘆口氣。

「雖然我也想快點獻名，但手邊沒有品質良好的原料呢。」

「羅潔梅茵大人，若您允許，下一次土之日我們想陪同去為繆芮拉採集原料。」

馬提亞斯與勞倫斯提出請求後，我立刻下達許可。很開心家人能獲救的孩子們，與家人已確定被處刑的人很難一起行動吧。我也想盡快將她納為近侍。

「好，麻煩你們了……萊歐諾蕾，可以幫我叫谷麗媞亞過來嗎？」

「大小姐，請等一下。您想對谷麗媞亞說什麼呢？」

黎希達神色嚴峻地看著我。

「咦？呃……雖然她現在不需要獻名了，但我想問她是否還有意願服侍我……」

我說完，近侍們立即搖頭。

「羅潔梅茵大人，谷麗媞亞的家人隸屬舊薇羅妮卡派，因此她不能沒有獻名便服侍您。」

「是呀，羅潔梅茵大人。唯有獻名，身邊的人才會認為就算讓她隨侍在您左右也很安全。」

「倘若沒有任何擔保便納舊薇羅妮卡派的谷麗媞亞為近侍，只怕她將面對旁人的惡意中傷，為此感到痛苦。」

被大家這麼一說，我微微垂下頭。

「……可是，不能至少像泰奧多那樣，讓她只有在貴族院的時候服侍我嗎？現在學生侍從的人數太少，也很傷腦筋吧？」

在城堡還好，但貴族院裡的侍從人數實在嚴重不足。聞言，布倫希爾德與莉瑟蕾塔面色凝重地陷入沉思。兩人身為侍從，最是明白需要盡快栽培可以接任的人手吧。然而，兩人一臉凝重地否決了我的提議。

「在貴族院服侍您的人，將來會成為與您關係最親近的下屬。考慮到將來，我們反對沒有獻名就將谷麗媞亞納為近侍。」

面對眾人的反對，我只能垂頭喪氣。與獻名才能活命的馬提亞斯他們不同，谷麗媞亞仍有選擇的餘地，我不能強迫她獻名。況且羅德里希說過，獻名是一種向自己認定的主人表達忠誠、連同性命獻上所有的儀式。我不認為谷麗媞亞有這麼堅定的覺悟與忠誠。

「除非谷麗媞亞親口表示她不惜獻名也想服侍您，否則請您放棄吧。」

「……是。」

這天上午要上領主候補生課程的課。近侍們幫忙拿著我在上一堂課製作的金粉與城市設計圖等東西，陪我一起走到教室。在門口與近侍們道別時，黎希達一一把上課要用的物品交給我，臉色逐漸不安。

「大小姐，您沒問題嗎？這裡還有金粉……」

「沒、沒問題的。畢竟是自己上課要用的東西，我可以自己拿。」

因為只有我一個人不斷地完成作業，導致上課得帶這麼多東西。有設計圖、金粉和稍後會用到的魔石等，一個人要拿這些東西確實很吃力。原本應該是每一堂課帶一點東西過來，絕不可能發生領主候補生被上課用品壓扁的情況。

「羅潔梅茵，給我吧。我看妳一個人根本拿不動。」

韋菲利特從我懷裡拿走裝有魔石的袋子，再從黎希達手中接過裝有金粉的袋子。

「韋菲利特哥哥大人，謝謝您。」

走進教室後，只見每張桌子都擺好了小箱子。我走向置有腳凳的座位，把設計圖放在箱子旁邊。韋菲利特幫我把裝有金粉與魔石的袋子放下來。

「早安，羅潔梅茵大人、韋菲利特大人。」

「早安，漢娜蘿蕾大人。」

我向隔壁座位的漢娜蘿蕾打招呼後，韋菲利特便走開去找自己的朋友。我一邊道謝一邊看著韋菲利特走遠，隨即發現漢娜蘿蕾正笑吟吟地看著我。

「居然會幫忙搬東西，韋菲利特大人真好呢。真羨慕羅潔梅茵大人有這麼體貼的未婚夫。」

看見漢娜蘿蕾投來的憧憬目光，我反射性地搖搖頭。我和韋菲利特並不是能用這種眼光看待的關係。

「單純只是因為這些東西有可能把我壓垮罷了。漢娜蘿蕾大人若有困難，藍斯特勞德大人也會伸出援手吧？」

漢娜蘿蕾忽然有些望向遠方，微微一笑。

「嗯，是呀。哥哥大人會幫我喚來侍從吧。」

……呃，意思是他絕不會動手幫忙搬囉？

「不說這個了，我有件事想請教羅潔梅茵大人。您最近都沒有去圖書館嗎？昨天下午，我在圖書館為休華茲他們提供了魔力以後，他們便喚我『公主殿下』，嚇了我一大跳呢。」

「咦？對漢娜蘿蕾大人嗎?!」

看來在歐丹西雅變成管理者之前，漢娜蘿蕾先變成新的管理者了。

「那個，因為現在圖書館有新來的上級館員，為了讓休華茲他們能變更管理者，我暫時被禁止提供魔力呢。」

「咦？咦？……那、那我……」

「索蘭芝老師跟我說過，她希望協助者們今後仍能繼續提供協助，那您在供給魔力的時候，她沒告訴您任何事情嗎？」

如今圖書館裡有兩名館員，應該必然會有一人待在閱覽室內。倘若漢娜蘿蕾供給魔力的次數頻繁到都變成了管理者，應該遇見過歐丹西雅，索蘭芝也會提醒一聲吧。

「因為我去圖書館只是為了給休華茲他們提供魔力，那個、並沒有時間看書，所以急著離開的我並未進入閱覽室。也因此，我完全不曉得有新的圖書館員來、休華茲他們正在變更管理者……」

「戴肯弗爾格今年的新生還沒去圖書館辦理登記嗎？」

「我聽說是今天的午休時間要去。」

……啊啊，時機真是太不湊巧了！

「昨天您被稱呼為『公主殿下』時，沒有想到要找索蘭芝老師商量嗎？」

「因為我以為只要羅潔梅茵大人提供了魔力，馬上就會變回去，沒想到事情會變得這麼嚴重。」

我們兩人一起抱頭，不曉得這下該怎麼辦，但同時我也感到納悶。漢娜蘿蕾雖說是上位領地的領主候補生、魔力量多，但歐丹西雅好歹也是中央的上級館員。歐丹西雅若每天都灌注魔力，漢娜蘿蕾應該不會這麼輕易就變成管理者吧。多半也是因為這樣，索蘭芝才沒有要求協助者停止提供魔力。

「看來有必要通知圖書館的人，商量一下這件事該怎麼解決呢。漢娜蘿蕾大人既沒有惡意，圖書館那邊也說過，希望協助者們能繼續提供協助，所以我想這不是很嚴重的事情喔。」

我們正在討論的時候，艾格蘭緹娜進來了。看見她，我赫然想起之前變更管理者時，還需要王族在場見證。這件事不僅關係到王族，歐丹西雅還是中央騎士團長的第一夫人。在與圖書館的人商量之前，可能最好先向身為王族的艾格蘭緹娜報告一聲。

開始上課後，艾格蘭緹娜向大家下達完指示，便往進度與其他人不同的我走來。我下定決心開口說了：

「那個，艾格蘭緹娜老師，我有個與上課內容無關的問題。圖書館魔導具的管理者變更，是需要向王族報告的事情吧？因為管理者從我變成歐丹西雅老師的時候，好像需要王族在場見證……」

聞言，隔壁座位的漢娜蘿蕾肩膀一震，臉上的表情明顯在說：「我怎麼沒聽說這件事需要向王族報告！」

「其實是關於休華茲與懷斯現在的管理者……」

我告訴艾格蘭緹娜，漢娜蘿蕾之前都是沒有進入閱覽室便供給魔力，並未聽取到圖書館那邊的說明，但索蘭芝也說過她希望協助者能繼續提供協助；接著我再報告，說漢娜蘿蕾只是基於好意提供協助，卻不小心成了管理者。

「哎呀，現在是漢娜蘿蕾大人成為管理者了嗎？」

「實在非常抱歉。我不知道事情會變成這個樣子……」

漢娜蘿蕾臉色鐵青，我在一旁幫她說話。

「漢娜蘿蕾大人並沒有惡意。」

「是呀，這我知道。不光羅潔梅茵大人，漢娜蘿蕾大人也為圖書館提供了不少魔力呢。我終於可以明白，為什麼索蘭芝老師這麼高興有協助者願意幫忙呢。」

對於漢娜蘿蕾的道歉，艾格蘭緹娜僅是微笑道：「謝謝妳幫忙提供了那麼多魔力。」本來還戰戰兢兢，不曉得會被王族怎麼責罵的漢娜蘿蕾，頓時放鬆下來。

「艾格蘭緹娜老師，漢娜蘿蕾大人告訴我這件事後，有一點我有些好奇。難道歐丹西雅老師的魔力並不算多嗎？如果每天都向休華茲他們供給魔力，漢娜蘿蕾大人即便是再優秀的領主候補生，也應該不會成為管理者啊……」

「可能是因為圖書館裡有許多魔導具，比起休華茲與懷斯，有些魔導具更需要優先灌注魔力吧。」

漢娜蘿蕾為歐丹西雅幫腔說道，但我不解地歪過頭。在處理圖書館的業務上，休華茲與懷斯是非常重要的幫手，不先為他們提供魔力實在不合理。尤其現在王族也下令了，必須讓管理者完成變更，所以應該優先為他們提供魔力才對。

「羅潔梅茵大人、漢娜蘿蕾大人，感謝兩位的關心。我聽說以前都至少需要三名上級館員，可能是光靠她一個人，想要供給魔力也還是有極限吧。我也會去問問圖書館員，了解現在的情況。」

「艾格蘭緹娜老師，那就麻煩您了……對了，這件事是不是也該向錫爾布蘭德王子報告一聲呢？」

錫爾布蘭德正以王族的身分駐守在貴族院。管理者要進行變更時，他還曾一臉不滿地說過：「我一個人也能完成職責。」

「我會通知他一聲，妳放心吧。」

於是聯絡錫爾布蘭德一事，我也拜託了艾格蘭緹娜。這下子我就能遵照監護人們的吩咐，盡量減少與王族接觸的機會。

「可以現在就先與艾格蘭緹娜老師商量，真是太好了。因為我沒想到這件事情需要向王族稟報，倘若我去圖書館找人商量後才接到王族的傳喚，恐怕還會驚動領內的父母，事態變得一發不可收拾呢。」

聽了漢娜蘿蕾預想的場面，我忽然感到非常過意不去。

「明明我們最常在上課時碰到面，我也應該告訴漢娜蘿蕾大人圖書館那邊的情況呢。對不起喔。」

「哪裡，我也應該進入閱覽室，向老師她們打聲招呼才對。」

「兩位就到此為止吧。這件事該負最大責任的，還是疏於聯絡協助者的圖書館員們。妳們不用太過擔心。」

看到我們兩個開始向彼此道歉，艾格蘭緹娜發出銀鈴輕笑。

「對了，艾格蘭緹娜老師。雖然又是一件之後才要進行的事情……」

我先說了這句開場白後，告訴艾格蘭緹娜我將針對取得加護的儀式進行研究。與此同時也向漢娜蘿蕾表示，我們想要尋求戴肯弗爾格的協助。

「要與戴肯弗爾格進行共同研究嗎？」

兩人很有默契地雙眼圓睜。

「是的。我聽說戴肯弗爾格領內，有很多見習騎士都取得了複數眷屬神的加護。為了了解艾倫菲斯特以外的情況，我們很希望能與你們合作。而且王族似乎也認為，若能取得更多神祇的加護，對貴族來說也是一件大事……」

我看向艾格蘭緹娜，委婉地暗示這也是亞納索塔瓊斯的指示，接著對漢娜蘿蕾投以微笑。

「我想之後洛飛老師也會找你們討論這件事。畢竟我們想了解戴肯弗爾格長年來的習慣，並且整理成研究報告，所以最好當作是兩領的共同研究。但當然，你們也需要與奧伯商量吧。等到了舉辦茶會的時候再回覆我也沒關係。」

「我知道了，回去後我會與奧伯商量看看。」

問完了最好先與王族商量的事情後，我向艾格蘭緹娜提交自己理想中的圖書館設計圖。

「羅潔梅茵大人，從這張設計圖來看，妳打算將整座城市建造成圖書館嗎？」

「是的，這就是我理想中的城市。」

我挺起胸膛回答後，艾格蘭緹娜露出了淡淡苦笑，低聲說道：「感覺不太實用呢……」

……艾格蘭緹娜大人，妳的表情怎麼像是在說「真不好意思破壞小孩子的夢想」?!

我急忙為自己畫的城市設計圖補充說明。

「很實用喔！每個區塊都規劃得非常清楚，比如從街道及碼頭到右側這邊都是商業區，左邊則是工業區。商業區負責各地的書籍買賣，工業區則負責做書；這邊則是旅店與餐廳林立的觀光區域，供從各地前來拜訪圖書館的旅客休息飲食……」

「那馬上試做看看吧。」

……居然笑著敷衍過去了?!

「羅潔梅茵大人，這邊請。」

我跟著艾格蘭緹娜走進教室裡的另一個小房間。房間真的很小，就只擺放著一道魔法陣。

「請讓魔力盈滿這個魔法陣。等到徹底盈滿了魔力，妳就能夠知道黑暗之神與光之女神的名字。」

「咦？最高神祇的名字嗎？」

與五柱大神及眷屬神不同，我記得最高神祇並沒有可以詠唱的名字。

「最高神祇的名字似乎並不只有一個，還因此流傳著一些傳聞喔。聽說很久以前曾有一名學者想要查證這件事情，到處去問取得了最高神祇之名的領主候補生，最後竟然被光暗兩色的火焰吞噬，從此消失無蹤；還有領主候補生洩露了最高神祇的名字後，從此再怎麼詠唱兩位的名字也得不到祝福與加護，被取消了領主候補生的資格。」

……這是什麼！也太恐怖了吧！

「請羅潔梅茵大人也要小心，絕不能不小心脫口而出，讓其他人聽見喔。我會待在外面的教室，等妳背好名字後再出來吧。」

「是。」

我對艾格蘭緹娜的囑咐點了點頭。先前一提到最高神祇的名字，斐迪南的態度總是非常謹慎，就連密集為我講課的時候也是三緘其口。當時我還很納悶是為什麼，原來有這麼可怕的理由。

確認艾格蘭緹娜離開後，我在魔法陣上跪下來，把掌心貼在魔法陣上，擺出平常祈禱時的姿勢。

「創世諸神，吾等在此敬獻祈禱與感謝。」

我一邊祈禱，一邊往魔法陣注入魔力。明明魔法陣不大，但不管我怎麼傾注，卻始終沒有盈滿的感覺。

……早知道應該在上完這堂課後再減少魔力呢。時機真是不巧。

我用單手摸索腰間，拿了好心藥水後一口氣喝完，繼續傾注魔力。不久之後，有道聲音直接在腦海裡響起。就好像有人用光銘刻在腦海裡頭那般，最高神祇的名字忽然浮現。

……黑暗之神是席坎札坦哈特，光之女神是斐雅思珀蕾狄。

和其他神祇的名字一樣又長又難背，但由於最高神祇的名字就好像是直接刻在腦海裡，絕不可能忘記吧。

「司掌浩浩青空的最高神祇，黑暗之神席坎札坦哈特、光之女神斐雅思珀蕾狄。」

我喃喃唸出腦海中最高神祇的名字後，思達普忽然自己出現在右手上。

「呀啊?!」

緊接著思達普飛離我的掌心，飄浮在半空中，吸走了魔法陣浮起的黑金兩色光芒。然而，半空中的思達普似乎依然與我有連結，感覺開始有魔力流進自己體內。而這些魔力大概是我剛才灌進魔法陣裡的，所以雖然沒什麼排斥感，但這種逆流回來的感覺讓人無法適應，總覺得有些不舒服。

……如果會有這麼嚇人的體驗，請事先要告訴我啊，艾格蘭緹娜大人！

我在心裡對著艾格蘭緹娜吶喊時，思達普好像也吸收完了所有光芒，魔法陣徹底暗下。

「……這樣就結束了嗎？」

我才剛這麼嘀咕，這次換黑金兩色的光芒從思達普當中飛出，呈螺旋狀地旋轉著往高處飛去，最終沒入了天花板內消失無蹤。

「哇哇哇哇！」

除了剛才逆流回來的魔力，原本體內殘存的魔力也在剎那間幾乎都被吸走。魔力急遽的增加與消滅讓我再也無法維持跪著的姿勢，當場無力地癱坐下來。這種腦筋一片空白、好似貧血的感覺，讓我急忙伸手去拿腰間的藥水瓶，再次一口氣喝完好心版的回復藥水。

好一段時間我就這麼癱坐在地，等待魔力恢復。不久，門外傳來艾格蘭緹娜擔心的問話聲。

「羅潔梅茵大人，妳似乎花了不少時間，一切還好嗎？」

「我好像使用了太多魔力，所以喝了回復藥水，現在正在等待恢復。在我能夠移動之前，請再稍等一下。」

「妳現在無法移動嗎？我可以開門嗎？」

艾格蘭緹娜的話聲忽然變得十分慌張，門外旋即傳來嘈雜的說話聲。但我癱坐在地動彈不得的這副模樣，實在不好讓大家看到，因為以領主候補生來說太不得體了。

「不行。再一會兒就好，請您稍等一下。」

「羅潔梅茵，是我。妳倒地不起了嗎？」

「只是魔力減少了而已。我已經喝了好心藥水，很快就可以動彈了。」

「……那個藥水啊，我知道了。」

韋菲利特發出了然的話聲後離開門邊。緊接著，他似乎在幫忙安撫艾格蘭緹娜，要她不用擔心。

「……應該沒問題了吧？」

我試著動動手腳，慢吞吞地站起來。好像可以順利動彈了。我拍拍裙子，用手整理了下有些凌亂的頭髮後，走出小房間。

「羅潔梅茵大人，妳沒事……」

「我沒事。只是因為一下子消耗了太多魔力，才花了點時間等待回復。不說這個了，我已經背下最高神祇的名字，接下來該做什麼呢？」

我面帶微笑，強調自己可以繼續上課。艾格蘭緹娜拿我沒轍似的輕嘆口氣後，將我的箱子搬進小房間裡。她說不能讓其他人聽見最高神祇的名字，所以要在裡面的房間進行。

「……那麼開始施展因特維庫侖吧。這是魔法陣，施展因特維庫侖時需要所有的屬性。」

艾格蘭緹娜開始為我說明，但內容我都已經知道了。因為斐迪南為我密集講課時，就已經告訴過我了。首先要詠唱「司提洛」把思達普變成筆，用魔力在半空中畫出魔法陣，然後撒上金粉。等魔法陣完成，再一邊詠唱咒語一邊放入設計圖。畫設計圖用的紙張也是用魔力調合製成的一種魔導具。

「這個魔法陣請畫大一些，以免畫錯。之後再配合建築物的大小縮小。」

艾格蘭緹娜說明完步驟，把寫有步驟的紙張交給我後，離開了小房間。

我照著規定步驟施展因特維庫侖，在箱子裡建造自己理想中的城市。回想起來，我建造的城市規模雖小，但流程就和斐迪南建造小神殿時一模一樣。

「艾格蘭緹娜老師，我做好了！」

「哎呀，妳一次就成功了呢。那接下來在這裡建造境界門吧。」

艾格蘭緹娜拿來她也造了城市作示範的箱子，與我的箱子併在一起，練習建造境界門。境界門需要領地相鄰的兩領領主皆同意才能建造，感覺就像兩個人一起完成作業。雙方要同時用魔法陣在結界上製造一個缺口，然後使其固定。

「境界門通常都會打開，讓人民可以進出，但國境門因為需要國王與奧伯的許可才能開啟，所以基本上都是關著的。我記得艾倫菲斯特東邊就有國境門吧？妳曾親眼看過嗎？」

「不，還沒有。不過，我預計明年春天要去拜訪國境門所在的克倫伯格，希望能找到機會過去好好參觀。」

境界門也順利完成的我，以最快速度上完了今年領主候補生課程的課。

通過賈鐸夫老師的考試

「羅潔梅茵大人，妳好快就修完了今年的領主候補生課程呢，真教我大吃一驚。既然妳課已經上完了，方便邀請妳參加茶會嗎？」

不太方便。大家都已經耳提面命，要我盡量別與王族接觸，況且我們也應該先與戴肯弗爾格舉辦茶會。因為不只要商討共同研究一事，我也需要與克拉麗莎談話。

「實在非常抱歉，接下來我得修習文官課程，暫時可能還沒辦法。」

「這樣呀。那麼等妳修完今年的文官課程，我們再一起舉辦茶會吧。」

我笑著點頭回應艾格蘭緹娜的邀約後，離開教室。

上完了今年的領主候補生課程後，接下來要開始修習文官課程。回到房間後，我一一寄信給文官課程的老師，預約考試時間。由於我必須先修完領主候補生課程，文官課程無法第一堂就去上，也沒能參加考試，只好個別與每位老師預約考試的時間。

……若不快點考完，會趕不上說好要與戴肯弗爾格舉辦茶會的時間。

今年來到貴族院後，我的目的本來是要充實放在圖書館裡的魔導具，結果現在卻變成了研究加護儀式。感覺會很忙碌，所以我想盡快修完今年的課。

文官課程分成共同科目與選修科目，前者要學習如何製作魔導具、深入了解魔法陣、熟讀古老文獻；後者包括情報蒐集與資料的整理、藥草與藥水的研究，有的則與習醫沒兩樣，可以依自己的喜好去選修。所有科目我都與斐迪南一起預習過了，所以只要考試內容不會太難，應該都能通過。

……希望老師們都有空閒時間。

老師如果沒空，就不會個別為學生安排考試，因此這種時候只能向神祈禱了。而我的祈禱似乎沒有白費，很快就收到了賈鐸夫的回覆。賈鐸夫在文官課程負責三個科目，我打算一鼓作氣全部解決。

「賈鐸夫老師，感謝您抽空為我安排考試。」

「羅潔梅茵大人，妳來啦。這邊請。」

我穿著調合服，由菲里妮與羅德里希幫忙拿著術科課所需的調合用材料，走進文官樓裡賈鐸夫的研究室。原來不只赫思爾的研究室亂七八糟，賈鐸夫的研究室也是各種物品任意堆放。明明寫字用的桌子慘不忍睹，調合用的作業臺卻特別乾淨，難道所有老師的研究室都是這樣嗎？

「那我們馬上從調合開始吧。」

原本我們就有一門共同的術科課是要分離魔力，但文官課程要求的難度更高，得依屬性分離魔力，甚至有的術科課得從原料開始做起。多虧齊爾維斯特的建議，減少了體內的魔力後，我現在用思達普也能順利進行調合。

……養父大人，謝謝您！

我接連把原料放進調合鍋裡，賈鐸夫則是一邊摸著鬍子，一邊觀察我製作指定藥水的模樣。雖說我已經很習慣調合了，但一對一的考試還是讓人緊張。

「羅潔梅茵大人，妳還會使用縮短時間的魔法陣嗎？」

「因為我身體虛弱，需要大量的回復藥水，偏偏這副身體又無法長時間進行調合，所以斐迪南大人便教了我怎麼縮短時間。」

現在我又想盡快修完更多的課，更不可能在調合上花費太多時間，縮短時間用的魔法陣因此頻頻出場。

「羅潔梅茵大人是自己製作藥水嗎？」

「是啊。因為斐迪南大人跟我說，自己的藥水必須要自己會做……也多虧斐迪南大人的教導，即便他現在離開艾倫菲斯特了，我也不用擔心沒有藥水。總不能永遠都麻煩監護人嘛。」

我微笑說完，賈鐸夫蹙眉回道：

「我不是這個意思。藥水一般都是交由擔任近侍的文官進行調合。畢竟比起製作藥水，領主候補生還有更多該做的事情吧？」

……什麼?!原來製作藥水是文官的工作嗎?!我第一次聽說！

一直以來藥水都是斐迪南負責製作，他也總是跟我說：「自己要喝的藥水怎能自己不會做？」所以我始終以為自己製作藥水是基本，但原來一般的領主候補生都是交給擔任近侍的文官。

但想到要把製作藥水的工作交給菲里妮與羅德里希，我馬上搖頭。哈特姆特還可以，但這對兩人來說太難了，不可能交給他們。

「斐迪南大人為我調合的藥水是特製的，相當需要魔力，還會使用貴重的原料，所以也許就連上級文官也只能勉強做出來喔。」

「那究竟是怎樣的藥水？」

「……配方當然不能告訴您。啊，完成了。請問這樣可以嗎？」

我三言兩語帶過了賈鐸夫的追問，向他展示自己做好的藥水。賈鐸夫只是看了一眼，便點點頭表示合格。

「妳調合的動作非常熟練，就算使用了縮短時間的魔法陣，魔力的流動也非常穩定且毫不中斷，不可能失敗哪。請接著進行其他調合吧。」

「是！」

我一邊調合，一邊也與賈鐸夫閒聊。他似乎對加護儀式最感興趣，提出了各式各樣的問題。

「這些問題請恕我無法回答。關於這件事情，因為還有來自王族的指示，我們已經決定在領地對抗戰上發表研究成果。另外我也問過漢娜蘿蕾大人了，只要徵得了戴肯弗爾格的同意，便會與他們以共同研究的名義發表成果。」

我拿出上位領地當擋箭牌，拒絕回答賈鐸夫的問題。

「既要研究，與多雷凡赫合作不是更有效率嗎……？」

「如果是要研究魔導具或魔法陣，也許該選擇與多雷凡赫合作。但這次因為要研究神祇的加護，而多雷凡赫似乎沒有學生得到複數眷屬神的加護……」

「唔唔……那不然一起研究魔導具吧。」

還以為賈鐸夫死心了，結果完全沒放棄。賈鐸夫開始招攬我，歡迎我加入他的研究室，我忙不迭搖頭。

「我已經決定要加入赫思爾老師的研究室了。」

畢竟我有很多事情都打算請赫思爾幫忙隱瞞，她又是艾倫菲斯特的舍監，不用擔心研究內容被他領偷走。最重要的是，她那裡還有斐迪南的弟子雷蒙特在，方便我聯絡斐迪南，加護的研究與圖書館魔導具的製作也能同時進行。關於製作錄音魔導具、向斐迪南送去叮嚀小語的計畫，我可還沒有放棄。

「但赫思爾的研究室……不，我這裡有更充足的研究經費，原料品質也很好。」

「這樣啊。可是，我目前並不缺乏研究經費。」

賈鐸夫會這麼說，代表赫思爾因為沒有來自領地的援助，研究經費並不多吧。雖然斐迪南曾說他一直有在提供資助，但我不認為赫思爾會完全仰賴他的幫忙。既然以後要經常去她研究室打擾，或許我也該提供援助。

……但比起金錢方面，好像更該改善生活方面的品質。比如三餐與睡眠時間。

「因為羅潔梅茵大人的想法總是與眾不同，能夠激發人研究的渴望，真可惜哪。」

賈鐸夫一臉惋惜地放棄招攬。看到賈鐸夫就如同斐迪南告訴過我的，十分懂得適時收手，讓我對他有些好感。

「我對紙狀的魔導具很感興趣。等到有時間進行研究的時候，希望能與多雷凡赫一起研究呢。」

「噢，紙狀的魔導具嗎……比如研究哪些魔獸的皮適合製作嗎？」

「不，我想研究能否使用魔獸皮以外的原料，製作紙狀魔導具。」

賈鐸夫的雙眼倏然發出精光，微笑道：

「這個研究我也有興趣。原來如此，這方面的研究比起戴肯弗爾格，與多雷凡赫合作確實更適合。那我們就一起研究吧。」

「可是我今年很忙……」

我這麼婉拒後，賈鐸夫一臉不解地歪過頭。

「艾倫菲斯特不只羅潔梅茵大人一名文官吧？指示其他文官參與研究不就好了嗎？羅潔梅茵大人是領主候補生，本就不可能參與所有研究。」

但加護儀式的研究因有王族的指示，倒是另當別論——賈鐸夫這些話猶如當頭棒喝，我不由得茫然地看著他。我一直以為研究都要自己來，原來可以丟給別人嗎？

「對領主候補生來說，最重要的是如何讓領地蓬勃發展。妳既已修習文官課程，有時當然需要自己研究。但是，若不把自己非參與不可的研究，與交給他人也無妨的研究分開來，所有研究都將無法順利進行。羅潔梅茵大人，妳的觀點經常十分有意思。妳應該盡量把研究工作分配給其他文官，自己則負責察看進度報告、下達指示，最終在研究結果出來後，思考活用之法。至少在多雷凡赫都是這麼做。」

賈鐸夫提醒我，領主候補生若把所有研究工作都攬下來，其他文官將無法成長，我才驚覺自己正在做和斐迪南一樣的事情。

「紙張的研究請與多雷凡赫合作吧，我對領內的原料之豐富很有自信。」

「那真是太棒了，因為艾倫菲斯特在這一方面還有待加強。」

「況且我在貴族院當了這麼多年老師，手邊的調合工具早已多到數不清。」

聽到賈鐸夫說就算是比較久以前的研究也沒問題，我不禁眉開眼笑。

「真希望有機會親眼目睹呢。我對以前的課程安排很感興趣，像是在改成一年級就要取得思達普之前，學生是怎麼上課的。」

「嗯、嗯。現在就連老師當中，也很少有人是畢業時才取得思達普哪。」

「關於以前是怎麼上課，雖然有學生留下來的參考書，但連在圖書館裡頭也找不到老師留下的任何資料。每個年級要學習哪些內容，又是怎麼上課，真希望有老師編寫的教學手冊可以看呢。」

「在研究紙張的時候，我可以趁著空檔與妳說一說。」

「真的嗎？我太期待了。」

結果我就這麼被說服，說好了艾倫菲斯特與多雷凡赫要一起研究紙狀魔導具。

最終，我通過了一門學科課與兩門調合課，然後離開賈鐸夫的研究室。

「……所以就是這樣，結果變成了也要與多雷凡赫進行共同研究。」

「簡直莫名其妙！」

回到宿舍，在交誼廳內報告我今天的考試結果後，韋菲利特立刻這麼咆哮。雖然他氣得橫眉豎目，但我也很無奈，因為我也不曉得事情怎麼會變成這樣。明明我只是在與賈鐸夫閒聊，提到想研究魔導具紙、想看教師整理的教學資料，結果不知不覺間就變成了要一起研究。

「韋菲利特哥哥大人、夏綠蒂，兩位都會幫忙處理印刷與製紙業的業務吧？那麼當作是業務的延伸，我想請兩位研究紙張。比如用領內魔樹製成的紙張，有多大程度可以當作魔導具使用，以及該怎麼改良才能真正製成魔導具……我覺得艾倫菲斯特很適合做這方面的研究，你們覺得呢？」

我看向韋菲利特與夏綠蒂的見習文官們。伊格納茲與瑪麗安妮面面相覷。

「……羅潔梅茵，妳想讓我與夏綠蒂的文官負責這項研究嗎？」

「是啊。因為羅德里希與菲里妮正忙著蒐集與編寫故事，他們又是取得了複數加護的中級與下級貴族，所以一定要加入加護儀式的研究才行。而且我想這正是一個好機會，讓其他人知道除了我以外，哥哥大人與夏綠蒂也投注了很多心力在製紙業與印刷業上。」

這些事不能由我獨占。為了消除領主都把工作丟給異母弟弟與養女的負面傳聞，最好用肉眼可見的方式，讓大家知道親生孩子們有多麼努力、負責哪些工作。

「當然，如果文官已經在研究其他主題，我不會要求他們改為研究紙張。只是因為製紙業與印刷業是艾倫菲斯特的主要產業，我才覺得應該優先詢問領主候補生的近侍們。」

「那如果我與夏綠蒂的見習文官都拒絕，妳打算怎麼辦？」

韋菲利特這麼問我後，我轉頭看向還未獻名、預計納為近侍的繆芮拉。她正一臉陶醉地看著艾薇拉寫的書。

「我會讓繆芮拉負責主導，然後把研究工作分配給舊薇羅妮卡派的見習文官。他們現在因為不需要獻名了，無法成為近侍。但是，若能藉由參與主要產業的研究工作，成為領地需要的人才，未來的發展會大不相同吧。」

雖然免於遭到處刑，但他們仍有犯過罪的家人。在貴族院時還好，但由於以往本該連坐受罰，一旦回到領地，很可能要面對旁人的冰冷目光。若能以顯而易見的方式展現出他們對領地多有貢獻，或許不久後大人們的態度也會有些改變吧。

「嗯……」

「如果要由哥哥大人與夏綠蒂的見習文官主導，最好盡快接受巴托特與卡珊朵拉的獻名喔。藉由交付領主一族近侍該做的工作，讓他們能把其他近侍視為同伴，同時也可以利用他們與派系的關係，邀請舊薇羅妮卡派的見習文官一起幫忙研究，我想這是最理想的結果。」

我說完後，韋菲利特看向站在一旁的伊格納茲。

「你覺得如何？現在有在研究的主題嗎？」

「不，我也還在煩惱畢業要發表什麼研究，尚未作好決定。既然這能為韋菲利特大人盡一分力，請把紙張的研究交給我們吧。」

伊格納茲說完，韋菲利特點點頭。

「好。那就由我的見習文官伊格納茲與巴托特，主導紙張的研究吧。」

「哥哥大人，請別忘了我的近侍唷。瑪麗安妮，可以麻煩妳嗎？」

「當然沒問題，夏綠蒂大人。」

瑪麗安妮點頭微笑。這下子似乎也能與多雷凡赫進行共同研究了。

「若要著手研究，首先得接受他們的獻名吧。」

「土之日我將與近侍們一起去採集繆芮拉獻名需要的原料。為了巴托特與卡珊朵拉，兩位要不要也派出護衛騎士同行呢？畢竟兩人分別是文官與侍從，很難自己取得適合獻名的原料吧。」

尤其預計要獻名的人，現在與其他舊薇羅妮卡派的孩子也變得有些疏遠，我便建議將要接受獻名的主人應該多幫幫他們。

「姊姊大人，您還是老樣子觀察入微呢……娜塔莉，請妳去問問卡珊朵拉土之日有什麼安排吧。請邀請她一起去採集獻名所需的原料。」

夏綠蒂的護衛騎士娜塔莉立即離開多功能交誼廳，韋菲利特也派了亞歷克斯去找巴托特。這下子似乎也成功防止了學生遭到孤立。

我正感到安心時，聽見谷麗媞亞出聲喚了優蒂特。她們兩人稍微走開後，不知道講了些什麼。

「那個，羅潔梅茵大人……」

似乎是谷麗媞亞請她幫忙傳話，優蒂特回到我面前來，表情有些困惑地開口。

「優蒂特，怎麼了嗎？」

「谷麗媞亞說她也想獻名，希望土之日去採集時可以同行。」

「……咦？可是，谷麗媞亞的家人不是……」

不是沒有遭到處刑嗎？她應該沒有必要獻名才對。

「黎希達，我想與谷麗媞亞當面談談，可以嗎？」
「現在有好幾名護衛騎士在，只是談話的話沒關係。」

谷麗媞亞的苦衷與原料採集

請人準備好房間，此刻我正與谷麗媞亞面對面。她和優蒂特一樣是四年級，比我大一歲。由於成績向上委員會剛成立時，優蒂特他們那一屆組成了二年級組，比起從一開始就按專業課程分組的其他高年級生，整個年級的人感情都很好。大概是因為這樣，谷麗媞亞整個人有些躲在優蒂特後面。這種膽小畏怯的模樣在貴族中真少見。

谷麗媞亞有著一頭灰髮，總在背後綁成一條麻花辮。她與莉瑟蕾塔一樣，頭髮整整齊齊得挑不出任何缺點，而且可能是不想引起別人注意，穿著也很樸素。不過，她的發育與同齡的人相比十分早熟，總讓人不由自主往她的胸前看去。

「谷麗媞亞。」

「是、是。」

我出聲叫喚後，谷麗媞亞立刻往前一站，但個性確實如同聽說過的內向畏縮。雖然乍看下若無其事地站著，但她身前交疊的指尖與回話聲都在顫抖。

「優蒂特跟我說了，她說妳想向我獻名。」

「是的，請您接受我的獻名。」

「還請告訴我理由，因為谷麗媞亞如今不需要獻名了吧？」

谷麗媞亞露出慌亂的眼神，先是看向馬提亞斯與勞倫斯，然後垂下眼眸。

「……因為我想要有庇護者。」

「庇護者嗎？那我……」

那我可以當，妳用不著獻名啊——我正想這麼說時，猛然想起大家說過除非獻名，否則我不能納舊薇羅妮卡派的孩子為近侍，於是沉默下來。

「我就只能、趁現在了。」

谷麗媞亞倏地揚起頭，一臉走投無路地看著我。她抬頭以後，我總算清楚看見了平常一直隱藏在劉海底下的那雙藍綠色眼睛。

「我只有現在這個機會了。」

「谷麗媞亞，對不起。妳這樣說我不明白。」

我這麼回應後，谷麗媞亞抿緊雙唇，遞來防止竊聽的魔導具。

「我不想讓其他人聽見自己的家庭狀況。」

我看向黎希達，無聲地問：「我可以接下來嗎？」黎希達想必明白了我的意思，下指示說：「布倫希爾德，若檢查後確認魔導具沒有問題，再交給大小姐吧。」

如今近侍們對於我要觸碰的東西都非常小心，一定會先檢查有沒有毒、有沒有可疑的魔法陣，然後才放心交給我。眼看各種檢查進行得非常迅速，我不禁佩服起來，現在就連檢查有無下毒這些事大家都很習慣了呢。

見我握緊防止竊聽的魔導具後，谷麗媞亞接著開口。她向我坦承的事情極具衝擊性，確實需要使用防止竊聽魔導具。

「其實我……是在神殿出生的孩子。」

「咦？」

「從小到大，家裡的人都告訴我，我的親生父母是神殿的青衣神官和青衣巫女。」

始料未及的身世讓我目瞪口呆，只能愣愣聽著谷麗媞亞訴說。她說那是肅清還沒發生、神殿也還沒有魔力不足之前的事情，當時神殿裡的青衣神官及巫女還相當眾多。在我印象中青衣神官都是沒什麼魔力又上了年紀的人，原來以前曾經不是這樣。

在那樣的背景下，中級貴族出身的青衣神官與青衣巫女悄悄相愛了。兩人雖想瞞著眾人，但女方懷有身孕後，這件事自然紙包不住火。

「但是，只要待在神殿便無法結婚。聽說當時我的生母曾提出請求，希望能讓兩人各自回到老家再成婚。然而，她只得到了『不是貴族的青衣巫女在說什麼?!』的回覆，請求並沒有被接受。之後生母更馬上被帶回老家，軟禁在別館裡好掩蓋這起醜聞。據說自那之後，生母再也沒有見過曾是戀人的青衣神官。」

谷麗媞亞說她在別館出生後，一直在那裡住到受洗為止。而那幾年生母總是不停抱怨，說如果自己沒有懷孕，待在神殿會更自由、更幸福。

「生母總是跟我說，從前她在神殿不只有老家的援助，也有領主大人提供的補助金。去各地舉行儀式時，居民也會討好身為青衣巫女的她，送上錢財與各種物品。跟老家派來別館監視她的人不同，侍從也都是對自己俯首聽命的灰衣神官和灰衣巫女，在懷上我之前還有心愛的人陪在身邊，過得非常幸福。」

後來，政變過後發生肅清，許多貴族在徵召下前往中央，因貴族人數不足，原本被送到神殿的孩子們便回到了貴族社會。在此之前一直被當成下人養大的谷麗媞亞，也接受了魔力量的檢測。她於是因此離開別館，並在受洗時由生母的兄長及其第一夫人成為她的父母，為將來的聯姻鋪路。

「舉行洗禮儀式的人會成為名義上的父母，但在我受洗之後，父母親從來不曾疼愛過我。他們總是對我再三告誡，說我身為聯姻的籌碼，行為要得體、不能發生像生母那樣的醜聞。兄弟也總嘲笑我是在神殿出生的孩子、髮色就和老太婆一樣；身體開始發育以後，也因為我比較早熟，他們經常揶揄調侃，私底下一直欺負我。」

谷麗媞亞緊緊捏住裙子。之前除了我以外，我都不曉得還有人也靠著洗禮儀式洗戶籍，但受到的待遇居然與親生子女差那麼多。

……把我當成親生孩子一樣照顧的母親大人，真的很了不起呢。

艾薇拉不僅為我整理房間、訂做洗禮儀式的衣裳，教育上也非常用心，讓我能夠表現得像是上級貴族的女兒。哥哥他們也從來沒有欺負過我，親族更願意當我的後盾。就算撇除即將成為領主的養女這個理由，我也覺得自己備受疼愛。

「我們家是中級貴族，在派系裡頭只能奉命行事，並不負責擬訂計畫。為了讓家族的地位更加穩固，他們會為我找好結婚對象。對方會是地位比我們高一些的貴族，而我將嫁過去當第二或第三夫人。可是，我從未對此心生不滿。」

對外絕不會有人說出她是「在神殿出生的孩子」。即便是策略聯姻，出了家門，旁人都當她是一般貴族的女兒。谷麗媞亞說她曾經心想，就算年紀差距大到能當父女也無所謂。

「先前聽到唯有獻名才能活命時，我還覺得這簡直是諸神伸出的援手。因為這是我可以與那一家人斷絕關係、自己選擇主人的寶貴機會。羅潔梅茵大人既是神殿長，又是願意拯救孤兒的艾倫菲斯特聖女，我想您就算知道了我其實是在神殿出生的孩子，也能夠不帶歧視地接納我吧。」

但谷麗媞亞十分擔心，自己身為侍從的能力恐有不足，所以在我同意她可以負責幕後的工作後，她感到非常安心。

「然而，我的父母並沒有遭到處刑。我本來還心想，要是他們因為肅清而被處刑的話，我就可以佯裝悲傷，向您獻名了。」

當舊薇羅妮卡派的孩子們都很高興家人保住了一命時，谷麗媞亞說她雖然努力擠出笑容，內心卻感到絕望。

「……父親大人雖然免於遭到處刑，但我很確定他犯了重罪。因為儘管負責謀劃與下令的另有其人，但我曾親眼看到父親大人非常煩惱，說他無法違抗接到的指令。」

說到這裡，谷麗媞亞吐出大氣。

「貴族若犯了重罪，哪有人願意迎娶他的女兒呢？如果為了讓家人的處境好一點而把我當成聯姻的籌碼，您能想像到我的下場嗎？幾乎是不可能嫁到願意善待我的人家吧。由於我在家裡始終遭到輕視，所以非常擅長看別人的臉色、預想最糟糕的情況。悲哀的是，每次我所預想的對自己來說最糟的結果，往往有很高的機率成真。」

谷麗媞亞說她下定決心獻名、為此感到高興的時候，曾經心想「萬一家人沒有遭到處刑，這將是最糟糕的結果」。結果竟然成真了──她垂下腦袋說。

「谷麗媞亞，妳一旦獻名，性命將掌握在主人手裡，主人若是失勢，妳也會受到波及喔。當然我會小心別讓這種事情發生，但就好比薇羅妮卡大人失勢了一樣，我也不敢保證自己不會落到同樣的下場。做為庇護者，我還是有些不足。這些事妳也仔細思考過了嗎？」

總覺得谷麗媞亞太高估我了，而且她好像一心只想著藉由獻名逃離家人，完全沒有考慮過這件事的壞處，因此我忍不住開口提醒。

「我已經問過羅德里希與優蒂特了。就連平民的專屬樂師與廚師，羅潔梅茵大人都會小心留意，不讓他們被人欺負。而且您也會幫忙周旋，不讓羅德里希與家人接觸到吧？我相信自己做了正確的選擇。」

谷麗媞亞露出淡淡微笑說：「我好歹是見習侍從，會蒐集自己需要的情報。」接著她突然正色。

「趁著家人都不在身邊，我只有現在這個機會了……我聽說羅潔梅茵大人的侍從人數不多。就算要我服侍您一輩子，不能嫁給任何人也沒關係，我反而求之不得。懇請您接受我的獻名。」

谷麗媞亞的藍綠色雙眼非常認真，感受得到她真的沒有退路的迫切。

「我之前就已經做好了要接受妳獻名的心理準備。既然谷麗媞亞的決心這麼堅定，我便接受妳的獻名吧。」

「感謝羅潔梅茵大人。」

谷麗媞亞忽然露出了柔和的笑容。我不由得心想，為了讓谷麗媞亞能夠抬頭挺胸面帶笑容，我身為主人得努力才行。

把防止竊聽的魔導具還給谷麗媞亞後，我向在場的近侍們宣布，自己將接受谷麗媞亞的獻名。

「土之日一起去採集繆芮拉與谷麗媞亞需要的原料吧。」

「遵命。」

大家這麼回應後，馬提亞斯露齒一笑。

「那我們先回多功能交誼廳，由我來說明如何採到品質足以當獻名石的原料吧。我知道有個採集方法很有效率。」

返回交誼廳時，韋菲利特與夏綠蒂都一臉擔心地望過來。我投以微笑後，告訴大家接下來要說明如何取得獻名石所需的原料。

「馬提亞斯說，他知道有方法可以取得高品質的原料喔。」

「當然採集區域裡很少有像軛拿斯巴法隆那樣的魔獸，可以取得屬性數與魔力含量皆很高的原料，況且那種魔獸基本上都很難應付，不適合文官與侍從進行採集。所以，雖然會多花點時間，但最好還是採用能確實取得原料的方法。」

要是採集區域裡會出現像軛拿斯巴法隆那樣的魔獸，根本不是只有恐怖兩字能形容。馬提亞斯說完，我點了點頭。由於馬提亞斯要教的是他獨有的採集方法，不光預計要獻名的孩子們，其他學生也湊過來聆聽。

「所以要怎麼採集？」

韋菲利特開口催促後，馬提亞斯開始說明。

「首先到了採集場所，要先讓妥伽尼曼的果實染上自己的魔力再採集。讓魔獸吃下去後，魔獸就會因為果實裡的魔力而變大，這時再打倒魔獸取得魔石。羅潔梅茵大人一年級與戴肯弗爾格比迪塔的時候，曾使用這個方法讓魔獸變大，我便學起來了。」

採集區域裡頭，似乎有魔樹具有與瑠耶露果實一樣的效果。

「但麻煩在於，妥伽尼曼的果實只能吸收一種屬性的魔力，所以到時候得根據自己的屬性數為果實染上魔力。」

由於得分離出單一屬性為果實染上魔力，因此他說能夠採用這個方法的，只有三年級以上、已經學會如何分離魔力屬性的學生。幸好這次必須獻名的人都已經三年級以上，所以沒有問題。

「見習騎士先削弱魔獸的力量後，再讓魔獸吃下盈滿了魔力的妥伽尼曼果實，趁著牠才剛變大、還沒適應變化的時候給予致命一擊，便能取得魔石。」

「……原來是這樣，確實得花不少時間。我雖然也想要高品質的魔石，但這次可能還是算了吧。」

韋菲利特表示不同行後，萊歐諾蕾微微蹙眉，看向他與夏綠蒂。

「巴托特他們在為妥伽尼曼果實染上魔力的時候，不僅需要有人在旁邊保護，還得先把魔獸的力量削弱到只剩最後一擊就能殲滅，這得出動不少騎士才行。韋菲利特大人、夏綠蒂大人，請問兩位願意借出幾名護衛騎士呢？」

「姊姊大人會留幾名護衛騎士在宿舍呢？」

夏綠蒂看向我問。我還不曉得土之日的行程，便看向萊歐諾蕾，用眼神問她有什麼打算。萊歐諾蕾盈盈微笑。

「護衛騎士預計全員同行，因為主人羅潔梅茵大人也將一同前往。」

「……萊歐諾蕾，我之前怎麼沒聽說呢。」

「我也是聽完馬提亞斯的說明後下了決定，現在才告訴您。」

萊歐諾蕾答得從容自若，接著列出需要我同行的理由。

「想請羅潔梅茵大人同行的理由有如下幾個。首先，我不想讓護衛騎士分散開來。再來，是要讓妥伽尼曼的果實染上魔力很花時間，所以這段時間我想請羅潔梅茵大人在採集場所裡變出舒翠莉婭之盾，保護學生。因為就算有見習騎士在，要一邊時時保護四名學生一邊討伐魔獸，實在不太可能。」

如果我能用舒翠莉婭之盾覆蓋住妥伽尼曼樹，確實見習騎士們就能毫無顧忌地討伐魔獸，其他人也能專心為果實染上魔力。我以前為瑠耶露果實染上魔力的時候，因為不能擋到月光，無法使用舒翠莉婭之盾，導致過程相當辛苦。

……第一年還失敗了呢。

「此外，有這麼多人前往採集，採集結束後也許需要羅潔梅茵大人的祝福。最後，這也是為了減少羅潔梅茵大人體內的魔力。藉由長時間使用舒翠莉婭之盾、對採集場所施展治癒，應該能減少一些魔力吧。」

……嗯，最後的理由非常重要呢。

想起艾倫菲斯特送來的魔石減少了不少，我重重點頭。

「如果可以待在姊姊大人變出的盾牌裡採集，那我也一起去吧？」

「夏綠蒂大人？」

「因為光是染上自己魔力的妥伽尼曼果實，也是很珍貴的原料吧？」

「嗯，那我也一起去吧。雖然沒辦法讓魔獸吃下去後，再討伐魔獸變成魔石，但我也想要妥伽尼曼的果實。」

結果，由於可以待在我設下舒翠莉婭之盾的安全範圍裡採集，再加上盡情採集後我還會給予祝福治癒採集場所，最終演變成除了還沒開始上調合課的一年級生外，宿舍裡的所有人都一起去採集。目前還在術科課上練習變出騎獸，也還沒開始上調合課的一年級生們只能一臉羨慕。

「畢竟沒有騎獸就去不了採集場所，一年級生今年只能留在宿舍了。請期待明年吧。」

「羅潔梅茵大人，我已經可以變出騎獸了。而且我是護衛騎士，這次請一定要帶我同行！」

絕對不能丟下我！泰奧多眼神殷切地朝我看來。真的和優蒂特一模一樣。

「泰奧多，可是你騎獸還沒有操控得很熟練，也可能會礙手礙腳喔？我覺得你還是別去比較好。」

看到優蒂特擺出姊姊的樣子這麼說，我有點想笑。因為如果是優蒂特有可能被留下來，她肯定會淚眼汪汪地懇求：「拜託帶我去！」我邊想像那幅畫面，邊笑著下達許可。

「見習騎士還是人多一點比較好，就讓泰奧多同行吧。」

「感謝羅潔梅茵大人。」

泰奧多鬆了口氣地向我道謝後，露出有些得意的笑容。

確定了要同行的見習騎士共有多少人後，萊歐諾蕾、亞歷克斯與娜塔莉帶著其他人開始討論具體細節，比如要怎麼運用舒翠莉婭之盾、怎麼進行採集、要排除哪些魔獸，又要削弱哪些魔獸的力量好取得魔石等。

負責討論的基本上是見習騎士。菲里妮看著他們，忽然拍了下掌心。

「羅潔梅茵大人，那我們來準備便當吧。現在採集場所沒有積雪，天氣也很溫暖，等您設下盾牌，大家就可以悠哉地吃便當了。」

至今因為魔獸會頻繁出現，根本沒有這種閒工夫，但有了舒翠莉婭之盾的話，就能在採集場所吃便當了吧——菲里妮一臉雀躍地這麼提議，夏綠蒂也開心附和。

「哎呀，這真是好主意。那我想吃鹹派。」

「夏綠蒂大人，那還得準備熱茶才行呢。」

我與夏綠蒂的近侍們都決定要帶便當後，土之日的採集瞬間變成了像是大家要一起去野餐。

「肉派也不錯呢。」

「哎呀，三明治更方便食用吧？」

「唔，我也要命人準備！」

看到我與夏綠蒂的近侍們開心地討論起來，韋菲利特便表示他也要加入野餐行列，到最後參加的人越來越多。感覺已經不是採集，而是宿舍裡的人要一起去遠足了，只見一年級生們臉上的怨氣越來越重。由於他們只能留在宿舍，最好也請雨果與艾拉為他們準備美味的餐點吧。

「姊姊大人，您打算請廚師準備什麼呢？」

……說到便當，當然是飯糰啊。

我沒有說出心裡話，只是回答：「剛才大家提到的都很不錯，真教人猶豫呢。」

一眨眼便到了土之日。

幾名見習騎士先去了採集場所將魔獸大略驅散後，再前來呼喚我們。大家於是熱熱鬧鬧地前往已經安全無虞的採集區域，我能自由變換大小的小熊貓巴士裡塞滿了大家的便當。

在妥伽尼曼樹周圍變出舒翠莉婭之盾後，接著便開始採集。見習騎士們在盾牌外對付之後要取魔石的魔獸，削弱牠們的力量；在我身邊待命的護衛則是泰奧多。

「請握住妥伽尼曼的果實，注入魔力。要注意只能注入一種屬性的魔力喔，直到完全變成屬性的顏色為止都不能停下來。」

大家各自都握著妥伽尼曼的果實注入魔力。我也握了顆果實。和瑠耶露那時一樣，自己的魔力遲遲難以注入妥伽尼曼的果實裡，但我一鼓作氣，染好了三顆果實。這種時候當然不能老實地每種屬性都做一顆果實吧。

「羅潔梅茵大人，我的魔力完全灌不進去……」

看到採集了三顆果實的我，繆芮拉愁眉苦臉地這麼說道。熟悉的對話讓我感到十分懷念，看著自己的果實輕笑起來。

「因為魔樹也是有生命的，反抗非常激烈吧？妳也只能邊喝回復藥水，邊慢慢染上自己的魔力了。」

採了三顆果實後我就有些累了，於是回到小熊貓巴士裡休息。雖然用過尤列汾藥水後身體變得健康一些，但若太過操勞，肯定還是會病倒。只不過，自從比較少壓縮魔力，並降低濃度把魔力舒展開來後，我覺得身體狀況變好了一點。

……這麼說來，以前好像曾有人說，魔力若累積過多對身體不好。

希望這樣的身體狀況可以繼續保持，直到過完今年的貴族院。我這麼心想著，開始在小熊貓巴士裡看書。不僅有明媚的陽光灑落，還能靠在微微向後傾斜的柔軟座椅上，用這種方式度過假日真是太悠閒了。

雖然我只負責一邊看書一邊維持盾牌，但想要獻名的人都取得了魔石，在熱鬧氣氛下享用的便當也很美味。

真是開心的一天。

傅萊芮默老師的考試

文官課程得收到老師通知的考試日期才能繼續進行。之前用奧多南茲向文官課程的老師們預約了考試時間後，隨著進入新的一週，開始陸續收到回覆。我與侍從一起調整考試的時間，發現目前還未收到傅萊芮默的回覆。

由於傅萊芮默至今一直視艾倫菲斯特為眼中釘，每年都故意刁難我們，所以我也預期她可能會藉著老師的權限，想盡辦法找我麻煩。比如：「真遺憾，我最近忙得分身乏術，沒時間為妳安排考試呢。」或者「我從沒收到過奧多南茲或任何一封信。」

「不知道傅萊芮默老師今年又會怎麼刁難呢？」

我與大家討論著傅萊芮默可能會使出的手段時，菲里妮一臉煩惱地以手托腮。

「有了去年的經驗，老師應該也知道就算出些不在考試範圍內的題目，羅潔梅茵大人也能順利過關。況且憑魔力量的多寡、取得的加護量，以及您上音樂課與奉獻舞課時給出的祝福，艾倫菲斯特的聖女這個稱號已經是無庸置疑。即便對此提出質疑，也只會招來旁人的冷眼，老師要想到方法能刁難您也真是不容易呢。」

聽了菲里妮有些答非所問的回答，布倫希爾德苦笑著開口道：

「即便如同羅潔梅茵大人的猜想，傅萊芮默老師無意為您安排考試時間，但只要能在最終測驗那一天通過考試就好了吧？其實也可以把傅萊芮默老師的考試往後安排，先投入社交活動與研究。」

「如果只想拿到合格成績的話，這麼做倒是無所謂……」

可是，要是我拖到最終測驗那一天才通過考試，導致評分因此下降，無法取得與斐迪南說好的最優秀表彰的話，那可就麻煩了。總之，我先向赫思爾送去奧多南茲說：「赫思爾老師，我若不通過所有考試就無法去您的研究室，也無法與大領地進行共同研究，請問您有沒有什麼好方法呢？」現在只好期待一下老師們的情報網了。

這天早餐過後，在上午的課開始前，我與韋菲利特以及夏綠蒂的近侍們聚集在交誼廳裡，為了與多雷凡赫的共同研究要先討論出大概方向。

「因為在上賈鐸夫老師的課時，他可能會提出這方面的問題，所以關於共同研究，我想先決定好大概的方向。」

「羅潔梅茵，關於與多雷凡赫的共同研究，和見習文官們一起討論固然重要，但妳不需要先與父親大人商量嗎？」

「在每天寄回去的報告書裡，我曾提到過接下來哥哥大人與夏綠蒂的近侍會帶頭主導，與多雷凡赫進行共同研究喔……可是，貴族院的學生要做什麼研究主題，不需要向奧伯徵求同意吧？我不認為有商量的必要呢……」

關於學生要做什麼研究，貴族院裡應該沒有人需要向領地報告或是徵求同意。見我偏頭不解，韋菲利特與夏綠蒂互相對望。

「一般是沒有必要，但因為這件事是妳和別人談好的，光憑這一點就覺得跟一般的學生研究不太一樣。」

「而且既然要研究紙張，勢必會牽扯到艾倫菲斯特的主要產業。姊姊大人，我覺得最好還是與父親大人及母親大人商量一聲喔。」

聽到兩人都這麼說，我回答：

「總之我已經報告過了，就等領地那邊的回覆吧。不過，我們要與多雷凡赫一起研究的，是如何有效活用以魔樹製成的紙，並不會告訴他們紙張的做法，所以應該不會牽扯到領內的主要產業呢……」

「是嗎？」

「是呀。我們不是用伊庫那的魔樹，做出了非常特殊的紙張嗎？我想請大家研究的，就是這種特殊紙張的用途，以及當魔導具使用時該如何改良才能提升品質，等等諸如此類。植物紙本身的做法則是外交時的重要王牌，所以會由領主在領主會議上進行談判，絕不會出現在貴族院的研究裡。」

我接著轉向伊格納茲與瑪麗安妮說：

「就連做法非常簡單的絲髮精，在加入磨砂這個步驟上也很難完全模仿。製紙的步驟更繁複，也需要非常多工具，他領更是模仿不來吧。最主要是，一般人都想不到那種效果和魔導具一樣的紙張，居然是平民做出來的吧。」

「這點確實沒人想得到，因為魔導具只有貴族做得出來。」

不管是普通紙張還是魔樹做成的紙，在工坊裡頭做法都是一樣的。對此伊格納茲與瑪麗安妮似乎都不敢置信，始終以為帶有魔力的魔導具都是用調合製成。

「之前為了讓植物油的供需達到平衡，我們在領主會議上販售了絲髮精的做法。同樣地，為免過度砍伐領內的樹木，將來我也打算向各領推廣紙張的做法。但既然要賣，各位不覺得售價越高越好嗎？」

我的雙眼亮起精光，看向韋菲利特與夏綠蒂。

「其實這次與多雷凡赫一起研究，目的就是要利用他們，提高艾倫菲斯特紙的價值。平民所做的紙究竟有多大程度能當魔導具使用？怎麼使用會最有效果？當魔導具使用時，又該如何改良才能提升品質？還請兩位徹底進行研究。根據屆時的研究成果，說不定能讓紙張的做法變得更有價值，連帶地售價也能大幅提高。」

「羅潔梅茵，妳現在的表情有點邪惡喔。」

……糟糕，商人的那一面跑出來了？

韋菲利特一臉有些被我嚇到地提醒後，我暫時不再說話，面帶微笑。我的腦袋好像切換到商人模式了，得設法變回來才行。

「為了提升艾倫菲斯特的價值，這也是很重要的事情喔。」

「姊姊大人，既然您已經想得這麼長遠，是不是該由您帶頭進行研究呢？」

「只看研究的話或許該由我來，但我個人最好別與賈鐸夫老師接觸。」

「為什麼？難道他刁難過姊姊大人？」

夏綠蒂臉色忽然一凜，我急忙否認。

「不是的，這是因為就算被問起紙張的做法，伊格納茲與瑪麗安妮也回答不出來吧？這樣比較安全。」

若曾看過製紙業的報告，大腦也許會記得文字所組成的紙張做法，但除非自己實際試做過，否則很難向他人淺顯易懂地說明。

「比較安全？妳這是什麼意思？」

「因為不知道的事情，自然也無從洩露。但我若與賈鐸夫老師一起研究，很可能一不小心就脫口而出，所以一定要防止這種事情發生。」

我很清楚自己的個性粗心大意，講話常常不小心說溜嘴；也知道自己做事不懂瞻前顧後，一點小誘惑就有可能引我上鉤。雖然我現在還能冷靜思考，但一旦與老奸巨猾的賈鐸夫面對面，肯定會傻傻中他的計，說出不該說的話。既然如此，最好從一開始就與他保持距離。

……所謂君子不立危牆之下！指的就是這麼一回事。我稍微成長了呢，唔呵呵。

「那如果賈鐸夫老師問起紙張的做法，我們該怎麼回答呢？」

「這次是要一起研究紙狀魔導具的用途，不需要把紙張的做法告訴賈鐸夫老師。請告訴他，這將是領主會議上的討論事項，所以有興趣的話請自己研究做法。」

「是。」

敲定了共同研究的內容與哪些資訊可以分享給多雷凡赫後，我再請他們向艾倫菲斯特報告討論結果，並請領地送伊庫那魔樹製的紙張過來。

之後，我陸陸續續參加了老師們安排的考試，也一一合格過關。教人驚訝的是，無論我參加哪一門課的考試，老師都會問起艾倫菲斯特與大領地的共同研究。看來這件事已經傳開了。儘管我回答：「這件事尚未得到兩領奧伯的許可，所以還不確定。」但老師們都對我投來懷疑的眼光。好像因為他們的情報來源就是兩位舍監。洛飛與賈鐸夫似乎都想大力促成合作，為了鏟除周遭的阻礙很努力在散播這則消息。

就在這時候，我收到了傅萊芮默以奧多南茲寄來的回覆：「明天上午我可以空出時間。」雖然回覆得比別人慢，但由於我本以為她會無視我，或是回覆我說「沒空，不方便」，因此大吃了一驚。

……我好像有點把傅萊芮默老師想得太壞了。對不起。

看來她就算會刻意刁難我，仍會做好老師該做的分內工作。我一邊在心裡向她道歉，一邊送出回覆說沒問題。緊接著，我也收到了赫思爾寄來的奧多南茲。

「羅潔梅茵大人，我剛才故意對傅萊芮默說，明明大領地與艾倫菲斯特要一起進行研究的消息傳得沸沸揚揚，怎麼羅潔梅茵大人的師父斐迪南大人所前往的亞倫斯伯罕卻沒有半點消息，該不會是舍監的人品有問題吧？所以，我想妳近日內應該會收到她的回覆。」

原來傅萊芮默會回覆我，完全是多虧了赫思爾。我馬上用奧多南茲向赫思爾報告，說我已經與傅萊芮默約好了考試時間，順便向她道謝。

很快地，又有奧多南茲飛了回來。

「妳去找傅萊芮默的時候，記得拿與亞倫斯伯罕的共同研究當誘餌，藉此通過她的考試。至於共同研究的內容，發表妳與雷蒙特一起進行的研究就好了。只要由雷蒙特負責設計，妳負責試做，這樣就稱得上是共同研究。」

她說雷蒙特魔力不多，要做出自己設計的東西很耗時間；而且只要由我負責試做，也能針對圖書館的魔導具進行各種研究。順便她還說了：「妳告訴傅萊芮默，說由於要在我的研究室內進行共同研究，所以需要先徵得舍監的許可，找個適當時機喚我過去。我會幫妳監督她的評分是否公正。」

……赫思爾老師居然這麼可靠！

用奧多南茲與赫思爾往來溝通了幾遍後，我開始可以預見自己通過傅萊芮默考試的未來。我安心地吐出大氣，看向自己的近侍們。

「話說回來，大領地與艾倫菲斯特的共同研究已經傳得人盡皆知，就連傅萊芮默老師也產生了危機意識嗎？那個，不只老師們知道而已？」

如今我已經修完了領主候補生課程，文官課程也都是個別找老師參加考試，所以不會接觸到他領的學生，也就不了解貴族院裡流通的資訊。

「是呀。雖然我沒想到是舍監在積極散播消息，但確實有很多學生都知道共同研究一事，而且好像都覺得這件事情已經談定了。」

莉瑟蕾塔說完，開始會出入專業樓的見習文官菲里妮也用力點頭。

「再加上這些研究成果一旦發表，肯定會受到讚揚。似乎有好幾個領地都向赫思爾老師提出申請，說想要加入與戴肯弗爾格的共同研究呢。」

但是，由於那些領地很明顯只是想與大領地和王族攀關係，以及趁機分一杯羹，所以聽說都被赫思爾以「你們無法提供實例」為由拒絕了。

……至今因為很少採取行動，所以看不太出來，但赫思爾老師真的很優秀呢。

「好像也有很多領地去找賈鐸夫老師，對於與多雷凡赫的共同研究表現出了興趣。不過，賈鐸夫老師似乎會很乾脆地剔除掉已有大概結論的研究成果與沒有能力的人，所以我並不怎麼擔心呢。」

「現在該擔心的，反倒是伊格納茲大人與瑪麗安妮大人的能力能否達到老師的要求。因為任誰都看得出來，老師可是無論如何都想讓羅潔梅茵大人親自出馬呢。」

近侍們所描述的賈鐸夫散發出了非常危險的氣息。

……果然我最好不要接近賈鐸夫老師。

蒐集了消息，了解貴族院近來的情況後，我踏進傅萊芮默在文官樓裡的研究室準備參加考試。我還以為文官的研究室都和赫思爾與賈鐸夫那裡一樣，資料堆積如山、原料和道具彷彿要滿出研究室，原來也有的地方不是。看著眼前整整齊齊的研究室，我不禁發出感嘆。

……嗚哇！整理得真是井然有序。不愧是負責情報蒐集與資料整理這門課的老師呢。

看得出來物品的擺放方式很有自己的原則，而且不容許一絲一毫的誤差，非常符合傅萊芮默給人的感覺。

「羅潔梅茵大人，我就開門見山了。現在貴族院裡到處盛傳，說艾倫菲斯特將與戴肯弗爾格以及多雷凡赫進行共同研究，這是真的嗎？」

不出赫思爾所料，這似乎是傅萊芮默最在意的事情。我從容不迫地微笑以對。

「目前雖然有這個打算，但都還需要徵得奧伯的同意，因此很難說是真的呢。不過，兩位舍監都在大力促成這件事情，所以我想只是時間早晚的問題吧。」

先不說這個了，請老師開始考試吧——我這麼催促後，傅萊芮默立刻眉尾倒豎。

「天呀！羅潔梅茵大人，妳是不是該好好想想自己與亞倫斯伯罕的關係呢？妳的師父將與蒂緹琳朵大人成婚，代表亞倫斯伯罕與艾倫菲斯特將建立起更緊密的關係吧？然而妳竟然如此輕忽亞倫斯伯罕，簡直不合常理。」

「我當然也想仔細思考自己與亞倫斯伯罕的關係，但若不先獲得歌魯克里提的祝福，斐迪南大人便無法收到沃朵施奈莉。真教人傷腦筋呢。」

我避重就輕，暗示若不先通過考試，就無法找師父商量。傅萊芮默瞬間流露出厭惡的神色後，旋即拿出試卷來給我。這次試卷上的題目不像去年那樣蓄意找碴，所以我很快便答完交卷了。

「那麼，我請赫思爾老師過來吧。」

傅萊芮默聽了瞪大眼睛，一臉不明所以。我也故意張大雙眼，以手托腮。

「咦？因為這樣一來，我今年的文官課程便修完了，接下來要討論與亞倫斯伯罕的共同研究吧？我說錯什麼話了嗎？」

「沒、沒有。接下來確實是要討論與亞倫斯伯罕的共同研究，但為什麼要叫赫思爾過來呢？」

大概沒想到我會這麼爽快地要與她討論共同研究一事，傅萊芮默顯得相當無措。這位老師似乎很不擅長應付出乎自己預料的事情。

「因為赫思爾老師是艾倫菲斯特的舍監，討論這種事情時若不請她一同在場，也不好向奧伯報告吧？」

我刻意沒有提及至今與其他領地討論共同研究一事時，赫思爾並沒有在場，只是面帶著笑容火速送出奧多南茲。

「赫思爾老師，我想和傅萊芮默老師討論與亞倫斯伯罕的共同研究一事，請問您有時間嗎？」

「沒問題。」

大概就等著我聯絡，赫思爾用奧多南茲捎來回覆後，馬上便過來了。她看著我與傅萊芮默，輕輕嘆了口氣。

「傅萊芮默，打擾了。話說回來，羅潔梅茵大人，現在既然能討論與亞倫斯伯罕的共同研究一事，代表妳修完今年所有的課了嗎？妳說過修完課之前，無法出入我的研究室吧？」

「今天通過傅萊芮默老師的考試後，我便修完了。啊，還沒打分數呢。要等老師改完分數，才算通過了這門課。傅萊芮默老師，能麻煩您改考卷嗎？」

赫思爾既然來了，我便請傅萊芮默改分數。有第三者在旁監視，她就不能亂打分數了吧。傅萊芮默露出老大不高興的表情看向赫思爾後，在自己的桌上改起試卷。赫思爾在旁看著，順便監督她是否評分不公，接著一臉愕然。

「傅萊芮默，妳……」

「哎呀，真是的。我好像不小心拿錯考試卷了呢。呵呵呵……」

「……但羅潔梅茵大人都答對了，我看也沒什麼問題。」

「天呀！妳說什麼?!」

傅萊芮默眼尾上揚，低頭認真盯起試卷。

「怎麼了嗎？」

「……這份考卷是給五年級生的，羅潔梅茵大人為何答得出來？」

「也沒有為什麼，因為直到最高年級為止的課程內容，斐迪南大人都已經教給我了，所以不管哪個年級的題目我都能作答。」

由於斐迪南一鼓作氣把畢業前會學到的內容都教給了我，老實說，我甚至無法掌握哪裡到哪裡是三年級的範圍。我只是因為考題很正常，便寫下答案。

「斐迪南大人真是亂來……但能跟上的羅潔梅茵大人也真教人不敢置信。」

赫思爾扶著額頭時，傅萊芮默在她身後不斷嚷嚷：「簡直不合常理！」但做事不按常理的不是我，應該是拿其他年級考試卷給我的傅萊芮默，以及把課程內容都教給我好應付她找碴的斐迪南吧。

「那麼考試結果合格了嗎？還是要換成三年級的試卷，我再考一次？」

「傅萊芮默，妳不是要討論共同研究這件事嗎？要讓她再考一次嗎？」

我與赫思爾一前一後夾攻，傅萊芮默脹紅了臉，歇斯底里地大喊：「不用再考了！」接著為了討論共同研究，她動作有些粗魯地往椅子坐下。那種坐法只會害自己屁股痛而已，但也讓人明確感受到她的怒火與不快。

但是，我刻意不調節氣氛。我與赫思爾毫不理會一臉不悅的傅萊芮默，組成絕不察言觀色的拍檔，討論起共同研究一事。

「赫思爾老師的研究室那裡因為有雷蒙特在，所以想要與亞倫斯伯罕一起進行研究應該不難。雷蒙特是斐迪南大人的弟子，現在應該也成為他的近侍了。只要由我與雷蒙特一起研究魔導具並發表成果，便稱得上是共同研究。」

我一說完，傅萊芮默立刻尖聲大叫。

「天呀！這麼做會被當成是赫思爾的研究吧！這才不算是與亞倫斯伯罕的共同研究！」

「不，這次的研究本就是由雷蒙特主導，所以領地對抗戰時也會在亞倫斯伯罕發表成果。但由於赫思爾老師同時是斐迪南大人與雷蒙特的師父，我又是斐迪南大人的弟子，所以我認為赫思爾老師的研究室是最佳的研究地點。」

說完，我對傅萊芮默投以微笑。

「不過，教人傷腦筋的是，赫思爾老師與雷蒙特一埋頭研究起來，極有可能會忘了向亞倫斯伯罕報告進度。傅萊芮默老師也知道，赫思爾老師認真投入起研究時是什麼樣子吧？」

「嗯，是呀。赫思爾一旦開始埋頭研究，絕不可能確實報告進度。」

大概因此吃過苦頭，傅萊芮默搖頭皺眉。赫思爾則是面帶笑容，一派事不關己。

「所以若要進行共同研究的話，我很希望有飛信女神沃朵施奈莉，願意幫忙聯絡人在亞倫斯伯罕的斐迪南大人。」

只要表面上裝作是為了共同研究得與師父商量，想聯絡到斐迪南應該會比較容易。再者若採用可以保住傅萊芮默顏面的做法，請她負責與亞倫斯伯罕聯繫，就能多一條管道

與斐迪南聯絡。當然了，傅萊芮默肯定會監視與檢查內容，所以只能送出被她看到也沒關係的消息，但除了雷蒙特外，能多條聯絡管道總是好的。

「如今斐迪南大人前往了亞倫斯伯罕，為了加深兩領的關係，讓共同研究能獲得成功，不知傅萊芮默老師身為亞倫斯伯罕的舍監，是否願意成為沃朵施奈莉呢？」

屆時不僅可以查閱所有報告，還能在加深兩領的關係上擔任重要角色，傅萊芮默對此似乎相當滿意。對於我的邀請，她彎起嘴角微笑。

「好吧。這次便由我負起舍監的職責，向領地報告。只不過，羅潔梅茵大人，請妳小心別再做出不合常理的舉動，否則會讓亞倫斯伯罕與艾倫菲斯特的關係產生裂痕，也會給斐迪南大人造成困擾唷。還請妳謹言慎行。」

「看來事情順利談完了吧。」赫思爾這麼說著站起來，催促我離開。我正要與她一起走出研究室時，傅萊芮默冷不防問我：

「羅潔梅茵大人，妳最近身體還好嗎？有沒有什麼變化？」

我歪過頭，不明白她為什麼突然這麼問。傅萊芮默惺惺作態地擺出擔心的表情。

「因為羅潔梅茵大人的身體非常虛弱，我只是有些擔心妳能否進行共同研究、參加社交活動。」

「……我的身體是有一些變化。那個，往不太好的方向……」

我不知道傅萊芮默想確認什麼，只是含糊其辭地微笑道。其實我也沒有說謊。我不僅在音樂課上灑出大量祝福，跳奉獻舞時還全身發光，就各方面而言身體確實是往不太好的方向在變化。

「這樣呀。」

傅萊芮默淺淺一笑，雙眼亮起混濁的光芒。給人的感覺不是很好。

赫思爾研究室的專屬圖書管理員

由於修完了今年的文官課程，我馬上遣人去問戴肯弗爾格，想要敲定舉辦茶會的時間。畢竟對方也要考慮很多事情。好比不只藍斯特勞德與漢娜蘿蕾，也要了解我希望能一同出席的克拉麗莎課上得如何了，以及奧伯對於共同研究是否已有回覆等。我請布倫希爾德告訴他們，不必急著回覆。

「奧伯・戴肯弗爾格似乎尚未回覆。因此他們說只要接到領地的回信，會立即告訴我們什麼時候有空。」

當天晚餐後，布倫希爾德向我報告了戴肯弗爾格的回覆。顯然茶會還要一段時間才會舉辦，我看向莉瑟蕾塔。

「那麼從明天開始，我會每天去赫思爾老師的研究室。能請妳們幫忙準備嗎？」

「請交給我們吧。尤其是打掃工具，必須準備得非常萬全才行。得把赫思爾老師的研究室打掃得乾乾淨淨，羅潔梅茵大人才能夠踏進去。」

真教人摩拳擦掌呢——莉瑟蕾塔開始挑選要帶哪些打掃工具，萊歐諾蕾則是立即走出房間，要去問護衛騎士們的行程。我的近侍們太可靠了。

「明天的準備工作就拜託大家了，我要待在秘密房間裡寫信。」

我決定寫信給斐迪南，請雷蒙特轉交。由於該用隱形墨水書寫的事情太多了，不方便待在侍從們看得見的地方寫信。進入房裡的秘密房間後，我用斐迪南交給我的墨水寫了好幾張密密麻麻的信。按著時間順序寫下自己做了哪些事情，也寫下想要商量的問題後，接著重新看了一遍，結果發現連我也覺得莫名其妙。

「我在取得加護的儀式上，走上了最高神祇所在的最高處。赫思爾老師很好奇開口裡面是什麼。後來我站在祭壇上，把底下的魔法陣畫了下來，但這件事可以告訴養父大人嗎？還有，我因為得到太多加護，魔力量超過了思達普能容納的上限，一不小心就會變成祝福釋放出去，害我成天提心吊膽。為了解決這種情況，現在我會刻意減少壓縮魔力的頻率，平常也會盡可能多消耗魔力，但還有沒有什麼好方法呢？……嗯～我、我寫這樣看得懂嗎？相信斐迪南大人一定看得懂吧！」

應該沒問題吧——我這樣說服自己，把信鋪在桌面上，等著墨水變乾。與此同時，我想到了也可以用隱形墨水再寫一封信，請傅萊芮默轉交。交給雷蒙特與傅萊芮默的信分別會花多少時間才送到斐迪南手中？而且真的會送到斐迪南手裡嗎？為了測試這些事情，我再寫了一封信說：「這封信是請傅萊芮默老師轉交。斐迪南大人確實收到了嗎？」等到墨水乾了，文字消失，還得再覆蓋上其實沒什麼意義的內容。

……到底怎樣的內容被傅萊芮默老師看到了也沒關係呢？好難啊。

「夏綠蒂，那我出發去研究室了。」

隔天，我對人在多功能交誼廳裡的夏綠蒂說道。夏綠蒂還沒修完所有的術科課，但今天似乎沒有課要上，正與瑪麗安妮在討論魔樹紙的研究。

「……姊姊大人，您的準備不像要去研究室呢。」

看著莉瑟蕾塔準備好的物品，夏綠蒂眨眨眼睛。此刻推車上堆滿了各種東西，簡直像要去圖書館舉辦茶會。明明只是去研究室，卻帶了這麼多東西，我苦笑說：

「這些都是打掃工具，和我要帶過去的食物。」

那間研究室裡的人都過著極不規律的生活。我把赫思爾研究室裡的慘狀告訴夏綠蒂後，黎希達卻嘆著氣說：「大小姐，您還不是一看起書就會打亂生活作息，一點也沒有資格說唷。」

我笑笑以對，趕緊離開宿舍。這時間學生已經開始上課了，因此走廊上幾乎沒有其他人影，十分安靜。今天與我同行的侍從有莉瑟蕾塔與黎希達，見習文官有羅德里希，護衛騎士則有馬提亞斯與泰奧多。

「我第一次進入文官樓。」

兩名護衛騎士這樣說著，仰望眼前的文官專業樓。進到建築物內部後，馬提亞斯喃喃低語：「這裡跟騎士樓不一樣，很多小房間嘛。」文官樓裡因為很多房間的功能形同倉庫，專門用來保管原料，每位老師又都有自己的研究室，所以房間很多。而騎士樓裡全是訓練設施，在所有專業樓中占地最廣、規模最大，所在地點也最偏僻。聽說建築物內多是大型設施，除了老師們的房間外，幾乎沒有獨立的小房間。

「……嗚嗚，是不是有股奇怪的臭味？」

泰奧多皺起鼻子環顧四周。身為護衛騎士，他雖然克制著自己不要捂住鼻子，但從表情來看明顯很想這麼做。

「泰奧多是一年級生，還沒開始上調合課，所以無法適應吧。這是藥草與原料的味道喔。好幾種原料混在一起，所以味道不太好聞，但不久後你就會習慣的。」

我輕笑著這麼表示後，泰奧多露出懷疑的表情左右張望：「這真的能習慣嗎？」

「沒問題的。等你自己開始製作回復藥水，訓練期間還要像喝水一樣不斷飲用回復藥水後，你就會習慣了。有必要的話，就連味道更重的藥水也敢喝唷。現在這股臭味跟斐迪南大人做的藥水比起來，根本算不了什麼呢。」

泰奧多臉色一僵，表情就像在說：您到底喝了什麼東西?!就是即便好心改良過味道了，夏綠蒂仍以為故意要欺負她的藥水喔。原始版本更是可怕得超出想像。

一來到赫思爾研究室的門前，莉瑟蕾塔便推著裝有打掃用魔導具的推車，搶先進入研究室。

「羅潔梅茵大人，請您在原地稍候。我先確認屋裡的情況能否讓您入內。」

我想起了第一次來赫思爾的研究室時，莉瑟蕾塔曾想使用魔導具強行將地板上的東西一吸而空，赫思爾與雷蒙特不得不手忙腳亂地趕緊收拾。

「……希望這次重要的東西有收好呢。」

「昨夜我已送出奧多南茲，提醒她記得先打掃，重要物品想必已經收好了吧。」

黎希達才剛說完，身後的房門內立即傳來赫思爾慌張的話聲：「莉瑟蕾塔，妳先等一下！」看來就算提醒過了，赫思爾終究以研究為優先。黎希達只是搖頭嘆氣。

「羅潔梅茵大人，讓您久等了。」

莉瑟蕾塔笑容滿面地打開房門，我總算可以進入研究室。只見調合用的桌子上堆滿了大量資料。肯定是赫思爾急急忙忙從地板上救回來的吧。

「赫思爾老師，雷蒙特不在嗎？」

「他現在去上課了。所以關於共同研究，等他來了再仔細討論吧。」

她說雷蒙特也慢慢通過了不少考試，有越來越多的空閒時間，所以最近比較常來露面。

「在他過來之前，請妳先看這邊的資料吧。是與共同研究有關的資料。羅潔梅茵大人若能先有基本了解，討論起來會比較快吧。」

資料看來都是設計圖與筆記，跟接下來要做的東西有關。我看了看桌面上高得彷彿隨時會崩塌的資料小山，再看向書櫃裡整理得有條不紊的資料，猛地轉向赫思爾。

「赫思爾老師，在看之前我可以先整理資料嗎？就像書櫃裡的資料那樣。」

「書櫃裡都是已經研究完畢的資料，而且是斐迪南大人整理的。最先想到要做的事情居然都是整理，你們兩人可還真像。這邊桌上的資料隨妳整理沒關係。」

「……咦？那些資料都是斐迪南大人整理的話，代表已經放在那裡十年了嗎?!」

「斐迪南大人去年這時候不是來拜訪過嗎？為了收走他製作的魔導具。」

原來那時候不只魔導具，他還把判定不能留下的設計圖與研究成果等資料悉數帶走，順便還使喚了尤修塔斯與艾克哈特，讓他們整理資料。

……哇噢，竟然得照顧這麼麻煩的師父，斐迪南大人也真是辛苦。

於是我從書櫃裡拿了一些資料當參考，打算照著斐迪南的分類進行整理。木板是依研究主題整理放在一起，內容則是按著時間順序。而且到處還夾放著成束的羊皮紙，應該是斐迪南的研究。因為字跡沒變，我一眼就認出來了。

……嗯？這是二十個不可思議的研究。

資料裡頭一一列出了尤修塔斯蒐集來的奇聞，還附有簡單的地圖。

……這應該是貴族院的地圖吧？哦哦，原來大致上是圓形啊。

由於很少有機會在寒風中騎著騎獸到處飛行，我對貴族院的面積大小不太清楚。之前我聽黎希達與波尼法狄斯說過，從前在比奪寶迪塔的時候，大家都會掌握貴族院的地形。

……這些圓點一定就是二十個不可思議的所在位置吧。

但地圖上的圓點遠遠超過了二十個，而且不知道做了什麼查證，有的劃○，有的劃×。再加上因為是十年前以上的手繪地圖，陳舊的紙面很有味道，看起來就像張藏寶圖。

然而，二十個不可思議的研究卻非常突兀地中斷了。

「老師，這是斐迪南大人的研究吧？為什麼最後沒有結論呢……」

「那位大人除非是要發表的成果，否則很多研究中途就打住了喔。」

「中途就打住了嗎？」

「是啊。他好像只要知道結果，自己也能接受就滿足了。有的並不會整理成資料留下來，有的則是判定不要留下資料比較好，便刻意不做紀錄。」

她說斐迪南由領地提供經費的研究一定會報告成果，但花自己的錢當作興趣的研究則是很多都不會留下資料。

……枉費這個研究看來很有趣，真想知道結果呢。

我噘嘴心想道，確認了分類與裝訂方式後，合上資料。

「好，我已經掌握了斐迪南大人的分類方式，馬上來整理這邊的資料吧。」

最好還是採用一樣的分類方式，才方便赫思爾與雷蒙特查找資料，不會感到混亂。

我從腰間上解開一條裝飾細繩，猛地把繩子拉緊。

「大小姐，您想做什麼？」

「……我接下來的動作叫『挽袖』喔。要先把礙事的袖子收起來。」

「『挽袖』嗎？」

黎希達一臉納悶時，我火速用繩子把礙事的袖子綁起來。太完美了！但我還在沾沾自喜，綁好的細繩卻馬上被黎希達解開。

「大小姐，露出手臂來成何體統。您只要坐在椅子上下達指示即可，我與莉瑟蕾塔會按著您的指示整理分類。」

她們準備好椅子後，我只好負責翻看調合桌上的成疊紙張和木板，然後按著研究者與研究類型進行分類。黎希達與莉瑟蕾塔再分工合作，有的資料裝進箱子裡，有的則在裝訂後放進書櫃。

「這份資料是赫思爾老師現在在做的研究吧？」

「是啊。我找了好久呢，之前都找不到。」

「雷蒙特的研究資料可以放進這邊的書櫃嗎？還是讓他帶回宿舍？」

「等本人快畢業時由他自己判斷吧，因為也有很多資料時間一久就用不到了。」

我們循序漸進地動手整理後，資料開始按著研究內容整齊排列，調合桌的桌面也越來越乾淨。

「羅潔梅茵大人，這裡還有。這些資料也麻煩妳整理一下。」

「交給我吧。」

接過赫思爾遞來的資料後，把它們放到該放的位置上。

……我好像赫思爾研究室的專屬圖書管理員喔？

不需要任何人的認可，我沉浸在了自己成為專屬圖書管理員的感覺中。由於圖書委員只能提供魔力，這好像是我來到貴族院以後，做的最像圖書館員在做的工作。我無法自制地哼起歌來。

……怎麼辦？我現在好開心！

喜不自勝的我更是賣力整理資料，不久第四鐘響了。接著又過了一會兒，雷蒙特有氣無力地走進來說：「赫思爾老師，大事不好……」但話才說到一半，他倏地瞪大雙眼，喊完：「對不起，我進錯研究室了！」就跑掉了。

「……他沒有進錯研究室吧？」

我與莉瑟蕾塔面面相覷，赫思爾輕笑了起來。

「大概是因為研究室變得太乾淨，他以為自己進錯房間了吧。想必等一下就會回來，我們先準備午餐吧。裡面放的是食物吧？」

赫思爾高興地彎起嘴角，指著推車說。正好這時間肚子也餓了。莉瑟蕾塔與黎希達把收拾整齊的調合桌面清潔乾淨，開始準備餐點。

就在一切準備妥當的時候，雷蒙特敲了敲門，戰戰兢兢地探進頭來。他還是老樣子毫不整理服裝儀容，一頭黑髮也亂糟糟的。一聞到莉瑟蕾塔端出來的食物香氣，雷蒙特的肚子立刻咕嚕作響，他尷尬地別開視線。

「雷蒙特，你可以在進來前施展洗淨魔法就好，請整理一下儀容吧。請別以那副模樣出現在羅潔梅茵大人面前。」

莉瑟蕾塔帶著笑容趕人後，雷蒙特再度關上房門。他在門外施展了洗淨魔法後，這才重新走進來。

「失禮了。」

雷蒙特總算進來後，我們開始用午餐。用餐的同時，赫思爾也說起共同研究一事。雷蒙特邊吃著赫思爾分給他的食物，邊垮下肩膀。

「原來這件事是真的啊。」

他說自己昨晚忽然接到蒂緹琳朵的召見，對他說：「你身為亞倫斯伯罕的代表，表現可不能丟臉，要與斐迪南大人保持聯繫、好好研究唷。」

「截至目前為止我們從來沒有交集，所以我大吃一驚，還以為蒂緹琳朵大人因為我是她未婚夫的弟子，才對我感到好奇吧。」

雷蒙特以為她指的是領地對抗戰時的成果發表，回道：「我一定竭盡所能。」結果今早去上課之前，舍監傅萊芮默也叫住他說：「等共同研究決定好了大概內容，記得向我報告。」雷蒙特說他完全不知如何是好。

「由於不曉得這到底怎麼一回事，我才想過來找赫思爾老師商量。」
於是赫思爾邊把食物分到雷蒙特的盤子裡，邊說明來龍去脈。
「這是因為艾倫菲斯特將與戴肯弗爾格以及多雷凡赫進行共同研究，而且兩項研究都備受矚目。傅萊芮默大概是想對中央有點貢獻吧。因斐迪南大人而與艾倫菲斯特建立起緊密連結的亞倫斯伯罕，似乎也想要進行共同研究。」
……咦咦？這件事明明是赫思爾老師慫恿的吧？
儘管我這麼心想，但赫思爾畢竟幫我搞定了文官課程的最後一門課，所以我沒有多嘴。再者，與其讓雷蒙特知道其實是我們強行促成，不如讓他以為是自領舍監提出的，他也會比較容易接受吧。
「何況你們兩人都是斐迪南大人的弟子，如果能由雷蒙特負責設計，羅潔梅茵大人負責做出試作品，現在這樣也算是共同研究了吧。」
「……由羅潔梅茵大人做出試作品嗎？怎麼可以勞煩領主候補生。」
雷蒙特瞪大了藍色雙眼看向赫思爾。但與整個人瑟瑟發抖的他不同，赫思爾一派泰然自若地說了：
「正所謂適材適用。羅潔梅茵大人因為受過斐迪南大人的訓練，調合的實際操作已經非常熟練，還會使用能縮短時間的魔法陣。再加上她是領主候補生，魔力量多，可以無數次地進行調合。而且跟她獨特的想法以及出色的調合技術相比，她設計魔法陣的能力倒是普普通通。課堂上要畫的魔法陣雖然沒問題，但不足以成為研究員。所以我想只要你們兩人一起合作，應該能有優秀的研究成果。」

看來我和雷蒙特以及斐迪南不一樣，在魔法陣的設計上沒什麼天分。

「此外，若能讓眾人知道，完成共同研究的兩個人皆是斐迪南大人的弟子，想必對他也有幫助吧。」

只要宣稱此次的共同研究能夠成功，都是師父教導有方，似乎有助於讓斐迪南在亞倫斯伯罕更受重視。聽到可以讓斐迪南的待遇變好，我只能全力以赴了。

「為了穩固斐迪南大人的地位，為了讓身為中級貴族的雷蒙特當起領主一族的近侍也能得到認可，也為了我圖書館的魔導具，我們一起加油吧！」

「既然身邊的人都決定了，事到如今我也無法拒絕吧……況且要是敢拒絕，蒂緹琳朵大人與傅萊芮默老師肯定不會讓我好過。」

雷蒙特一臉厭煩地說完，同意了一起進行研究。

「那等用完午餐，馬上開始做試作品吧。設計圖與說明再麻煩你了。」

「是，也請羅潔梅茵大人不吝賜教。」

用完午餐，我為雷蒙特說明早上整理好的書櫃。

「這一櫃從這裡到這裡是雷蒙特的研究資料。有辦法看出研究時間的，我都照著時間順序排列了。」

「我第一次看到研究室裡的資料放得這麼整齊。」

雷蒙特看來深受感動。圖書管理員的工作成果得到稱讚後，我高高興興地目送雷蒙特去上下午的課，接著開始專心調合。我邊看著雷蒙特留下的設計圖，邊一一試做魔導具，赫思爾若有需要就幫她往魔導具灌注魔力。發現力氣不夠，我就靠身體強化來補足；發現體力不夠，就靠可以只恢復體力的藥水……

……嗯，這間研究室太危險了。還以為過著正常的生活，但其實一直在喝藥。

雷蒙特上完課回來後，我挺胸得意地向他展示試作品。

「怎麼樣？有沒有確實按照你的設計呢？我可是很努力喔。」

為了得到稱讚我卯足全力，把做好的試作品全擺在雷蒙特面前，然後滿心期待地等著他的反應。然而，雷蒙特卻無力地垮下肩膀。

「……那個，成品糟糕到了讓你這麼失望嗎？」

「不是的。我只是目睹了可使用的魔力量居然差這麼多，有點受到打擊而已。」

雷蒙特說他魔力不多，就連調合試作品時也需要喝回復藥水；但即便喝了藥水，一天也未必能做好一個。看著眼前的四個魔導具，他深刻感受到這個世界的不公。

「這些魔導具我會送去給斐迪南大人，請他確認是否沒有問題。」

「那請明天再送吧。我有信想請你一起轉送。另外，還有要請傅萊芮默老師轉交給斐迪南大人的信……」

我表示因為這間研究室裡的人很可能忘記報告，所以自己將負責報告後，雷蒙特如釋重負地露出笑容。

「那真是太好了。因為傅萊芮默老師已經要求我提交報告……」

隔天，除了要提交給斐迪南的魔導具外，我把請雷蒙特轉交的信件，與請傅萊芮默轉交的信件，都交給了雷蒙特，然後向飛信女神沃朵施奈莉獻上祈禱。

……希望可以收到斐迪南大人的回信。

王族的委託

結果我還沒收到斐迪南的回信，布倫希爾德先帶了艾格蘭緹娜的邀請函回來。

「羅潔梅茵大人，王族將主辦愛書同好的茶會。」

「……但我還沒通知艾格蘭緹娜老師，說我已經修完文官課程了，她怎麼會邀請我參加茶會呢……？布倫希爾德，難道是妳通知的嗎？」

我眨著眼睛詢問後，布倫希爾德輕嘆口氣。

「羅潔梅茵大人已經修完今年的課這件事，好像早就在老師間傳開了唷。」

「……想不到老師們分享資訊的速度這麼快。」

「畢竟羅潔梅茵大人是多項重大共同研究的發起人，在老師之間備受矚目呢。」

她說老師們都興致勃勃，很想知道共同研究會在何時何地開始，又有誰會參與。因此，與我有關的消息會經由老師傳入王族艾格蘭緹娜耳中，也是理所當然。

「艾格蘭緹娜老師會邀請愛書同好們主辦茶會，似乎是為了讓與圖書館有關的人能聚在一起。聽說若不趁著現在圖書館還沒有太多學生，很難同時邀請兩名圖書館員出席，所以希望可以盡快舉辦。」

會召集與圖書館有關的人，是為了告訴大家，現在王族魔導具的管理者變成了漢娜蘿蕾吧。形式上雖是茶會，但其實根本是王族的召見。

「舉辦地點在哪裡呢？」

「在艾格蘭緹娜老師的離宮。想必是參加人數過多，圖書館的辦公室容納不下這麼多人吧。況且，一般都會使用主辦方的茶會室。也只有羅潔梅茵大人會因為館員不便離開圖書館，便在館內的辦公室舉辦茶會唷。」

布倫希爾德面帶苦笑，告訴我預計出席的有哪些人。有兩名圖書館員、三名圖書委員，還有主辦人艾格蘭緹娜與亞納索塔瓊斯。出席的王族多達三人，各自還會帶著大批近侍，圖書館的辦公室確實擠不下吧。

……之前要為休華茲他們變更管理者的時候，人也很多呢。

「亞納索塔瓊斯王子也會出席嗎？但之前就是因為他很忙，無法來貴族院，才會是還未入學的錫爾布蘭德王子被派過來吧？」

明明推掉了王族該盡的義務，現在居然跑來參加茶會。把艾格蘭緹娜看得這麼緊，簡直就和埃維里貝沒兩樣。我會產生這種聯想，是因為他之前還硬是跑來參加音樂老師們主辦的茶會嗎？

……都已經結婚了，不必成天黏著艾格蘭緹娜大人，大可以放寬心嘛。

但據赫思爾所說，在與戴肯弗爾格進行共同研究一事上，亞納索塔瓊斯似乎曾提供過建言，所以應該向他說聲謝謝吧。儘管心裡清楚，還是忍不住覺得好麻煩。

「漢娜蘿蕾大人似乎也受到了邀請，這又是王族主辦的茶會，無法不出席呢。」

漢娜蘿蕾因為聯絡上有疏失的關係，意外成了新的管理員。在我向艾格蘭緹娜說明情況的時候，她也顯得惶惶不安，所以絕不能讓她獨自一人參加。但這可是王族的召見，大家還千叮嚀萬囑咐，要我盡量與王族保持距離……一想到這裡，心情就很鬱悶。我垮著肩膀重重嘆氣後，布倫希爾德輕笑起來。

「羅潔梅茵大人，請別露出那麼煩悶的表情。我聽說亞納索塔瓊斯王子為了這場茶會，從王宮圖書館借了書過來唷。」

……王宮圖書館的書?!糟糕，我好心動！

我猛地交握雙手，綻開今日最燦爛的笑容，仰頭看向布倫希爾德。

「不愧是艾格蘭緹娜大人的丈夫，真是位優秀的男士！」

「羅潔梅茵大人願意正面看待出席茶會這件事，真是太好了呢。請問您打算準備哪本書呢？我們也必須準備要借出的書籍吧？」

「應該就是母親大人寫的戀愛故事集吧？艾格蘭緹娜大人很有興趣的樣子。」

儘管是王族的召見，但一想到要互借書籍，心情還是不由自主亢奮起來。我興沖沖地開始選書。侍從們則是開始擬定對策，以免我在王族主辦的茶會上太過激動而暈倒；護衛騎士們則是討論屆時誰要同行；文官們開始寫起報告書，向領地報告我收到了王族的茶會邀請函。

向領地報告完畢後，我一邊思考要帶什麼點心與書籍，同時也每天去赫思爾的研究室，很快地到了愛書同好茶會舉辦的這一天。辦在下午的茶會通常會從第五鐘開始，然而邀請函上卻指定要在四鐘半到達。由於下午的課已經開始了，我走在悄然無聲的走廊上，前往艾格蘭緹娜的離宮。

「羅潔梅茵大人，歡迎您大駕光臨。」

明明到達地點是艾格蘭緹娜的離宮，出來迎接的卻是亞納索塔瓊斯的首席侍從歐斯溫，我這才有種兩人真的已經結婚了的感覺。

在歐斯溫的帶領下進入房內，我發現在場只有亞納索塔瓊斯、艾格蘭緹娜與兩人的近侍，沒有看見也要出席茶會的其他人。應該是還沒到吧。冗長的寒暄結束後，我再一次把目光投向門口。都打完招呼了，其他人依然不見蹤影。我看著侍從們拿出帶來的點心與書籍，坐立難安地環顧屋內。

「……是我太早來了嗎？」

「不，只是因為我們有話問妳，才提早叫妳過來。」

亞納索塔瓊斯催促我坐下。光是聽到王族有話問我，不祥的預感油然而生。真不想聽，只可惜現實不可能所願。我做了個深呼吸後，擠出笑容。

「請問要問我什麼事情呢？」

「妳這次鬧出的動靜可還真大。」

……我鬧出了什麼很大的動靜嗎？明明最近因為減少壓縮頻率的關係，我已經可以操控魔力了啊……

被亞納索塔瓊斯狠狠一瞪，我拚命回想是怎樣的行動「鬧出了很大的動靜」。既然情報來源是艾格蘭緹娜，一定是與她也有關的事情。

「……啊！是指奉獻舞課時我讓身上的魔石發光吧？」

當時那個舉動確實鬧出了不小的動靜。終於想到他指的是什麼事情後，我忍不住拍向掌心。然而，亞納索塔瓊斯的臉頰卻一陣抽搐。
「不對。我指的是你們即將與戴肯弗爾格、多雷凡赫以及亞倫斯伯罕這三個領地進行共同研究一事。突然鬧出這麼大的動靜，我可要聽聽艾倫菲斯特的解釋。」
「咦？進行共同研究一事，哪裡算是很大的動靜呢。站在艾倫菲斯特的立場，我們根本無法拒絕啊。」
我這麼回答後，艾格蘭緹娜溫婉一笑。
「羅潔梅茵大人，可以告訴我們為何無法拒絕嗎？」
「是的。與戴肯弗爾格是因為有亞納索塔瓊斯王子的指示；與大領地多雷凡赫，則是因為領地排名的關係不好拒絕，對我們也有益處，所以同意了一起研究。」
「那與亞倫斯伯罕呢？」
亞納索塔瓊斯接著問道，我一時語塞。
「……因為這關係到我能否修完文官課程。」
「這是什麼意思？」
「兩位也知道，傅萊芮默老師一向看我不順眼吧？文官課程我又只能個別找每位老師接受考試，所以會有來自她的妨礙。」
艾格蘭緹娜「哎呀」地輕喊一聲，微微睜大雙眼；亞納索塔瓊斯則是憤慨地道：
「我從沒聽說過這件事情。」
「反正這件事已經結束了。如果她明年又想找我麻煩，屆時再容我找兩位商量吧。不過，我本來就會在赫思爾老師的研究室裡與亞倫斯伯罕的見習文官一起進行研究，所以只是把到時候的成果當作共同研究發表而已，不會額外花什麼心力……再說了，我曾經答應過亞納索塔瓊斯王子吧？」

聞言，艾格蘭緹娜側過臉龐說：「兩位有過什麼約定嗎？」亞納索塔瓊斯則是瞇起眼睛回想：「我曾和妳說好什麼事情嗎？」

「我不是答應過您，下次的領地對抗戰會拿出讓您大吃一驚的研究成果嗎？……雖然現在的發展完全不在預料之內，連我自己也很驚訝，但是否讓您吃了一驚呢？」

我說明自己答應過他什麼事情後，亞納索塔瓊斯彷彿喝了斐迪南的特製藥水般垮下臉來，抬手按住了頭。

「……是啊，我吃驚到光想就頭痛。」

「那真是太好了，沒有違背我答應王族的事情呢。」

我呵呵笑著說完，艾格蘭緹娜也輕笑道：「羅潔梅茵大人與亞納索塔瓊斯大人竟然會訂下這種約定，兩位感情真好呢。」

「我和她感情才不好。我只是提醒除了赫思爾，其他人也該拿出有點價值的研究成果來。」

亞納索塔瓊斯冷哼一聲，沒好氣地瞪我一眼。看得出來艾格蘭緹娜形容我們感情真好後，他為此鬧起彆扭，但也不該瞪我吧。

「言歸正傳，既然艾倫菲斯特很可能將與三個大領地進行共同研究，與庫拉森博克卻沒有這個打算嗎？」

聽亞納索塔瓊斯這麼問，我看向庫拉森博克出身的艾格蘭緹娜。顧及領地關係的平衡，或許最好也與庫拉森博克一起進行研究吧。

「可是，我們既沒有從庫拉森博克那裡收到和多雷凡赫一樣熱切的邀請，也不像與戴肯弗爾格一樣有非得共同研究不可的主題；再加上也不像與亞倫斯伯罕一樣，本來就有一起進行的研究，所以暫時沒有這個打算呢。雖然本不該向王族坦承，但目前我們已經派不出更多的見習文官能與大領地進行研究了。」

雖然領內並不是完全沒有見習文官，但術科成績與魔力足以與大領地一起進行研究的人並不多。

我先聲明「其實本不該向王族坦承」，再說明理由後，大概聽懂了我的言下之意是「所以請幫忙阻攔，別讓庫拉森博克也提出請求」，亞納索塔瓊斯微微頷首。

「艾倫菲斯特的看法我大概明白了。不過，既要同時進行三項研究，你們可要小心別出差錯。價值極高的研究也容易被人占為己有。你們要時時警覺，防患未然。」

人家畢竟好心提醒，所以我老實地點頭回應，但應該不會有人想搶我的研究吧。

首先，是向神祈禱與取得加護有什麼關聯的研究。就算搶走這項研究，若不向神獻上祈禱也沒有意義，重點還是在於自己的言行。況且要是搶走的人願意公開宣稱他們十分重視神殿，那也算幫了我們大忙。

再來，是如何讓艾倫菲斯特的特產擁有更多附加價值的研究。這項研究即使被搶走了，我們也不痛不癢。而且要是有人不惜與多雷凡赫為敵也要對此進行研究的話，我反倒會很期待對方發表的研究成果。

最後，是用更少的魔力重新製作圖書館魔導具的研究。與前面兩項研究相比，這項研究明顯對中央沒有什麼貢獻。假使有人對此充滿熱忱，還成功通過了斐迪南的嚴格考驗成為他的弟子，為了打造更美好的圖書館想與我們一起研究的話，我絕對高舉雙手歡迎。

……所以就算花費心力把這些研究搶過去，恐怕也只會失望呢。

我正這麼心想時，亞納索塔瓊斯假咳了聲，瞪著我說：「妳有沒有在聽？」根據過往的經驗，我已經知道這種時候若老實回答「我完全沒在聽」，對方肯定會生氣，所以只是面帶微笑不發一語。

「還有，關於妳的祝福……畢業儀式上給予我們祝福的人是妳吧？」

「……您、您在說什麼呢……」

亞納索塔瓊斯的話鋒突然一轉，還轉到了對我來說非常不妙的事情上，害我的心臟陡然狂跳。他注視著我，露出分外燦爛的笑容說：

「由於我們進場時突然有祝福從天而降，導致開始有人認為，我或者艾格蘭緹娜更適合成為下任國王，這件事妳知道嗎？」

「唔……」

亞納索塔瓊斯的語氣非常篤定。我正煩惱著有沒有辦法裝傻到底時，他接著說明我的祝福在中央掀起了多大風波。

「本來我的近侍們都已放棄讓我登上王位，在那之後又開始聲稱我更適合成為下任國王；王兄的近侍們也認為果然下任國王的王妃應該要是艾格蘭緹娜，揚言要將她奪回。縱然我曾宣布自己要退出王位之爭，到了後來卻毫無意義。為了壓下這些聲浪，父王、王兄與我不知耗費了多少心力。」

得知這件事對王族造成極大的困擾，身為罪魁禍首的我只覺得無地自容，很想逃離現場。但當然不可能真的這麼做。

亞納索塔瓊斯看著正在心裡狂冒冷汗的我，忽然一臉認真地開口。

「因此，我希望王兄將在領主會議上舉行的星結儀式，能由妳來執行神殿長的職責。」

「羅潔梅茵大人，我也在此拜託妳。請送給下任國王與王妃真正的祝福。」

「況且妳十分擅長給予祝福，先前音樂課上還持續給予了一曲的時間吧？」

我一時間不知該如何回答。大家都叮囑我「要與王族保持距離」，而且我也不想接下這種明顯是在挑釁中央神殿的神殿長、使人顏面掃地的任務。可是，同時大家也說「不能違抗王族」。我到底該怎麼辦？真是進退兩難。

「……這是國王的命令嗎？」

「不，這是我個人的請求。我希望妳給予王兄的祝福，能讓旁人不再質疑他成為下任國王的正當性。因為即便被指定為下任國王，王兄的處境依然十分艱辛……妳知道是為什麼嗎？」

……因為沒有古得里斯海得。

儘管心裡馬上得出了答案，但我不曉得能否直接說出來。亞納索塔瓊斯的灰色雙眼明顯在觀察我的反應，喉嚨忽然變得好乾。

「去年我們曾在領地對抗戰上遭遇敵襲，妳也聽到當時那些匪徒說了什麼吧？」

「我聽到他們說，沒有古得里斯海得的假國王。」

我回答後，亞納索塔瓊斯緩緩點頭。

「嗯，沒錯。政變的開端，便是繼承了古得里斯海得的第二王子遭人殺害，而古得里斯海得也在同時遺失。除了第二王子的離宮與他遭到殺害的地點，甚至是王宮以及與第二王子最有往來的貴族們的宅邸，我們所有地方都找遍了，卻始終無法找到古得里斯海得。直至今日也一樣。因此，父王是未持有古得里斯海得的國王。」

我慢慢點了點頭，表示自己在聽。但是，我不懂怎麼會聊到這些。總覺得亞納索塔瓊斯在說的這些事情非常機密。我強烈地感覺到，自己正慢慢被拉扯進這個國家的核心裡。

「只要沒有古得里斯海得，即便是國王，也無法為國家大事施展魔法；即便從不間斷地傾注魔力，也只能維持著和以前一樣的狀態。但是，若沒有人以國王的身分為國家提供魔力，尤根施密特便無法存在。自從成為國王，父王便如同活祭品般持續地在供給魔力……就連王兄與我也一樣。」

我一邊聽，一邊覺得這就像是必須在沒有基礎魔法的情況下管理領地的奧伯。我上過領主候補生課程，所以知道這種情況有多辛苦。

「而就在這種情形下，竟有祝福從天而降，妳知道有多少人為此瘋狂嗎？」

我用力抿緊了唇。

「眼看又要因為艾格蘭緹娜而掀起紛爭的時候，是王兄勸阻了自己的近侍們，說我與艾格蘭緹娜的婚事已經訂下、不會更改，並給予我們祝福。因此我也想為王兄分憂解勞，至少幫忙減少他身邊的閒言碎語。我希望得到了諸多神祇加護的艾倫菲斯特聖女，能在星結儀式上給予我的王兄祝福。」
亞納索塔瓊斯為家人著想的心意深深打動了我。既然這些麻煩是我的祝福所引起，我想自己有必要負起責任。再加上我還有一點私心，那就是也許可以看到斐迪南與蒂緹琳朵的星結儀式。
「那麼，請您先向國王、奧伯．艾倫菲斯特以及中央神殿的神殿長取得許可吧。畢竟不能讓中央神殿顏面掃地。此外為了我的人身安全，也希望能破例允許我帶著自己的護衛騎士上臺。只要上述這些都沒問題，為了如此擔心兄長的亞納索塔瓊斯王子，我也願意幫忙出一分力。」
「……謝謝妳。」
亞納索塔瓊斯吁出了一口氣。在他身旁，艾格蘭緹娜也露出了非常高興的微笑。就在這時，歐斯溫通報有訪客抵達。似乎是漢娜蘿蕾到了。
「儘管當時我並不知情，但還是非常抱歉……」
「漢娜蘿蕾，妳不需要道歉。」
進來後道完寒暄，漢娜蘿蕾接著馬上道歉，但被亞納索塔瓊斯打斷。
「艾格蘭緹娜說過了吧？該負責的是沒有向妳通知此事的圖書館，我也同意她的看法。反倒是我們有事想請妳們這些圖書委員幫忙，才舉辦了今天這場茶會。」
「有事找我們幫忙嗎？」

漢娜蘿蕾雙眼圓睜。還以為來了之後會被罵，結果卻變成要自己提供協助，也難怪她大吃一驚吧。

……我懂、我懂。王族的委託很嚇人對吧。

儘管我這麼心想，目光卻不由自主投向了漢娜蘿蕾請見習文官們帶過來的書。他們手上戴肯弗爾格的書又厚又大本。

……這次會是什麼書呢？好期待喔。

「羅潔梅茵，瞧妳一副事不關己的樣子，妳也要幫忙。」

「咦？可是……索蘭芝老師跟我說過，在休華茲他們的管理者正式變更為歐丹西雅老師之前，我最好別靠近圖書館喔。」

亞納索塔瓊斯低頭朝我看來，哼笑一聲。

「這件事與休華茲他們無關。為了讓愛書的圖書委員們能心甘情願幫忙，我請人從王宮圖書館帶了書過來。希望妳們能爽快提供協助。」

「包在我身上！我願意竭盡所能！」

被囑咐過不能拒絕王族要求的我，笑容滿面地一口答應。漢娜蘿蕾也點頭道：「既然是王族的要求……」

「請問要我們幫忙什麼事情呢？」

「是關於錫爾布蘭德告訴我們的打不開的書庫。妳應該知道對王族來說，這是多麼重要的情報吧？」

他剛剛才滔滔不絕地向我說明沒有古得里斯海得的壞處，我當然知道王族有多麼渴望找回古得里斯海得。所以我能理解就算只是在貴族院裡流傳的奇聞，他們也不想放過任何線索吧。

……但我已經說了「願意竭盡所能」。我是不是答應得太快啦?!

但不管答應得快或慢，只要是來自王族的命令，終究無法違抗。我不由得抱住了頭。

愛書同好茶會

「為了向王族請求原諒，我還提早離開宿舍，想不到羅潔梅茵大人已經到了呢。」

聽到漢娜蘿蕾這麼說，我擠出僵硬的笑容。其實我並不是故意早到，只是照著指定的時間過來後，才發現是王族的召見——但這種話當然不能說。

「因為我也有事想請教王族。」

「那個，難道我打擾到三位了……？」

多半擔心自己又犯了錯，漢娜蘿蕾的臉色流露出驚慌。我連忙搖頭，投以微笑想要安撫她。

「我只是想在茶會開始前，提交要給艾格蘭緹娜老師的髮飾而已。」

「是呀。漢娜蘿蕾大人既然來了，也請妳一起看看吧。」

聽了我想出的理由，艾格蘭緹娜也點頭微笑。我以眼神示意後，布倫希爾德立刻把裝有髮飾的盒子交給亞納索塔瓊斯的侍從。侍從們得先檢查盒子與內容物，而這個麻煩的步驟結束後，亞納索塔瓊斯才露出心滿意足的笑容，將盒子放在艾格蘭緹娜面前，說：「這份禮物送予我最心愛的妻子。」看到我們一派和樂融融地收送髮飾，漢娜蘿蕾這才安下心來地綻開微笑。

「亞納索塔瓊斯王子也訂做了新髮飾呢。我的哥哥大人也向艾倫菲斯特訂做了髮飾，非常期待之後的收取喔。」

「今年我們分別收到了中央、戴肯弗爾格與亞倫斯伯罕的委託。形式上雖是由斐迪南大人贈送，但蒂緹琳朵大人的髮飾是她自己訂做的唷。她參考阿道芬妮大人的髮飾，選擇一樣的花做了五個髮飾，只不過尺寸會小一些、顏色也都不太一樣。」

「哎呀，做了五個髮飾嗎？」不出所料，艾格蘭緹娜顯得十分驚訝，我便抓緊機會說明蒂緹琳朵的髮飾。至少要讓王族知道，並不是斐迪南的品味出了問題，而且到時候呈現的效果全憑本人搭配。

「有了五個髮飾，便能根據使用時機、場合與服裝自由搭配，這是蒂緹琳朵大人想出來的設計喔。那個，因為她說她無法信任艾倫菲斯特的品味……」

「哎呀，我倒是很滿意艾倫菲斯特的設計，今天收到的髮飾也非常漂亮呢。」

「謝謝您。我會轉告我的專屬，說您很滿意這次的新髮飾。」

在我們欣賞著新髮飾時，索蘭芝與歐丹西雅也從圖書館過來了。

……這個人就是中央騎士團長的第一夫人。

「艾倫菲斯特想必會對我們心懷不滿，但還望多多海涵。」

歐丹西雅突如其來的話語讓我眨了眨眼睛，她接著露出哀傷的笑容。

「如今王族處境艱辛，我們卻從錫爾布蘭德王子口中得知了有所謂打不開的書庫。一問之下，才知道是艾倫菲斯特的領主候補生告訴他的。外子身為騎士團長，於是前往圖書館想要了解打不開的書庫，卻在畢業儀式結束後、沒有其他學生蹤影的辦公室裡，遇見了艾倫菲斯特的領主候補生，她手上還拿著從前圖書館員的日誌。日誌當中，有著王族會造訪圖書館的紀錄吧？騎士團長因此認為，艾倫菲斯特盯上了貴族院裡屬於王族的物品。」

……然後，剛好騎士團長又知道斐迪南大人是阿妲姬莎之實，具有王族血統囉？那難怪會起疑心呢。

時機真是太不湊巧了。要是沒有碰巧在圖書館遇見的話，騎士團長就不會產生無謂的疑心，說不定斐迪南也不用去亞倫斯伯罕了。

「因為工作的關係，外子凡事都要抱持懷疑的態度，況且若沒有絲毫戒心，便不是稱職的騎士團長了吧。我也知道外子的工作容易招人怨恨，但他也盡力採取溫和手段，協調出對雙方都有利的結果。還望多多包涵。」

聽完歐丹西雅說的話，我努力擠出微笑。確實如她所說，斐迪南並沒有因為與王族有血緣關係，還做出可疑的舉動，便不由分說地遭到逮捕。他接到的命令，就只是離開神殿，入贅至大領地。這是連旁人都會羨慕的際遇。

……如果入贅的領地不是亞倫斯伯罕就好了呢。

但斐迪南吩咐過要表現出高興的樣子，所以這種話我實在說不出口──「什麼協調，根本對我們一點好處也沒有！」我只好微微一笑。

「畢竟每個人都有自己的苦衷，我們個人懷有的想法，也經常與旁人的意見不一樣嘛。」

與歐丹西雅的對話就此結束後，沒多久錫爾布蘭德也到了。他在首席侍從阿度爾的輕推下走進來，我向他問好。他看起來似乎比去年更習慣寒暄了，讓人忍不住感到欣慰地心想：「真是長大了呢。」

「之前我還聽說升上三年級以後，就算是羅潔梅茵也無法馬上修完課，很少有機會能見到面。真高興現在能見到妳呢。」

「錫爾布蘭德王子，我也很高興能見到您喔。我非常期待您推薦的書籍呢。」

我與錫爾布蘭德在說話的時候，兩名圖書館員也在一旁向漢娜蘿蕾致歉。

「似乎都怪我們聯絡不周，實在非常抱歉。因為我也沒想到漢娜蘿蕾大人之前竟如此頻繁來圖書館，甚至變成了管理者……」

「但現在管理者已經變成歐丹西雅老師了。漢娜蘿蕾大人，請您放心吧。」

聽到索蘭芝說管理者已經變成歐丹西雅，漢娜蘿蕾這才露出如釋重負的笑容。這件事真的讓她非常煩惱吧。聞言我也鬆了口氣，順便向歐丹西雅問出自己的疑惑。

「之前我也曾問過艾格蘭緹娜老師，但若是上級館員每天都為休華茲他們供給魔力的話，管理者應該不至於變成漢娜蘿蕾大人才對呀。為什麼漢娜蘿蕾大人會不小心變成管理者呢？」

「因為還有其他事情需要魔力，而且我看休華茲與懷斯也還有魔力，便沒有優先為他們提供。」

「圖書館裡還有比休華茲他們更重要的魔導具嗎？像借還書籍與誰擅自帶走了書籍的紀錄等等，這些作業都是兩人在負責，我不認為有魔導具比他們更重要呢。」

對於我的疑問，歐丹西雅露出為難的眼神，向亞納索塔瓊斯與艾格蘭緹娜求救。

「單看圖書館的一般業務，休華茲他們確實很重要吧。但歐丹西雅奉王族之命，還有其他任務在身。」

「既然索蘭芝老師借我的書裡曾提起過，羅潔梅茵大人也知道吧？就是只有上級館員的鑰匙才打得開的書庫。」

看來歐丹西雅的工作之一，就是打開之前打不開的書庫，尋找古得里斯海得的下落或與它有關的線索。

「我本想取得鑰匙以後，便為休華茲他們供給魔力，但不論是對上級館員的房間重新辦理登記，還是成為鑰匙的管理者都需要魔力，實在沒有多餘的魔力能分給兩人。根據日誌裡的內容與索蘭芝的說明，鑰匙共有三把，必須湊齊三把鑰匙才能打開書庫。所以我本想三把鑰匙都取得，卻發現一個人只能持有一把鑰匙。」

歐丹西雅說並不是湊齊三把鑰匙就好，而是要三個魔力足以擁有鑰匙的人各持一把。她說自己一拿起第二把鑰匙登記成管理者後，第一把鑰匙的管理者資格便被取消了。此外，索蘭芝可能是因為魔力與家族地位不夠高，無法登記為管理者。

「因此，我們想請圖書委員擔任鑰匙的管理者。」

「不從中央請來其他圖書館員嗎？」

「我們當然也很想這麼做，但目前還不曉得書庫裡頭有無重要物品。就只為了打開書庫，很難請到三名上級文官來貴族院。」

一般會面對到學生的工作，光靠休華茲、懷斯與索蘭芝便應付得來。而且聽說現在根本沒有多餘的人才，萬一真的派三名上級文官過來，卻什麼都沒找到，沒人能夠接受這樣的結果。王族甚至也表示，除非有什麼重大發現，否則新的圖書館員就只有歐丹西雅一人。

「因為是平常不打開也不構成妨礙的書庫，比起為休華茲他們提供魔力，對領主候補生們來說比較不會造成負擔吧。兩位覺得如何呢？」

索蘭芝看著我與漢娜蘿蕾問道，亞納索塔瓊斯則點點頭說：

「休華茲與懷斯既是交由中央管理，會由歐丹西雅與錫爾布蘭德負責提供魔力。漢娜蘿蕾、羅潔梅茵，我想請妳們在就學期間與歐丹西雅一同成為鑰匙的管理者，幫忙打開書庫。」

他說鑰匙會放在圖書館保管，所以只有在想打開書庫的時候會麻煩我們。

「如果只是幫忙打開書庫，就算升上了高年級、課業變得繁重，也應該不會對妳們造成太大的負擔。畢竟若為休華茲他們提供大量魔力，有些課上起來會很吃力吧。」

看來他也算是為我們著想，想減輕我們的負擔。亞納索塔瓊斯說完，我與漢娜蘿蕾對看一眼，點了點頭。

「知道了，我們願意幫忙。」

我們兩人答應後，兩名圖書館員與亞納索塔瓊斯也點了點頭。這時，錫爾布蘭德有些怯怯地開口。

「請問，只有羅潔梅茵與漢娜蘿蕾嗎？既然都是圖書委員，我是不是也該成為鑰匙的管理者呢？」

「是你自己說了，你想為休華茲與懷斯提供魔力吧？」

亞納索塔瓊斯這麼回應後，錫爾布蘭德難過地垂下眼眸。

「雖是這樣沒錯……但我沒想到只有自己被排除在外。」
「況且你就算進了書庫，也看不懂裡頭有什麼書吧。」
錫爾布蘭德沮喪地低下頭去。
「亞納索塔瓊斯王子，那我可以進去書庫裡面看書嗎？」
「圖書委員只負責打開書庫，查看內部有什麼書籍是圖書館員的工作。再者書庫裡還不知道有什麼東西，不方便讓妳們進去。」
……好不容易新的書庫就在眼前呢，呿。
明明自己是負責打開書庫的人之一，卻無法翻閱裡頭那些我從未看過的書籍，這簡直是酷刑嘛。不過，我身為艾倫菲斯特的領主候補生，本就引來不少可疑眼光，萬一真的發現了古得里斯海得，想也知道我最好別隨便靠近。
「我、我會努力忍耐，不馬上就衝進去。但如果有書或是資料不介意讓我翻閱的話，請一定要借給我喔。」
「確認過後若無問題就可以。」
正事終於談完後，茶會在和睦融洽的氣氛下開始了。大家都把自己帶來的點心端上桌，各自試吃一口以示安全，緊接著做介紹。
「這是向艾倫菲斯特購買磅蛋糕的做法後，我們再自己添加了戴肯弗爾格特有的水果璐萊。由於去年羅潔梅茵大人曾在領地對抗戰上端出璐萊磅蛋糕請我們品嘗，我覺得非常美味，回到領地後也請廚師研究了這款磅蛋糕。」
用來浸泡璐萊的酒似乎也是戴肯弗爾格領內獨有的，吃起來風味截然不同。

「是因為酒不一樣的關係嗎？味道跟艾倫菲斯特做的璐萊磅蛋糕不太一樣，但也非常美味呢。真好，可以像這樣品嘗到每個領地自己開發出來的口味。」

「我每年也都很期待羅潔梅茵大人會帶來什麼新點心唷。」

索蘭芝咯咯笑道，拿取了我帶來的優格慕斯塔。雪白的優格慕斯上用樂得樂沛果醬勾勒出了美麗圖案，看起來豪華繽紛，很有冬天的氣息。

「白色部分是原味優格，可以再依個人喜好添加配料喔。」

至於來自中央的點心外觀固然可愛，但果然還是太甜了。我硬著頭皮品嘗後，但每一樣都只吃三口就宣告放棄。

等到大家都品嘗過了茶水與點心，接著是分享讀書心得的時間。

……這才是愛書同好茶會的精髓！我太開心了！

「雖然我還沒進入貴族院就讀，但這本騎士故事集對我來說十分淺顯易懂，所以我看得非常開心喔。」

錫爾布蘭德說以他目前的學習進度，騎士故事集正好也很適合當休閒讀物。雖然程度有點難，但故事內容精采刺激，他還因為想要知道後續看得非常忘我。

「為了能向愛慕的女性獻上美麗的魔石，我也想要傾盡所能。」

錫爾布蘭德顯得有些激動，與我們分享他喜歡哪幾篇騎士故事，一雙紫色眼睛燦燦發亮，還說他想要變強到可以打倒魔獸。這副模樣讓我不禁覺得，他果然是男孩子呢。只見大家都以溫暖的眼光注視他。

「萊蒂希雅大人非常可愛，若能從錫爾布蘭德王子這麼出色的男士手中收到魔石，她一定會很高興吧。」

「……萊蒂希雅、大人嗎？」

錫爾布蘭德愣愣地眨了眨眼睛，似乎聽不懂我在說什麼。但我記得領主會議上，已經宣布了他們兩人的婚約啊……我這樣心想著歪過頭。

「錫爾布蘭德王子的未婚妻是亞倫斯伯罕的萊蒂希雅大人吧？斐迪南大人要前往亞倫斯伯罕時，是她來到境界門迎接喔。雖然只交談過幾句，但她非常可愛呢。」

「是……是嗎？可是我……」

錫爾布蘭德的語調有些降了下來。我這才驚覺也許只是在領主會議上宣布了婚約而已，但兩名當事人根本還沒見過面，所以毫無真實感吧。再緊接著我猛然想起。

……對喔！錫爾布蘭德王子之前是喜歡夏綠蒂！

我居然提起由父母決定、連未婚妻長什麼樣也沒見過的婚事，說不定不小心踐踏了他心中淡淡的初戀。我暗暗陷入恐慌。

……可是，現在突然提起夏綠蒂也很奇怪，錫爾布蘭德王子也不想被其他人知道自己的初戀吧？啊啊啊啊，怎麼辦⁈對不起、對不起。我不是有意要踐踏你的初戀！更沒有在心裡想著母親大人要是知道了說不定會很高興喔！

「那個，羅潔梅茵。我……」

「我也聽說您訂下了婚約呢。恭喜錫爾布蘭德王子。」

錫爾布蘭德開口叫我的同時，漢娜蘿蕾正好出聲說道。漢娜蘿蕾這麼一說後，大家紛紛向錫爾布蘭德道賀，他笑了笑說：「謝謝大家。」看來他只是還沒意識到自己已有未婚妻，但並不討厭這樁婚事。我正如此心想時，漢娜蘿蕾環顧在場眾人，露出有些調皮的笑容。

「在場所有人都有出色的對象了呢，好像就只有我被排擠在外。」

確實現場除了她，其他人不是已婚，就是已經訂了婚。歐丹西雅輕笑起來。

「哎呀，漢娜蘿蕾大人才三年級，接下來正是最有意思的年紀唷。不知道您有沒有意中人呢？」

「沒有，不過我想呢……像羅潔梅茵大人不是有男士送給了她這麼美麗的護身符嗎？真希望也有這樣的男士追求我呢。就像艾倫菲斯特寫的戀愛故事那樣。」

漢娜蘿蕾面帶靦腆的微笑說完，大家的目光都投向我頭上的虹色魔石簪。我微微轉過頭，抬手摸向虹色魔石。

「這是監護人們因為擔心我，特意準備好魔石，然後由斐迪南大人負責設計，再由韋菲利特哥哥大人送給我的護身符喔。」

我不忘再次主張斐迪南的品味並不差，並強調是韋菲利特送的。

「……竟然準備這麼多魔石，羅潔梅茵大人在艾倫菲斯特真是受到重視呢。」

艾格蘭緹娜眨眨眼睛，看著我的虹色魔石簪說。我笑著點點頭。

「大家真的對我很好喔。不僅會答應我任性的要求，還允許我在領內製作自己喜愛的書籍，甚至送給了我圖書館。」

我一邊說，一邊指向今天帶來要借大家的書。

「今年也有新書嗎？艾倫菲斯特的戀愛故事集我也曾拜讀過，偶爾會發現裡面的故事十分眼熟，實在很有意思呢。每當思索著故事主角是否就是那位大人時，也會跟著想起自己就讀貴族院時的往事，讓人無比懷念。」

「很高興索蘭芝老師喜歡。今年推出的貴族院戀愛故事集，內容收錄的是他領見習文官蒐集來的故事，所以和之前的故事集不太一樣，應該很難再看出參考人物了喔。」

之前收錄的，主要都是艾薇拉與她朋友那一代的故事，很多原型人物皆來自艾倫菲斯特；除此之外則多是長年在貴族院內流傳、大家都耳熟能詳的故事，所以很容易就能猜到參考人物是誰。但是，見習文官們蒐集故事是為了報酬。為了領到高一點的報酬，他們蒐集來的故事大都沒什麼人聽過，以免與其他人重複，而且來自不同的領地與時代，所以很難推敲聯想。

「不只戀愛故事集，我也為男士準備了其他書籍喔。這本書在描述一群人如何透過奪寶迪塔成為摯友。亞納索塔瓊斯王子若有興趣，可以借給您。」

「有是有，但我不忍心讓錫爾布蘭德等太久。」

亞納索塔瓊斯揚手指向錫爾布蘭德。錫爾布蘭德就彷彿食物已在眼前卻得等待指令的小狗般，整個人無精打采。因為書一般只有一本，若按身分高低先把書借給了亞納索塔瓊斯，錫爾布蘭德就只能等他看完。

……但是，這點不用擔心！

「請放心，我可以同時把書借給兩位喔。布倫希爾德、黎希達，請把貴族院的戀愛故事集與迪塔故事發給大家吧。」

「遵命。」

布倫希爾德拿著羅德里希創作的迪塔故事，黎希達則拿著今年新推出的貴族院戀愛故事集發給眾人。原本迪塔故事預計在與戴肯弗爾格舉辦茶會時才要亮相，但感覺亞納索塔瓊斯與錫爾布蘭德會感興趣的新書只有這一本，我於是改變了原訂計畫。

……羅德里希，王族這麼快就成為了你的讀者，好厲害喔！

我悄悄覷向羅德里希，發現他正坐立難安地站在房間角落，臉上一副想知道大家反應但又不想知道的表情。

「……羅潔梅茵大人，這些書全部一模一樣嗎？」

艾格蘭緹娜拿到書以後，眨了眨明亮橙色眼眸。

「是的。這種做出同樣書籍的技術叫作印刷，今後將成為艾倫菲斯特的新主要產業。戴肯弗爾格的史書也會採用這種技術印製，然後向大家販售。只不過，還得請戴肯弗爾格先檢查過內容才行，所以不會馬上開始販售。」

我說明了什麼是印刷後，索蘭芝與歐丹西雅互相比對彼此手上的書，訝聲說道：

「真的連圖畫都一模一樣呢。」

「裡面的字整齊又漂亮固然不錯，但封面不能再像樣一點嗎？」

亞納索塔瓊斯翻了翻書頁後，皺起臉龐說。對於習慣外封有過多裝飾的貴族來說，果然很難有正面評價吧。

「其實這張加了押花的紙就是封面喔。而且，艾倫菲斯特的書之所以只有這種紙封面，是為了讓大家可以依自己的喜好加上皮革封面。像亞納索塔瓊斯王子與漢娜蘿蕾大人會喜歡的封面並不一樣吧？再者這本書只是用線裝訂起來而已，非常容易解開，就算帶去工坊請人製作封面，也不會給工匠造成麻煩。」

「嗯……」

亞納索塔瓊斯還是不太滿意地瞪著書本瞧。可能是他從未見過沒有封面的書籍吧。

「請想成我們只販售內容而已。因為不費心製作封面，才能壓低價格。這麼做是為了讓下級貴族與中級貴族也有能力購買。」

「艾倫菲斯特能有這種想法，真是教人感激呢。」中級貴族索蘭芝顯得十分開心。漢娜蘿蕾拿著艾倫菲斯特的書，也朝我投以微笑。

「艾倫菲斯特的書既輕薄又方便攜帶，翻頁也毫不費力，我個人很喜歡呢。比起要有文官或侍從幫忙才能閱讀的書籍，我覺得平易近人多了。」

漢娜蘿蕾看向戴肯弗爾格的厚重書籍說道，錫爾布蘭德表示贊同。

「我也可以理解。有些書又厚又巨大，得站在閱覽桌前面才能翻閱。跟那種書比起來，艾倫菲斯特的書看起來很方便呢。」

……大到必須站著閱讀的書籍是什麼？我好想看！

我正想往前傾身的時候，被身後的布倫希爾德悄悄按回原位。確認過項鍊上的魔石沒有變化後，我重新坐好。

「那麼，這本書要先借給誰呢？」

艾倫菲斯特可以把同樣的書借給所有人，但其他人畢竟無法從領內帶出好幾本書，所以現在要決定借書順序。我先借到的，是索蘭芝從閉架書庫裡拿出來的書。

「羅潔梅茵大人的魔力十分豐富吧？這本書因為太過老舊，便放進閉架書庫裡保存，裡頭記錄了好幾種少見的魔法陣呢。聽說是很久以前研究過休華茲與懷斯的老師所寫的著作，希望能為您的學習帶來幫助。」

「謝謝索蘭芝老師。」

若把內容抄寫下來，再與斐迪南和赫思爾一起研究的話，說不定就能製作出放在我圖書館裡的休華茲與懷斯了。儘管很想馬上翻開來看，但在這裡無法這麼做。因為書本都交由近侍互相收取，我連書的邊邊也摸不到。

「那個，羅潔梅茵，妳也喜歡閱讀內容艱澀的書籍吧？」

錫爾布蘭德有些猶豫不決地看向阿度爾手中的書。那是錫爾布蘭德先向歐丹西雅借來的書籍。

「這種內容艱澀的書籍我都得看很久，不如先借給妳看吧。」

什麼！錫爾布蘭德居然要把他借到的書先借給我。我極力壓下想撲向那本書的衝動，仰頭看向他的侍從阿度爾。

「可以嗎？那個……居然把王子殿下借到的書借走……」

「錫爾布蘭德王子非常喜愛艾倫菲斯特的書籍，總會反覆閱讀好幾遍。這本書難度偏高，還是讓給能夠開心閱讀的羅潔梅茵大人吧。等艾倫菲斯特又有了新書，再請借給王子殿下。」

我二話不說點頭。

「錫爾布蘭德王子，謝謝您。」

「妳這麼高興，我也很開心。」

……錫爾布蘭德王子真是個好孩子！

就這樣，我總共借到了三本書。一本是為了酬謝我成為鑰匙的管理者，亞納索塔瓊斯從王宮圖書館借來的；一本是索蘭芝帶來的；一本是錫爾布蘭德把他借到的書借給我的。真是超級大豐收！

想到回去之後就能看書，我不禁興致高昂起來，然而亞納索塔瓊斯卻沉著臉，來回看著艾倫菲斯特的書與其他人帶來的書籍。

「羅潔梅茵，艾倫菲斯特就只有這種薄薄的書嗎？看起來實在太窮酸了。既然不加封面，至少書該厚一點。」

「因為我們的書只是用線裝訂起來，無法做得太厚，所以是以數量取勝喔。」

我轉頭看向布倫希爾德。她點點頭後，拿出了另一本書與黎希達一起發給眾人。是艾薇拉的最新著作《斐妮思緹娜傳》。得知斐迪南訂下婚約後，艾薇拉便將心中激昂的情感化作文字，創作了這篇故事。但由於跟參考人物太過一致並不好，她寫的時候修改了主角的性別。

斐妮思緹娜自幼喪母，一直是與父親指派給她的侍從過著勉強能夠溫飽的生活。但就在即將舉行洗禮儀式之際，父親將她帶了回去，她才發現自己的新家竟是領主的城堡。原來斐妮思緹娜本是領主候補生。

自那之後，義母絲毫不肯罷休地開始欺負她。而在進入貴族院就讀後，斐妮思緹娜的美貌與出色成績受到眾所矚目。儘管其他領主候補生有時也會出於嫉妒找她麻煩，但跟義母的欺凌比起來根本不算什麼。

來到沒有義母的貴族院，斐妮思緹娜首次品嘗到了自由的滋味，並與王子墜入愛河。然而，斐妮思緹娜是沒有母親的領主候補生，與王子並不匹配。

兩人的戀情遭到眾人反對。國王為了拆散兩人，甚至下令要斐妮思緹娜嫁往大領地。那個大領地還是義母的出身領地，結婚對象的長相更酷似義母，性格野蠻粗暴。

斐妮思緹娜無法違抗王命，只能含淚準備出嫁，豈知王子並未就此放棄。為了解救斐妮思緹娜，王子想方設法。儘管斐妮思緹娜起先還不斷推拒，擔心連累王子，但在王子鍥而不捨的努力下，終於說服國王答應兩人的婚事，最後有情人終成眷屬。

內容大致上是這樣，不管劇情再牽強，主角最終似乎都要有完美結局。

齊爾維斯特看出了參考人物是斐迪南，對此哈哈大笑說：「艾薇拉膽子還真大！」但好像只有非常親近的人才看得出來。就連在艾倫菲斯特，發現原型是斐迪南的人也不多。

順便說明，這本《斐妮思緹娜傳》與羅德里希寫的迪塔故事都是長篇小說。和之前的短篇集不同，都是會有續集的作品。因為從實務層面來看，根本不可能收錄成一冊，再加上印刷太花時間了，只能將印好的部分慢慢出。

看到大家都開心地拿著書，我揚起嘴角。這可是我偉大計畫的第一步，要讓尤根施密特境內渴求續集的讀者越來越多。

……大家就和我一樣，染上「給我續集的病」吧！就讓我的愛書病毒傳染給所有人！

由於這次的愛書同好茶會是由王族主辦，本來還如臨大敵的我，卻度過了一段意想不到的開心時光。

與戴肯弗爾格的茶會

「大小姐，這件事可不是說句『真開心』就結束了唷。這次您能全程參加茶會、沒有中途暈倒固然值得恭喜，但在開始閱讀您借到的書之前，還有很多事情該向奧伯·艾倫菲斯特報告吧？」

一回到宿舍，我正想伸手拿書，黎希達立刻這麼斥責。可以的話真想只記得開心的事情，奈何現實沒這麼簡單。

「我去秘密房間裡寫吧。」

我嘆著氣站起來，走進秘密房間。因為除了報告書，我也要寫信給斐迪南。主要該報告的事情，就是王族希望我在第一王子與阿道芬妮的星結儀式上能擔任神殿長，以及現在圖書委員的工作變成了管理鑰匙吧。

我在要給斐迪南的信上，以隱形墨水寫下自己認為重要的事情，最後補充說：「王子已經答應我，如果圖書館員確認過內容後沒問題的話，可以讓我閱讀上鎖書庫裡的書喔。唔呵呵。」

在等墨水乾的時候，我也寫好了報告書。內容一模一樣，差別只在於最後的補充是這樣：「由於我當時回答了，請先徵得奧伯的同意，所以請好好向王族賣個人情吧。」

寫完時，要給斐迪南的信上隱形墨水也乾了，我再用一般的墨水寫些無關緊要的事情加以覆蓋，包括茶會上有哪些點心、借到了怎樣的書等等。

想了一會兒後，至於借出了哪些書就略過不提。

「……應該沒有會讓斐迪南大人生氣的事情吧？嗯。」

反覆檢查了幾遍內容後，我將信封好，然後帶著信與報告書離開秘密房間。

愛書同好茶會結束的隔天，戴肯弗爾格便來信想要敲定茶會的舉辦日期。似乎是共同研究已經得到奧伯的許可了。布倫希爾德帶回邀請函。

「他們希望能在兩天後的上午舉辦。此外，由於藍斯特勞德大人也會出席，所以若韋菲利特大人也願意參加茶會，他會非常感激。」

因為要收取髮飾與討論共同研究一事，藍斯特勞德已經確定也將出席，但只有他一個大男人似乎會渾身不自在。我看向交誼廳裡，也在一旁聽著報告的韋菲利特。

「韋菲利特哥哥大人，您現在不用上課了吧？您覺得呢？」

「男性若要單獨出席全是女性的茶會，我完全可以明白會有多不自在。況且共同研究一事我也得幫忙，所以一起出席吧。」

一年級時我曾返回領地舉行奉獻儀式，當時韋菲利特曾代替我，獨自出席全是女性的茶會。他說一想起那時候有多麼如坐針氈，便對藍斯特勞德心生同情。

「除此之外，戴肯弗爾格的騎士似乎對迪塔故事十分感興趣，提出了希望能把書借給他們的請求。」

這當然沒問題，因為原本就打算最先拿給戴肯弗爾格看。我點頭表示同意。

隨後，在與戴肯弗爾格舉辦茶會的日子到來前，我和韋菲利特兩人的侍從們一起討論要帶哪些點心，以及茶會時該注意哪些流程和暗號。我則帶著要與多雷凡赫進行共同研究的見習文官們前往賈鐸夫的研究室，向賈鐸夫介紹一行人；前往赫思爾的研究室時也把第二封信交給雷蒙特，並催促他趕快取得回信。

「本日感謝兩位的邀請。」

這天，我與韋菲利特帶著自己的近侍們，來到戴肯弗爾格的茶會室。由於要討論共同研究一事，今天在場的文官人數不少。我也帶了還沒能獻名的繆芮拉同行。

「韋菲利特大人、羅潔梅茵大人，我們正等著兩位到來呢。這邊請。」

漢娜蘿蕾與藍斯特勞德出來迎接後，我們互相道完冗長的寒暄，往指定的位置坐下。從我的位置正好可以看見克拉麗莎。我於是看向羅德里希輕輕點頭，他立即把哈特姆特的信交給她。

……連在貴族院內送封信就要耗上這麼多天時間，想等到斐迪南大人的回信肯定需要更久吧。

「那馬上提交我訂做的髮飾吧。」

藍斯特勞德眼神兇惡地瞪著我，輕咳了一聲說。為什麼他看起來這麼不耐煩啊？我在心裡偏頭納悶時，漢娜蘿蕾一臉無奈地輕嘆口氣。

「哥哥大人，我知道您迫不及待，但等到茶會正式開始也沒關係吧？」

原來藍斯特勞德這一副高傲又不耐煩的樣子，單純只是因為太過期待。知道真相以後，我忍不住想笑。但總不能真的笑出來，因此我往腹部使力拚命忍笑。

「布倫希爾德，請提交髮飾吧。」

既然對方這麼期待，我想盡快交給對方。布倫希爾德將裝有髮飾的盒子交給藍斯特勞德的侍從，侍從在檢查過盒子與內容物後，遞交給自己的主人。再怎麼覺得麻煩又浪費時間，這個步驟仍是不可或缺。險些遭人毒殺的我非常清楚其必要性。

不過，因為在檢查結束前無事可做，我觀察起藍斯特勞德。如果不是非常親近的人，根本很難看出他那張火大又不耐的臉孔，其實只是急不可耐吧。畢竟問候的時候，藍斯特勞德還是擠得出貴族該有的客套笑容，所以更讓人誤以為他看來很不高興。

終於拿到髮飾後，藍斯特勞德以眉頭深鎖的肅穆表情打量起來。

他訂做的髮飾配合了秋季貴色，正中間的花朵形似大理花，中心是紅色的，然後往外逐漸轉黃；外圍則是銀桂般的小花與綠葉，還點綴著色彩繽紛的圓形珠子，引人聯想到秋天的果實。

我認為這個髮飾完美呈現了訂購圖上的指示，但感覺藍斯特勞德的藝術造詣很高，不知道能不能讓他滿意。我目不轉睛地觀察他的表情，只見藍斯特勞德神情嚴厲地打量了一會兒後，剎那間滿意地瞇起紅色雙眼、露出微笑。

「哼，還可以。」

「羅潔梅茵大人，哥哥大人的『還可以』意思是無可挑剔唷。」

即便沒有漢娜蘿蕾的解說，從藍斯特勞德的表情也看得出他十分滿意。

「工藝師還跟我說，藍斯特勞德大人指定的花朵與果實全都非常少見，在艾倫菲斯特領內並無生長，讓她開了眼界呢。此外也提到您的品味非常出眾。」

「哦？居然能編出從未見過的花朵與果實，想不到艾倫菲斯特的工藝師這麼優秀。」

藍斯特勞德的紅色雙眼直直朝我望來，意思多半是：「我很欣賞那名工藝師，不如讓給我吧？」我微微一笑。

「謝謝您的稱讚。她可是我自豪的專屬工藝師，我的髮飾全由她負責呢。」

……再怎麼想挖走，多莉都是我的專屬，絕不讓給你喔。

藍斯特勞德用一如既往的眼神瞪著我瞧，想必正心想著我「真狂妄」，但不行就是不行。我繼續面帶笑容，打算帶過這個話題。

「看來髮飾似乎讓您很滿意，那麼關於戴肯弗爾格的史書……」

「慢著，羅潔梅茵。妳一聊起書就講很久，最好先討論共同研究一事。」

我正想把話題轉移到史書上時，卻遭到韋菲利特制止。我轉頭看他，發現他正好放下杯子。看來我與藍斯特勞德在交談的時候，他在漢娜蘿蕾的邀請下，兩人已經開始品嘗茶水。

「事關戴肯弗爾格的史書，這件事也很重要喔。」

「我知道，但妳一聊起書就容易離題，最好等一下再討論。」

韋菲利特是根據過往經驗這麼建議，所以我無法反駁，決定接著討論共同研究一事。不過在那之前，我想先享用茶水與點心。我在漢娜蘿蕾的招呼下吃了口戴肯弗爾格的點心。是包著酒漬璐萊與奶油的格雷餅。樸實的美味讓人一口接一口。

「羅潔梅茵大人，您曾說過想像這樣品嘗璐萊吧？」

以前我曾隨口說過，若有璐萊就能做出這樣子的點心，看來漢娜蘿蕾妥善活用了自己得到的資訊。

「您竟然記得我隨口說過的話，真是太感謝了。」

「……羅潔梅茵，妳真的喜歡那種點心嗎？」

藍斯特勞德說他本來反對，覺得在貴族院的茶會上怎能端出這種點心，但漢娜蘿蕾堅持說：「我只是準備客人會喜歡的點心而已。」

「漢娜蘿蕾大人願意如此用心準備茶會，我個人非常開心呢。」

「嗯。比起中央那種砂糖堆成的甜點，我更喜歡戴肯弗爾格的點心。」

「羅潔梅茵大人、韋菲利特大人，很高興兩位喜歡。」

漢娜蘿蕾露出開心的笑容時，藍斯特勞德則是冷哼一聲說：

「那是因為戴肯弗爾格用的材料好。言歸正傳，共同研究你們打算如何進行？戴肯弗爾格確實有很多見習騎士都獲得安格利夫的加護，但也不是所有人都得到。」

「我們已經有些假設，為了得到證實，想向戴肯弗爾格與見習騎士們請教一些問題。比如說，舉行加護儀式前因為不擅長學科、經常在術科課上向神祈禱的人，與擅長學科、很快就舉行加護儀式的人有什麼不同。儀式時能讓魔力布滿整個魔法陣的上級貴族，與魔力無法布滿的下級貴族又有什麼不同。還有，也想了解你們都舉行過哪些儀式、頻率有多高等等。」

我說完後，藍斯特勞德招來自己的文官，接過某樣東西。

「父親大人已經下達許可，可以讓你們參觀我們迪塔比賽前後的儀式。但是，有兩個條件。首先，是必須認真比場迪塔。不比迪塔，也就沒有舉行儀式的必要吧。既然已經向神祈求得勝，不比一場迪塔說不過去。」

「戴肯弗爾格的領主候補生所舉行的儀式，都是在迪塔比賽結束之後，所以不能什麼也不做便奉獻魔力。」

漢娜蘿蕾雖然投來擔心的眼神，但似乎也覺得為了儀式需要先比迪塔。一時間還聽不懂他們在說什麼的我眨眨眼睛。

……什麼！要進行共同研究居然得比迪塔！

在決定要與戴肯弗爾格一起進行研究的時候，沒能料想到這件事情也許是我太天真，但誰想得到為了研究需要比迪塔啊。

「……畢竟共同研究是我們提出的，只能接受了吧。」

韋菲利特這麼回應後，茶會室裡的戴肯弗爾格見習騎士們皆臉色一亮，我則是沮喪地想要垂下頭。

「不過，除了見習騎士，也要等參與共同研究的見習文官差不多都修完課了，才能安排時間比迪塔。這段時間你們可以先提問、蒐集資料。」

「對於這次的共同研究，洛飛老師可是幹勁十足唷。他說只要先送去奧多南茲通知一聲，便會允許你們出入騎士樓，還會回答各位的問題。」

兩人說完，我點一點頭，接著問道：「那另一個條件是什麼呢？」我想不出還有什麼條件比迪塔更麻煩，整個人已處在「儘管放馬過來吧」的心死狀態。

藍斯特勞德先清了清喉嚨，然後說了：「就是也要讓我們參觀妳舉行的儀式。」

「我舉行的儀式嗎？」

「沒錯。既然在神殿舉行儀式能取得加護，那妳平常都會舉行儀式吧？得到諸多神祇加護的艾倫菲斯特聖女，究竟都在舉行哪些儀式？妳要把這件事情寫入研究當中，並在我與漢娜蘿蕾面前實際舉行儀式。」

看來意思是既然他們會公開戴肯弗爾格歷史悠久的儀式，我們也該展示艾倫菲斯特的儀式。要讓他們參觀是沒問題，但該舉行哪個儀式呢？

「但在神殿裡舉行的儀式有很多種喔。像是洗禮儀式、成年禮、星結儀式等，兩位想參觀怎樣的儀式呢？但如果是特殊節日的儀式，需要有給予祝福的對象，其他則都是前往農村祈求豐收的儀式。這些都不適合在貴族院裡舉行。」

「不必那麼大費周章，只要能知道妳是如何獻上祈禱就夠了。」

……能在貴族院舉行的儀式嗎？一時間我可以想到、又經常施展的，就只有對採集場所進行的治癒而已，但那不適合給外人參觀吧。嗯……還真難選擇。

「我會好好想想，該選擇怎樣的儀式讓兩位參觀。」

「嗯。讓我看看妳有點聖女風範的樣子吧。」

「哥哥大人！」

在漢娜蘿蕾的瞪視下，藍斯特勞德只是別過頭說：「不要多嘴。」

「對了，這次的共同研究，希望戴肯弗爾格的見習文官也能提供協助，請問其中一人我能指定克拉麗莎嗎？」

克拉麗莎的雙眼猛然綻放期待光彩，點頭如搗蒜。但藍斯特勞德只是往她瞥了一眼，問道：「為何？」

「最主要的原因是，克拉麗莎是我近侍哈特姆特的未婚妻，與艾倫菲斯特有不淺的交情。還有，這次的研究是為了改善神殿在眾人心裡的印象，所以我相信她一定會全力投入……因為哈特姆特現在成了神殿的神官長。」

「什麼?!妳說他進了神殿嗎?!那男人到底犯了什麼大錯?!」

對貴族來說，進入神殿果然是種難以抹滅的汙點吧。真沒想到他們最先蹦出來的回應會是：「他到底犯了什麼大錯?!」

「哈特姆特並沒有犯下大錯喔，這是因為斐迪南大人離開了。」

藍斯特勞德皺起臉龐，像是在說莫名其妙，我繼續說明：

「斐迪南大人不僅是我的監護人，之前也都由他擔任神官長，從實務層面協助身為神殿長的我。但如各位所知，如今斐迪南大人已入贅至亞倫斯伯罕，所以便由我的近侍哈特姆特進入神殿，成為新任神官長。」

聽完我的說明，藍斯特勞德與周遭的學生都低聲道：「在艾倫菲斯特真的沒有做錯任何事情，也會被送入神殿當神官長嗎？」

「我不知道在戴肯弗爾格這樣的大領地裡，神殿是什麼情況，但慚愧的是，艾倫菲斯特的神殿裡幾乎沒有多少青衣神官。」

韋菲利特看著藍斯特勞德說道。

「由於人數不足以讓小聖杯盈滿魔力，所以像羅潔梅茵與叔父大人這樣魔力量多的領主一族，便奉命擔任神殿長與神官長舉行儀式。我和夏綠蒂身為領主候補生，也會前往各個直轄地幫忙舉行祈福儀式與收穫祭。領主一族經常會出入神殿。」

藍斯特勞德雖然還是面色凝重，但也喃喃應道：「這樣啊。」

「我們將會研究一個人的祈禱次數、禱告內容與虔誠程度，是否會影響到他取得的加護多寡。如果可以證明兩者有關聯，也許有助於改變眾人對神殿的看法。所以，倘若克拉麗莎不會因為哈特姆特成為神官長就要與他解除婚約的話，我很希望她能加入我們、提供協助。」

「克拉麗莎，妳說呢？只要說那個男人明明在他領已有未婚妻，竟還進入神殿任職，想要解除婚約可是輕而易舉喔。」

藍斯特勞德問道。克拉麗莎立即搖頭，身後的麻花辮跟著她一起晃動。

「我的未婚夫竟為了主人毫不遲疑地進入神殿，我只會為他感到驕傲，怎麼可能輕視他呢。如果我已經在艾倫菲斯特了，肯定還會與哈特姆特爭奪神官長之位吧。」

克拉麗莎揚起燦笑後，那笑容居然與哈特姆特有幾分相似，我眨了眨眼睛。

「羅潔梅茵大人，請一定要讓我參與共同研究！」

克拉麗莎忽然用力握拳，藍色雙眼熠熠生輝。手裡哈特姆特的信都被她捏扁了。

「這些道歉根本毫無必要。無論親族如何反對，我都會堅持自己選擇的道路，嫁往艾倫菲斯特。然後，我要將艾倫菲斯特聖女舉行儀式時的模樣烙印在眼底！」

……克拉麗莎講的話怎麼跟哈特姆特這麼像，是我聽錯了嗎？

我愣愣看著克拉麗莎，再看向戴肯弗爾格的所有人。大概克拉麗莎平常就是這副模樣，他們全都一臉見怪不怪。藍斯特勞德的眼神還像在看著一個超級大麻煩。

「你們艾倫菲斯特的人可要管好她，因為我們應付不來。」

「請等一下，克拉麗莎是戴肯弗爾格的學生吧?!」

怎麼可以做出這種棄她於不顧的發言呢——我表示抗議後，克拉麗莎不知為何露出了難為情的羞赧微笑。

「雖然我現在還隸屬戴肯弗爾格，但內心已經完全臣服於羅潔梅茵大人了。」

克拉麗莎用雙手捧住臉頰說，臉上的表情就像在告白的女孩子。我完全不曉得該作何反應，朝布倫希爾德與萊歐諾蕾投去求救的眼光。只見布倫希爾德露出禮貌性的微笑低喃：「簡直就像有兩個哈特姆特呢。」

「喂，羅潔梅茵，妳快點讓她停下來。」

藍斯特勞德一臉厭煩地聽著克拉麗莎的滔滔不絕，對我輕輕擺手說。

……咦？這是我的責任嗎?!她明明是戴肯弗爾格的見習文官耶？

聽到他要我阻止克拉麗莎的失控，我不知所措地看向眾人。

「既然她在心裡已經臣服於妳，妳也只能拿出主人的樣子制止她了吧？」

韋菲利特這番話讓我皺起了眉。現在還在舉辦茶會，若與克拉麗莎談話，這對邀請我們前來的漢娜蘿蕾他們也太失禮了。不過，畢竟是戴肯弗爾格的人要求我阻止她，這也無可奈何吧。

「……不好意思，那能給我與克拉麗莎一點時間嗎？」

「實在非常抱歉，那就拜託羅潔梅茵大人了。因為克拉麗莎一旦進入這種狀態，幾

乎不管我們說什麼都沒用……」
漢娜蘿蕾也一臉傷腦筋地看著克拉麗莎。難道她在戴肯弗爾格舍裡的時候，一直是像這樣喋喋不休嗎？有點恐怖。
我回過頭，對布倫希爾德說：
「布倫希爾德，請拿來要給克拉麗莎的禮物。」
「遵命。」
哈特姆特說過，如果克拉麗莎想要結婚的心意仍然不變，到時再請我把髮飾送給她。因為女性們建議，最好早一點把髮飾送給克拉麗莎，方便她決定畢業儀式時的髮型，想好要怎麼與服裝做搭配。
其實我本想在茶會結束的時候再私下交給她，但眼看克拉麗莎的滔滔不絕完全停不下來，只好現在就交給她，再請她回房看髮飾吧。畢竟她剛才也一直靜靜站在原地，相信離開以後就能冷靜下來了。至少我希望她能冷靜下來。
我請布倫希爾德幫忙拉開椅子，離開座位後，緩步走向克拉麗莎。注視著我一舉一動的克拉麗莎微微瞠大藍色雙眼，嘴巴終於閉起來。在鴉雀無聲的房內，感覺得到所有人的目光都集中在自己身上。
「克拉麗莎。」我這麼呼喚著伸出手後，她恍然回神似的當場跪下。
「妳的心意我都明白了。聽到哈特姆特進入神殿，妳也完全沒有退縮，甚至以他為傲，這讓我十分高興。」
「羅潔梅茵大人……」

「所以，請收下吧。如今哈特姆特當上了神官長，倘若妳依然視他為未婚夫，請收下這份禮物。這是哈特姆特為了畢業儀式所訂做的髮飾，要我代為轉交。」

接過布倫希爾德遞來的木盒，我再交給克拉麗莎。她一副無比感動的模樣接過，兩眼泛起淚水。

「請回到自己的房間再打開吧。」

說完，我看向漢娜蘿蕾與藍斯特勞德。藍斯特勞德立刻明白了我眼神的意思。

「克拉麗莎，妳可以退下了。」

「……不，我希望能待到茶會結束，將羅潔梅茵大人的模樣印在眼底。」

「那妳安靜地待在一旁，別礙事。」

藍斯特勞德順勢把克拉麗莎趕到房間的角落後，吁出一口大氣。看樣子成功讓克拉麗莎冷靜下來了。我也放心吐氣，回到自己的位置上。

「妳管控下屬的能力還不錯嘛。」

「……不敢當。那麼，若共同研究一事已經沒有其他問題，請問可以接著討論戴肯弗爾格的史書了嗎？」

「好的，哥哥大人與父親大人都很期待看到完成的史書呢。」

漢娜蘿蕾盈盈微笑，請我們接著進行。韋菲利特看向文官所在的方向，朝自己的見習文官喚道：「伊格納茲。」伊格納茲隨即將史書的樣書交給戴肯弗爾格的見習文官。做完一番檢查，接著送到藍斯特勞德手中。

藍斯特勞德火速開始翻閱，檢查時表情非常認真。但對艾倫菲斯特來說，我們需要的是通過奧伯．戴肯弗爾格的檢查。眼看藍斯特勞德的注意力都放在書上，似乎沒在聽我們說話，韋菲利特便把目光投向漢娜蘿蕾，說：

「倘若這本樣書沒有問題，我們便會開始販售一模一樣的書籍。奧伯．戴肯弗爾格可以在領主會議上再作回覆。」

「謝謝兩位，我會這麼轉告奧伯。」

漢娜蘿蕾笑著接下轉告的任務。她瞥了一眼正在查看書籍的藍斯特勞德後，指示侍從重新倒一杯茶，接著招呼我們。我一邊悠哉喝茶，一邊聽著漢娜蘿蕾告訴我們有關史書的事情。

「羅潔梅茵大人改寫的現代語版本，對戴肯弗爾格造成了很大的衝擊唷。」

「哎呀，是怎樣的衝擊呢？」

「各位也知道，學生雖然會在貴族院內學習尤根施密特的歷史，卻很少深入了解自領的歷史吧？甚至一般而言，都只有領主一族非常清楚自領的歷史。然而，現在有了這麼淺顯好讀的史書以後，不光是大人，就連小孩子也有機會可以深入了解自領的歷史。」

……我都不知道，原來貴族普遍不了解自領的歷史嗎！

領主候補生因為有其必要，都會學習自領的歷史。漢娜蘿蕾還說，若是領主一族的旁系而且是上級貴族，也會從祖父或父母那裡聽說；或者是從小與領主一族一起長大、交情甚篤的同齡孩子們，也有學習自領歷史的機會。我因為斐迪南教過我，還以為自領歷史是貴族的常識，所有人都知道。

「再加上戴肯弗爾格的歷史太悠久了，史書上的文字也很難懂……不管是小孩子，還是從他領嫁過來的領主一族配偶都很難學會。」

「……沒有任何人嘗試改寫成現代語嗎？」

如果這麼難以看懂，自領的文官會試著翻譯成現代語也很正常吧。

「所有領主一族都會這麼做喔。可是，很少有人把改寫後的內容留下來。因為大家都說，記得古老的語言並傳承下去，也是領主一族的職責。」

「這種心態非常重要呢。因為如果不刻意去記，古老的文字很容易會被遺忘，久而久之就消失了。戴肯弗爾格就是因為這樣，獻上祈禱的儀式才會代代傳承下來吧。」

聞言，漢娜蘿蕾露出了有些模稜兩可的微笑說：「哪裡。」緊接著，她像是想起了什麼拍向掌心。

「您知道國王陛下的第三夫人是戴肯弗爾格出身吧？她曾盛讚羅潔梅茵大人的現代語版本非常出色喔。她說內容淺白好讀，等到開始販售了，一定會購買呢。」

……國王的第三夫人就是錫爾布蘭德王子的母親吧？真不愧是大領地，與王族有著堅不可摧的交情呢。推廣流行的源頭完全是艾倫菲斯特望塵莫及。

「王族居然也願意閱讀，真是我們的光榮。倘若樣書裡有內容不便公開，還請立即通知我們，我們會進行修改。」

戴肯弗爾格的歷史如此悠久，肯定有一、兩件不想被他領知道的事情吧。考慮到王族也有可能閱讀史書，我於是開口提醒。聞言，藍斯特勞德立刻抬頭。

「妳在說什麼？艾倫菲斯特的情況我不清楚，但戴肯弗爾格的歷史中沒有半點見不得人的事情。」

坦白說，我覺得怎麼可能沒有。但是，我很佩服他們絲毫不予遮掩的氣魄，領主候補生如此斬釘截鐵的模樣也讓人覺得爽快。

……雖然很有藝術家氣質，但果然藍斯特勞德大人也是土生土長的戴肯弗爾格男子漢呢。

我暗自感到佩服時，韋菲利特問道：「請問樣本的檢查結果如何？」

「還可以。和你們之前給的版本不同，書裡到處都有插圖，這點我很滿意。如果能夠繪成彩色，整體看來會更豐富多彩吧。不過，書裡的插圖本就打算只以黑白兩色呈現，因此效果本就不錯。」

接下來的評價都是關於插圖。看來藍斯特勞德剛才那麼認真端詳的並不是內文，而是葳瑪畫的插圖。

「這名畫師是我的專屬，很榮幸能得到您的讚揚。」

「妳的專屬……？那她也會為妳作畫嗎？」

富有藝術家氣息的藍斯特勞德似乎對葳瑪的畫相當感興趣，我被他的問題問得歪過了頭。葳瑪的房間我只進去過一次，記得當時房裡全是斐迪南的圖畫，但好像也有一些我的畫像。

「雖然已經好幾年前了，但我看過她畫我唱歌時的樣子。好像還畫過我彈奏飛蘇平琴時的樣子呢……但最近她都忙著畫書本插圖，應該沒有時間畫我的畫像了吧。」

「……是嘛。」藍斯特勞德神情有些遺憾地低頭看向書裡的圖畫。看樣子他相當欣賞葳瑪的作品，真不愧是我的侍從。

「各位要不要也看看迪塔故事呢？」

這麼一問後，我總覺得見習騎士們好像有些躁動起來。同時藍斯特勞德的表情也變得陰鬱，大概是基於相同的理由吧。

「這本迪塔故事是以奪寶迪塔為靈感來源，所以我很好奇戴肯弗爾格的學生們看完會有什麼感想呢。」

「請包在我們身上！」戴肯弗爾格的學生們齊聲回道。不只騎士，就連文官與侍從也包含在內。迪塔究竟滲透到了哪種地步啊？真不敢想像。

「聽說作者執筆時參考了斐迪南大人所寫的迪塔相關筆記，但由於他屬於不比奪寶迪塔的年輕一代，因此也許有些敘述會不合邏輯。」

我也檢查過原稿，指出內文的錯誤與明顯的矛盾之處，請羅德里希修改。但畢竟我也沒比過整個貴族院都是比賽場地的奪寶迪塔，所以很難修改到百分之百正確。

……要不是因為父親大人他們在忙著為斐迪南大人的入贅與肅清行動做準備，我就會請他們幫忙查看了。

「我看看……這本書沒有插圖嗎？」

從見習文官手中接過迪塔故事後，藍斯特勞德一翻開書頁，最先反應的就是沒有插圖。羅潔梅茵工坊印製的書全由葳瑪負責繪製插圖，卻只有這本迪塔故事沒有。乍看下可能覺得奇怪，但其實這也是無可奈何。

「因為我的專屬畫師是平民，但故事的背景是在貴族院，她無法將只有貴族會比的迪塔畫成插圖。」

「原來如此。不管是貴族院還是迪塔，都只有貴族才畫得出來吧。」

藍斯特勞德了然地點點頭，但這對我們來說其實是迫切待解的難題。故事的蒐集固然容易，畫師卻不好找。我根本不曉得該怎麼網羅、召募畫師。

「貴族當中若有人擅長繪畫，我也很想延攬對方繪製插圖，只可惜艾倫菲斯特領內沒有這方面的人才……」

我長吁短嘆，對於該如何栽培畫師訴說自己的煩惱，赫然發覺藍斯特勞德正一臉不高興地看著我。

「……怎麼了嗎？」

「那個，羅潔梅茵大人，哥哥大人相當擅長繪畫喔。」

漢娜蘿蕾吞吞吐吐地如此表示後，我才明白藍斯特勞德的意思是他想當畫師。

「單憑髮飾的設計圖，便能看出藍斯特勞德大人的畫技精湛，若能由您來繪製，相信也更能引起大家的興趣吧。」

偏寫實風的插圖一定很漂亮，況且若由戴肯弗爾格的領主候補生來繪製，肯定能夠達到絕佳的宣傳效果。儘管我非常渴望這個人才，但藍斯特勞德可是領主候補生。

「可是，恐怕還是不便麻煩藍斯特勞德大人。畢竟您已經快要畢業，往後無法在貴族院內交付插圖，再者您是領主候補生，也不可能畢業以後遷來艾倫菲斯特。」

我曾想過如果是下級或中級貴族、圖也畫得不錯的話，等對方畢業後就招攬來艾倫菲斯特。但藍斯特勞德是領主候補生，除非結婚否則不可能遷往他領，更別說他還是下任領主。

「太遺憾了。」我垂下腦袋說完，藍斯特勞德一度露出非常不高興的表情，但馬上變回社交用的客套笑臉。大概不是非常失望，就是非常生氣吧。

「羅潔梅茵，如果我們透過漢娜蘿蕾大人收取插圖，那直到我們畢業為止都能麻煩藍斯特勞德大人吧？只是拜託他為迪塔故事繪製插圖，應該不至於花上好幾年的時間。況且看了藍斯特勞德大人的插圖後，說不定有人會受到啟發，我們想要發掘畫師也會變得比較容易。」

韋菲利特說完，藍斯特勞德猛然抬起頭來。他眉頭深鎖，炯炯發亮的紅色雙眼卻顯示著：「這主意不錯。」

……他完全超級感興趣！雖然皺著眉頭，但那表情絕對是躍躍欲試！

「但我們應該先向奧伯徵得許可……」

「這跟妳買下別人蒐集的故事沒什麼差別吧，只是買的東西變成插圖。」

「韋菲利特哥哥大人！」

我提高了音量想要制止，但來不及了。藍斯特勞德像逮著獵物般勾起嘴角。

「怎麼，艾倫菲斯特早就在做類似的事情了嗎？那應該沒有任何問題吧。」

但是，蒐集故事是沒有錢的下級貴族在做的打工，不是領主候補生該做的事情。原本插圖我也打算向中級或下級貴族購買，藍斯特勞德實在不適合來插一腳。

「那個，羅潔梅茵大人。您要不要在看過哥哥大人的插圖以後，再決定是否要購買呢？畢竟也要先看過，才曉得圖畫是否符合故事所需……」

漢娜蘿蕾嘆一口氣後，小聲咕噥：「況且也已經阻止不了了。」然後瞥向藍斯特勞德與韋菲利特。兩個人已經翻開迪塔故事，討論著該在哪個場景加入插圖。連站在藍斯特勞德身後的侍從與護衛騎士們，也都微微踮起腳尖探頭觀看。腦海裡忽然蹦出了齊爾維斯特在大喊：「你們給我等一下！為何會變成這樣?!」但是事到如今，好像也只能豁出去了。

……養父大人，加油！這次惹麻煩的可不是我喔。羅德里希，太了不起了！自領以外的第一位讀者居然是王族，第一幅插圖還是由大領地的領主候補生所繪製！真是幸好你用了筆名呢！

「每一集最多只能畫五張插圖，超過恕我無法購買。」

「五張嗎？這可真難抉擇……」

藍斯特勞德一臉認真地翻起書頁，已經看完的韋菲利特則是開始推薦適合添加插圖的場景。眼看兩名男性熱烈地討論起來，我與漢娜蘿蕾對看一眼，聳了聳肩。

「不管是戴肯弗爾格的史書還是今天帶來的迪塔故事，兩位領主候補生都表現出了濃厚的興趣。看來兄妹二人都很喜歡看書呢。」

「嗯、嗯。貴族院的戀愛故事集我也看得非常開心喔。」

漢娜蘿蕾「呵呵呵」地笑道，與我分享她喜歡哪篇故事的哪個場景。聽到她講述故事主角墜入愛河的那一瞬間有多麼讓人怦然心動後，我總算有些理解艾薇拉書裡描寫到的神祇代表了什麼意思。

……萌芽女神布璐安法的出現意味著戀情的開始啊。好，我記住了。

這位女神在艾薇拉編寫的戀愛故事裡經常出現，之前我一直不曉得祂的出現代表什麼涵義，原來是指愛情開始萌芽。

……可是，有時候布璐安法會在一篇故事裡出現五次以上，意思真的是指愛情開始萌芽嗎？或者還有其他種解讀？

我心裡感到有些疑惑，但繼續聽著漢娜蘿蕾的分享，一邊隨聲附和。這時，韋菲利特忽然一臉不可思議地看著我們。

「韋菲利特哥哥大人，怎麼了嗎？」

「沒什麼。我只是在想，漢娜蘿蕾大人看得還真仔細。」

我與漢娜蘿蕾不約而同地眨眨眼睛，韋菲利特輕笑起來。

「因為羅潔梅茵會一本接著一本看新書，從來不會像這樣認真地述說她對一篇故事的感想，我才覺得非常新鮮。」

……因為就算想講，我對劇情也沒有理解到可以認真分析啊！也沒有共鳴！

由於在文學課上學過，對於譬喻我勉強還能理解，好比故事裡有花開就代表令人沉醉的火熱戀情，吹起秋風就代表失戀了。只不過，能否產生共鳴倒是另當別論。

請試想一下。故事裡秋之女神們開始跳舞後，髮絲一被吹動，主角就突然哭了。在跟著感到難過以前，我總是先愣在原地，數秒後才意識到：「啊，對喔。是秋風。所以主角失戀了吧。為何這麼突然？徵兆呢？」我很難馬上理解發生了什麼事情，常常得往前重看好幾遍。結果我在看戀愛故事的時候，心情就像在看閱讀測驗或是推理小說，得邊看邊思考該怎麼解讀才正確。然後到了茶會上，還要邊聽大家的感想邊對答案。現階段的我，實在很難對主角的心情產生共鳴。

「因為聽大家分享感想很開心，不同的感想也讓我覺得很有意思，而且獲益良多……但比起仔細閱讀一篇故事，我更常忍不住就想看新故事呢。」

絕不是因為我看不懂喔——我先聲明清楚以免大家誤會。通常只要讀得夠多，自然就能理解，所以首先應該給我大量的書籍與閱讀時間才對。

……像當初祈禱也是自然而然學會的嘛。相信再過沒多久，我也能看一眼就對戀愛故事產生共鳴……吧？一定。

「羅潔梅茵大人，您真的很喜歡書呢。對了對了，先前您借給我的《斐妮思緹娜傳》，我已經拜讀了一些……」

「您已經開始看了嗎？」

我因為最近都待在研究室，還沒開始看借來的那些書籍。

「還只有開頭而已……但女主角是不是以羅潔梅茵大人為原型呢？」

「咦？不是的。斐妮思緹娜的原型……另有其人。」

總不能說「是斐迪南大人」，我支吾其辭地回道。為什麼會覺得斐妮思緹娜的參考人物是我呢？漢娜蘿蕾眨了幾下眼睛。

「是嗎？因為書裡關於女主角的外貌，描寫到了她有著橙色雙眼與飄逸的明亮藍色髮絲，還說她從小就聰明又美麗，後來被奧伯認領，這些都與您有相似之處呢。」

……單純只看這些描寫的話，確實很像在說我！

大概是因為知道真正的參考人物是誰，所以閱讀時我一點也不覺得與自己有相似之處，但萬一被人誤以為我是艾薇拉理想中美少女的原型就糟了。我急忙否認。

「我並不是被奧伯認領，而是被收為養女喔。當初洗禮儀式還是由父母為我舉行，養父大人與養母大人也都對我很好。況且我也沒有像女主角的原型人物那樣，被父親的第一夫人拒絕在洗禮儀式上以母親身分出席，也沒有過著時時得擔心性命不保、就連三餐也不能鬆懈警戒的生活。」

絕不能讓人誤以為故事裡的義母就是芙蘿洛翠亞，所以我拚命解釋。

「……羅潔梅茵，聽妳那語氣……難不成那些事真的發生過？艾倫菲斯特領內真有人過著那麼悲慘的生活嗎？」

藍斯特勞德將疑惑的目光投向韋菲利特，但他只是歪頭回道：「這我不曉得，但有這種人存在嗎？」看來韋菲利特並不知道《斐妮思緹娜傳》的原型人物，就是曾受到薇羅妮卡迫害的斐迪南。

「藍斯特勞德大人，那並不是真實故事。故事裡的情節都是虛構的，登場團體與人物也並非實際存在。就算覺得有相似之處，也不是真有其人，這只是故事而已。」

「……但是，羅潔梅茵大人確實認識這本書的原型人物吧？」

漢娜蘿蕾眼裡的懷疑好像更強烈了。在戴肯弗爾格領主候補生的注視下，我不得已地點了點頭。

「嗯、嗯，算是吧……可是，作者說過她融合了好幾個人來創作這個角色，所以並非特定影射某人。頂多閱讀的時候，會覺得這段劇情的來源是那個人吧。」

「所以這真的不是羅潔梅茵大人的故事嗎？」

看得出來漢娜蘿蕾是在擔心我，我用力點頭。

「我並沒有受到這種對待喔。對吧，韋菲利特哥哥大人？」
「嗯。羅潔梅茵的護衛騎士裡還有她的親哥哥，絕不會讓她遇到那些事情。」
「這樣啊。」
漢娜蘿蕾像是卸下心口大石，露出笑容。誤會解開後，我安下心來的同時，也驚覺自己今後恐怕得在貴族院裡反覆做出同樣的說明，血液有種凍結的感覺。
……我完全沒發現自己與斐妮思緹娜有相似之處！母親大人，請趕快印好第二集送過來！只要劇情發展到了與王子談戀愛那裡，想必就不會有人誤會了！
與戴肯弗爾格舉辦完茶會後，該向艾倫菲斯特報告的事情猛然增加許多。

回信

與戴肯弗爾格的茶會結束後，大概是太過疲累，我發起高燒昏睡了一段時間。居然還對久違的發燒感到懷念，看來我的身體真的強壯許多。我躺在床上表達自己的喜悅後，黎希達只是傻眼表示：「哪有人一邊躺在床上，一邊高興自己變強壯了。」

茶會的事後報告我交給了文官他們，自己則躺在床上悠閒看書。向亞納索塔瓊斯、索蘭芝與歐丹西雅借來的書，都正放在我的房間裡。能有這麼多還沒看過的書籍，真是一種幸福。

「這邊的研究紀錄是關於休華茲他們吧？……啊，這絕對是斐迪南大人沒看過的資料。因為他的資料裡面沒有命屬性這部分。」

之前領地對抗戰上，大家曾討論過若想製作休華茲與懷斯，可能需要有命屬性的魔法陣，但最終沒能查出究竟是怎樣的魔法陣。而這本書裡正好畫著命屬性的魔法陣，其他部分則是空白，並在一旁留下附注：「我只能解出這些，其餘未知，留待後人。」書裡有很多紀錄都與斐迪南的研究結果雷同，如果能跟這份資料對照，也許蘇彌魯魔導具的研究可以取得很大的進展。得趕快通知斐迪南才行。

「莉瑟蕾塔，我要進秘密房間寫信……」

「羅潔梅茵大人，請您退燒以後再說。」

「可是我很急……因為說不定可以查出休華茲與懷斯的製作方法喔。」

為了說動喜愛蘇彌魯的莉瑟蕾塔，我極力主張一定要在自己的圖書館裡放置像休華茲他們那樣的魔導具。「蘇彌魯的製作嗎？」莉瑟蕾塔喃喃這樣說著，瞬間停下所有動作。在我相信自己成功了的下一秒，莉瑟蕾塔卻嘆了口氣，露出甜美微笑。

「請您先恢復健康吧。否則您就算寫好了信也無法交給雷蒙特，也無法研究要如何做出大型蘇彌魯喔。」

請回床上歇息吧──莉瑟蕾塔讓我躺回被窩裡頭。

無可奈何下，寫信的計畫只好延後。我躺在床上悠閒看書時，莉瑟蕾塔哼歌的聲音從布幔外傳來，心情似乎很好。真難得，因為平常工作的時候她從不表現出個人情緒。看來是聽到蘇彌魯的研究也許會有進展，讓她非常高興吧。

……莉瑟蕾塔好像很期待呢。

後來儘管退燒了，但大家表示仍要再觀察一下，所以禁止我外出。我能去的地方，只有餐廳與多功能交誼廳的暖爐前面。現在因為有書，我不介意一直待在房間裡，但大家說這樣會對男性近侍們造成不便，希望我每天去交誼廳露一次面。於是晚餐過後我都會前往交誼廳，聽取當天的報告。

「這是艾倫菲斯特寄來的回覆，韋菲利特大人與夏綠蒂大人已經看過了。」

羅德里希說著遞來木板，我馬上看起內容。

「所有共同研究都得到許可了呢。」

在貴族院要進行什麼研究是學生自己的事情，所以除非情況特殊，否則都會允許吧。回信上寫著，我們可以與三個大領地進行共同研究。然後也提到，與戴肯弗爾格的研究是王族的指示，本就無法拒絕；與多雷凡赫的研究，則是對艾倫菲斯特很有幫助；至於與亞倫斯伯罕的研究，是我本來就有意進行，因此沒有必要禁止。

此外，由於我把與多雷凡赫的共同研究，分配給了韋菲利特與夏綠蒂的近侍，信裡面為此表揚了我。因為一般根本不可能同時進行三個共同研究，別人很可能會懷疑其實都是下屬的功勞，卻全被主人搶走了。

「還有，這是艾倫菲斯特送來的研究用紙。」

領內送來了用伊庫那的魔樹製成的紙張。但由於箱子上只寫著「亞欒紙」與「南娑扶紙」，文官說他們根本不知道這些紙的特性是什麼。

「這個南娑扶紙被稱作勘合紙，可以用來發給那些能與我們進行貿易的領地。但提供給他領的時候，我們會先把紙張染成該領披風的顏色。這種紙的特性，就是較小的紙片會往最大的紙片聚集。這個則是用名為亞欒的魔樹做成的紙張，我猜應該是適合用來製造聲響。」

我一邊說明魔樹的特性，一邊把紙張交給研究小組。伊格納茲與瑪麗安妮神色認真地做著筆記。

「有任何不懂的事情請儘管發問。為免洩露情報給多雷凡赫，我會盡可能不靠近賈鐸夫老師的研究室。現在大家跟他已經打過招呼也見過面了，只要帶著研究材料過去，相信賈鐸夫老師的注意力就會放在紙張上吧。」

針對收到的紙張做完說明，菲里妮接著遞來另一份木板。

「羅潔梅茵大人，這是關於是否要為席格斯瓦德王子與阿道芬妮大人舉行星結儀式的回覆。回覆上寫著，為了不觸怒中央神殿，也為了您的人身安全，最好還是別以神殿長的身分站在眾人面前，可以和之前一樣在一段距離外給予祝福。」

「如果可以不出現在眾人面前就給予祝福，這當然是最好的做法，但老實說我覺得行不通。因為我之前都是情緒激動下，魔力自己釋出變成了祝福，卻從來沒有刻意在一段距離外給別人祝福過。」

而且我連第一王子長什麼樣子都不曉得，更與他沒有私交，現在卻要給他比亞納索塔瓊斯與艾格蘭緹娜還多的祝福。屆時如果只是身旁的阿道芬妮得到了更多祝福那倒還好，但就怕我的祝福會完全略過席格斯瓦德。

本來就得擔心祝福可能給不到第一王子或是會有偏頗，要是在不曉得能否成功的情況下還無法算準時機，這也太恐怖了。我不認為這次也能僥倖成功。其實我很想練習到不出差錯，但若是為了練習到處釋放祝福，大家就不會覺得是神的奇蹟了。

「請回信告訴領地，如果不想出差錯，我人必須待在現場才行。」

若想待在能認得席格斯瓦德的地方給予祝福，當天擔任神殿長是最好的辦法吧。畢竟若是中央神殿的神殿長站在臺上，卻有祝福從完全不同的方向飛來，感覺根本是惡意挑釁。與其在眾多貴族面前讓中央神殿的神殿長顏面盡失，倒不如讓大家知道我是受王族所託給予祝福，這還比較不會得罪人。

我接著寫了封信列出艾倫菲斯特會有的擔憂，意思主要是「與中央神殿的協調工作就交給提出這項委託的亞納索塔瓊斯王子了，請別讓艾倫菲斯特受到更多非議」，然後把這封信交給布倫希爾德。

「請把這封信交給艾格蘭緹娜老師。」

此外，除了星結儀式一事，我也向領地報告了如今圖書委員的工作變成了要管理鑰匙，但回覆上只寫著「要謹慎遵從王族的要求」。看得出來因為不清楚新的工作內容是什麼，只好先回覆我要遵從命令。

「看來之前的方針還是維持不變吧。也就是除非接到召見，否則不與王族接觸。」

「另外，聽說領地已收到羅潔梅茵大人的請求，會以最快速度印好《斐妮思緹娜傳》第二集。」

由於為了奉獻儀式得往神殿送去魔石，聽說屆時會把原稿一併送去。等第二集送來，應該可以稍微解開誤會，讓大家知道斐妮思緹娜並不是我吧。我不禁鬆了口氣。

隔天，繆芮拉與谷麗媞亞帶著獻名石前來找我。找了間會議室做好準備後，我將接受兩人的獻名。這次因為獻名的是兩個女孩子，護衛與見證人也都是女孩子。

「萊歐諾蕾，都準備好了嗎？沒問題的話請叫兩人進來吧。」

「一切皆已準備妥當，羅潔梅茵大人。菲里妮，去請繆芮拉進來。」

菲里妮帶著繆芮拉走進來後，我隨即接受她的獻名。為了不讓繆芮拉太過痛苦，我一鼓作氣灌注魔力，但她看來還是很難受的樣子。

「繆芮拉，妳還好嗎？」

「我沒事。雖然現在還有點難受，但我太開心了。幸好我決定向羅潔梅茵大人獻名，才能出席戴肯弗爾格的茶會，聽到漢娜蘿蕾大人的感想。」

「漢娜蘿蕾大人的感想……嗎？」

「在茶會上聽到漢娜蘿蕾大人對戀愛故事發表的感想後，我真想大聲同意，徹夜與她暢談。居然有人看了同一本書後與我有同樣的感想，這種幸福實在是……」

由於被他人以魔力束縛住的關係，繆芮拉講話有些喘不過氣，但她一雙綠眼仍是晶燦發亮，不停訴說哪段劇情讓她很感動和心動。這副模樣比起漢娜蘿蕾，更讓我聯想到艾薇拉。

……難怪本人會想獻名，感覺繆芮拉與母親大人很合得來呢。

「所以為了獻給羅潔梅茵大人與艾薇拉大人，我會在貴族院努力蒐集戀愛故事。」

「繆芮拉，蒐集故事是菲里妮的工作，請妳先吸收製紙業與印刷業的相關知識。因為等妳回到領地的時候，必須能在母親大人的手下做事。」

眼看繆芮拉很可能像艾薇拉那樣一看到戀愛故事就失控，我急忙制止道。繆芮拉眨了幾下眼睛後，一臉認真地表達同意：「說得也是呢。」

……嗯，左看右看她都很適合當母親大人的下屬呢。

「菲里妮，麻煩妳帶著繆芮拉了解製紙業與印刷業。還有，也要教她怎麼寫報告書喔。如果還有時間再告訴她蒐集故事的方針與方法，兩個人一起蒐集吧。」

領主候補生的見習文官，必須要寫得出能達到斐迪南要求水準的報告書。菲里妮因為在斐迪南與哈特姆特身邊接受了超過兩年的指導，比起剛當近侍不久的羅德里希更習慣

寫報告書。

「繆芮拉，我的近侍並不是以身分階級來決定上下關係。在貴族院，雖是由上級貴族萊歐諾蕾發號施令，但回到城堡以後，會由下級騎士達穆爾來主導工作的分配。同樣地，雖然羅德里希的階級較高，但因為菲里妮在工作上的表現更熟練且確實，所以會由她負責指導妳。這些想必與妳至今學習的貴族常識大不相同，但這就是我這裡的規矩，請妳努力適應了。」

「遵命。」

麻煩菲里妮指導繆芮拉後，我讓兩人退下。接著換莉瑟蕾塔與谷麗媞亞被叫進來，我再接受了谷麗媞亞的獻名。谷麗媞亞看來也十分痛苦的樣子，但她只是臉龐微皺，沒有發出半點呻吟聲便結束了。

「妳應該很難受吧？沒事嗎？」

谷麗媞亞搖搖頭後，有些遮蓋住眼睛的劉海跟著晃動，只見底下的藍綠色雙眼正開心瞇起。

「感謝您的關心。這點小事毫無問題。為了接受我獻名的主人，我會全心全意為您維持舒適宜人的生活空間。」

「我很期待妳的表現喔。與此同時，莉瑟蕾塔將負責指導妳。」

布倫希爾德因為忙著與上位領地溝通協調，莉瑟蕾塔將全權負責谷麗媞亞的指導一事。聽說她會仔細教導谷麗媞亞，包括怎麼泡我喜歡喝的茶、怎麼整理房間等。此外雖說不負責與上位領地交涉，但參加茶會時因為要在後方做好萬全準備，這方面的工作似乎也會向谷麗媞亞好好說明。莉瑟蕾塔上前一步，露出微笑。

「身為羅潔梅茵大人的侍從，打掃赫思爾老師的研究室也是我們的工作。我會教妳怎麼打掃，請牢記在心。」

「赫思爾老師的研究室嗎？」

多半始料未及，谷麗媞亞睜大眼睛。

「出入老師研究室的多是中級貴族，也很少有不認識的人進出，所以算是幕後工作。而且羅潔梅茵大人接下來會投入休華茲與懷斯的研究，所以會常常出入那裡。將主人會去的地方打掃乾淨，也是侍從的分內工作，谷麗媞亞得習慣才行唷。」

谷麗媞亞稍微縮起下巴，點了點頭。

……嗯？我因為有共同研究的關係，之後才會對休華茲與懷斯進行研究喔？

看樣子為了休華茲兩人的研究，莉瑟蕾塔已經預計要在赫思爾的研究室裡全力提供後援。說可靠當然很可靠啦。

身體好不容易恢復健康後，我總算能夠每天前往赫思爾的研究室。我還寫好了第三封信請雷蒙特轉交，內容是關於與戴肯弗爾格的茶會以及休華茲兩人身上的魔法陣。與此同時，我也收到了斐迪南的回信。

雷蒙特先把回信交給莉瑟蕾塔，做完各種檢查後才傳到我手中。

「好厚喔。」

「聽說是前兩封信的回信。」

在我與雷蒙特交談的時候，莉瑟蕾塔正向谷麗媞亞說明收取信件的步驟，護衛騎士勞倫斯也一起學習要怎麼檢查有無下毒。這時在我身邊擔任護衛的是優蒂特。

「多虧羅潔梅茵大人幫忙試做，我設計的錄音魔導具也成功過關了。」

「那請讓我買下錄音魔導具的設計圖吧。我想自己製作。我今天沒有帶錢在身上，下次再拜託黎希達帶來，所以你不可以賣給其他人喔。我已經先預約了。」

我說完，雷蒙特苦笑道：「沒有其他人想買吧。」絕沒有這回事。其他人只是還沒發現雷蒙特的價值而已。

「我想回去看斐迪南大人的回信，今天就先告辭了。我會把赫思爾老師與雷蒙特的餐點留下來，請一定要吃完以後再開始研究喔。還有，別忘了把我寫的信送給斐迪南大人。」

「遵命。」

把餐點放在雷蒙特面前後，我帶著近侍們返回宿舍。

由於我用了發光的隱形墨水寫信，斐迪南很可能也用了一樣的墨水回信給我。最好不要在其他人看得見的地方看信吧。

回房後，我立刻拿著信衝進秘密房間。

「耶～回信、回信。」

我拿來照明魔導具湊到信旁邊，雖然看不到發光文字，但可以看到用一般墨水寫成的內容。很快看了一遍後，我歪過頭。

「……感覺連覆蓋用的文字也幾乎是訓話呢。為什麼？」

我早就料到斐迪南會用發光的隱形墨水不停嘮叨，但沒想到一般墨水寫成的回信也有不少訓話。明明我沒有做什麼會惹人生氣的事情啊，怎麼會這樣？我不過是打掃了赫思爾的研究室、擔心斐迪南的身體狀況，他卻回我「妳別太多管閒事」，真是無法理解。不管是打掃研究室還是擔心斐迪南的身體，這些又不算是多管閒事。

「給我等一下，這是用嘮叨在迴避問題吧？既然信上寫了『我這邊沒有任何問題，妳別瞎操心』，不就代表他正過著很不健康的生活嗎？」

為了看穿隱藏在長篇訓話下的真正意圖，我仔細地看起了信，發現斐迪南對於我都是第一堂課就通過考試這件事，讚許寫道：「非常好。」

「好耶！我拿到『非常好』的評語了！」

我「唔呵呵」地哼起歌，熄滅照明。緊接著，發光文字慢慢浮現出來。

「這邊也都是訓話……什麼什麼？妳居然能在短時間內就惹出這麼多麻煩……對不起喔，雖然我不是故意的。」

信上還寫道，別再用「登上高處」形容我加護儀式時遇到的事情，因為我還真的有可能發生那種事，讓他想到就頭痛。此外不出所料，斐迪南說他自己是在舉行加護儀式後才取得思達普，所以並未遇到過無法操控魔力的情況。他反而因為得到了思達普，操控起魔力變得非常輕鬆。而在取得思達普之前，魔力的操控曾讓他吃了不少苦頭，他也把當時的應對方法提供給了我，但就和齊爾維斯特說過的一樣。

「『聽聞體內若累積過多魔力會導致成長緩慢。妳現在的魔力量，保持在思達普能控制的範圍內即可，在找到其他解決辦法之前，最好先降低魔力壓縮的濃度，讓身體能夠發育』……既然使用過尤列汾藥水後，身體變得健康一點了，只要降低魔力壓縮的濃度，成長速度就會變得比較快吧。」

我一直很煩惱自己的體型和大家差太多，比起魔力的增長，更想優先讓自己長高。再加上現在普遍魔力不足，貴族院裡始終彌漫著要盡可能壓縮、增加魔力的氛圍，讓我對於自己得降低魔力濃度不可的情況感到有些焦慮。因此看到斐迪南說「妳保持現在的魔力量就足夠了」，我忽然覺得心情輕鬆許多。

再來果不其然，不需要把祭壇內部的詳細情形告訴赫思爾。斐迪南還要我「閉緊嘴巴」。而關於取得加護的魔法陣，他說沒必要非得回到艾倫菲斯特再進行實驗。

之前我在信裡向斐迪南報告過，說我們將與戴肯弗爾格一起研究加護儀式，以及回領後我打算讓成年人再舉行一次儀式。結果斐迪南說他早就進行過實驗，並回覆我說：「成年以後依然能再增加。我就是進了神殿後增加的。」他還把進行實驗時的注意事項都列了出來。

……斐迪南大人，你到底在神殿做了多少實驗?!

不過，由於當時參與實驗的人只有他自己，尤修塔斯與艾克哈特並未參加，所以沒能像羅德里希那樣，證實獻名後就會變成全屬性。斐迪南甚至難得地寫下了真心話：「我也想在艾倫菲斯特做實驗。」儘管寫得雲淡風輕，但這肯定是他心裡的瘋狂科學家之魂發出的吶喊。

接著，得知赫思爾與齊爾維斯特談過話後，兩人的關係有所緩和，斐迪南用非常迂迴的措辭表達他總算稍微放心了。對於肅清的結果，則是提醒我就算結束了也還不能鬆懈大意，回到艾倫菲斯特後更要小心。

至於與多雷凡赫的共同研究，他很期待領地對抗戰上發表的成果；至於與亞倫斯伯罕的共同研究，他則回道：「這件事我已透過雷蒙特轉交的信件得知，但尚未收到由傅萊芮默轉交的信。」

……究竟是送到斐迪南手中很花時間呢？還是另有什麼企圖呢？

斐迪南還要求我，要詳細告訴他有關共同研究的事情，然而對於我提出的這個問題：「赫思爾老師似乎因為斐迪南大人的關係，覺得越認真幫學生的忙越會讓自己吃虧，請問您以前到底做了什麼呢？」他卻只回了一句：「沒妳那麼誇張。」

「哼哼。也就是說，斐迪南大人以前也惹了不少麻煩吧……咦？等一下。『既然你們兩人要以我的弟子這身分進行共同研究，有必要稍微提高難度』？您到底在跟誰做比較?!」

現在不僅要與三個大領地進行共同研究，我與雷蒙特又是出了名的「那位斐迪南大人的弟子」，既然要一起發表研究成果，這似乎激起了斐迪南的好勝心。看來接下來的研究內容，會比以往困難好幾倍。

「……雖然我已經習慣了，但雷蒙特沒問題嗎？不過，畢竟是斐迪南大人的弟子嘛，應該沒問題吧。」

回信最後的最後，他以小字寫道：「對了，蓋朵莉希那首歌就繼續讓眾人誤以為是情歌吧。這樣能少點麻煩。」

……嗚哇，感覺超級無所謂。

由於一直看著發光文字，就在我開始感到眼花的時候，終於看完了第一封回信。我點亮照明魔導具後，按住眼睛。感覺發光的文字還在眼前。

……斐迪南大人看完我的信以後，也會和我一樣眼花嗎？

腦海裡倏地浮現斐迪南邊看信邊皺眉的模樣，我輕笑起來，拿起第二封回信。

「這封也很厚呢。我看看……」

我先看起用一般墨水寫下的回覆，會讓眼睛有點痛的那部分就等一下再說。

之前在信上，我告訴斐迪南現在我會去赫思爾的研究室，照著雷蒙特的設計幫忙試做魔導具，詳細情況寫在了另外請傅萊芮默轉交的報告書裡。我刻意用一般墨水寫下這些事情，讓負責檢查信件的人也知道請傅萊芮默轉交的信並未送到。

對此，斐迪南的回覆依然滿是嘮叨：「我尚未收到妳請傅萊芮默老師轉交的報告書，因此並不清楚詳細情況，總之希望你們研究得開心愉快。不過，妳每次總要帶著好幾名近侍同行，要小心別給赫思爾老師造成困擾。」這樣一來，下次再把報告書交給傅萊芮默的時候，我就能抱怨說：「斐迪南大人好像還沒收到報告書呢。」

「雖然叫我別給老師添麻煩，但我會帶食物去給兩人，還幫忙把研究室打掃得乾乾淨淨，我倒覺得自己很有幫助呢。」

現在侍從們都會動手整理，所以近來赫思爾的研究室變得非常乾淨。只要趁著領地對抗戰時去看一眼，應該就能看出與過往的差異。

「但不曉得斐迪南大人到時候有沒有空呢……」

我還把參加王族主辦的愛書同好茶會一事寫下來，提到了點心與借到的書籍來占空間。關於點心我這樣寫道：「戴肯弗爾格如今製作磅蛋糕，已經有辦法加入自領的特產璐萊了。磅蛋糕能與各地的特產結合，真教人高興呢。如果能在我就讀貴族院的時候口味越來越多，就可以在茶會上品嘗到了。」

對此，斐迪南回道：「亞倫斯伯罕似乎也在領主會議上買了磅蛋糕的食譜，我會問問主廚，能否試著加入這裡特有的果實。」如果主廚願意認真研究，也許斐迪南在亞倫斯伯罕也能品嘗到懷念的滋味吧。

由於在告訴斐迪南我借到哪些書時，我都還沒開始看，因此內容非常貧乏：「我借到了中央與王宮圖書館的書喔。向索蘭芝老師借來的書聽說取自閉架書庫，書裡還有關於休華茲與懷斯的研究資料。若有什麼新發現，我再告訴您。這本書很厚，感覺很有可看性呢。」

儘管如此，這個話題似乎還是稍微引起了斐迪南的興趣。他回道：「很高興看到妳即使無法去圖書館，仍能享受閱讀的樂趣。有任何新發現都記得告訴我。光是看看妳的信，也能有種自己正在參與研究的感覺。」

……斐迪南大人到底成天工作到了什麼地步啊？感覺對研究非常飢渴。

雖然很希望他能撥點時間在自己的興趣上，但若想趁著蒂緹琳朵在貴族院就讀時，盡可能穩固他在亞倫斯伯罕內的勢力，恐怕真的是分秒必爭吧。

關於參加愛書同好茶會一事，表面上我下了這樣的結語：「這次參加茶會很順利，沒有在中途暈倒。我成長了很多吧？多虧了斐迪南大人幫我調配藥水。」對此他也寫了無關痛癢的回覆：「看到妳在貴族院過得平安愉快，我就放心了。我在這裡同樣一切順利。」

接著斐迪南在回信裡，將他如何教育萊蒂希雅寫成了長長一大篇。包括他擬定了怎樣的課程、課程如何進行，寫得簡直鉅細靡遺。他教導萊蒂希雅的這套方式都能用在韋菲利特與夏綠蒂身上了，那根本就是斯巴達教育吧？不過，信裡還寫著「她做得很好」、「進度比預期要快」，所以萊蒂希雅想必十分優秀。

「……感覺萊蒂希雅大人備受稱讚呢。真好……不過，我也拿到了『非常好』的評語啦。」

斐迪南甚至寫了不像他會寫的事情，比如送給萊蒂希雅當獎勵的點心中，她最喜歡哪一樣。跟萊蒂希雅處得還不錯嘛——我這樣心想著熄滅照明後，看向發光文字。

……哇噢！我還在想怎麼寫得那麼詳細，原來是因為表面能寫的閒聊，就只有萊蒂希雅大人的事情啊。

看著眼前又小又密密麻麻的發光文字，完全可以想見斐迪南有多麼努力在掩蓋這些內容，我忍不住輕笑出聲。感覺領地對抗戰的時候，他很可能一見到我就抱怨：「別讓我那麼勞心費神。」

……但因為不能被其他人聽到，他就算想抱怨也得忍下來吧？

先前我以隱形墨水寫了這些說明：「我將在王族的星結儀式上擔任神殿長。亞納索塔瓊斯王子與艾格蘭緹娜大人似乎早就猜到，畢業儀式那時是我給他們的祝福。由於祝福的關係，現在又掀起了誰該成為下任國王的爭論，為了平息這些聲音，他們希望我能給予席格斯瓦德王子祝福。」

斐迪南回道：「畢竟若換國王正式提出請求，妳也無法拒絕吧。」因為這次與上次不同，並不是前一天臨時提出請求，也要考慮很多因素，他說恐怕很難推辭。看到斐迪南在評估過後也覺得應該答應，我有些鬆了口氣。

我還問了：「我已經提出要求，希望儀式時能讓我帶著護衛騎士，以及王族要負責與中央神殿協調。還有沒有應該拜託的事情呢？」他則回答：「既然要在不熟悉的地方舉行儀式，記得帶上哈特姆特，讓他在旁輔佐。還有，倘若王族應下了與中央神殿協調一事，也同意妳帶著護衛騎士，那妳一定要照顧好身體，確保屆時能上臺舉行儀式。」

現在最該擔心的，確實是我的身體狀況。必須小心照顧好身體，以免到了當天我卻無法上臺。最糟糕的情況，就是即便喝藥也要給予祝福吧。看來還得萬無一失地準備好超級難喝藥水。

我最後還稍微補充說了：「其實，也是因為我想親眼看到斐迪南大人與蒂緹琳朵大人的星結儀式。」結果招來一頓訓斥：「妳不必為我的星結儀式給予祝福。妳的祝福非常容易受到個人情感左右，萬一給我的祝福比給王子的還多就糟了。那我到底是為了什麼離開艾倫菲斯特？別讓我的苦心白費。」斐迪南因為是阿妲姬莎之實，才被人懷疑他對王位有覬覦之心。如今他都已經接受現狀了，要是我還給予他大量的祝福，事態將一發不可收拾。

……可是，要我不給斐迪南大人祝福還真難呢。

我「唔」地噘起嘴唇，接著往下看。與星結儀式有關的內容已經結束，接下來的內容是關於圖書館。

我在信裡告訴過斐迪南，休華茲與懷斯的管理者已經更改為中央的上級館員，還有以後圖書委員要負責保管書庫鑰匙。是那個要三個人持有鑰匙才能打開的書庫。王子說了，只要圖書館員檢查過後沒有問題，裡面的書就能借我看。

對此，斐迪南的回答出乎我的預料。

「等圖書館員檢查過後嗎？但我記得能夠進入那個書庫的，只有辦理過登記的王族，和已登記為基礎魔法提供者的領主候補生，以及圖書館的魔導具而已。書庫由蘇彌魯魔導具負責整理，圖書館員只負責保管鑰匙。」

斐迪南說他以前為了尋找赫思爾的研究資料，經常出入圖書館，有一次無意間喃喃說出了自己想要的資料後，休華茲與懷斯便告訴他這個書庫的存在。

「話說回來，王族遺失的情報實在多到非比尋常。難道有人對情報設了限制，或有資料遭到藏匿嗎？那個需要三把鑰匙才能打開的書庫設有魔法，用以保存古老的資料與情報，收藏著許多國王與下任國王都該曉得的知識。不是給妳，是專為王族與領主而設的書庫。」

書庫裡似乎保存著久遠前領主候補生課程的參考書與古老儀式的資料，他說就連哈爾登查爾的儀式也留有記載。去年來參加領主會議時，齊爾維斯特與斐迪南本想進去一趟，卻被休華茲兩人以「圖書館員不在，不能進去」為由拒絕了。

「哼哼。也就是說，我既是在供給魔力的領主候補生，又奉命成為鑰匙的管理者，現在有了三本鑰匙後就能進去了吧？好耶！」
然而我才高興不到一秒鐘，就忍不住抱頭哀嚎：「不——！」因為斐迪南接著寫道：「這些情報若已無人知曉，我建議最好向王族告知，但妳不能接近書庫。感覺只會發生麻煩的情況。」雖然早就料到會這樣，但我還是抑制不了內心的嫉妒。
……明明斐迪南大人還是學生的時候進去看過資料，現在卻禁止我進入書庫，太過分了！我也想看沒看過的書啊！
除了給我的回覆，斐迪南也提到了亞倫斯伯罕的現況。內容包括喬琪娜的影響力比他預期要大；前任神殿長在奉獻儀式時帶來的小聖杯似乎來自舊孛克史德克，如今因為艾倫菲斯特不再提供援助，很多領民對我們懷恨在心；儘管王命已定萊蒂希雅是下任領主，但領內知道此事的人卻不多；蒂緹琳朵很可能不知道自己只是暫代領主之位等等，訊息量非常龐大。
最後他輕描淡寫地提醒我，要向齊爾維斯特轉告這些消息。但如果情況真如斐迪南所說，那他身為萊蒂希雅的指導者，在亞倫斯伯罕的處境根本非常危險吧？
他還寫道：「此外，夏天時蘭翠奈維似乎曾派使者前來，詢問呈獻公主一事。明年的領主會議上，奧伯．亞倫斯伯罕須向國王稟告此事。國王一旦同意，將有公主被送往阿妲姬莎離宮。」
明知以後會有處境和自己一樣的孩子出生，卻得親手將公主送入離宮，這項工作應該會讓斐迪南的心情很沉重吧？
「偏偏負責與蘭翠奈維聯繫的領地是亞倫斯伯罕……要是斐迪南大人能入贅到其他

領地就好了。」

看完回信，寫好要給齊爾維斯特的信件後，我走出秘密房間。

「繆芮拉，這封信請送給奧伯．艾倫菲斯特。黎希達，我想向王族告知這件事情……」

我大略說明了有關圖書館書庫的事情後，詢問黎希達應該要聯絡錫爾布蘭德，還是艾格蘭緹娜。目前貴族院裡的王族代表是錫爾布蘭德，但若是聯絡艾格蘭緹娜，感覺亞納索塔瓊斯或者席格斯瓦德會更快收到消息。

「既是緊急通知，請您向圖書館、錫爾布蘭德王子與艾格蘭緹娜老師都送去奧多南茲。只要表示您想同時對所有人說明情況，相信他們便會做好安排。」

原來可以完全丟給王族去做安排。我立刻送出奧多南茲。

「我聽說上級圖書館員只負責以鑰匙開門，能夠進入書庫的，只有王族、部分領主候補生以及休華茲與懷斯。書庫內部還有王族應該要閱覽的資料。」

「三天後的第三鐘來我離宮，我想聽詳細說明。」

明明奧多南茲是寄給了艾格蘭緹娜，不知為何卻是亞納索塔瓊斯捎來回覆。我盤起手臂，總覺得有些不能釋懷，這時近侍們都已開始行動。

「哎呀，三天後的話那還有時間。我去與廚師討論要帶什麼點心。」

布倫希爾德立即轉身離開房間，谷麗媞亞則是全身顫抖，訝聲說道：「竟然接到王族的召見……」從兩人就能看出新手與老練近侍有多大的差異。

「羅潔梅茵大人，前往離宮之際，需要帶紙筆以外的東西嗎？」

「這次就不必了。我有預感之後會很忙，我們盡量加快抄寫的速度吧。」

我這麼回答正在認真抄寫書籍的菲里妮後，正抄寫著另一本書的繆芮拉發出疲憊的嘆息。

「成為羅潔梅茵大人的文官以後，想不到工作量這麼多呢。真是教我吃驚。」

繆芮拉似乎本以為會有更多時間可以看書。她說沒想到工作內容還包括艱深書籍的抄寫，所以她幾乎沒有時間可以閱讀艾微拉寫的戀愛故事。聞言，菲里妮有些愣住地以手托腮。

「可是等回到領地，與羅潔梅茵大人一起前往神殿後，工作會變得更多喔。不光是抄寫書籍、一同出席茶會、把蒐集來的故事與情報分門別類，我們還要幫忙處理神殿的工作，印刷與製紙業的業務也要提供協助。啊，但做起來很有成就感喔。」

看著面帶可愛笑容的菲里妮，繆芮拉露出僵硬的笑臉。重新回想我近侍們的工作內容後，跟韋菲利特與夏綠蒂的文官比起來，負擔好像真的比較重。

「繆芮拉，既然妳以後要向母親大人獻名，能在貴族院這裡幫上忙就可以了。」

「……請不用擔心。畢竟我也是羅潔梅茵大人的近侍嘛。」

繆芮拉讓自己重新打起精神後，將筆尖浸入墨水壺。我感到欣慰地看著她，接著開始規劃接下來的行程。比起為沒有深交打算的王族提供建言，能對斐迪南的名聲與處境起到幫助的共同研究更重要。

……首先得回覆洛飛老師吧？

因為要與戴肯弗爾格一起研究加護儀式，先前我已向洛飛提出請求，希望能問見習騎士們幾個問題。對此，他邀請了我們前往騎士樓。我得回覆這件事情。

……要訂在什麼時候呢？準備工作得花不少時間吧？

最好先把要問的問題整理好列出來，然後可能也要準備畫有作答欄的紙張。由於這裡沒有影印機這種方便的東西，只好請自己的見習文官們手動複製了。

……嗯……好像也可以讓他們練習一下怎麼做問卷調查？

面見王族之前，我每天都活力充沛地投入工作。

終章

在戴肯弗爾格舍的多功能交誼廳裡，藍斯特勞德正坐在可以環顧整個交誼廳的位置上，構思迪塔故事的插圖，想到什麼便畫在手邊的紙張上。說實話，他更想待在自己房裡集中精神，但身為領主候補生的他必須負起責任監督學生。因為這些天來，有太多學生都因為戴肯弗爾格的史書與迪塔故事而起爭執。而且明知這些書籍將成為今後的流行，總不能對他們說「不准看」。

「為了在參加社交活動時占有優勢，我們必須在社交週開始前先把書看完。」

「負責借還書籍的一向是文官，應該我們先看才對吧？」

「文官只負責檢查書籍是否安全無虞，沒看過內容也沒關係吧？」

學生們的爭論聲逐漸變得激動。藍斯特勞德從紙張上移開目光，抬起頭來。正當見習侍從與見習文官都在主張自己更該優先看書時，見習騎士從旁插話：

「既然現在要與艾倫菲斯特一起進行研究，應該由取得了複數加護的人先看才對吧？」

「你們給我回訓練場去比迪塔！」

……哼。看這樣子，就算撒手不管也沒問題吧。

眾人在互相爭奪的，正是茶會上向艾倫菲斯特借來的書籍。由於不能讓書籍有半點損傷，起先眾人為了閱讀順序而陷入爭吵時，他還會在旁一一調解。但藍斯特勞德本就沒什麼耐心，日復一日為內容大同小異的爭吵擔任仲裁人後，他開始感到厭煩與不耐，於是放話：「講贏了的人再來借書！」然後直到那個人看完為止，領主候補生都要待在交誼廳裡負責監督。閱讀期間，只要不對借來的書籍造成損傷即可。

「漢娜蘿蕾還沒回來嗎？」

現在是由藍斯特勞德負責監督，但是再過不久，上完課的妹妹就會回到交誼廳來。屆時，他便能回房作畫。他開口詢問站在身旁的近侍後，他們卻只是不太理睬地應道：「是的，還沒有。」很想快點回房的藍斯特勞德為了轉移注意力，用筆指向還在爭論的學生們。

「你們不覺得這也太奇怪了嗎？見習騎士居然比起迪塔訓練，更想要看書。」

「這畫面確實有些新奇，但也是因為閱讀迪塔故事時那種熱血澎湃的心情，實在讓人難以自拔。況且，一聽說故事竟然有趣到了藍斯特勞德大人還想繪製插圖，學生們自然也會更加期待。從這方面來說，也是您一手造成。」

四年級的見習文官肯特普斯苦笑說道，一邊收好藍斯特勞德隨手畫了構圖的紙張。為了在與艾倫菲斯特舉辦茶會時能理解談話內容，領主候補生的近侍都會先看完借來的書，因此對於交誼廳裡的爭奪戰，他們完全可以置身事外。

「而且看完迪塔故事以後，就會讓人很想比奪寶迪塔。訓練的時候也會比平常更認真。該不會這代表艾倫菲斯特想與我們比迪塔吧？」

一聊起迪塔故事，見習護衛騎士拉薩塔克立即雙眼發亮地加入對話。平常的他比起看書，更熱中訓練，卻只有這本迪塔故事讓他看得特別入迷。

「拉薩塔克，你冷靜點。艾倫菲斯特是請我們檢查內容有無不合邏輯之處，並沒有想與我們比迪塔的意思。」

肯特普斯出聲制止後，拉薩塔克隨即像隻挨罵的小狗般，低下深棕色雙眼。拉薩塔克與漢娜蘿蕾同年，所以藍斯特勞德經常覺得他還只是個小孩子。這時看著他明亮的橙色髮絲，也很想伸手摸摸他的頭。

「你也別太沮喪，我能明白你的興奮。因為這種與見習文官攜手合作、取得勝利的故事，截至目前為止我也是頭一次看到。」

藍斯特勞德低頭看向自己在畫的圖。現在的課程基本上都是比競速迪塔，從未有學生比過奪寶迪塔，更遑論與文官或是侍從通力合作。通常會聊迪塔的也都是騎士。戴肯弗爾格因為有所謂尚武的文官與侍從在，與他領相比，學生聊及迪塔的次數已算相當頻繁。但是，藍斯特勞德還是無法想像與文官以及侍從合作時的景象。但也因為這樣，在看過迪塔故事後，更讓人對於過往騎士們都視為理所當然的奪寶迪塔心生嚮往。至少藍斯特勞德十分嚮往。

「這倒是。我雖然看過古老的騎士故事，卻很少有故事是以現代的貴族院為背景。頂多只有艾倫菲斯特推出的貴族院戀愛故事集，以及個人的研究日記吧？」

肯特普斯說完，藍斯特勞德點點頭。一般人通常只會記錄下重要的事情，不會把日常瑣事做成一本書。艾倫菲斯特能夠這麼做，正是因為他們的書本輕薄又低廉。

「但迪塔故事裡沒有插圖還真可惜。藍斯特勞德大人，您也很想看看艾倫菲斯特的畫師會畫出怎樣的圖畫吧？」

至今每本書裡的圖畫都精美絕倫。身為同樣喜歡作畫的人，藍斯特勞德原本非常期待，偏偏只有這本迪塔故事沒有插圖，令他深感遺憾。

「聽說因為艾倫菲斯特的畫師是平民，畫不出比迪塔的樣子。」

「所以藍斯特勞德大人才決定要畫嗎？」

拉薩塔克一臉興奮地抽走肯特普斯整理好的紙張，翻開看了起來。藍斯特勞德畫的，都是他在看完迪塔故事後印象最深刻的幾個場景。

「嗯，總之你們拭目以待。」

藍斯特勞德打算把自己喜歡的場景全畫出來，再從中選出五幅最滿意的向羅潔梅茵展示，讓她親口說出：「請務必讓我在書裡放入這些插圖！」

「要說期待，我最期待的還是續集！結尾居然停在那裡，實在太讓人好奇後面的發展了。真想把作者修伯特大人找出來，請他立刻寫出續集！」

拉薩塔克握拳說道，藍斯特勞德受不了地睨向他。

「作者是艾倫菲斯特的貴族吧？畢竟這本書寫的是奪寶迪塔，不可能還是學生。想找到已經成年的他領貴族可是難如登天。」

「不能拜託艾倫菲斯特，請他們把作者帶來領主會議嗎？」

「這也許可行，但尚未成年的你還是見不到。雖然我從明年開始就能參加……」

藍斯特勞德今年就從貴族院畢業了，明年開始便能出席領主會議，但拉薩塔克今年才三年級。見他「啊啊！」地痛苦抱頭，近侍們都輕笑出聲。

「我明白你的心情。若能見到修伯特大人，我也想拜託他，今後請繼續寫出像迪塔故事這樣的書籍。因為故事非常有趣，和我以往看過的都不一樣。」

聽到肯特普斯這麼安慰拉薩塔克，藍斯特勞德盤起手臂。經他這麼一說，跟之前看過的艾倫菲斯特的其他書相比，迪塔故事確實獨樹一格。

騎士故事集都是神話與古老傳說，並不是以現代為背景的故事。無論主題是戰鬥還是女性喜愛的愛情，大都是他早已知道的故事，頂多只有一、兩則從未聽說過。故事本身不差，但他覺得真正有價值的是那些美麗的插圖。

貴族院戀愛故事集則是以現代為背景，地點還是自己正在就讀的貴族院。多半因為這樣，漢娜蘿蕾等諸多女性都看得深深著迷，還在茶會上分享彼此的感想，也很期待續集。但藍斯特勞德除了插圖外，並沒有感受到半點價值。他只覺得不過又是女性在喋喋不休地說著她們最喜愛的八卦，故事本身毫無趣味可言。

相比之下，戴肯弗爾格的史書扎實精采。放在城堡裡的原本非常珍貴，就連領內的人也不能外借。再加上因以古語寫成，幾乎無人能看懂。因此領地的歷史基本都是以口傳授，內容還會根據說話者而有細微的不同。

然而，羅潔梅茵帶來的翻譯版本改寫成了簡單易懂的現代語，內容也與原本一致，幾乎沒有出入和多餘的解釋。而且因為分成多集，每一本都輕薄又容易翻閱。

「……史書應該在戴肯弗爾格製作才對。」

可能是以前從沒發現自領的歷史出色到了他領還想製成書籍的地步，也可能是下級貴族至今都無法經由閱讀這個管道了解自領歷史，如今學生們在看過史書以後，神色當中都透著對領地的自豪。

「可以的話我也如此希望。與手抄書不同，能夠做出一模一樣書籍的技術真是太了不起了。大家也不必在交誼廳裡你爭我奪了吧。」

肯特普斯指向正激烈爭吵著誰該先看的眾人。聽說艾倫菲斯特今後將要推廣的新技術，能夠同時做出好幾本一模一樣的書。而且實際上除了他們，王族與克拉麗莎也都借到了迪塔故事。

「克拉麗莎早早便與羅潔梅茵大人的近侍訂下婚約，大家好像都很羨慕她喔。」

儘管克拉麗莎容易失控的性格令藍斯特勞德感到厭煩，但茶會上羅潔梅茵倒是能讓她聽話。雖說不想讓人以為戴肯弗爾格的人都如此容易失控，但往後即將成為近侍的克拉麗莎似乎十分受到信賴。她那本迪塔故事就是向羅潔梅茵的近侍借來的。

「……不管是克拉麗莎還是母親大人，女性的直覺與嗅覺還真可怕。」

看到羅潔梅茵一年級比迪塔時的樣子，克拉麗莎便下定決心要服侍她，旋即展開行動；藍斯特勞德的母親齊格琳德更是在同一年尾聲，看到漢娜蘿蕾借回來的書籍後，便對羅潔梅茵多有留意。而那個時候的藍斯特勞德，還正覺得排名偏下的中領地艾倫菲斯特簡直目中無人。

「真正可怕的應該是羅潔梅茵大人吧。因為能否在書裡放插圖的決定權似乎是在她手上，而不是下任領主韋菲利特大人。」

肯特普斯說完，藍斯特勞德也想起了茶會上，韋菲利特與羅潔梅茵討論插圖時的模樣。的確，握有主導權的人是羅潔梅茵。

……這麼說來，父親大人也曾說過，去年在領地對抗戰上比迪塔時是以出版權為賭注，當時也是羅潔梅茵的意見更受重視。

聽說當時想要出版權的是羅潔梅茵，將史書改寫成現代語所花費的十八枚大金幣，也是她自己賺來的。不僅如此，出面與奧伯．戴肯弗爾格交涉的人也是羅潔梅茵，奧伯．艾倫菲斯特只是在旁下達許可。

……與其說是領地的事業，更像是領地把羅潔梅茵的個人興趣占為己有吧？

把幾項事實連結起來後，藍斯特勞德心裡浮現這樣的疑惑，皺著眉環抱手臂。各種餐點與點心的新食譜、髮飾、書……據說艾倫菲斯特正在推廣的新流行，全是羅潔梅茵想出來的，但真的是她本人想推廣成領地的新流行嗎？也有可能是她身為養女，違抗不了奧伯的命令吧？

藍斯特勞德下意識地往壞的方向思考，多少也是因為受到了《斐妮思緹娜傳》影響。那本書的主角也是領主候補生，但由於並非第一夫人的親生孩子，從小備受欺凌，讓人很難不聯想到羅潔梅茵。再者，明明身為養女的羅潔梅茵知道參考人物是誰，韋菲利特卻不曉得，這也讓他感到奇怪。

「哥哥大人，讓您久等了。換我來監督吧。」

「……漢娜蘿蕾，妳太慢了。」

藍斯特勞德帶來的紙張都已被他畫滿，但即便閒得發慌，他也因為要監督學生而無法回房。由於不停朝著大門對漢娜蘿蕾默唸「快回來」，他更覺得她今天回來得特別慢，表情與話聲都不由自主透出濃濃的不快。

感受到兄長的不悅，漢娜蘿蕾整個人嚇得一縮。見狀，拉薩塔克輕拍了下藍斯特勞德的肩膀，肯特普斯則是在背後低聲提醒：「請您別把氣出在漢娜蘿蕾大人身上。」由於和兩人是堂表兄弟的關係，儘管比他年幼，但勸諫時毫不客氣。

「抱歉。因為想快點回房作畫，我太心急了。」

「畫羅潔梅茵大人跳奉獻舞時的樣子嗎？」

「沒錯。目前書本的借出情況與順序，妳再問侍從吧。」

指示一名侍從留下來說明情況後，藍斯特勞德帶著其他近侍快步回房。他接著吩咐文官肯特普斯備好顏料，然後拿起畫筆。待在交誼廳裡時，他都是畫迪塔故事的插圖來消磨時間，但是回房以後，便集中精神改畫跳奉獻舞時的羅潔梅茵。

藍斯特勞德輕閉雙眼，做了個深呼吸。瞬間，腦海中便浮現無比清晰的畫面。當時他本來看著漢娜蘿蕾，但現場超過十人以上的領主候補生跳起奉獻舞後，他的目光卻被羅潔梅茵牢牢吸引住了。其實不光是他，當時在場所有人全對羅潔梅茵看得目不轉睛。那一刻，她所散發出的存在感就是如此強烈。

她跳舞時，自帶一種肅穆的氛圍，金色眼眸認真專注，就連指尖的動作也優美萬分，但藍斯特勞德還是不明白，為何光憑這樣就能吸引住他的目光。他正納悶不已時，羅潔梅茵忽然開始發光。正確地說，是魔力達到飽和般的淡淡光芒包覆住了她。起先他還以為自己看錯了，再凝神細看後，發現是她身上的魔石正逐漸發亮。

最先發亮的，是戒指上的魔石。藍色光芒隨著她手部的動作畫出弧線。接著是手腕上的魔石，練舞用的服裝因而顯得繽紛多彩。再來是項鍊，最後則是髮飾逐一亮起了光。每當羅潔梅茵從容優雅地轉圈，一顆顆魔石便灑下光芒。

所有魔石皆璀璨發亮，為她的奉獻舞妝點上七彩貴色。藍斯特勞德大氣也不敢喘一下，只是全然入迷地看著她跳舞。

當時她的模樣，完全能以艾倫菲斯特的聖女來形容。

那神聖莊嚴的姿態，更讓人不得不意識到這才是所謂獻予神的奉獻舞。

在非畫不可的衝動驅使下，藍斯特勞德一回到宿舍便拿來紙筆作畫。那幅畫直到現在也還未完成。

「差不多快畫完了吧？」

藍斯特勞德一放下畫筆，拉薩塔克立即這麼問道。由於他已經連續多天都待在房裡作畫，想要出去訓練與比迪塔的護衛騎士們全都百無聊賴。儘管清楚，藍斯特勞德還是不想隨隨便便就完成這幅畫。

「光的亮度不夠，還要一段時間吧。」

「……藍斯特勞德大人，您竟然如此耗費心思，難道是想迎娶羅潔梅茵大人為第一夫人嗎？莫非您對她心懷愛慕……？」

肯特普斯擔心地瞇起灰色雙眼問道。藍斯特勞德立刻冷哼回去。

「說什麼蠢話。我怎麼可能愛慕一個都還沒能感知魔力的小孩子。」

「話雖如此……」

肯特普斯似乎還是不大相信，看向羅潔梅茵跳著奉獻舞的畫作。察覺到他眼中的含意，藍斯特勞德再次重申。

「我並非對她心懷愛慕。只是若不把當時感受到的那種神聖廉潔之美原原本本畫下來，我就會心悸不止，手也停不下來。就只是這樣而已。」

聞言，近侍們面面相覷。肯特普斯思索片刻後，搔了搔淡綠色的髮絲嘆一口氣。

「那姑且不論您對她有無愛慕或男女之情，要不要先試著展開追求呢？羅潔梅茵大人明顯能為領地帶來龐大的利益。她若能成為第一夫人，大家都會很歡迎喔。」

「你在說什麼？羅潔梅茵不是已經訂婚了嗎？」

對於羅潔梅茵已有婚約在身，藍斯特勞德的母親還一直感到相當懊悔，所以怎麼可能迎娶羅潔梅茵為第一夫人。

「但再這樣下去，羅潔梅茵大人會被王族搶走吧？既然都要從艾倫菲斯特手中搶走她，那不管動手的是王族還是戴肯弗爾格，結果都是一樣。只要展開追求，再比求娶迪塔，王族也就無法干涉。」

的確，羅潔梅茵的婚約雖是徵得國王許可，但她極有可能被攬為王族。如今羅潔梅茵正假定，只要舉行儀式就能取得神的加護，今年還會在貴族院內進行實驗加以證明。現在包含成年人在內的所有貴族當中，恐怕就屬她擁有最多加護，而且還對神殿儀式知之甚詳。最想得到羅潔梅茵的必然是王族，倘若真有必要，國王也有可能撤回自己准許的婚約吧。

……取得加護的方法若在領地對抗戰上為人所知，似乎不會有什麼好結果。

「如今第一王子早已娶妻，也已確定要從大領地多雷凡赫迎娶第一夫人。假使王族有意招攬羅潔梅茵大人，那麼她會成為第三夫人嗎……」

一旦成為王族的第三夫人，除非有什麼重大事件，否則不可能再於人前現身。但是即便如此，仍得擔心有人可能因為她的影響力過大、威脅到其地位，而想要除掉她。如今羅潔梅茵每升上一個年級，影響力就不斷增加，萬一真的成為王族的第三夫人，只會過著時時與危險相伴的生活。

「難道不可能被第二王子納為第二夫人嗎？」

「除非亞納索塔瓊斯王子有意爭奪王位，否則他這麼做只會招來不必要的懷疑。當初這位王子還為了艾格蘭緹娜大人退出王位之爭，我不認為他會想自找麻煩。」

比起王座、比起與兄長的關係，亞納索塔瓊斯優先選擇了艾格蘭緹娜。那麼就算為了讓羅潔梅茵成為王族而納她為第二夫人，往後只要是為了艾格蘭緹娜，他也會毫不猶豫地犧牲羅潔梅茵吧。

「這麼說來，需要注意的就只有第一王子吧……但是，藍斯特勞德大人能追求到羅潔梅茵大人嗎？倘若失敗，要求娶是不可能的。屆時將變成搶婚迪塔。」

肯特普斯歪過頭，灰色雙眼明顯在說：「怎麼想我都覺得不可能。」藍斯特勞德內心一陣光火，瞪向講話太過實際又不客氣的見習文官。

教人氣惱的是，藍斯特勞德只剩今年還有機會能與羅潔梅茵接觸。他馬上就要畢業，明年不會再來貴族院。然而，王族卻有可能在看到共同研究的成果後搶走羅潔梅茵。如果是戴肯弗爾格這樣的大領地還有辦法抗衡，但艾倫菲斯特絕對無法違抗王族的要求。

而且回想自己至今的舉動，他恐怕並未在羅潔梅茵心裡留下什麼好印象。他也知道時間根本不夠。

「……只要推敲出她在艾倫菲斯特的待遇，也許不是毫無勝算。」

將喜歡與否的男女之情完全拋開後，藍斯特勞德的大腦冷靜下來。總之只要讓羅潔梅茵知道，與其待在艾倫菲斯特、一輩子對領主言聽計從，或是被王族招攬、時時刻刻都要擔心自己有生命危險，嫁來戴肯弗爾格對她更有好處。

「我們要尋找機會，立即蒐集情報。但是，這件事別讓漢娜蘿蕾知道。」

聽了藍斯特勞德的指示，近侍們直眨眼睛。畢竟戴肯弗爾格與艾倫菲斯特能有往來，全是多虧了漢娜蘿蕾。至少不是之前一直輕視羅潔梅茵，還說她是「冒牌聖女」的藍斯特勞德的功勞。現在若不是有妹妹幫忙，他連茶會也無法參加吧。

「但漢娜蘿蕾大人與羅潔梅茵大人的交情最為深厚，請她幫忙會比較好吧？」

「不了。若把漢娜蘿蕾牽扯進來，極有可能出狀況。」

他對漢娜蘿蕾並無惡意，但不管什麼事情，她總是掌握不好時機。他已經數不清有多少次只要妹妹牽扯進來，他就得多耗一些原本不必要的心力。肯特普斯和拉薩塔克因為與他是堂表兄弟，從小也認識漢娜蘿蕾，顯然聽懂了藍斯特勞德的弦外之音。最終一行人達成共識，此事將秘密進行。

將與好幾個領地一起進行的共同研究、舉行儀式便能增加的加護、數之不盡的各種新流行……領地對抗戰過後，羅潔梅茵的價值將會更加提升吧。想要搶在王族與其他領地之前，將她得到手的機會只有現在。

「趁著他領還因為她有婚約而裹足不前，王族也還沒發現她的利用價值而想撤除婚約，我們要搶先把她帶到戴肯弗爾格來。」

「是！」

現實與書裡的世界

「繆芮拉大人，這種時候妳還在看書嗎？」

多功能交誼廳內，我正沉浸在貴族院戀愛故事所編織的世界裡時，巴托特大人突然搖晃我的肩膀，我不自覺皺起了眉。好不容易已經進入美好的世界裡，但這幾天來他每次都在我看書的時候出聲叫我。

書中充滿了未知的世界。幸好有這些讓人心醉神迷的故事，我才能夠遠離不想面對的現實，獲得片刻的休息時光，真希望他別來打擾我。

……但若是無視他，情況會變得更麻煩呢。

巴托特大人是舊薇羅妮卡派的中級見習文官。由於兩家的母親感情很好，他是我的未婚夫候補人選之一。只不過他似乎偏好待在團體中心，有喜歡支配他人的傾向，總想讓人遵循他的意見，這點讓我感到棘手。

「妳現在應該先想想以後，而不是看書吧？」

無奈下我只好從書本裡抬頭，隱藏起自己的不快，對巴托特大人投以微笑。

「我當然也會想以後的事情呀。我已經決定要向羅潔梅茵大人獻名……」

「為何是羅潔梅茵大人？妳既然是見習文官，應該選韋菲利特大人。」

得知只要獻名就能免於連坐的時候，崇拜薇羅妮卡大人的他最先決定要向韋菲利特大人獻名。因為他說他無法信任把自己母親關起來的奧伯，領主一族中也只有韋菲利特大人能夠理解他們失去父母的心情。

……但薇羅妮卡大人可是犯下了連奧伯也無法包庇的重罪，好幾年前就被關入白塔，韋菲利特大人不太可能敬仰她一輩子吧。

只要情勢改變，人心也會跟著輕易改變，這我早就有過切身經驗。大概是因為這樣，我對於親族之情始終抱持著懷疑態度。如果是虛構的故事也就罷了，但我無法相信現實世界裡的人心。

「巴托特大人，感謝你的擔心，但我還是想要服侍能夠做出這種美好書籍的羅潔梅茵大人。」

其實我真正想服侍的是執筆編寫的艾薇拉大人，但若想免於連坐，只能向領主一族獻名。聽說羅潔梅茵大人會幫我詢問奧伯，能否讓我向艾薇拉大人獻名，但我心裡並不抱多少期待。

「哼。在父母有可能被處刑的時候妳竟然還能開心看書，真教人不敢相信。」

「正因為現在是痛苦的時候，請讓我逃避一下現實吧。」

我回以微笑後，再度低頭看書，不想再與巴托特大人對話。儘管他又對我說了些什麼，但我已經躲進書本的世界裡。書裡頭沒有巴托特大人這樣粗魯無禮的人，只有體貼迷人的男士。

這天，領主夫婦來到了宿舍。接到傳喚前往會議室的學生，有馬提亞斯、勞倫斯、巴托特、卡珊朵拉與我共五個人。看到被喚來的這些人，我馬上就明白了。一定是要告訴我們，父母的罪行將牽連到我們，只有獻名才能活下去吧。

羅潔梅茵大人曾說，她希望個人的罪責能由個人承擔。但我們自己最為清楚，這種事情有多麼困難。因為舊薇羅妮卡派以前一直非常支持薇羅妮卡大人這樣的行為——一旦有人犯了錯，便暗示連坐的可能，將萊瑟岡古的貴族逼入絕境。

會議室裡的氣氛肅穆緊繃。領主夫婦的護衛騎士們全都非常警戒，盯著我們的一舉一動。回到領地以後，其他貴族也會用這種眼光看我們嗎？

……我從現在開始就感到鬱悶了呢。

接著奧伯・艾倫菲斯特開始說明，向他領第一夫人獻名的貴族是多麼危險的存在。他也告訴我們，當基貝・格拉罕帶領著其他人在計畫某些事情的時候，騎士團已迅速趕往現場逮捕了他們。

「馬提亞斯，多虧了你，我們才能在領地遭受打擊前逮捕這些反叛者。在此向你致謝。此外，原本你們都會因連坐而被處刑，但只要你們願意向領主一族效忠並獻名，便能留住一命。相信領主候補生們已經說明過此事，你們打算怎麼做？」

由於大家已經一起討論過了，我們不慌不忙，表示願意向領主一族獻名。大概是領主候補生們也向領地報告過了，領主夫婦聽完並不驚訝。

「要備齊原料並不容易，你們可能無法很快就獻名吧。不過，我們會盡快讓你們獲得領主一族近侍的待遇。畢竟跟在你們身邊的侍從想必也十分不安，我們也會保障他們的生活。」

領主夫人也說明了會怎麼處置我們帶來的侍從。馬提亞斯告密以後，我們與侍從之間就像多了一條鴻溝，關係變得非常緊張。但一旦我們成為領主一族的近侍，他們就得以禮相待。而且聽說當中也有人如果能在領主一族的監督下好好表現，便能減輕刑責。感覺得出領主夫婦費了不少心思，讓我們的生活不會產生劇烈改變，這讓我有些安下心來。

「……此外，等你們上完課回到領地，屆時我們會向身為血親的你們尋求協助，進入基貝所有的夏之館進行搜查。」

「遵命。」

「我們要說的都說完了。繆芮拉留下，其他人可以離開。」

……咦？

如果是造成這一切的源頭馬提亞斯也就罷了，我不明白為什麼只有我一個人要留下來。始料未及的情況讓我大吃一驚，深感無助地看著大家離開。

等四個人離開，房門再度緊緊關上後，奧伯・艾倫菲斯特開口說了。

「繆芮拉……唔，雖然對妳很難啟齒，但妳的母親因為已向他領的第一夫人獻名，考慮到今後有可能帶來的危險，我們已經將她處刑。」

奧伯說，現在因為弟弟年紀還小，母親大人在喬琪娜大人來訪時並未與她接觸。這次也沒有參加基貝・格拉罕舉辦的聚會，其實並未犯下任何罪行。

「畢竟她還沒有犯下過罪行，妳可能會覺得這樣的處分不近人情吧。但是，留下會對他領貴族言聽計從的人太危險了，這是我身為領主所作的決定。請見諒。」

奧伯表示，母親大人與其他遭到處刑的貴族不同，並沒有犯下任何罪行。也因此，儘管將她處刑是為了避免日後帶來危險，但她的家人不會受到牽連。

「所以，其實妳本不需要獻名……」

「但家父只認領弟弟，不願把我接回去吧？」

「……沒錯。妳父親拒絕認領妳，還說妳是基貝・巴賽爾的孩子，要讓妳回到親人身邊。然而，基貝．巴賽爾不僅向他領的第一夫人獻名，還參與了這次的聚會，因此他的家人都會連坐受罰。除了妳與尚未受洗的孫女，其他人皆已遭到處刑。如今妳不是因為母親，而是因為基貝．巴賽爾而受到牽連。」

奧伯神情苦悶地說道。但是在我心裡，只浮現「果然」兩個字。

聽說我的生母是基貝．巴賽爾的第三夫人。母親大人是基貝．巴賽爾的妹妹，她因為遲遲未有身孕，在我出生後不久便收養了我，生母則當了一年左右的奶娘。然而弟弟出生以後，我在家裡便幾乎成了隱形人。父親大人會以我不是他的親生孩子為由拒絕接我回去，我一點也不意外。

「奧伯．艾倫菲斯特，雖然您十分為我難過，但我並不怎麼受到打擊喔。因為我早就料到，家父今後若想與基貝．巴賽爾徹底斷絕關係，多半也會將我捨棄吧。」

「就算料想得到，不可能不傷心吧。」

奧伯說話時表情顯得十分難受，我不禁有種得到安慰的感覺。看得出來奧伯是位性情中人。但過去他的重情重義放在不對的人身上，便導致了薇羅妮卡大人的專橫跋扈；而現在放在對的人身上，則促使養女羅潔梅茵大人能對等地與親生孩子的韋菲利特大人以及夏綠蒂大人攜手合作吧。

「請您不必擔心。看到羅德里希大人成為近侍以後的樣子，我相信獻名後的生活會比回到那個家還要幸福。」

「……雖然還需要協調，但妳畢竟是因為大人的關係不得不獻名。為了讓妳能夠選擇自己的主人，我打算等妳成年之後，允許妳向艾薇拉獻名。」

「感謝奧伯這般費心。」

與領主夫婦的談話就此結束。於是成年之前，我將先擔任羅潔梅茵大人的近侍。我再也不用因為父母會怒斥：「怎麼能看萊瑟岡古貴族寫的書！」而只能趁著來貴族院時才偷看，以後隨時隨地都能看艾薇拉大人寫的書了。

「明天預計帶你們去向羅潔梅茵大人問好，但在開始侍奉之前，有些注意事項需要先告訴你們。」

領主夫婦回去以後，羅德里希便召集今後將成為近侍的我們進行說明。雖說還未獻名，但從今往後在大家眼中，我們的身分便與近侍無異。羅德里希說因為新加入的近侍全屬於舊薇羅妮卡派，所以他被派來負責說明，讓我們能放心提問。

「今後我們就是一起共事的夥伴，要直呼彼此的名字。面對身為上級貴族的黎希達他們，請努力適應不加敬稱。」

羅德里希說他剛成為近侍的時候，一直無法習慣要直呼哈特姆特的名諱，在心裡嚇得直冒冷汗。我完全可以明白他的心情。換作是我也會不習慣吧。幸好這時候哈特姆特已經畢業了，我有些鬆了口氣。

「目前因為羅潔梅茵大人與韋菲利特大人訂下了婚約，大家都說她的地位已經無可動搖，領主一族看來也相處得很融洽。但誰也不曉得情勢一旦有變，地位會有什麼改變。羅潔梅茵大人身為領主的養女必須不斷彰顯自己的價值，也是不爭的事實。」

貴族本來就是這樣吧。家族親情不過只是幻想，情勢一變便會消散無蹤，就是如此虛幻。我不覺得巴托特大人他們能夠理解我的想法，但對於必須不斷彰顯自身價值的羅潔梅茵大人，卻能產生共鳴。

……看完書籍以後，一定也能互相分享感想吧。我想自己與羅潔梅茵大人應該能成為關係良好的主從。

「羅潔梅茵大人因為不想給身邊的人造成困擾，常常對出席茶會感到抗拒。所以請大家一定要小心，不能讓她知道見習侍從們會因為她在茶會上暈倒，被老師判定是準備不夠充分，因而遭到扣分。」

羅德里希神色認真地這麼說道。他說布倫希爾德與莉瑟蕾塔非常小心，不想再給羅潔梅茵大人造成更多心理負擔。

「這點其實見習文官與見習護衛騎士也一樣。如今羅潔梅茵大人已失去了一名監護人，領內又發生肅清，她為了保護孩子們也正努力斡旋，所以侍從們絕不允許再給她帶來更多煩惱。」

「羅德里希，聽你這說法……難不成你已經有做錯事的經驗了？該不會被侍從們狠狠罵了一頓吧？」

勞倫斯笑著這麼反問後，羅德里希的深棕色雙眼倏地黯淡下來，表情也變得陰鬱。他用毫無生氣的口吻說了：

「有一次因為羅潔梅茵大人問起，我便開始說明為什麼見習侍從都不想來服侍她，結果莉瑟蕾塔馬上對我施展洗淨魔法，讓我無法開口說話。緊接著布倫希爾德也把我帶離房間，全身散發出上級貴族的威嚴，告訴我近侍有哪些事情要注意……」

……完全想像得到羅德里希挨罵的樣子呢。

當羅潔梅茵大人的近侍以光帶將一年級生綑起來，還打算直接將他送回領地時，我們自始至終都在一旁看著。為了能為主人分憂解勞，看來他們不只對不同派系的貴族那般嚴厲，連對同僚也是。要是說教時是用那麼嚴厲的態度，確實很可怕呢。

「羅德里希，你打從以前就老在得意忘形的時候犯錯，這點還是沒長進嗎？」

「唔……」

被馬提亞斯這麼一說，羅德里希垮下肩膀。原本羅德里希在舊薇妮卡派裡地位也偏低，以前一直是馬提亞斯與勞倫斯在袒護他。大概是因為看到了恍若從前的輕鬆互動，我也不由得笑了起來。

「感覺羅德里希的失敗經驗對我們很有幫助呢。還有其他要說的嗎？」

我咯咯笑著，催促羅德里希繼續說下去後，他馬上鼓起臉頰。

「當然還有很多。有件事非常重要，只不過因為完全偏離我們的常識，可能會很難理解吧。就是羅潔梅茵大人並不重視身分。在貴族院，首席見習護衛騎士雖然是萊歐諾蕾，但回到領地以後會變成達穆爾。」

聽到下級騎士負責下達指示讓我大吃一驚，但聽說羅潔梅茵大人的近侍們都已習以為常。

「此外，關於印刷業與新流行，羅潔梅茵大人比起貴族，也更重視實際負責製作的平民工匠與負責販售的商人們的意見。」

「不僅由下級騎士負責下指示，還比起貴族更重視平民的意見……原來如此，難怪父親大人他們會這麼排斥、輕視羅潔梅茵大人。」

嘉柏耶麗大人一向自豪自己來自大領地亞倫斯伯罕，排名比艾倫菲斯特高；而薇羅妮卡大人流著她的血脈，也以領主第一夫人的身分為傲，亟欲貶低萊瑟岡古的貴族；身為她近侍的貴族們，更無不想方設法提升自己的身分地位……看來更重視下級貴族與平民意見的羅潔梅茵大人，與舊薇羅妮卡派的貴族絕對處不來。

「今後你們大概也要出入神殿。其實只要進去過一次，就能知道神殿並沒有傳聞中的那麼糟……」

「我的異母弟弟好像正由神殿的孤兒院收留，所以我本就打算找機會去看看……但從過往的常識來看，得鼓起勇氣才能踏出第一步哪。」

看到羅德里希一副難以啟齒的模樣，勞倫斯苦笑道。大家總說神殿是無法成為貴族的失敗者聚集地，不是什麼好地方。而羅潔梅茵大人因為在那裡長大，在舊薇羅妮卡派的貴族間更是飽受批評，說她「根本沒資格成為領主的養女」、「收她為養女一定是萊瑟岡古貴族厚顏無恥、強行要求」。

「而且比起神殿，你們更該擔心自己的態度。因為到了神殿，絕不能輕視和無禮地對待服侍羅潔梅茵大人的灰衣神官及巫女。」

「你說『絕不能』又是什麼意思？……他們是平民吧？保持距離就好了嗎？」

「……勞倫斯，我和你想的一樣，之前也都與他們保持距離。因為被過往的常識影響，我完全無法理解哈特姆特與菲里妮為何能高高興興地去孤兒院。但我畢竟沒有無禮地對待他們，所以不會遭到斥責，也不會被要求一定要與他們有交流。可是……」

說到這裡，羅德里希臉上浮現後悔，嘆了口氣。

「正因為我保持距離的關係，並未得到灰衣神官們的信任，發生緊急狀況時，只有我被羅潔梅茵大人禁止進入孤兒院。如果真的想全心全意服侍羅潔梅茵大人，就必須平等地對待平民與神殿裡的人。」

聽說哈特姆特曾說：「神殿裡的人與平民就等同是羅潔梅茵大人的手腳。」還說製造商品的是平民，負責推廣成流行的是貴族，但沒有平民就什麼都沒有。

「就和面對平民與灰衣神官一樣，即便是罪犯的血親，羅潔梅茵大人也願意善待。但如果我們仗著身分頤指氣使，很有可能會觸怒她……聽哈特姆特說，羅潔梅茵大人當初會沒有挽留托勞戈特大人、讓他請辭，就是因為他看不起達穆爾只是下級騎士，覺得達穆爾不配當領主一族的護衛騎士。」

「真是幸好你先成為近侍、服侍羅潔梅茵大人。看來過往的常識完全行不通。」

馬提亞斯說得沒錯，聽起來與過往的常識實在差太多了。我的父母總說，沒有魔力的平民只能依附貴族，是我們在照顧他們。如果沒有實際成為其中的一分子，很多事情真的永遠不會知道。在神殿長大的領主養女究竟有多麼特殊……在正式問好之前，有太多事情都要先了解清楚。

獻完名後，近侍的工作才真正開始。

……這下子我終於可以盡情看書了。

羅潔梅茵大人的近侍們往往可以最先閱讀到貴族院戀愛故事集，既然我也成了近侍，自然想與他們分享感想。到了近侍室後，我火速向谷麗媞亞提問。

「谷麗媞亞，我很喜歡貴族院的戀愛故事喔。那妳喜歡哪些故事呢？」

「抱歉，我還沒有時間看。雖然成為近侍以後，應該盡早看過內容才對，但我必須先熟悉新工作……」

同樣是新加入的近侍，本想與她多做交流，但這樣看來只能問其他人了。我轉向正在指導谷麗媞亞的莉瑟蕾塔與布倫希爾德，問了同樣的問題。

「每篇故事都很精采喔。十分令人著迷。」

「因為茶會上會聊到這些故事，每本書我都看過了，還能配合對方改變喜好。繆芮拉，妳喜歡怎樣的故事呢？」

莉瑟蕾塔與布倫希爾德面帶微笑回道。從兩人的回答，就能看出她們對貴族院的戀愛故事沒有太大興趣。

「……居然可以配合對方改變喜好，上級見習侍從好厲害喔。」

「哎呀，為了款待客人這是必須的呀。繆芮拉，今後妳也會一同出席上位領地的茶會，所以不只貴族院的戀愛故事，艾倫菲斯特印製的所有書籍都必須看過喔。還有，與朋友閒聊的時候雖然沒關係，但到了茶會上不能明確表現出自己的喜好。妳必須竭盡所能，讓客人能聊得盡興。」

結果還沒能分享戀愛故事的感想，她們反倒開始提醒我，參加茶會時該如何注意自己的言行舉止。這完全不在我的預料之中，真是失策。

與谷麗媞亞一起聽了一會兒見習侍從該注意的事情後，我決定改問擔任見習護衛騎士的優蒂特與萊歐諾蕾。

「貴族院的戀愛故事嗎？……我發現出了越多集，主角戀情能開花結果的機率越高呢。真希望我的命中率也能有一樣的提升。」

「咦？」

「啊，不是……我是說比起戀愛故事，我更喜歡有戀愛成分的騎士故事。」

很顯然優蒂特對貴族院的戀愛故事一點興趣也沒有。我轉頭凝視萊歐諾蕾。她與柯尼留斯是先談戀愛再訂婚，應該多少會有些感想吧。說不定她與戀人相會時，還參考了那些戀愛故事。

「繆芮拉，妳喜歡貴族院的戀愛故事，有朝一日還要服侍艾薇拉大人吧？」

「是的……」

「那麼，請妳千萬小心。因為一不留神，妳有可能會變成故事裡的登場人物，再也無法笑著翻開戀愛故事集喔。」

「……咦？」

萊歐諾蕾只是神色認真地這麼提醒我，卻沒有說出半點與書籍有關的感想。看著火速轉身的萊歐諾蕾，我想她好像不是適合分享感想的對象。

……怎麼會這樣？明明是女性近侍，卻對貴族院的戀愛故事如此不感興趣……

「羅德里希、菲里妮，你們是文官，應該可以明白貴族院的戀愛故事有多麼美好吧？像是春之女神們婀娜的舞姿、光芒灑落下來的描寫，還有黑暗之神在涼亭張開披風時讓人臉紅心跳的感覺……」

我接著向見習文官尋求感想，他們是我最後的希望了。

「我會參考作者的文筆，但對戀愛的描寫沒有什麼興趣……那些是寫給女性看的吧。繆芮拉，我比較好奇妳看完迪塔故事後有什麼感想嗎？」

「……迪塔故事嗎？看來我的喜好真的與男士不一樣呢。」

雖然對羅德里希很過意不去，但我還沒看迪塔故事。因為我這個人每當回過神的時候，總在反覆閱讀自己喜愛的故事，但沒有興趣的書籍絕不伸手去碰。

「菲里妮，妳蒐集來的故事還被印成了書本呢。那妳應該有興趣吧？」

「我雖然也喜歡戀愛故事，但其實真要說起來，我是在尋找與母親大人說過的故事類似的作品，不像妳看得那麼入迷。而且，羅潔梅茵大人也只是因為銷量的關係對戀愛故事比較關注，並沒有特別喜愛喔。戴肯弗爾格的史書她好像看得更開心。」

我還以為成了羅潔梅茵大人的近侍以後，就能與人一起討論戀愛故事裡的情節，想不到大家一點興趣也沒有。

「真失望呢，我還以為能找到人熱絡地討論貴族院的戀愛故事……」

「繆芮拉如果想討論，不如我介紹感覺聊得來的人給妳吧？」

見我咳聲嘆氣，菲里妮偏過頭說。

「我因為會委託他領貴族蒐集故事，所以與他領的見習文官有往來。我認識一位大人，感覺她和妳一樣非常喜歡戀愛故事喔。」

「真不愧是領主候補生的近侍。請一定要幫我介紹。」

我對菲里妮提出的提議大力點頭。至今因為隸屬舊薇羅妮卡派的關係，我幾乎無法參加與領主候補生有關的聚會。我認識到的他領見習文官，不是想跟我借貴族院戀愛故事集，就是只想了解書裡有哪些故事，身邊很少有人能與我一起討論劇情。

「菲里妮大人，請問今年也有羅潔梅茵大人委託的徽章作業嗎？」

這天我與菲里妮來到圖書館後，一名女學生披著約瑟巴蘭納的奶油色披風，像正等著我們般立即走來。貴族院裡所謂的徽章作業，是指學生個人為了賺錢所接的任務。接下任務時，為了確保之後能夠收到報酬，會先收下蓋有徽章、也寫有任務名稱與個人姓名的委託書，因此被稱為徽章作業。

「有的，蕊兒拉娣大人。羅潔梅茵大人今年也打算蒐集故事喔……對了，我先為您介紹一下吧。這位是成為羅潔梅茵大人新近侍的繆芮拉，她非常喜歡貴族院的戀愛故事喔。」

蕊兒拉娣大人搖晃著一頭偏黃的橙色長髮往我轉過來，「哎呀」地愉快輕喊，淡綠色雙眼閃閃發亮地盯著我瞧。

「繆芮拉，這位是約瑟巴蘭納的上級見習文官蕊兒拉娣大人。她與我以及羅潔梅茵大人同年，待我非常親切。她還負責收集約瑟巴蘭納學生所提交的徽章作業喔。」

菲里妮為我們做介紹的時候，我與蕊兒拉娣大人互相對望。明明是初次見面，一句話都還沒說，我卻能感受到兩人之間有著不可思議的連結。

……這該怎麼形容才好呢？同類？同好？夥伴？總之我完完全全感受得到她身上傳來這種氣息！

「……請問，繆芮拉大人喜歡哪篇故事呢？」

「她說過她非常喜歡唐克林格勇於接下求婚任務的那篇故事喔。感覺她與蕊兒拉娣大人會十分聊得來。既然認識了，請與繆芮拉分享貴族院戀愛故事集的感想吧。」

菲里妮催促我們離開閱覽室後，我便與蕊兒拉娣大人一同走向文官樓。

……該怎麼起頭才好呢？一開口就熱切地訴說自己的感想沒關係嗎？雖說喜歡戀愛故事，但萬一偏好的故事不一樣呢……？

儘管腦海裡有許多話想說，但想到羅潔梅茵大人的近侍們之前的反應，我沒來由地感到緊張，腦筋一片空白。

「……繆芮拉大人，那、那個！我也很喜歡唐克林格那篇故事，請問您喜歡哪一部分呢……？」

蕊兒拉娣大人似乎一樣緊張，一邊觀察我的表情，一邊以有些變尖的嗓音主動打開話匣子。聽到她也喜歡唐克林格那篇故事，我的緊張稍稍緩和。我也觀察著蕊兒拉娣大人的表情，探問她的喜好。

「我很喜歡即便遭到父母反對也不放棄的戀愛故事。唐克林格那篇故事裡，他為了自己與戀人荷珊的婚約能得到認可，跨越了重重阻礙吧？那蕊兒拉娣大人喜歡哪一部分呢……」

「我想應該是他為了成為領主一族的護衛騎士，一邊努力一邊向火神萊登薛夫特獻上祈禱的那個段落吧。那段描寫我真的非常喜歡。作者艾蘭朵拉大人的文筆真是太出色了……」

「我懂！」

我忍不住大聲同意。艾蘭朵拉是艾薇拉大人的筆名，我也尊敬到了想向她獻名的地步。

「我還是第一次在戰鬥以外的場景，覺得掌管成長的夏天諸神看來如此英勇神武。培育之神安瓦庫斯以藍色火焰包覆住唐克林格的那一瞬間，我整個人都在顫抖呢。」

「還有，唐克林格因為只有在貴族院才能與荷珊見到面，他不得不離開的時候，就連我也難過得向生命之神埃維里貝獻上了祈禱唷。」

聽了蕊兒拉娣大人的感想，我不住用力點頭。那一幕太過淒美動人，我甚至可以背出唐克林格的臺詞。

「我的眷屬啊，就讓冰雪覆蓋一切，盡我之能將蓋朵莉希隱藏，讓她遠離芙琉朵蕾妮吧……就是這一段對吧？」

「對，寫得真是太棒了！」

話匣子一打開，我們便著了魔般地滔滔不絕。我們在文官樓的一個房間裡分享感想，聽到催促學生返回宿舍的第六鐘響起時，兩人還嚇了一跳。

「竟然已經第六鐘了……時之女神德蕾梵庫亞的絲線交錯得還真快呢。」

「是呀……蕊兒拉娣大人，請問下次時之女神的指引會在什麼時候呢？」

「……我想，如果是後天下午的話……」

「哎呀，真巧呢。我也是後天下午的話……」

我們互相對視，對彼此投以微笑。說好後天也在這裡一起分享感想後，我們快步返回宿舍。

「我也好想快點看到新書唷。這次一定也有許多精采的故事吧？」

「是啊。今年推出的新書裡頭，黑暗之神張開披風的那段描寫特別吸引人……我看到一半還感到難為情，忍不住把書本闔上呢。」

聽我說起今年的戀愛故事集內容，蕊兒拉娣大人以手托腮，輕吐了口氣。

「可以成為羅潔梅茵大人的近侍，我真是太羨慕繆芮拉大人了。」

「我也覺得自己很幸運喔。因為原先根本不會有這樣的機會。」

我從沒想到，能與氣味相投的人暢談故事劇情，會是這麼幸福又快樂的事情。能讓我開心的，就只有看書而已——

長久以來我都如此認為。然而現在，得到了可以一同討論故事內容的朋友後，現實與書裡的世界忽然連接在了一起。

居然會有這種事情……！我決定服侍羅潔梅茵大人真是正確的決定！

若沒有成為羅潔梅茵大人的近侍，我根本不會與他領的上級貴族蕊兒拉娣大人有交集吧。若不是菲里妮從一開始就介紹我們「都是喜歡貴族院戀愛故事的人」，我們大概要經過很長一段時間，才能像現在這樣熱烈討論吧。

未來我將向艾薇拉大人獻名，正式參與書籍的製作，我的世界想必會變得寬廣又遼闊。

心中油然升起了期待與希望後，我的視野彷彿也變得無比開闊。我任由自己沉浸在這種感覺中，回到宿舍以後，帶著與過往截然不同的心情取來書籍。

自己的職責與知識守護者

「歐丹西雅，請妳前往貴族院擔任圖書館員。這不只是身為中央騎士團長的我，也是國王的請求。抱歉，麻煩妳了。」

「身為騎士團長的妻子，身為忠於國王的中央貴族，我一定盡力完成職責。」

透過丈夫勞布隆托大人接下國王的請託後，如今我帶著一名侍從來到貴族院的圖書館。我的職責，便是監督與提防舉止可疑的艾倫菲斯特領主候補生羅潔梅茵大人，以及尋找她曾提到過的、只有王族能夠進入的書庫。

「歐丹西雅大人，我是中級圖書館員索蘭芝。幸得時之女神德蕾梵庫亞的命運絲線交織，才能與您相會。很高興往後能與您一起工作。」

「哎呀，索蘭芝大人。您還在貴族院圖書館任職呢。好久不見了。」

索蘭芝在我就讀貴族院時，便是圖書館裡的中級館員之一。我身為上級文官雖然少有機會與中級館員攀談，但由於我們同為庫拉森博克出身，學生時期我曾與她交談過幾次。儘管現在彼此年齡都增長了，她仍帶著與當年一樣和藹的笑容迎接我。

「索蘭芝，誰？」

「休華茲、懷斯，這位是新來的館員歐丹西雅大人，以後會在圖書館一起工作喔。」

說到貴族院的圖書館，休華茲與懷斯的存在無人不知、無人不曉。當年會協助圖書館員的大型蘇彌魯魔導具還在，就站在索蘭芝身邊。看著這一幕，我有種回到了學生時期的感覺。

……不行，我得打起精神。

我是為了丈夫與王族而來，現在不是緬懷過往的時候。我重新振作精神後，索蘭芝在休華茲與懷斯的簇擁下邁開步伐。

「那我先帶您前往圖書館員宿舍吧。」

館員宿舍位在辦公室後方，索蘭芝的侍從卡特琳正在那裡待命。也與她打過招呼後，我介紹自己帶來的侍從依德莉娜。教職員似乎也要遵守「只能帶一名侍從來貴族院」的規定，因此隨我前來的侍從只有依德莉娜而已。如今宿舍裡頭有兩個人，侍從們也得互相照應吧。

「侍從去整理房間的時候，我們在辦公室裡簽訂契約吧。國王任命您為圖書館員的文書帶了嗎？」

「是的，當然。」

我在辦公室內交付文書後，簽訂了雇用我為圖書館員的契約。

「歐丹西雅，如此一來妳便是上級圖書館員了。」

「索蘭芝，往後還請多多指教。」

如今我們已是同僚，不必再用敬稱，可以直呼彼此名諱。休華茲與懷斯也直接喊了我的名字。

「歐丹西雅，指教。」

「歐丹西雅，一起工作。」

「哎呀，你們竟然叫我的名字……休華茲、懷斯，我也請你們多多指教了。」

我感動得正想伸出手時，索蘭芝神色慌張地阻止我。

「休華茲與懷斯雖已認定妳為圖書館員，但妳還未辦理登記，所以無法觸摸他們。現在請先別觸摸。得等到兩人的主人羅潔梅茵大人來了，才能辦理登記。」

「哎呀，所以兩人的主人真的是名學生呢。雖然我先前已經耳聞，但這樣子不會很不方便嗎？會給工作造成困擾吧？」

我這麼詢問後，索蘭芝垂下眉尾。

「之前因為只有我一個人，並不會有任何影響。不過，既然現在有上級館員來了，開始上課的第一天我再聯絡羅潔梅茵大人，讓兩人的主人更改為歐丹西雅吧。也得聯絡王族才行……」

「對了，為什麼還是學生的羅潔梅茵大人會成為主人呢？可能因為當時不在現場，抑或是沒什麼興趣，勞布隆托大人的說明讓我聽得一頭霧水……」

平常丈夫在做說明時總是簡潔易懂，但難得的是，這次他竟然說羅潔梅茵大人是在圖書館內給予祝福後，便登記成了主人。如此莫名其妙的說明讓我完全無法理解。

請當時在場的人為我說明詳細情況後，結果索蘭芝的描述卻與丈夫一模一樣。原來讓人無法理解的是羅潔梅茵大人的行為，並不是丈夫的說明。我在心裡悄悄向丈夫說了句抱歉。

「索蘭芝，羅潔梅茵大人是位怎樣的人呢？」

「羅潔梅茵大人是非常特殊的存在喔。因為她甚至沒有觸碰到休華茲他們，僅靠著祝福便登記成了主人。想必是睿智女神梅斯緹歐若拉特別眷愛她吧。」

身為中央騎士團長的丈夫對羅潔梅茵大人抱有諸多懷疑，但看在索蘭芝眼裡，似乎只覺得她受到了女神的寵愛。

「那我帶妳簡單參觀一下圖書館吧。因為妳現在不能觸碰休華茲他們，還沒辦法真正開始工作。」

索蘭芝打開辦公室裡通往閱覽室的門扉後，休華茲與懷斯有些蹦蹦跳跳地邁步移動。

「這裡是第二閉架書庫，存放著政變前課堂上曾使用過的參考書與以前的資料。有人需要便能外借，學生也能出入這裡。」

書庫裡的資料因為老舊且使用頻率低才會被放進來，但似乎偶爾也會有人想要翻閱。看著書架上並排的資料，懷念的感覺讓我揚起嘴角。

「這門課我也上過呢……哎呀，這本參考書是我友人寫的喔。她為葛莉賽達老師的課所編寫的參考書，在當時可是大受好評呢。葛莉賽達老師所寫的資料沒有放在一起嗎？」

「葛莉賽達老師因政變時的肅清……所以，這裡已沒有她留下的資料。」

「哎啊……書本與資料何其無辜呢……」

我第一次知道原來有這種事情。那麼肅清過後，究竟有多少書籍消失了呢？我望著書架發出嘆息時，赫然發現恩師留下的書竟有損傷。

「我聽說圖書館裡有保存用的魔導具，能保護書籍不受損傷……」

「因為我一個人的魔力不足以發動魔導具。但現在只要使用修復魔導具，應該能讓書本恢復原樣吧。」

「魔導具，倉庫。」

在懷斯的催促下，我走出第二閉架書庫，穿過閱覽室往階梯所在的方向走去。緊接著，休華茲打開階梯下方的門扉。

「這裡，很多魔導具。」

「這間倉庫裡存放著工作用的魔導具。」

學生時期我從未進過這裡。如今自己的身分已經改變了，我感到有些興奮，踏步走入倉庫。屋內有許多不知作何用途的魔導具。

「圖書館裡竟然有這麼多魔導具嗎？」

「是啊。政變以前上級館員還多達三人，還有負責協助他們的兩名中級館員。圖書館原本需要這麼多人才能維持運作，由此可知魔力不足的情況有多嚴重吧？」

政變結束後，至今已經過了快十個年頭，難以想像都只有中級貴族索蘭芝一人在管理圖書館。

「妳沒有要求增派館員嗎？」

「哎呀，現在歐丹西雅不是來了嗎？代表王族願意重視圖書館了吧？還是說，是因為羅潔梅茵大人不僅讓休華茲與懷斯動了起來，還幫忙向王族進言的關係呢？」

索蘭芝露出沉穩的笑容說道。

……我會被派過來，其實是因為騎士團長對她多有懷疑喔。

我沒有立即說出丈夫對羅潔梅茵大人的防備，只是沉默不語。索蘭芝沒有察覺我的異樣，接著說明倉庫裡的魔導具。

「從這裡到那邊櫃子上的都是保存資料用的魔導具，那邊則是用來進行修復的魔導具。本來圖書館應該使用這些魔導具才對，但我一個人的魔力實在不足以供應。如今多了歐丹西雅，往後應該就能著手進行資料的修復作業了。」

索蘭芝揚起開心的微笑。看著魔導具的我，也深感懷念地點點頭。

「修復作業嗎？以前我偶爾也要修復主人個人持有的書籍呢。但用的不是這種小型魔導具，而是王宮圖書館裡的大型老舊魔導具。」

「歐丹西雅以前從事什麼工作呢？」

聽到這個問題，我輕輕撫摸修復用的魔導具。可能因為待在貴族院的關係，近來不斷回想起遺忘許久的往事。

「……在與勞布隆托大人成婚之前，我曾侍奉沃迪弗里德大人。」

索蘭芝吃驚得倒吸口氣。從前我的主人沃迪弗里德大人，便是那場政變的開端第二王子。

「我負責管理離宮裡的書櫃，以及與公務有關的文書。偶爾也會奉命修補主人個人持有的書籍，或是前往王宮圖書館尋找資料。跟圖書館員的工作有點相似對吧？當時我過於投入工作，完全放棄了結婚。正確地說，是我覺得自己並不需要結婚。我本下定決心，要就這樣終其一生服侍沃迪弗里德大人……」

但是，我想一輩子為工作而活的這個願望，最終沒能實現。沃迪弗里德大人與他的家人，因第一王子的來訪而悉數喪命。

「主人一旦離開人世，近侍便會自動解任。當時我真的毫無活下去的希望……就彷彿置身在一片黑暗中，對於自己該做什麼茫無頭緒……」

想起當時絕望的心情，我用力閉上雙眼。這時，索蘭芝輕輕牽起我的手，帶著我從昏暗的倉庫來到日光滿溢的閱覽室。

「難不成就是在這個時候，勞布隆托大人拯救了妳？」

來到明亮的場所後，索蘭芝問起我與丈夫是如何相識。知道她是想轉移話題，我輕笑起來。我與丈夫的相識，並不是故事裡會有的情節。

「不，當時拯救了我的，是前任奧伯．庫拉森博克。」

「哎呀？」

「當時奧伯對我說了，等到情勢穩定下來，會將我介紹給沃迪弗里德大人的同母弟弟第三王子。同時我也得到了許可，在第一王子與第三王子相爭的時候，能夠一邊整理離宮，一邊靜靜地悼念沃迪弗里德大人。」

「但是，後來第三王子也……」

索蘭芝的話聲有些變尖，我輕輕點頭。

「是的。如妳所知，第三王子後來遭人毒殺。」

隨後，換作當時還是第五王子的特羅克瓦爾大人受到擁戴。原本特羅克瓦爾大人將以臣子之身輔佐國王，所以與其他王子相比，近侍的人數並不多。為了不使下任國王人手匱乏，前任奧伯．庫拉森博克於是徵召了第二王子與第三王子的前近侍們，以及身為旁系王族的近侍。當時勞布隆托大人也在其中。

「為了鞏固庫拉森博克與第五王子近侍的關係，我奉命與勞布隆托大人成婚。正好那時候我失去了主人，完全不曉得自己該為何而活。能夠接下新的職責，我反而很高興呢。」

「歐丹西雅……」

「抱歉呀，並不是妳期望中的愛情故事。但是索蘭芝，請別露出那種表情。」

我輕笑一聲後，在閱覽室內緩緩邁步行進。聽說勞布隆托大人因為失去了意中人，也就錯失了結婚的機會。所以，我們兩人都很晚才結婚。後來我始終沒能懷上孩子，對於自己身為妻子沒能幫上丈夫的忙，一直感到十分痛苦。

「在我以為自己可能就要這樣過完一輩子的時候，我得到了能為王族、為丈夫盡一分心力的工作。」

丈夫似乎認為，得有三名上級館員的鑰匙才能打開的書庫，就是王族才能進入的書庫。由於書庫裡也許有著能夠找到古得里斯海得的線索，需要一名上級文官不僅忠於國王特羅克瓦爾大人，而且要能暗中展開行動，因此最終選上了我。

「這次能被派來做這份工作，我真的很高興，也感到很榮幸……而且像這樣走在書架之間，會讓我想起從前在第二王子手下，管理辦公室的書櫃、出入王宮圖書館時的情景，心情便不由得雀躍起來。並非只有傷心的回憶而已。」

索蘭芝和我一樣，露出了哀傷、懷念與眷戀交加的笑容，緩緩地環顧閱覽室。

「是啊，我也能明白。並不只有傷心的回憶而已。」

儘管我不清楚圖書館發生過哪些事情，但我感覺得出來，那場政變過後，索蘭芝想必也失去了許多。

住進貴族院的圖書館員宿舍後，兩天後貴族院便開學了。這天的午休時間，休華茲兩人的管理者順利完成變更，接著我們目送王族與要去上課的羅潔梅茵大人離開。

「現在我終於能觸碰休華茲與懷斯，也能真正開始做些圖書館員的工作了吧。」

「是呀，因為昨天都忙著帶妳參觀宿舍，和為迎接王族做準備。」

我伸手輕輕撫摸休華茲與懷斯。發覺自己的手不會被彈開後，我終於有了自己已是圖書館員的真實感。

「歐丹西雅，方便問妳一些問題嗎？剛才面對羅潔梅茵大人的時候，我發現妳的聲音十分僵硬，好像對她有些排斥。是不是勞布隆托大人對妳說過什麼呢？」

「是的，近來勞布隆托大人對艾倫菲斯特起了疑心。如今政變造成的傷害尚未復原，尤根施密特禁不起更多紛爭。由於不知道羅潔梅茵大人到底有何目的、知道什麼消息，他希望我在提防她的同時找到書庫。」

「當時我看勞布隆托大人那麼在意那本日誌，便馬上借給了他，他還在懷疑什麼呢？發生了什麼他得如此防範的事情嗎？」

索蘭芝側著臉龐，像是完全想不到疑點。她似乎以為只要提供了日誌，就能洗清羅潔梅茵大人的嫌疑。

「因為艾倫菲斯特的羅潔梅茵大人，不僅借閱了從前圖書館員所寫的日誌，還向錫爾布蘭德王子問起只有王族才能進入的書庫吧？她既不是問亞納索塔瓊斯王子，也不是問艾格蘭緹娜大人，而是想從年幼的王子口中問出消息，這點似乎令勞布隆托大人感到十分可疑。此外，如果只有王族才能進入的書庫確實存在，他在想也許其中會有古得里斯海得的線索。」

「哎呀……這單純是勞布隆托大人想多了吧。」

索蘭芝露出淡淡苦笑，向我解釋道：

「羅潔梅茵大人會向錫爾布蘭德王子問起這件事，是因為茶會上聊到了這個話題。比如時之女神會惡作劇的涼亭、會動的神像，妳應該也聽說過一、兩則有關貴族院的神秘傳聞吧？剛好有則傳聞說的，便是只有王族才能進入的書庫。雖然我不是不能理解，特羅克瓦爾大人身邊的人有多想找到古得里斯海得……」

我理解了索蘭芝想要表達的意思。只要了解過整件事，便不會覺得羅潔梅茵大人有那麼可疑。

「只是茶會上聊到了貴族院的神秘傳聞嗎……如果僅因為這樣就對艾倫菲斯特心生警戒、進行探查，確實有些反應過度了，感覺只會徒勞無功呢。」

「儘管如此，進行調查仍是勞布隆托大人的工作吧。畢竟他是中央的騎士團長。只要稍微感到可疑，就該調查清楚。」

見我虛脫無力，索蘭芝投來帶有同情意味的微笑後，接著忽然正色。那雙藍眼認真地朝我直望而來。

「但是歐丹西雅，妳並不是中央的騎士，而是貴族院的圖書館員。用懷疑的眼光看著學生、進行調查，並不是妳的工作吧？」

由於太想幫丈夫分憂解勞，我似乎沒有好好認清自己的身分。騎士有騎士的，文官也有文官的職責。

「妳說得對。我雖然想為丈夫與國王貢獻一己之力，但我並不是調查可疑人物的中央騎士，而是管理貴族院圖書館的館員呢。我得改正自己的想法與態度才行。我想站在客觀公正的立場，去觀察羅潔梅茵大人的一言一行。」

「是啊。請妳透過書籍的借還與談話，來了解羅潔梅茵大人吧。」

透過交流來了解一個人，是非常重要的事情。正因如此，我也試著問索蘭芝。

「索蘭芝，那麼妳能否告訴我，過往王族在造訪貴族院的圖書館時，究竟是去了哪裡、做了些什麼呢？在只有上級館員拿著鑰匙才能打開的書庫裡，究竟存放著哪些東西？……勞布隆托大人也對妳有所懷疑，覺得妳可能在隱瞞某些事情。妳應該不是因為肅清的關係，故意有所隱瞞吧？」

索蘭芝說話時，我經常可以從她的語氣當中，感受到她對已逝館員們的思念與寂寞。與此同時，也感覺得出她對於政變後進行肅清的王族，隱隱有些怨懟。

「先前聽到勞布隆托大人說，以往王族會在領主會議時造訪圖書館後，我因此想起了一件事情。當年沃迪弗里德大人原訂在以下任國王之姿亮相後，便與國王一同前往圖書館。我一直以為那不過是亮相儀式的一個環節，難道另有什麼深意嗎？」

由於沃迪弗里德大人在以下任國王之姿亮相前便遭到第一王子殺害，我從未與他一同來過圖書館。但如果是得準備迎接王族的索蘭芝，應該知道一些詳情。

「我所知道的，真的都是微不足道的小事。請跟我來。我雖不曉得只有王族才能進入的書庫是否存在，但我倒知道有個書庫只有上級館員才能打開。」

索蘭芝露出落寞的微笑，走進第二閉架書庫。隨後，她輕輕敲了敲位在書庫後方的一扇門扉。

「……從前王族在領主會議時造訪圖書館，都是進入這處書庫。門後有道階梯，我聽說盡頭的門扉必須集齊三名上級館員的鑰匙才能打開。由於中級貴族無法穿過這扇門，我從來沒有進去過。」

她說就連王族帶來的近侍們，只要是中級貴族一樣進不去。

「……這並不是只有王族才能進入的書庫嗎？」

「不是的。雖然已經很久以前了，但我記得領主候補生也曾出入過，所以應該不是只有王族能夠進入……再者，我並非刻意隱瞞。我以前甚至曾向國王提出請求，希望他能在領主會議時造訪圖書館。」

我吃驚得瞪大雙眼。丈夫從未告訴我，索蘭芝提出過這種請求。他似乎一直以為索蘭芝是有意隱瞞。

「但國王以領主會議太忙、沒時間過來圖書館為由回絕了。到了第三年，我便放棄了。事到如今竟因此惹來懷疑，我也十分無奈。」

王族與身邊的人究竟產生了多少誤會呢？我因為是中央騎士團長的妻子，知道王族當時有多麼勞心傷神。但是，面對只是不斷回絕的上司，況且還是進行肅清後使得職場環境變差的當事人，我也懂得持續懇求卻得不到回應會有多麼空虛。

「索蘭芝，這確實不能怪妳呢……但既然如此，打開這處書庫、確認裡頭有著什麼，便是我身為上級館員的職責。鑰匙在哪裡呢？」

「這扇門的鑰匙在辦公室裡，但裡頭另一扇門的鑰匙則是在上級館員的房間……不過，想取得房間的鑰匙並不容易唷。」
明知鑰匙在哪裡，為什麼會說想要取得並不容易呢？大概早就料到我會心生疑惑，索蘭芝一派習以為常的樣子開始說明，同時走出第二閉架書庫。
「圖書館員宿舍裡有著非常特別的房間，只有與睿智女神梅斯緹歐若拉簽訂契約的知識守護者，才能取得其鑰匙。過往遭到肅清的上級館員們，全是知識的守護者。」
「知識的守護者嗎……？」
「是的。並不是向國王，而是向睿智女神梅斯緹歐若拉宣誓效忠，並與祂簽訂契約之人。我雖然也在簽訂契約後成為知識的守護者，卻因為不是上級貴族，行事有諸多限制……」
索蘭芝一臉苦惱地嘆了口氣，但我從未聽說過知識守護者的存在，所以只是默默聆聽，跟在她的身後。
「政變結束後，那些遭到肅清的館員卻沒有被搜查過房間、留下調查紀錄，勞布隆托大人是否覺得可疑呢？」
「是的，他還說應該重新展開調查。但是，聽聞現在中央的人手嚴重不足。」
今年為了調查領地對抗戰上發生的襲擊事件，以及出現在貴族院裡的靼拿斯巴法隆，丈夫被派往他領待了很長的時間。這種情形下，他說中央根本撥不出人手去調查十年前就已被肅清的上級館員的房間，以及尋找不知是否真實存在的書庫。
「派人來多少次也沒用，因為騎士是進不去的。當年肅清結束後，中央騎士團原本也想慢慢查找證據。然而騎士不是文官，無法簽訂契約，而我則因為中級貴族的身分無法進入。」

「那只要帶上級文官過來……」

「嗯，中央騎士團當然也考慮過這麼做。他們曾想請上級文官過來擔任圖書館員，並在簽訂契約後成為知識的守護者。但是，契約要求的是向女神宣誓效忠，而不是向國王。妳應該知道在進行肅清的時候，這代表了什麼意思吧？」

第一王子與第四王子在政變中落敗後，中央貴族只要出身領地是支持過他們的舊孛克史德克，都會遭到嚴厲審查。肅清當時，知識的守護者們肯定也被要求得向成為新任國王的特羅克瓦爾大人宣誓效忠。

「當時他們以自己已效忠於睿智女神梅斯緹歐若拉為由拒絕了。因為受到契約魔法的束縛，他們也只能這麼回答。然而，當時的情勢不容許他們說不。結果他們一而再被刁難，最終遭到處刑。」

他們就是因為簽訂了成為知識守護者的契約才被處刑，不可能有人只為了搜查他們的房間，也去簽訂同樣的契約吧。況且只要本人不願意，沒有人能強迫一個人簽下契約。如此看來，那些上級館員的房間恐怕至今都沒有人再動過。

「所以在知識守護者的房間裡，有著勞布隆托大人想找到的書庫鑰匙囉？」

「房裡確實有書庫的鑰匙，但我無法判斷，那是否就是勞布隆托大人想要找到的書庫。」

某些書庫與房間，就連長年來在貴族院擔任圖書館員的索蘭芝也無法進入，只有身分為上級貴族的知識守護者才可以……即便是中央騎士團長、即便是王族，若沒有與神簽訂契約、成為知識守護者的上級館員相助，一樣無法進出。

「我終於明白為何中央騎士團無法進行調查，我又為什麼會被任命為上級館員了。是因為我必須成為知識的守護者吧。」

「歐丹西雅，請等一下。聽完我說的這些事情，妳還打算簽訂契約嗎？如果只要處理一般的日常業務，就算不成為知識的守護者也沒問題喔。目前王宮圖書館裡的館員們也幾乎都沒有簽訂契約。」

索蘭芝看著我，以勸阻的語氣說道。我輕輕閉上眼睛，仔細思量。丈夫說過的話、國王的期望、重獲工作的喜悅，以及過往希望能一輩子從事文官工作的自己……

「我任職為上級館員一事，本就是國王的期望。成為知識的守護者、了解圖書館的一切，是國王也是身為中央騎士團長的丈夫的期望。如今的情勢已與肅清那時不同，簽訂契約應該不會對丈夫或國王造成任何妨礙吧。」

「在來這裡之前我便下定決心，身為騎士團長的妻子、身為中央貴族，要傾盡自己所能。而且，我相信外子。如果需要與睿智女神梅斯緹歐若拉簽訂契約，才能取得進入所有書庫的權限，那我願意這麼做。」

我定睛望著索蘭芝說道。最終她吐了口氣，像是知道說不過我，接著從辦公室裡的櫃子取來一塊白色石板，往圖書館二樓移動。

隨後，索蘭芝在二樓盡頭的睿智女神像前停下腳步，猛地轉過身來。

「妳真的願意立下誓言嗎？」

在我看來，此刻抱著石板的索蘭芝，與抱著神具古得里斯海得的睿智女神梅斯緹歐若拉，動作簡直一模一樣。在在可以看出索蘭芝是虔誠的女神信徒，也是知識的守護者。

「我願意。」

「那麼，請詠唱變形咒語『司提洛』，再把這段文字抄寫在女神像的臺座上吧。一旦寫下，便沒有後悔的餘地了。」

索蘭芝手中那塊白色石板上，刻著古老的文字。我變出思達普，詠唱「司提洛」將其變成筆狀後，一邊看著石板，一邊慎重地抄寫下每一個字。

吾乃知識的守護者。

向睿智女神梅斯緹歐若拉宣誓效忠之人。

將尤根施密特境內的知識悉數獻予睿智女神梅斯緹歐若拉之人。

在尤根施密特境內宣揚睿智女神梅斯緹歐若拉所授知識之人。

對人類的智慧予以敬意與守護之人。

面對權力，不屈不懼；面對智慧，不忘追求、搜羅、守護與奉獻。謹此起誓。

寫好的文字倏地發出光芒，隨即被睿智女神梅斯緹歐若拉手中的神具吸收。那一剎那，我彷彿看見女神像露出了笑容。與此同時，女神像手中的神具浮出一把鑰匙。鑰匙「噹」的一聲落在臺座上。至今我曾在簽訂魔法契約時看見過金色火焰，但像這樣與神簽訂契約，還是生平頭一遭。

我還目瞪口呆時，索蘭芝對我投以微笑。

「這便是妳的鑰匙喔。」

於是我在她的催促下，伸手拿起睿智女神梅斯緹歐若拉所賜予的鑰匙。才剛有種摸到金屬製品的觸感，下個瞬間鑰匙便宛如思達普般融入自己體內。

「新的知識守護者歐丹西雅，歡迎妳的加入。」

後記

大家好久不見了，我是香月美夜。

非常感謝各位購買本作，《小書痴的下剋上：為了成為圖書管理員不擇手段！【第五部】女神的化身Ⅰ》。

故事進入最後篇章的第五部開始了。

本集序章是錫爾布蘭德視角。這篇並非全新收錄，而是原先在網路上就有的連載。錫爾布蘭德在領主會議上首次亮相的同時，國王也訂下了他的婚事。他正為此感到不滿時，收到了中央騎士團長勞布隆托給予的魔導具。

進入第五部後，羅潔梅茵也升上了三年級。與此同時，領內正式展開肅清，她在宿舍內則是接受了舊薇羅妮卡派學生的獻名，在貴族院內則是取得了諸神的加護、開始修習專業課程。與去年相比，今年在貴族院的生活有些不太一樣。然後每一次，羅潔梅茵身邊總會發生各種事情，也難怪看了報告書的芙蘿洛翠亞頭痛不已。

終章是藍斯特勞德視角。他與羅潔梅茵，就從爭奪休華茲與懷斯的主人之位開始有了交集。後來又因為迪塔、史書、髮飾的委託、迪塔故事、加護儀式的共同研究與奉獻舞，藍斯特勞德漸漸對羅潔梅茵改觀。只不過他的改觀，對羅潔梅茵來說不知是福是禍……這篇因為是藍斯特勞德視角，近侍們也紛紛登場，但由於與本傳沒有太大關聯，不必非得記下他們的名字也沒關係。

本集的全新番外短篇，則由繆芮拉與歐丹西雅擔任主角。

繆芮拉視角的短篇中，描寫到了非獻名不可的舊薇羅妮卡派貴族們，是如何看待羅潔梅茵與她的近侍們。透過羅德里希的說明與他們的反應，希望能讓讀者感受到羅潔梅茵有多麼特殊。此外，繆芮拉還因為獻名獲得了新朋友蕊兒拉娣。可以一起討論雙方都很喜歡的書籍，時間就會過得特別快呢。兩人聊到的都是關於神祇的描寫，可能會有些難懂，但正好能體驗一下羅潔梅茵聽不懂大家的感想時是什麼心情。如果有讀者可以一下子就意會過來，說不定很適合成為尤根施密特的貴族喔？（笑）

歐丹西雅視角的短篇中，提及了她的過去與來到貴族院圖書館的理由。就某方面而言，她是知曉政變的源起卻不置身其中的人。一度失去生活目標的她，接到了丈夫與國王指派的新工作。為了再度擁有活著的意義，她決定不只是當個圖書館員，而是成為知識的守護者。關於曾為知識守護者的上級館員們，先前在短篇集裡也稍微提起過，有興趣的讀者歡迎翻看。

本集請椎名老師設計的新角色，有歐丹西雅、傅萊芮默、繆芮拉與谷麗媞亞，四人全是女性。

歐丹西雅是溫柔婉約的美女，完全就是我想像中的庫拉森博克女性。傅萊芮默則給人容易抓狂、歇斯底里的感覺，光從外表就覺得她的聲音很尖銳。繆芮拉有種純樸的可愛，感覺平常會待在窗邊看書的樣子。谷麗媞亞也非常可愛，而且如實呈現出了我所要求的巨乳。難怪她對男孩子的視線會那麼敏感，戒心也那麼強呢。

然後有消息要通知大家。

這集第五部I還有附外傳OVA的特別版喔。（http://www.tobooks.jp/booklove_ova/index.html）有〈尤修塔斯的潛入平民區大作戰〉與〈拜訪珂琳娜夫人〉共兩篇，都是沒有收錄在動畫本傳裡的外傳，故事時間線與動畫第十五章是一樣的。雖然在我寫後記的時候還不確定詳細情況，但今後也預計會在平臺上架播出。敬請期待會動、會說話的尤修塔斯與艾克哈特。

四月起將開始播放動畫第二季。有關角色等等的各種新資訊正陸續公開。第二季的播放頻道及影音平臺，請上動畫官網查詢。http://booklove-anime.jp/

三月十四日還將發行《公式漫畫選集》第四集。這次又有更多新作家加入作畫，故事範圍還涵蓋到了小說第三部。我已經看過可惜系美少女安潔莉卡與可愛夏綠蒂的原稿了。希望讀者看得開心。

四月一日配合動畫播出，也將發行漫畫第二部第三集與Junior文庫第三集。歡迎大家給予支持。

這集封面是羅潔梅茵站在白色廣場上的想像圖。就是她取得了思達普的那處廣場。

原本應該要在取得加護之後，在諸神的指引下登上祭壇、到達此處。趁著故事進入第五部，便請椎名老師在封面畫了貫穿第五部的重要場所。

彩色拉頁則是閃閃發亮的奉獻舞。儘管羅潔梅茵正拚了命不讓祝福溢出，但看在旁人眼裡，她的奉獻舞卻非常神秘且美麗。

由衷感謝椎名優老師的繪製。

最後，要向購買本書的各位讀者獻上最高等級的謝意。

第五部第二集預計六月發行。期待屆時再相會。

二〇二〇年一月　香月美夜

每回都出場的
卷末漫畫
輕鬆悠閒的家族日常
作畫 椎名優
可以了嗎？我要開始打掃囉。
超強力吸塵魔導具
先給我等一下!!
嗅嗅～
拍手
拍手
羅潔梅茵觀察報告書
雖然羅潔梅茵大人告誡過我，別對見習文官提出無謂的要求，
但我好歹是近侍之一，當然要收取報告、了解她的現況。
名義正當
濫用職權
羅潔梅茵大人似乎得到了許多眷屬神的加護。上飛蘇平琴課時，還釋出了大量風之女神的祝福。
嗅，這樣啊
羅潔梅茵大人取得諸神的加護後，魔力似乎多到她無法抑制。所以她無償為大家的魔石提供了魔力。
!!
猛然起身
沒想到我會有如此後悔離開貴族院的一天!!
要是我再晚出生一年!!
神、神官長？
嗚嗅
嗅嗅嗅嗅

環保能源

由於無法控制，魔力正不斷外洩的羅潔梅茵
為魔石補充魔力中
魔力不斷溢出的情況也太嚴重了吧。
這種情況要是一直持續下去怎麼辦？
得想些對策才行。
不過我現在的狀態，等於是不管待在哪裡，魔力都會持續供應吧？
恆常供應
那也就是說，只要在圖書館裡設好各種魔導具，我再待在正中央看書不就好了？
全自動圖書館!!
太環保了！
我突然覺得保持這樣也不錯嘛!!
一點也不好，羅潔梅茵大小姐。
哇啊—

遙望遠方

居然會幫忙搬東西，韋菲利特大人真溫柔呢。
漢娜蘿蕾大人若有困難，藍斯特勞德大人也會伸出援手吧？
漢娜蘿蕾，走了。別慢吞吞的。
動作緩慢
大步大步
喂，她跌倒了。誰來扶她起來。
呼呀！
碰咚！
……是啊。哥哥大人會幫我喚來侍從吧。

第3屆 小書痴的下剋上 人氣角色投票結果發表！

票數總計 16,300票！

《小書痴的下剋上》系列終於邁入最後的篇章第五部！
小書痴系列因為出場人數眾多，在此公開最受歡迎的前 20 名角色。
貴族院的角色們急起直追中！

※本活動在官網（http://www.tobooks.jp/booklove）舉行，
投票時間從2019年12月9日至2020年1月10日為止。

第1名 羅潔梅茵

6580票

第2名 神官長／斐迪南

4038票

蟬聯兩屆冠軍！謝謝大家！
嗯，非常好。
向羅潔梅茵大人獻上祈禱！
啊嗚

第3名 哈特姆特

587票

第5名 達穆爾 515票

第4名 安潔莉卡 553票

第8名 法藍 306票

第7名 路茲 322票

第6名 班諾 418票

第10名 韋菲利特 256票

第9名 多莉 289票

第11名	尤修塔斯	241票
第12名	漢娜蘿蕾	229票
第13名	柯尼留斯	203票
第14名	艾薇拉	158票
第15名	夏綠蒂	138票
第16名	馬提亞斯	138票
第17名	莉瑟蕾塔	119票
第18名	萊蒂希雅	96票
第19名	菲里妮	92票
第20名	齊爾維斯特	63票

香月美夜 老師

第三屆人氣角色投票結果出來了。這次第一與第二名完全是遙遙領先呢。中途公布過一次開票結果後，羅潔梅茵的票數便猛然增加，最終蟬聯冠軍寶座！本來還心想斐迪南會不會在最後逆襲成功，但主角果不其然是主角。
而上一次哈特姆特都還沒有人物設計圖就得到了第六名，這次則是一舉衝到第三名。安潔莉卡比起上次的第七名，排名也有大幅提升。看來有很多忠實的粉絲呢。第五名是達穆爾。排名和上次一樣，真是太穩定了。就和他本人的特質一樣。第六名開始整排都是平民區的人，可能是因為動畫播出的關係吧。
感謝大家的熱情支持。

椎名優 老師

關於第一、二名，這兩人的排名大概是不可能撼動的吧。所以我比較好奇接下來的排名。這次安潔莉卡提升到了第四名呢。我也很喜歡這位大腦全由肌肉組成的美少女，所以非常高興。然後，上一次投票連頭像都沒有的哈特姆特竟然拿到了第三名！這次終於有圖可以放了。哈特姆特，真是太好了呢～

非常感謝各位讀者踴躍投票！

揮下萊登薛夫特之槍，
賭上自己未來的求娶迪塔正式開始！

小書痴的下剋上

第五部　女神的化身 II

香月美夜 原作　**椎名優** 繪

亞倫斯伯罕城堡裡，下任領主的未婚夫斐迪南正坐在辦公室內，皺眉展讀羅潔梅茵的來信。不只接到王族的召見，羅潔梅茵正試圖接近貴族院圖書館內神秘的地下書庫。即便她已升上三年級，身邊的人依然持續接到讓人頭痛不已的報告書。而且，藍斯特勞德竟向她提出了令人錯愕的提議……

羅潔梅茵翹首期盼的重逢——
精采情節一波未平，一波又起！

小書痴的下剋上

第五部　女神的化身III

香月美夜 原作　**椎名優** 繪

與戴肯弗爾格比完迪塔後昏睡不醒的羅潔梅茵終於醒來。儘管諸多問題皆已解決，卻也得知可能有人對來搗亂的中央騎士們使用了圖魯克。羅潔梅茵將此事交由大人們處理，自己則專心準備領地對抗戰。但是與此同時，她獲知斐迪南將在領地對抗戰當晚留宿艾倫菲斯特的茶會室！於是她下定決心要好好款待斐迪南……

國家圖書館出版品預行編目資料

小書痴的下剋上：為了成為圖書管理員不擇手段!.
第五部，女神的化身．I/ 香月美夜著；許金玉譯．--
初版．-- 臺北市：皇冠文化出版有限公司，2022.01
面；　公分．--（皇冠叢書；第 5001 種）(mild；
41)
譯自：本好きの下剋上：司書になるためには手段
を選んでいられません．第五部，女神の化身．I
ISBN 978-957-33-3837-6（平裝）

861.57　　　110020474

皇冠叢書第 5001 種
mild 41

小書痴的下剋上
爲了成爲圖書管理員不擇手段！
第五部 女神的化身 I

本好きの下剋上
司書になるためには
手段を選んでいられません
第五部 女神の化身 I

Honzuki no Gekokujyo Shisho ni narutameni ha shudan wo erande iraremasen Dai-gobu megami no keshin 1
Copyright © MIYA KAZUKI"2020-21"
Chinese translation rights in complex characters arranged with TO BOOKS, Inc.
Complex Chinese Characters © 2022 by Crown Publishing Company, Ltd.

作　　者—香月美夜
譯　　者—許金玉
發 行 人—平　雲
出版發行—皇冠文化出版有限公司
台北市敦化北路 120 巷 50 號
電話◎ 02-27168888
郵撥帳號◎ 15261516 號
皇冠出版社（香港）有限公司
香港銅鑼灣道 180 號百樂商業中心
19 字樓 1903 室
電話◎ 2529-1778　傳真◎ 2527-0904
總 編 輯—許婷婷
美術設計—嚴昱琳
著作完成日期— 2020 年
初版一刷日期— 2022 年 1 月
初版三刷日期— 2022 年 11 月
法律顧問—王惠光律師
有著作權 · 翻印必究
如有破損或裝訂錯誤，請寄回本社更換
讀者服務傳真專線◎ 02-27150507
電腦編號◎ 562041
ISBN ◎ 978-957-33-3837-6
Printed in Taiwan
本書定價◎新台幣 320 元 / 港幣 107 元

●「小書痴的下剋上」粉絲專頁：
www.facebook.com/booklove.crown
●「小書痴的下剋上」中文官網：www.crown.com.tw/booklove
● 皇冠讀樂網：www.crown.com.tw
● 皇冠 Facebook：www.facebook.com/crownbook
● 皇冠 Instagram：www.instagram.com/crownbook1954
● 皇冠蝦皮商城：shopee.tw/crown_tw